W0389828

Mary Daly

JENSEITS VON GOTTVATER SOHN & CO.

Aufbruch zu einer Philosophie der Frauenbefreiung

Frauenoffensive

Übersetzung aus dem Amerikanischen von
Marianne Reppekus

Übersetzung der Einleitung und des 1. Kapitels von
Barbara Henninges

1. Auflage, 1980

Originaltitel: Beyond God the Father: toward a philosophy of women's liberation
Veröffentlicht bei Beacon Press, Boston

(Kellerstraße 39, 8 München 80)
ISBN 3-88104-087-0
Druck: Fa. Brockmann, Langenzenn
Satz: Composersatz Seyfried, München

INHALT

Vorwort zur deutschen Ausgabe von Beyond God the Father.

Dieses Buch wurde zum erstenmal 1973 in den Vereinigten Staaten veröffentlicht. Es stellt einen großen Durchbruch in meinem Denken dar – einen Sprung über den christlichen Mythos und die christliche Moral hinaus. Da es nun zum erstenmal in deutscher Sprache vorliegt, möchte ich gerne den deutschen Leserinnen erklären, was ich jetzt zu diesem meinem Buch denke und fühle, und was es historisch gesehen, bedeutet.

Beyond God the Father war mein zweites feministisches Buch. Fünf Jahre zuvor (1968) hatte ich *The Church and the Second Sex* veröffentlicht, eine sorgfältig durchdachte und geschichtlich dokumentierte Arbeit, die für die Gleichberechtigung der Frauen in der katholischen Kirche eintritt. Zu der Zeit, als ich *Beyond God the Father* schrieb, erkannte ich voll die Absurdität des Versuchs, die katholische Kirche oder überhaupt jegliche christliche Kirche zu „reformieren". Mir war klar geworden, daß die Vorstellung eines nicht-sexistischen Christentums ebenso ein Widerspruch in sich ist, wie etwa die Idee eines viereckigen Dreiecks. 1973 erschien mir mittlerweile die Vorstellung, daß Frauen in der katholischen Kirche „Gleichberechtigung" anstreben, ebenso lächerlich und mitleiderregend, wie der Gedanke, daß schwarze Personen im Ku Klux Klan „Gleichberechtigung" suchen.

Mit anderen Worten, zu der Zeit, als ich *Beyond God the Father* schrieb, hatte ich mich von der katholischen Kirche „freigeschwommen"; ich lebte in nachchristlicher Raum/Zeit. Ich sah mein früheres „reformistisches" Selbst als eine wunderliche Vorfahrin an, die vielleicht ein wenig beschränkt, aber doch wichtig für meine eigene intellektuelle Entwicklung gewesen war. Denn seht ihr, ohne diese frühere Daly hätte ich es nie geschafft, meinen radikal feministischen Raumanzug anzuziehen. Und so brach ich ohne Bedauern und mit einem starken Gefühl des Beschwingtseins und der Hoffnung das christliche Symbolsystem und seine Tabus und reiste hinaus in den Raum jenseits von Gott-Vater.

Heute als radikale Spinnerin und revoltierendes Weibsstück, lebend in den frühen 1980er Jahren (um die patriarchale Zeitrechnung zu benützen), habe ich mich über *Beyond God the Father* hinaus bewegt und fahre fort, mich auf dieser radikal feministischen Reise des Exorzismus und der Ekstase noch weiter hinauszubewegen. Dieses neue Stadium meines Weges ist in meinem Buch *Gyn/Ecology: The Metaethics of Radical Feminism* dargestellt, das noch nicht ins Deutsche übersetzt ist. * Dennoch halte

* Die amerikanische Ausgabe wurde zuerst von Beacon Press in Boston herausgebracht und 1979 in London bei The Women's Press veröffentlicht. (Die deutsche Übersetzung wird 1981 im Verlag Frauenoffensive erscheinen. Anm. d. Red.)

ich es für sehr wichtig, daß der Verlag *Frauenoffensive* jetzt *Beyond God the Father* herausbringt, und ich möchte gerne meine Gründe für diese Überzeugung mitteilen.

Ich denke, daß das theoretische Fundament, das in diesem Buch gelegt wurde, notwendig ist für eine organische Entwicklung der Theorie, wenn wir immer weiter in frau-bezogene Raum/Zeit eindringen. Es versucht eine Erklärung der logischen und ontologischen Basis für echte qualitative Sprünge über patriarchale Religion, über Gottvater, Sohn & Co. hinaus. Mit anderen Worten, die Bewegung dieses Buches ist das logische Vorspiel zur Bewegung von *Gyn/Ecology*. Einige von euch werden vielleicht sagen, daß ihr ungeduldig seid und euch schnell bewegen wollt. Aber so, wie wir nicht als erstes den schwarzen Karategürtel erwerben, sondern Trainingsstadien durchmachen, so gibt es auch Entwicklungsstadien unserer feministischen geistigen Muskeln und Fähigkeiten. Wir bringen uns selbst zu Fall, wenn wir versuchen, die Entwicklung dieser Fähigkeiten zu überspringen.

Einer der schmutzigen Tricks, den die Phallokraten wiederholt gegen Frauen anwenden, ist die Auslöschung unserer Geschichte. Das schließt die Auslöschung unserer intellektuellen Geschichte mit ein, so daß wir blind die Fehler der Vergangenheit in verschiedener Weise wiederholen, während wir von einer trügerischen Vorstellung des „Fortschritts“ erfüllt sind. Ich glaube z. B., daß Frauen in eine gewisse „feministische Spiritualität“ fallen können und „die Göttin“ verehren und feiern, bevor sie die tief in unser aller Psyche eingebettete Vorstellung von „Gott“ wahrhaft ausgetrieben haben. Wenn dies der Fall ist, wird der Gebrauch von „Göttin“-Bildern in unserer Kunst und in unseren Feiern keine tiefe mythische und somit Veränderung erweckende Macht haben, denn sie werden nur in weiblichen Namen und Formen verkleidete „Gott“-Bilder sein. Ein anderes Beispiel: Einige Frauen mögen glauben, daß sie durch eine Analyse der christlichen Mythen und sogenannten „Moral“ nichts zu gewinnen haben, da sie bereits wissen, daß das Christentum von Natur aus unterdrückend ist. Diese Frauen können dann sehr leicht und in aller Naivität anderen Manifestationen von Gottvater, Sohn & Co. zum Opfer fallen, z. B. Gynäkologen, Psychotherapeuten, Wissenschaftlern und Erziehern, die auf unterschiedlichste Weise dieselben alten Dogmen predigen. Das Problem ist, daß diese Frauen die Macht der patriarchalen religiösen Mythen unterschätzt haben, der sowohl unterschwellig als auch offen für die Fortsetzung von Vergewaltigung, Mord und Verstümmelung des weiblichen Geistes und Körpers arbeitet.

Diese beiden Beispiele belegen das Problem einer trügerischen Transzendenz. Dazu gehört, daß der Feind unterschätzt wird und frau sich allzu billig im Stand der Gnade wähnen kann. Die Reise jenseits patriarchaler Religion und der von ihr legitimierten völkermordenden Strukturen verlangt, daß wir voll und ganz das Ausmaß verstehen, in dem wir von ihren dämonischen Mächten besessen worden sind, damit wir sie austreiben können. Dieser Exorzismus ist für unsere eigene Ekstase notwendig, die Entwicklung unserer seelisch-geistigen Kräfte und Schärfung unserer inneren Sinne. Diese Entwicklung geht nicht von heute auf morgen. *Beyond God the Father* liefert begriffliche Werkzeuge, die meiner Ansicht nach für eine Bewegung über *Beyond God the Father* hinaus wesentlich sind. Es liefert eine Ontologie des radikalen Feminismus und eine systematische Entmystifizierung des christlichen Mythos. Es benennt die Wurzeln der Unterdrückung und folgt der Tradition der radikalen Feministin des 19. Jahrhunderts, Matilda Joslyn Gage, die 1893 in dem Buch *Woman, Church and State* schrieb:

„Das gewaltigste System organisierten Raubs, das uns bekannt ist, war das der Kirche gegen die Frau; ein Raub, der nicht nur ihren Selbstrespekt genommen hat, sondern alle Rechte der Person; die Früchte ihres eigenen Fleißes; ihre Möglichkeiten der Erziehung; die Ausübung ihres eigenen Urteilsvermögens, ihres eigenen Gewissens, ihres eigenen Willens."

Beyond God the Father gehört in die Tradition solcher Vorschwestern wie Gage, wenn es ihm gelingt, ein Gefühl zu vermitteln, das viele Feministinnen mit Gage teilen und das sie beschrieb als „ein Gefühl von etwas tieferem, heiligerem in der Religion, als es die christliche Kirche gegeben hat." Dieses Buch folgt ihr auch in der Einsicht, daß die Christenheit das abscheulichste aller Verbrechen beging – die Materialisation von Geist –, das heißt, das Ausrotten eines lebendigen Prozesses, die Vergegenständlichung (Ver-ding-lichung) des Lebens, besonders des lebendigen Körpers/Geistes der Frauen in tote, unquantifizierbare Dinge (Übrigens hatte ich Gage nicht gelesen, als ich dieses Buch schrieb, da ihre Arbeit vergriffen war und ich, wie die meisten anderen Feministinnen, keine Vorstellung von ihren Leistungen hatte, die erst kürzlich wieder ans Licht kamen. Da haben wir ein weiteres Beispiel der patriarchalen Auslöschung unserer Tradition!). Trotz allem, was ich gerade ausgeführt habe, ist es sicherlich wahr, daß ich jetzt die Dinge anders – radikaler – sehe, als zu der Zeit, als *Beyond God the Father* geschrieben wurde. Unterwegssein als Lebensform (Be-ing at home on the road) heißt, das Reisen fortzusetzen, und zusammen mit anderen radikalen Feministinnen/Spinnerinnen habe ich mich in andere Richtungen/Dimensionen bewegt und altes semantisches Gepäck abgeworfen, das sich als belastend erwies. Es gibt einige Worte, die in den frühen 70er Jahren angemessen schienen und die, wie ich inzwischen entdeckt habe, falsche Worte sind. Drei dieser Worte, die ich nicht wieder in einem positiven Sinn verwenden kann und die in diesem Buch vorkommen, sind: *Gott, Androgynie* und *Homosexualität.* Ich bin jetzt davon überzeugt, daß es keine Möglichkeit gibt, die männlich/maskuline Vorstellungswelt aus dem Wort *Gott* zu entfernen. Wenn ich also „antropomorphisch" von der letzten Wirklichkeit schreibe/spreche, von dem göttlichen Funken des Seins, dann ziehe ich es jetzt vor, gynomorphisch zu schreiben/sprechen. Ich treffe diese Entscheidung, weil das Wort *Gott* die Nekrophilie des Patriarchats repräsentiert, wohingegen das Wort *Göttin* das Leben-liebende Sein der Frauen und der Natur bestätigt. Diejenigen unter uns, welche die spirituelle und mythische Tiefe der Frauenbewegung an sich entdeckt haben, teilen ein Gefühl des Werdens im kosmischen Prozeß, das ich immer noch vorzugsweise das Verb nenne, Sein. Obwohl einige dies noch immer „Gott" nennen würden, bin ich jetzt davon überzeugt, daß allein der Gebrauch dieses Wortes unseren Prozeß hemmt, unseren Geist in einem ausgeklügelten Doppel-Denken im Double-Bind hält.

Der zweite semantische Greuel, *Androgynie,* ist ein verwirrender Begriff, der manchmal in diesem Buch verwendet wird, wenn ich die Integrität des Seins der Frauen zu beschreiben suche. Das Wort ist ein Bastard – es vermittelt so etwas wie „John Travolta and Farrah Fawcett Major mit Tesafilm zusammengeklebt" –, wie ich in öffentlichen Widerrufungen immer wieder gesagt habe. Natürlich war es nicht das, was ich zu vermitteln *beabsichtigte*, wie die Leserin aus dem Kontext, in dem die Worte stehen, ersehen wird. Ich meine sicherlich *nicht*, daß die Ganzheit der Frauen von der Identifizierung mit Männern oder mit irgendwelchen männlichen Wesensmerkmalen abhängt. Ganz im Gegenteil! Wenn die Leserin also auf dieses Wort stößt und sich dabei so etwas wie „frau-bezogene Integrität" denkt, wird sie eine Vorstellung davon haben, was beabsichtigt, aber falsch benannt wurde.

Der dritte trügerische Begriff ist *Homosexualität.* Das Wort „schließt" in reduzierender Weise gynozentrisches Sein/Lesbischsein „ein", d. h. es schließt es aus. Das heißt, das Wort ist nur scheinbar ein Gattungsbegriff, der impliziert, daß Lesbierinnen und homosexuelle Männer derselben Kategorie angehören. Das Wort verbirgt die ungeheuren Unterschiede. Ich behalte den Begriff *lesbisch* jetzt der Beschreibung von Frauen vor, die frau-bezogen sind und alle falschen Loyalitäten gegenüber Männern auf allen Ebenen verworfen haben. Der Begriff *schwul* oder *weiblich homosexuell* bezeichnet präziser die Frauen, welche, obgleich sie genitale Beziehungen zu Frauen haben, den Männern und männlichen Mythen, Ideologien, Lebensarten, Praktiken, Institutionen und Berufen die Treue halten.

Die Leserin sollte wissen, daß ich nicht länger mit dem Abschnitt „Heterosexualität und Homosexualität: Die Zerstörende Zweiteilung“ in Kapitel Vier einverstanden bin. Es ist mir klar, daß es sehr wohl von Bedeutung ist, „welchen Geschlechts unser/e Partner/in ist.“ Meine Position ist eindeutig und unwiderruflich lesbisch feministisch. Wir müssen sicherlich das Etikett *lesbisch* austreiben, nicht indem wir zaghaft damit umgehen, sondern indem wir es benennen und laut und deutlich erklären. Wir müssen die vom Mann gemachten Tabus und die von männlichen Medien erzeugten Bilder der Rollen-spielenden „Lesben“ austreiben. Wir müssen die starken, kosmischen, weiblich-bezogenen Dimensionen bestätigen, die wir mit dem Wort *lesbisch* auszudrükken beabsichtigen.

Trotz dieser Vorbehalte denke ich, daß dieses Buch in seiner Richtung radikal ist, und ich hoffe, daß seine Logik aufzeigt, *warum* sich die zeitgenössische „Zivilisation“ unter dem Einfluß christlicher Mythen und christlicher Werte ständig in Richtung einer nuklearen Massenvernichtung bewegt, welche die logische und technologische Folgerung und Verkörperung der christlichen Doktrin ist. Ich hoffe, daß das Material, das dieses Buch ans Licht bringt, der Leserin helfen wird, für sich besser zu analysieren, warum wir uns in einem endgültigen und entscheidenden Kriegszustand zwischen Herrschergewalten und Mächten befinden – zwischen frau-bezogenen Frauen und den Gott-Vätern und Söhnen, die uns alle zerstören wollen, einschließlich unserer Schwestern, der Erde, der Luft, dem Wasser und der Millionen von Tieren, die auf wahnsinnige Weise auf diesem Planeten hingeschlachtet werden.

Während wir in dieses Jahrzehnt eintreten, in die 80er Jahre, und der Rückschlag gegen den Feminismus immer verführerischere Formen annimmt, wenn selbst das Wort *feministisch* von den Frauenfeinden entschärft wird dadurch, daß es fast alle einschließt, wenn die Frauen im Namen des „Feminismus“ von den Rechten und Linken vom eigentlichen Feminismus weggelockt werden, und wenn Millionen von Frauen dem Papst zujubeln und viele fruchtlos ihre Energien in Kreuzzügen für die Ordinierung der Frauen in die christliche Priesterschaft verausgaben, und wenn die Anti-Abtreibungs-„für das Leben“-Kreuzzügler ihre Kräfte wieder sammeln um die Frauen zu unterdrücken, ist es entscheidend, daß Feministinnen zusammenarbeiten, um die Lügen und Täuschungen der Gott-Väter zu entschleiern. Wir müssen die von Männern errichteten Schranken niederreißen, die dazu da waren, uns voneinander zu trennen, einschließlich der Schranken der Klasse, Rasse, Nationalität und Sprache. Wie Virginia Woolf in

„Drei Guineen“ schrieb: „Als Frau habe ich kein Land. Als Frau will ich kein Land. Als Frau ist die ganze Welt mein Land.“

Aus diesen Gründen bin ich sehr froh darüber, daß der Verlag *Frauenoffensive* jetzt meine Arbeit in deutscher Sprache zugänglich macht. Es wird interessant sein zu sehen, was daraus an neuen Mit-teilungen von Ideen entstehen wird. Ich möchte den Frauen dort für die sorgfältige Arbeit bei der Herausgabe des Buches danken. Ich bin jenen Frauen dankbar, die für die Übersetzung verantwortlich sind, und im besonderen Susanne Kahn-Ackermann und Heide Göttner für ihre ausgezeichnete Arbeit bei der Vermittlung der Bedeutung schwieriger Passagen ins Deutsche. Ich danke auch den Schwestern Beate und Christa Riesterer für ihre Hilfe bei der Durchsicht des Manuskripts. Beate Riesterer half mir bei der Durchsicht der deutschen Übersetzung, aber die Entscheidung über die endgültige Fassung überließ ich den Frauen des Verlags *Frauenoffensive*. Ich bin besonders glücklich darüber, daß dieses Buch in Deutschland von einem feministischen Verlag herausgebracht wird. Für mich ist das ein ermutigendes Zeichen dafür, daß unser feministisches Netzwerk sowohl qualitativ stärker wird als sich auch geographisch ausbreitet, während wir uns in die 80er Jahre bewegen und tiefer und weiter in neue feministische Raum/Zeit reisen.

MARY DALY
8. März 1980

Anmerkung zur Übersetzung dieses Buches.

Wir möchten auf zwei Begriffe aufmerksam machen, die Mary Daly häufig verwendet und die sich nicht immer mit ein und demselben Wort ins Deutsche übertragen ließen.

Becoming ist mit Werden, Werdensprozeß, Selbstwerdung, Selbstentfaltung und Zu-sich-selbst-kommen übersetzt worden.

Be-ing wurde mit Sein übersetzt, da Sein/sein sowohl Substantiv wie Verb ausdrücken kann. Allerdings wurde auch *being* häufig mit Sein übersetzt, wie z. B. bei „the power of being" – die Macht des Seins. In Kapitel Sieben, wo *Be-ing* und *being* explizit gegenübergestellt werden, wurde ersteres mit Sein und letzteres mit Seiendem ins Deutsche übertragen.

Schließlich findet sich häufig der Begriff *bonding*, meist *the bonding of women*. Dies wurde im allgemeinen mit Zusammenschluß der Frauen übersetzt. Obwohl sich hier Bündnis oder sich Verbünden anbieten, haben wir uns dagegen entschieden. Das wenig poetische Wort Zusammenschluß enthält immerhin „zusammen" und „schließen", wie einen Kreis schließen oder ins Herz schließen. Das Wort Bündnis drückt gegenwärtig eher die Nachfolge der patriarchalen „Reichs"-Idee aus, was Wortbildungen wie Nato-Bündnis, Bündnis-Partner, Bundes-Republik erkennen lassen.

Die Redaktion

Vorwort

Dieses Buch ist im eigentlichen Sinn eine Fortsetzung von *Kirche, Frau und Sexus* (The Church and the Second Sex) *, einem Buch, das in den späten sechziger Jahren, kurz vor der gegenwärtig hereinbrechenden Flut von Frauenbefreiungsliteratur, veröffentlicht wurde. Das frühere Buch dokumentierte einiges von dem Zorn und den überschäumenden Hoffnungen der Zeit nach dem Zweiten Vatikanischen Konzil.

Aufmerksame Leserinnen werden feststellen, daß im wesentlichen derselbe Zorn und dieselbe Hoffnung die treibenden Kräfte dieses Buches sind, daß aber der Schwerpunkt sich verlagert hat und die Perspektive entschieden radikaler geworden ist. Der Übergang zu einer breiter angelegten und tieferen Perspektive im Bewußtsein der Autorin selbst war dramatisch – ebenso wie die fünf Jahre, die zwischen beiden Büchern liegen. Für Frauen, die in der Befreiungsbewegung aktiv sind, waren dies Jahre intensiver Erfahrung eines Lebens „an der Grenze" – gemessen am beschleunigten Zeitfluß der Gegenwart die Wandlungserfahrung einer ganzen Generation.

Neben der Dramatik entbehrte der Übergang auch nicht der Komik. Es war und ist eine Quelle der Erheiterung für Freunde und für mich selbst, daß manche der sprachkritischen Äußerungen des vorliegenden Buches sich auf das frühere anwenden lassen. Es ist zu hoffen, daß weder sie noch ich in Stagnation zurückverfallen – was in diesen Zeiten einem Rückschritt gleichkäme.

Einige der Fußnoten in diesem Buch beziehen sich auf andere Bücher und Artikel. Andere nehmen Bezug auf Gespräche mit Frauen, die zu den besten Diskussionen gehören, die ich je erlebt habe. Die ungebundene Kreativität dieser Diskussion war dem größten Teil des wissenschaftlichen Materials, das ich gelesen habe, an intellektueller Kraft überlegen. Ich habe den Verdacht, daß ein großer Teil dieses Materials Einfällen und Gedankengängen von Frauen entsprang, die – selbstverständlich – unerwähnt blieben und sich, wie gewohnt, Gedankenraub gefallen lassen mußten. Da ihnen der Zutritt zur Welt des gedruckten Wortes schon immer verwehrt war, haben Frauen bis heute eine vorwiegend mündliche Tradition. (1) Wenn ich Gespräche einbeziehe, will ich damit an diese Tradition erinnern und gleichzeitig mit gutem Beispiel vorangehen und Frauen wenigstens etwas von der Anerkennung zukommen lassen, die ihnen zusteht.

* *Kirche, Frau und Sexus,* Freiburg 1970. Die Autorin lehnt den deutschen Titel ihres Buches ab. In Anlehnung an Simone de Beauvoir müßte er lauten: *Die Kirche und das andere Geschlecht.* (Anm. der Red.)

Für ihre Unterstützung danke ich Jan Raymond, Linda Barufaldi, Emily Culpepper und Jean MacRae, deren Freundschaft, Gedanken und Werdensprozeß aufs engste mit der Substanz dieses Buches verwoben sind. Ich danke auch insbesondere meinen Freundinnen und Freunden Pauli Murray, Kaye Ashe, Nelle Morton, Pat und Joe Green, Mary Lowry, Ann und Irvin Cobb, Clare Hall, Helen und John Gray, Mary Lou Thompson, Betty Farians, Frances McGillicuddy, Bill Wilson, Jim Burke, Cele und Eli Leavitt. Ich danke Yolanda Gringeri für ihre Hilfe bei der Erstellung des Manuskripts.

Einleitung

PROBLEM, ZIELSETZUNG UND METHODE

Ich ersehne eine Frauenrevolution wie eine Geliebte.
Ich begehre sie, ich will diese Freiheit so sehr,
dies Ende der Kämpfe, Ängste, Lügen,
die wir alle ausdünsten, daß ich sterben könnte
im leidenschaftlichen Äußern dieses Wunsches.

– *ROBIN MORGAN*

Wenn man die Philosophie einer Epoche kritisch betrachtet, sollte man sich nicht vorwiegend mit ihren intellektuellen Positionen befassen, die ihre Exponenten meinen verfechten zu müssen. Es wird immer einige Grundannahmen geben, von denen Anhänger all der verschiedenen Systeme innerhalb dieser Epoche unbewußt ausgehen. Derlei Annahmen scheinen so selbstverständlich, daß die Leute gar nicht wissen, was sie annehmen, weil ihnen der Gedanke, daß man Dinge auch anders sehen kann, gar nicht kommt.

– *ALFRED NORTH WHITEHEAD*

Die Grundthesen dieses Buches wurden an anderer Stelle bereits im einzelnen ausgeführt. (1) Ich werde kurz einige dieser Gedanken beleuchten, bevor ich Zielsetzung und Methode des Buches erörtere.

In den letzten Jahren hat es eine Reihe von Crescendos in der Frauenbewegung gegeben. Frauen des unterschiedlichsten „Typus“ haben sich, nachdem sie psychisch den Durchbruch zur Erkenntnis der grundlegenden Gleichartigkeit unserer Situation als Frauen vollzogen hatten, auf den Kampf um die Befreiung unseres Geschlechts aus seiner uralten Knechtschaft eingelassen. Der Zusammenschluß der Frauen zu einer schwesterlichen Befreiungsbewegung entwickelt sich allmählich zu einem weitverbreiteten Merkmal der amerikanischen Kultur, und die Bewegung nahm rasch weltweite Dimensionen an.

Dieser Zusammenschluß entspringt der gemeinsamen Erkenntnis, daß weltweit ein geschlechtsspezifisches Kastenwesen existiert, das sich, ob nun in Saudi Arabien oder Schweden, im wesentlichen gleichbleibt. Dieses erdumspannende, geschlechtsspezifische Kastenwesen ist durch Gruppen gekennzeichnet, deren Mitglieder in geburtsbedingter hierarchischer Ordnung leben und ungleichen Zugang zu Gütern, Dienstleistungen, gesellschaftlichem Ansehen und körperlichem und geistigem Wohlbefinden haben. Selbstverständlich verwende ich den Begriff „Kaste“ nicht im engeren Sinn, der lediglich für die brahmanische Gesellschaft in Indien gilt. Ich verwende ihn in Anlehnung an die weitgefaßte Definition Berremans, da unsere Sprache gegenwärtig nicht über andere Begriffe zur Charakterisierung starrer gesellschaftlicher Klassensysteme, analog dem indischen System, verfügt. (2)

Möglicherweise ist die psychologische Wurzel der kleinlichen Verwendung des „Kasten"-Begriffs zur Bezeichnung der Situation der Frauen in dem Wunsch zu suchen, sich den durch diesen Vergleich anbietenden Einsichten *nicht* zu öffnen. (3) Diese Engstirnigkeit übersieht die Tatsache, daß Sprache sich im Verlauf der Geschichte weiterentwickelt und wandelt. Es ist nun einmal der treffendste verfügbare Begriff. Gerade weil er stark und enthüllend ist, haben sich viele Feministinnen für seinen Gebrauch entschieden. Wie Jo Freeman feststellt, ist es außerordentlich schwierig, aber nicht unmöglich, Kastensysteme zu verändern. Und da sie sich aus voneinander abhängigen Einheiten zusammensetzen, bedeutet die Veränderung einer Einheit die Veränderung aller. (4)

Das ausbeuterische geschlechtsspezifische Kastensystem könnte weder ohne die Einwilligung der Opfer, noch die des herrschenden Geschlechts aufrechterhalten werden, und diese Einwilligung wird durch die geschlechtsspezifische soziale Rollenanpassung erwirkt – einen Konditionierungsprozeß, der mit dem Augenblick unserer Geburt beginnt und von den meisten Institutionen forciert wird. Eltern, Freunde, Lehrer, Schulbuchautoren und -illustratoren, Werbeleute, Pressezaren, Spielzeug- und Bekleidungshersteller, Konditionierungsprofis, wie Ärzte und Psychologen – sie alle tragen zum Sozialisationsprozeß bei. Er wird von Kräften vorangetrieben, die größtenteils unkalkuliert und unbewußt sind und dennoch die Überzeugungen, Verhaltensweisen, Stereotype, Gewohnheiten und Einrichtungen der auf einer Geschlechter-Hierarchie basierenden Gesellschaft verstärken.

Die Tatsache des niedrigen Kasten-Status der Frauen wurde – und wird – verschleiert. Sie wird vor allem durch die *geschlechtsspezifische Rollentrennung* getarnt, die subtiler ist als die räumliche Trennung eines Ghettos, da sie den Irrglauben von der „Gleichheit der Andersartigkeit" der Frauen zuläßt. Das geschlechtsspezifische Kastenwesen versteckt sich auch hinter der Tatsache, daß Frauen als Folge der Beziehungen zu Männern einen Sekundär-Status unterschiedlichster Ausformungen innehaben. Das heißt, Frauen haben einen Doppelstatus, und der sekundäre Aspekt dieses Status – beispielsweise als Töchter oder Ehefrauen – spaltet uns und fördert die Identifikation mit patriarchalen Institutionen, die den Interessen von Männern auf Kosten der Frauen dienen. Schließlich wird die Existenz der geschlechtsspezifischen Kaste hinter *Ideologien* verborgen, die Männer und Frauen mit falschen Identitäten versehen. Die patriarchale Religion hat zur Erhaltung dieser Täuschungsmechanismen beigetragen, indem sie diese Identitäten als „natürlich“ bezeichnete und ihnen ihren übernatürlichen Segen erteilt hat. Das System wurde als „göttlicher Plan“ ausgegeben.

Die antifeministische Tradition im jüdisch-christlichen Denken wurde bereits andernorts dargestellt. (5) Die berüchtigten Passagen aus dem Alten und Neuen Testament sind hinlänglich bekannt. Es erübrigt sich, näher auf die Frauenfeindlichkeit der Kirchenväter einzugehen – auf Tertullian beispielsweise, der den Frauen pauschal vorhielt: „Ihr seid das Tor zur Hölle“, oder Augustinus, der die Auffassung vertrat, Frauen seien nicht nach dem Bilde Gottes geschaffen. Ich kann es mir ersparen, Thomas von Aquin und seine zahlreichen Exegeten und Schüler zu zitieren, die Frauen als mißratene männliche Wesen definierten. Martin Luthers Bemerkung, Gott habe Adam als Herrn über alle lebenden Geschöpfe geschaffen, kann ich als bekannt voraussetzen. Die Tatsache, daß John Knox einen „Ersten Fanfarenstoß gegen die Schreckensherrschaft der Weiber“, komponierte, sei dahingestellt. Das alles gehört letzten Endes der Vergangenheit an.

Vielleicht sollten wir aber immerhin einen beiläufigen Blick auf die jüngere Geschichte werfen. Papst Pius XII. gab mehr oder weniger die offiziellen katholischen Ansichten über Frauen wieder als er schrieb, daß „die Mutter, die sich beklagt, weil ein Neugeborenes sich nahrungssuchend an ihren Busen drängt, töricht, unwissend über sich selbst und unglücklich ist“. In den frühen siebziger Jahren sagte die römisch-katholische Kirche der internationalen Bewegung zur Abschaffung der Abtreibungsgesetze rundheraus den Krieg an. Im Jahre 1972 trat Papst Paul VI. sein Amt als Verfechter der „wahren Frauenbefreiung“ mit der Feststellung an, daß diese nicht in einer „formalistischen oder materialistischen Gleichheit mit dem anderen Geschlecht, sondern in der Anerkennung der Eigentümlichkeit der weiblichen Persönlichkeit, der Bestimmung der Frau zur Mutterschaft“ zu suchen sei. (6)

In anderen christlichen Kirchen sind die Dinge kaum anders. Der Theologe Karl Barth verkündete, die Frau sei ontologisch dem Mann als ihrem „Kopf“ untergeordnet. Dietrich Bonhoeffer, der in seinem berühmten Buch *Widerstand und Ergebung. Briefe und Aufzeichnungen aus der Haft* den Angriff der Christenheit auf das Mündigsein der Welt als sinnlos, unwürdig und unchristlich bezeichnet hatte, beharrt im nämlichen Werk darauf, daß die Frau ihrem Manne untertan sei. 1972 erklärte der Episkopalbischof C. Kilmer Myers kategorisch, da Jesus männlich sei, könnten Frauen nicht die priesterliche Weihe empfangen. Manche protestantischen Kirchen rühmen sich, daß sie Frauen zu Pastorinnen weihen, aber die Prozentsätze sind entlarvend. In der Vereinigten Presbyterianischen Kirche z. B. gibt es Seelsorgerinnen, aber sie stellen weniger als ein Prozent der geweihten Geistlichkeit in dieser Kirche dar.

Offenkundige und unmißverständliche Frauenunterdrückung in Theologie und Sittenlehre sind keineswegs auf die Vergangenheit beschränkt. Eine ausschließlich männliche Symbolik für Gott, für die Vorstellung der „Inkarnation" Gottes in der menschlichen Natur und für die Beziehung zwischen Gott und den Menschen, verstärkt immer wieder die geschlechtsspezifische Hierarchie. Es hat ungeheuer schädliche Folgen, wenn, insbesondere in der Sittenlehre, die Moraltheologen ihre eindimensionalen Argumente konstruieren und die Erfahrung der Frauen außer acht lassen. Das wird am Beispiel der Vorurteile in der Abtreibungsfrage deutlich. Die Situation läßt sich in wenigen Worten folgendermaßen zusammenfassen: Die gesamten Begriffssysteme von Theologie und Sittenlehre, die unter den Voraussetzungen des Patriarchats entwickelt wurden, sind Produkte von Männern und dienen den Interessen der sexistischen Gesellschaft.

Die Rolle der Religion bei der Aufrechterhaltung des geschlechtsspezifischen Kastenwesens ist in jüngster Zeit weitgehend auf die Bereiche der Psychiatrie und Psychologie übertragen worden. Feministinnen haben darauf hingewiesen, daß die Freud'sche Theorie keineswegs zufällig aufkam, als die erste Welle des Feminismus den Gipfel erreichte. Dies war Teil der Konterrevolution – die männliche Gegenwelle. Psychiatrie und Psychologie haben ihre eigenen Glaubensbekenntnisse, Seelenhirten, Gesetze und Kirchenbann, ihre eigene Form des geistigen Beistands, ihren eigenen Jargon. Sie verfügen über enorme Möglichkeiten der psychologischen Einschüchterung. Millionen, die nur darüber lächelten, wenn sie aufgrund ihrer Weigerung, den Normen der sexistischen Gesellschaft zu entsprechen, zu „Ketzern" oder „Sündern" abgestempelt würden, lassen sich von den Etiketten „krank", „neurotisch" oder „unweiblich" ducken und gängeln. Psychiatrie und Psychologie wirken zusammen als die „Mutter" Kirche der zeitgenössischen säkularen patriarchalen Religion, und sie senden ihre Missionare in alle Welt.

Es ist nicht „klug" von Frauen, das alles zu sehen – Sehen bedeutet, daß alles sich ändert: Die alten Identifikationen und die alten Sicherheiten brechen zusammen. Deshalb ist die in der Frauenbewegung entstehende Ethik nicht eine Ethik der „Besonnenheit", sondern eine, deren Leitmotiv existentieller Mut ist. Dabei handelt es sich um den Mut zu *sehen* und zu *sein* angesichts der namenlosen Ängste, die aufsteigen, wenn eine Frau anfängt hinter die Masken der sexistischen Gesellschaft zu sehen und sich der furchterregenden Tatsache ihrer Entfremdung von ihrem wahren

Ich zu stellen.

Frauen wie Männer wenden die verschiedensten Mittel an, wenn sie das Problem des geschlechtsspezifischen Kastenwesens nicht sehen wollen. Eine Möglichkeit ist die *Trivialisierung*. Da heißt es dann: „Kommst du schon wieder mit diesem Frauenthema, wo es so viele wichtige Probleme gibt – Krieg, Rassismus, Umweltverschmutzung?" Wenn man das hört, könnte man geradezu meinen, es gäbe keinerlei Verbindung zwischen Sexismus und Vergewaltigung der Dritten Welt, Vergewaltigung der Schwarzen, oder Vergewaltigung von Land und Wasser. Eine andere Form der Weigerung, die Unterdrückung der Frau zu sehen, ist die *Reduktion auf Einzelaspekte*. Da bekommt man beispielsweise zu hören: „Oh, das ist ein katholisches Problem. Die katholische Kirche steckt ja noch im tiefsten Mittelalter." Das hört sich so an, als gäbe es nirgends sonst patriarchale Zustände. Die Reduktion auf Einzelaspekte ist nicht ungewöhnlich unter Wissenschaftlern, die oftmals nicht begreifen, daß die Kritik der Frauenbewegung dem Patriarchat an sich als sozialem Ordnungsprinzip gilt, und sich auf ein Element oder Pseudoelement feministischer Theorie als Zielscheibe ihrer Widerlegung fixieren. Das heißt, sie verwenden Energie auf die Beantwortung von Fragen, die Frauen gar nicht wirklich stellen. Ein Beispiel dafür ist die kunstvolle Verteidigung des Paulus durch Schriftgelehrte, die uns weismachen wollen, der „wahre Paulus" sei gar nicht Verfasser der kritikwürdigen Passagen gegen die Frauen und *nicht* der ewige männliche Chauvinist gewesen. (7) Aus der Sicht der Bibelforschung ist die Unterscheidung zwischen den deutero-paulinischen Autoren und dem „wahren Paulus" zweifellos wichtig; doch trifft diese Diskussion wohl kaum den Kern des Anliegens der Frauen, was die Unterdrückung durch die patriarchale Religion anbelangt. Vielmehr geht es darum, daß diese Passagen nahezu zweitausend Jahre lang dazu dienten, die geschlechtsspezifische Hierarchie aufrechtzuerhalten. Sie stellen einen allgemein anerkannten Standpunkt dar. Es hat etwas Obszönes, wenn das Interesse an der Rechtfertigung eines längst verstorbenen Autors und an der Unterstellung, es fehle Frauen an Wissenschaftlichkeit, größer ist als die Sorge über die tiefe Ungerechtigkeit selbst, die von der Religion begangen wird. Die Kritik der Frauen gilt nicht einigen wenigen Textstellen, sondern einer Welt sexistischer Grundsätze.

Eine verwandte Methode des Nicht-Sehen-Wollens ist die „*Vergeistigung*", nämlich die Weigerung, konkrete Tatsachen der Unterdrückung zur Kenntnis zu nehmen. So scheinen sich beispielsweise Möchte-gern Besänftiger der Frauen darin zu gefallen, den Paulus-Text zu zitieren, in dem es heißt: „in Christus ist nicht ... Mann noch Weib." Das verleitet zu der Entgegnung, daß – selbst *wenn* dem so wäre – die Tatsache bestehen bleibt, daß die Unterscheidung sonst überall sehr wohl gemacht wird. Überdies muß man sich angesichts der konkreten sozialen Gegebenheiten und der tatsächlichen Männlichkeit des Christus-Bildes die Frage stellen, welchen Sinn die Passage möglicherweise hat.

Schließlich versuchen bestimmte Leute, insbesondere Akademiker, das Problem durch *Verallgemeinerung* verschwinden zu lassen. Oft hört man: „Aber geht es denn nicht eigentlich um die Befreiung der *Menschheit*?" Die Schwierigkeit bei diesem Ansatz liegt darin, daß die verwendeten Worte „wahr" sein mögen, aber wenn sie benutzt werden, um einer Auseinandersetzung mit der spezifischen Problematik des Sexismus aus dem Weg zu gehen, dann sind sie zutiefst unwahr.

ZWECK DIESES BUCHES

Es ist also einfach, nicht zu sehen. Die bewegenden Kräfte, die das sexistische Weltbild stützen, sind so überwältigend und heimtückisch, daß Frauen beständig versucht sind, Scheuklappen zu tragen – selbst mitten in der Auseinandersetzung mit dem Sexismus. Das Resultat ist kooptierbarer Reformismus, der das Unterdrückungssystem nährt. Bei der Arbeit an diesem Buch habe ich versucht, mir diese bewegenden Kräfte ständig bewußt zu machen. Auf die Frage, ob das vorliegende Werk als eine „neue Theologie" gemeint ist, muß ich nachdrücklich klarstellen, daß der Begriff irreführend ist. Wenn eine Arbeit als „Theologie" oder gar als „neue Theologie" bezeichnet wird, bedeutet das für gewöhnlich, daß die wesentlichen Grundsätze der patriarchalen Religion unangetastet bleiben und insgeheim eine Richtschnur für das Werk darstellen. Mir geht es aber gerade darum, diese Geheimagende, die selbst in der sogenannten radikalen Theologie noch wirksam ist, in Frage zu stellen. Ich beabsichtige *nicht*, „Lehrmeinungen" auf die Frauenbefreiung anzuwenden. Ich sehe es vielmehr als meine Aufgabe an, das Potential der Frauenrevolution zur Verwandlung des menschlichen Bewußtseins und seiner sichtbaren Manifestationen, d. h. zur menschlichen Selbstentfaltung zu untersuchen. Wenn überhaupt eine Klassifizierung nach traditionellen Kriterien erforderlich ist, wäre „Philosophie" wenigstens die richtige Bezeichnung für meine Arbeit. Paul Tillich sah sich mit seinem Werk „an der Grenze" zwischen Philosophie und Theologie. Die Arbeit dieses Buches ist nicht nur an der Grenze *zwischen* diesen (männlich gestalteten) Disziplinen, sondern an der Grenze *von* beiden angesiedelt, weil sie für die Erfahrung jener Menschheitshälfte spricht, die bisher von keiner der beiden Disziplinen vertreten wurde. Aber wenn der „Theologie"-Begriff aus seinem gewohnten eingeengten und einengenden Bedeutungszusammenhang freigelegt und seiner Rechtfertigungsfunktion für das Patriarchat entkleidet werden kann, dann kann mein Buch als das Bemühen bezeichnet werden, sowohl eine Theologie als auch eine Philosophie zu schaffen. Denn mein Ziel ist es, aufzuzeigen, daß die Frauenrevolution, soweit sie ihren ureigensten Triebkräften folgt, eine ontologische, geistige Revolution ist, die über die Götzenverehrung der sexistischen Gesellschaft hinausweist und schöpferisches Handeln in und zur Transzendenz hin entzündet. Die Selbstentfaltung der Frauen bedeutet universelle Selbstentfaltung der Menschheit. Sie ist innig verknüpft mit der Suche nach letztem Sinn und letzter Wahrheit, die manche Gott nennen.

Frauen waren bisher Außenseiter der menschlichen Gesellschaft. Wir waren immer Fremdkörper, nicht nur in den Trutzburgen politischer Macht, sondern auch in jenen Zitadellen, in denen die Gedankengänge gesponnen werden, aus denen dann das Bedeutungsnetz zum Einfangen der Wirklichkeit geschaffen wurde. In einer sexistischen Welt sind Symbolsysteme und Begriffsmaschinerien Männerwerk. In ihnen findet Frauenerfahrung keinen Niederschlag; sie dienen vielmehr dazu, unser eigenes Selbstbild und unsere eigenen Erfahrungen zu verfälschen. Frauen haben oft die mit dieser Situation verbundenen Probleme gelöst, indem sie einfach die Augen davor verschlossen; das heißt, wir haben eigene Erfahrung verdrängt und nur die Fragen an uns herangelassen, die innerhalb der Grenzen der vorherrschenden Denkstrukturen, die ein Abbild der sexistischen Gesellschaftstruktur sind, als bedeutungsvoll und zulässig gelten.

Wie Simone de Beauvoir traurig feststellt, erschöpfen Frauen, welche die Realität der sexuellen Unterdrückung erfaßt haben, für gewöhnlich ihre Kräfte beim Durchbruch zur Erkenntnis ihres eigenen Menschseins und haben wenig Energien für den Aufbau eines eigenen Weltbildes übrig. Deshalb wäre es unsinnig zu meinen, die verschiedenen bestehenden ideologischen Machwerke spiegelten eine ausgewogene und angemessene Sicht der Dinge wider. Sie entstellen vielmehr die Wirklichkeit und zerstören die schöpferischen Möglichkeiten der Menschen, weiblichen und männlichen Geschlechts. Was zum gegenwärtigen Zeitpunkt nottut, ist die entschiedene und tiefempfundene Weigerung der Frauen, unseren Ausblick, unsere Fragestellung und unsere Schöpfungskraft von irgendwelchen vorgefertigten Schemata der Männerkultur einengen zu lassen. Da wo die positiven Ergebnisse unserer wachsenden Bewußtheit und Schöpfungskraft in Dimensionen einer Suche nach der letzten Wahrheit eintreten, können sie tatsächlich sowohl philosophisch als auch theologisch genannt werden, aber nur in dem Sinn, daß sie über den Gott der patriarchalen Philosophie und Religion hinausweisen.

DAS PROBLEM DER „METHODE“

Daher stellt sich die Frage nach der Methode, mit der ich in diesem Buch Fragen religiöser Symbolik und Begriffe, sowie moralphilosophische Probleme anzugehen gedenke. Ich werde meine Beschreibung mit Hinweisen auf das, was meine Methode *nicht* ist, beginnen. Zunächst einmal ist mir naturgemäß nicht an einer „kerygmatischen Theologie“ gelegen, die immer eine für das Christentum oder jedwede andere Religion eigentümliche, einzigartige und unveränderliche Offenbarung zugrundelegt. (8) Ich betrachte mich weder als eine unbeteiligte Beobachterin, die vorgibt, ein „objektives Wissen über“ die Realität zu besitzen; (9) noch unternehme ich den Versuch, die bestehende kulturelle Situation mit bestimmten „ewigen Wahrheiten“ in Beziehung zu setzen, von denen angenommen wird, daß sie, soweit das überhaupt möglich ist, in ein gefestigtes und begrenztes Symbolsystem eingefangen wurden. (10) Keiner dieser Ansätze wird der revolutionären Potenz der Frauenbefreiungsbewegung gerecht, die sie dazu befähigt, die Erscheinungsformen von Bewußtsein in Frage zu stellen und Bewußtsein zu verändern.

Wir brauchen keine Methode der Korrelation, sondern eine Methode der *Befreiung*. Selbst der Begriff der „Methode“ muß aus seinem bisher gültigen semantischen Feld herausgelöst und neu interpretiert werden, denn die auftauchende Kreativität der Frauen ist keineswegs ein rein verstandesmäßiger Prozeß. Wer die Bedeutung dieses Prozesses verstehen will, muß zunächst die nackte Tatsache begreifen, daß man uns Frauen die Macht zu *benennen* gestohlen hat. Wir waren nicht frei, die uns eigene Macht auszuüben, uns selbst, die Welt oder Gott zu benennen. Die alten Benennungen waren nicht Ergebnisse eines Dialogs – eine Tatsache, die ungewollt in der Schöpfungsgeschichte eingestanden wird, in der Adam die Tiere und die Frau benennt. Erst jetzt wird den Frauen bewußt, daß das weltweite Sprachdiktat der Männer ein falsches, weil einseitiges ist. Das heißt, daß unzulängliche Worte als adäquat akzeptiert wurden. In dieser Hinsicht stimmt das neue Frauen-Bewußtsein – wenn auch aus einem anderen Blickwinkel – mit der Ansicht von Josiah Royce überein, daß es unmöglich sei, einen Begriff losgelöst von seinen Bezügen zum Ganzen zu betrachten. (11)

Menschsein bedeutet, das Selbst, die Welt und Gott zu benennen. (12) Die „Methode“ der wachsenden spirituellen Bewußtheit der Frauen ist nichts weniger als dieser Anfang menschlich zu sprechen – die Zurückeroberung des Rechts zu benennen. Die Befreiung der Sprache wurzelt in unserer eigenen Befreiung.

Es wäre ein Fehler zu glauben, daß die neue Sprache der Frauen einfach damit gleichgesetzt werden kann, daß Frauen Männerworte benützen. Was vielmehr geschieht ist, daß wir Frauen angefangen haben, uns *selbst* und einander wirklich zu *hören*, und aus diesem bestätigenden Hinhören entwickeln sich *neue Worte*. (13) Das bedeutet nicht notwendigerweise, daß sich ein völlig anderer Wortschatz *konkret* materialisiert – nämlich schriftlich faßbare neue Laute oder Buchstabenkombinationen. Vielmehr erhalten Worte, die in materieller Hinsicht mit den alten identisch sind, eine neue Gestalt in einem semantischen Zusammenhang, der einer qualitativ neuen Erfahrung entspringt. Beispielhaft für dieses Phänomen ist das Wort *Exodus* in seiner Anwendung auf die Gemeinschaft der Frauen, die gegenwärtig Gestalt annimmt. (14) Das Wort wird seiner patriarchalen biblischen Bedeutung entkleidet und verweist gleichzeitig *auf* diesen Bedeutungszusammenhang und *über ihn hinaus.* Desgleichen bezeichnet das Wort *Schwesterschaft* (sisterhood) * nicht mehr eine zweitrangige Minibruderschaft, sondern eine echte Verbindung der Frauen in großem Umfange zu unserer Befreiung.

Außerdem bedeutet diese Befreiung der Sprache aus ihrem alten Bedeutungsrahmen ein Ausbrechen in neue semantische Felder. Der neue Bedeutungszusammenhang hat seinen Ursprung und seine Richtigkeit in dem erstarkenden Bewußtsein, das wir Frauen von uns selbst und unserer Situation haben. Da dieses Bewußtsein im Widerspruch steht zu der geltenden Realitätsauffassung, die sich in den vorherrschenden sozialen und linguistischen Strukturen widerspiegelt, enthalten seine verbalen Ausdrucksformen manchmal scheinbare Widersprüche. Die Worte des Werdensprozesses der Frauen haben die Eigenschaft, Fragen und Probleme aufzuwerfen und gleichzeitig Lösungsmöglichkeiten für diese Probleme aufzuzeigen. In diesem Buch finden sich eine Reihe von Beispielen für diesen Prozeß des Benennens.

Gelegentlich können solche neuen Wendungen bewußt provisorischen Charakter haben. Als ich beispielsweise von der *sisterhood of man* sprach, entstand der Eindruck von Widersprüchlichkeit und ungereimter sprachlicher Darstellung. „Vom Verstand her

* Das Wort *sisterhood* bedeutet sowohl Schwesterschaft als auch Schwesterlichkeit. Da wir im Deutschen kein Wort haben, das beide Bedeutungen enthält, ist *sisterhood* je nach Sinnzusammenhang mit Schwesterschaft oder Schwesterlichkeit übersetzt worden. Im Grunde sind aber jeweils beide Bedeutungen gemeint. (Anm. der Red.)

wissen“ alle, daß der englische Begriff *man* ein Gattungsbegriff ist. Aber angesichts der Tatsache, daß wir in einer Welt leben, in der wahres Menschsein lediglich Männern zugebilligt wird, und angesichts der bedeutsamen Tatsache, daß das englische Wort *man* gleichzeitig „Mensch“ und „Mann“ bedeutet, kommt der Begriff nicht als reine Gattungsbezeichnung an. Aus diesem Grund möchten viele Feministinnen gern den irreführenden Gattungsbegriff *man* aus der Sprache löschen, und das mit Recht. Der Ausdruck *sisterhood of man* verleiht dem Wort *sisterhood* ein Gewicht als Gattungsbezeichnung, mit dem es noch nie ausgestattet war. Gleichzeitig entmännlicht er den Pseudo-Gattungsbegriff *man*. Damit verweist die Wendung auf das Problem einer geschlechtsspezifischen Unterdrückung und zeigt andere Möglichkeiten auf. Ich würde den Pseudo-Gattungsbegriff *man* nie in einem anderen als in diesem widersprüchlichen und problematischen Zusammenhang verwenden. Es geht nicht darum, die Verwendung des englischen *man* als Bezeichnung der Spezies Mensch zu rechtfertigen, sondern auf den notwendigen Tod dieses falschen Wortes hinzuweisen, auf seine Beseitigung aus unserer Sprache.

Die Methode der Befreiung hat demnach eine *Kastration* der Sprache und der Bilder, in denen sich die Strukturen einer sexistischen Welt widerspiegeln und fortsetzen zur Folge. Es ist genau deshalb eine Kastration, weil das vom Patriarchat erzwungene phallozentrische Wertsystem sowohl in seinen versteckten als auch in seinen augenscheinlicheren Äußerungen abgeschnitten wird. Als Fremde in einer Männerwelt, die sich nun erheben, unsere eigene Welt zu benennen – und damit zu erschaffen –, fangen Frauen an zu erkennen, daß das Wertsystem, in das wir von den verschiedenen kulturellen Einrichtungen des Patriarchats hineingestoßen wurden, letzten Endes auf eine Art Vergewaltigung von Geist und Körper durch eine Bande hinausläuft.

Feministinnen sind es gewohnt, als „kastrierende Weiber“ abgestempelt zu werden. Einige haben zu Recht entgegnet, daß, wenn „kastrieren“ im wesentlichen bedeutet, einen Menschen in seiner Kraft, Potenz, Gestaltungskraft und Kommunikationsfähigkeit zu beschneiden, eigentlich die Frauen diejenigen sind, die von einer sexistischen Gesellschaft kastriert wurden. Ich möchte jedoch in meinen Analysen einen Schritt weiter gehen. Unleugbar werden auch Männer von einem Gesellschaftssystem kastriert, dessen zerstörerisches Konkurrenzdenken Männer, die weit unten auf dem Totempfahl rangieren (z. B. schwarze Männer, arme Männer, nicht wettbewerbsfähige Männer, Dritte-Welt-Männer, usw.) *wie Frauen* behandelt. Aber sie alle können noch immer auf die ursprünglich kastrierten Wesen –Frauen – herabsehen. Nun erheben sich diese ursprünglichen Eunuchen, nicht um Menschen, sondern um das kastrierende *System* zu entmannen, das System, das unser aller Großer Gott-Vater ist und das einer sinnlosen, universellen Vergewaltigungspolitik frönt.

Das Wegschneiden dieses phallozentrischen Wertsystems in seinen vielfältigen Erscheinungsformen läuft gleichzeitig auf eine Art *Teufelsaustreibung* hinaus, die im wesentlichen von Frauen vollzogen werden muß, die in der Lage sind, die teuflischen Zerstörungen der superphallischen Gesellschaft in unserem eigenen Wesen zu erfahren. Das männliche Ethos, das die menschliche Psyche in der Gewalt hat, fabriziert ein Netz von Projektionen, Verinnerlichungen und sich selbst erfüllenden Prophezeiungen. Es fördert eine grundlegende Selbstentfremdung in der Psyche – das heißt, es bewirkt die Unfähigkeit, den Teil der Psyche anzunehmen, der dann auf „das Andere" projiziert wird. Es ist im Wesen dämonisch, weil es die Macht zu menschlicher Selbstentfaltung beschneidet.

Die Methode der *Befreiung – Kastration – Teufelsaustreibung* ist demnach ein Werden „der Anderen" – Frauen –, ein Prozeß, bei dem wir unsere eigenen Worte hören und sprechen. Die Entfaltung dieser Hörfähigkeit und Sprachkraft impliziert den Sturz von Bildern, welche die vorherrschende Sozialordnung widerspiegeln und verstärken. Das geschieht auf eine Art, wenn Frauen aktive, schöpferische Rollen übernehmen. Ich meine damit nicht Frauen als „Rollenvorbilder" im Sinne der allgemein anerkannten „Vorbilder" des Patriarchats. Ich denke vielmehr an das Auftauchen freier Persönlichkeiten, deren Leben eine Art ansteckende Freiheit vermitteln.

Dieser Bildersturz erfordert die Ablehnung der Scheinidentität von Alibipositionen. Diese Ablehnung drückt sich manchmal in dramatischen Handlungen aus, deren Bedeutung vielschichtig ist. Es gibt kein allgemeingültiges Rezept für solche symbolischen Taten. Sie erwachsen organisch aus bestimmten Situationen. Sie haben Offenbarungscharakter, da sie nicht nur den Tatbestand des Sexismus aufdecken, sondern auch Zeichen setzen und Hinweise geben auf Transzendenz. Im allgemeinen schließen sie das Ablehnen von Alibifunktionen, das Brechen mit der Vergangenheit, dramatisches Handeln, das Ausleben von etwas wirklich Neuem ein – wodurch der Anstoß zu weiterem Handeln gegeben wird. (15)

Frauen mögen zu dem Urteil kommen, daß in einigen Fällen die Bezeichnungen, die der Realität von der männlich-dominierten Gesellschaft aufgezwungen und von der Religion geheiligt wurden, grundsätzlich unterdrücken und abgeschafft werden müssen. In anderen Fällen kann es sein, daß in der Vergangenheit Teilwahrheiten für die ganze Wahrheit gehalten wurden, und daß die vorurteilsbeladenen Symbole und Begriffsbildungen aus ihrer

Einseitigkeit befreit werden müssen. Wir Frauen werden Traditionen, Denkweisen und Gewohnheiten nur dadurch befreien, daß wir einander hören und uns somit die Möglichkeit schaffen, in Worte zu fassen, was wir zu sagen haben. Das erfordert Wechselbeziehungen zwischen Einsicht und Praxis, nicht im Sinne eines „Reflektierens" über „soziales Handeln" (ein falscher Dualismus), sondern vielmehr im Sinne eines beständigen Wachsens, ständiger Beweglichkeit und dem Auftreten neuer Wirklichkeitswahrnehmungen – Wahrnehmungen, die vom Sein-wo-wir-sind kommen.

Das Werden der Frauen in Schwesterlichkeit ist das gegenkulturelle Phänomen *par excellence*, das den Weg weisen kann für die künftige spirituelle Entwicklung der Menschheit. Wie ich bereits angedeutet habe, kann keine der von männlichen Philosophen und Theologen anerkannten Methoden auch nur andeutungsweise dieser Aufgabe entsprechen. Frauen sind nicht nur im Begriff, Philosophie und Theologie zu „über-denken", sondern sie nehmen an Neuschöpfung teil. Bestandteil dieses Prozesses sind herrlicher, selbstbefreiender Zorn, Liebe und Hoffnung.

DAS ÜBERWINDEN DES METHODENFETISCHISMUS

Einer der Fetische von Theologen, Philosophen und anderen Akademikern nennt sich *Methode*. Gemeinhin bestimmt die Methode die Wahl eines Problems, statt daß die Methode vom Problem bestimmt wird. Das bedeutet, das Denken einer unsichtbaren Tyrannei auszuliefern. Suzanne Langer schrieb:

„Die Grenzen des Denkens werden nicht so sehr durch äußere Faktoren, durch die Fülle oder Armseligkeit der Erfahrungen festgelegt, die dem Geist begegnen, als vielmehr durch innere Faktoren – Begriffsvermögen, Reichtum an sprachbildenden Vorstellungen –, mit denen der Geist Erfahrungen begegnet. Die meisten Neuentdeckungen sind Spontanwahrnehmungen von Dingen, die schon immer da waren." (17)

Die Tyrannei des Methodenfetischismus verhindert neue Entdeckungen. Sie hält uns davon ab, Fragen aufzuwerfen, die noch nie gestellt wurden, und uns von Ideen erhellen zu lassen, die nicht in vorgefertigte Schubladen und Schablonen passen. Methodenfetischisten haben eine sehr effektive Art, Tatsachen, die sich nicht in das altehrwürdige Frage-und-Antwort-Schema fügen, zu behandeln. Sie klassifizieren sie schlichtweg als Nicht-Tatsachen und machen sie damit unsichtbar.

Es sollte erwähnt werden, daß der Gott „Methode" in Wirklichkeit eine untergeordnete Gottheit ist, die Höheren Mächten dient. Diese sind soziale und kulturelle Institutionen, die, um weiterzubestehen, darauf angewiesen sind, brisante und störende Informationen als nicht-existent zu behandeln. Unter der Herrschaft des Patriarchats hat das Methodendenken die Fragen der Frauen so spurlos verschwinden lassen, daß selbst wir Frauen nicht in der Lage waren, unsere eigenen Fragen zu hören und zu formulieren, um unsere Erfahrungen zu bewältigen. Wir Frauen waren nicht einmal fähig, unsere eigenen Erfahrungen zu erfahren.

Mit diesem Buch will ich anfangen, Nicht-Fragen zu stellen und mit dem Entdecken, Mitteilen und Analysieren von Nicht-Tatsachen beginnen. So gesehen ist es eine Übung in Methodenmord, einer Form von Gottesmord. Die Methodendiener müssen dem Buch daher seine Nicht-Existenz aberkennen (eine Technik, die sie brillant beherrschen). Mögen sie seine Existenz mit der göttlichen Gnade dieser doppelten Verneinung auf die einzige ihnen mögliche Weise absegnen. Hochverrat verdient einen Doppel-Betrug. *

Die Reihenfolge der Nicht-Fragen, die in diesem Buch behandelt werden sollen, ist folgendermaßen: Ich habe mich zunächst auf das Phänomen vom Sterben des Gott-Vaters im wachsenden Frauenbewußtsein konzentriert, und den darauf erfolgenden Durchbruch zu bewußter, gemeinschaftlicher Teilhabe an Gott dem Verb. Daran schließt sich eine Exorzismusübung, in der Eva vom Bösen befreit wird, was einem Fall in die Freiheit gleichkommt. Da dieser Fall erlösend und heilsam ist, kündigt er den Anbruch Neuen Seins an. Deshalb muß als nächster Schritt das Problem der Christusvergötzung angegangen werden, das diesem Anbruch im Wege steht. Darauf folgt der Versuch, über die phallozentrische Moral hinauszudenken. Im Mittelpunkt der letzten drei Kapitel steht unsere Schwesterngemeinschaft, die unter drei Gesichtspunkten gesehen wird: als Antikirche, als kosmischer Bund und als Endziel.

Dieses Buch wurde im Zeichen der Hoffnung geschrieben. Es ist zu hoffen, daß es nicht nur eine Weiterentwicklung, sondern einen Neubeginn darstellt. Mit Sicherheit ist es nicht Das Letzte Wort. Aber da, wo es das richtige Wort findet, wird es gehört werden, denn das richtige Wort wird die Kraft der Wirklichkeit in sich tragen.

* (High treason merits a double cross)

Kapitel Eins

NACH DEM TOD DES GOTTVATERS

Der erste Schritt in der Erhöhung der Frauen in sämtlichen Religionssystemen ist, sie davon zu überzeugen, daß der große Weltgeist in keiner Weise für diese ganzen Sinnwidrigkeiten verantwortlich ist.

– ELIZABETH CADY STANTON

Das biblische und allgemein beliebte Bild von Gott als einem mächtigen Patriarchen im Himmel, der nach seinem unerklärlichen und scheinbar willkürlichen Ratschluß belohnt und straft, hat die Vorstellung von Millionen jahrtausendelang beherrscht. Die Symbolfigur des Vaters im Himmel, eine Erzeugung menschlicher Phantasie, die vom Patriarchat mit dem Stempel der Glaubwürdigkeit versehen wurde, hat dieser männlich-dominierten Gesellschaft ihrerseits einen Dienst erwiesen, indem sie ihre Mechanismen zur Unterdrückung der Frauen als recht und billig erscheinen ließ. Wenn Gott in „seinem" Himmel ein Vater ist, der über „sein" Volk herrscht, dann liegt es in der „Natur" der Dinge, entspricht es dem göttlichen Plan und der kosmischen Ordnung, wenn die Gesellschaft männlich beherrscht ist.

In diesem Zusammenhang findet eine Mystifizierung der Rollen statt: Der Ehemann, der seine Ehefrau beherrscht, ist „SEIN" Stellvertreter. Die Vorstellungen und Werte der jeweiligen Gesellschaften wurden zu Dogmen und „Glaubensartikeln" erhoben, und diese wiederum rechtfertigen die Gesellschaftsstrukturen, aus denen sie hervorgegangen sind und ihre Glaubwürdigkeit beziehen. Das Glaubenssystem erstarrt und wird objektiviert, verfügt anscheinend über eine unwandelbare, unabhängige Existenz und einen Wert in sich. Es widersetzt sich sozialem Wandel, der es seiner Glaubwürdigkeit berauben würde. Trotz dieses Teufelskreises können sich gesellschaftliche Veränderungen ereignen, können Ideologien, wenn auch mühsam, sterben.

So wie die Frauenbewegung erste Auswirkungen auf das Gesellschaftsgefüge hat und aus dem Patriarchat etwas noch nie Dagewesenes wird – eine radikal neue, diarchische Situation –, kann sie zur stärksten einzelnen Herausforderung der großen Weltreligionen in West und Ost werden. Glaubensinhalte und Werte, die seit tausenden von Jahren herrschen, werden wie noch nie zuvor in Frage gestellt werden. Diese Revolution könnte sich auch als die größte einmalige Hoffnung auf ein Weiterleben spirituellen Bewußtseins auf diesen Planeten erweisen.

DIE HERAUSFORDERUNG: DIE ENTSTEHUNG GANZER MENSCHEN

Manche bestehen darauf, daß die Befreiung der Frauen lediglich darauf hinauslaufen wird, daß neue Darsteller dieselben alten Rollen übernehmen werden, und daß sich nichts Grundlegendes an Strukturen, Ideologien und Werten ändern wird. Diese Hypothese gründet oft auf der Beobachtung, daß sich die wenigen Frauen in „männlichen" Berufen oft wie Männer benehmen. Diese Argumentation geht am Kern der Sache vorbei, denn sie läßt die Tatsache unberücksichtigt, daß Alibifunktionen Rollenstereotype oder Gesellschaftssysteme nicht verändern, sondern erhalten, da sie den revolutionären Impuls einlullen. Die verschwindend wenigen Frauen in den Vereinigten Staaten, die derartige Rollen innehaben (Senatorinnen, Richterinnen, leitende Angestellte, Ärztinnen u. a.) sind von Männern ausgebildet worden in Institutionen, die von Männern geplant und ausgestaltet wurden, und sie wurden mit sanftem Zwang genötigt, nach männlichen Regeln zu funktionieren. Alternativmodelle gibt es nicht. Aber der Frauenbewegung in ihrem revolutionären Potential geht es gar nicht darum, wie die Soziologin Alice Rossi feststellte. (1)

Vielmehr geht es um das Auftauchen eines Frauen-Bewußtseins, wie es das noch nie gegeben hat. Die Annahme, es werde beim Zu-Sich-Selbst-Kommen der Frauen nichts weiter herauskommen als eine unkritische Übernahme von Strukturen, Glaubensinhalten, Symbolen, Normen und Verhaltensmustern, die bisher in der männlich dominierten Gesellschaft bevorzugt wurden, zeugt von Phantasielosigkeit und Unkenntnis der Vorgänge in der Frauenbewegung. Im Gegenteil, dieses Zu-Sich-Selbst-Kommen wird als Katalysator für radikalen Wandel in unserer Kultur wirken. Piaget hat überzeugend nachgewiesen, daß Strukturen durch ein Zusammenspiel von Veränderungsregeln aufrechterhalten werden, die nie systemüberwindende Resultate zeitigen und prinzipiell die Verwendung systemfremder Elemente ausschließen. (2) Das zeigt, was eine grundlegende Systemveränderung herbeiführen *kann*, nämlich ein wirksamer Einfluß *von außen*. Frauen, die das Patriarchat ablehnen, haben diese verändernde Kraft, ja sie sind diese Kraft, welche die Dinge, so wie sie sind, aufs Äußerste bedroht.

Die traditionellen Geschlechtsstereotype und die Herrschaftsstrukturen des Patriarchats sind als Produkt einer künstlichen Polarisierung menschlicher Eigenschaften entstanden und durch diese Polarisierung verfestigt worden. Das Bild eines Autoritätsträgers und das landläufige Verständnis „seiner" Rolle entsprechen dem ewig maskulinen Stereotyp, einer Mischung aus Hyper-Rationalität (oftmals nicht viel mehr als Pseudo-Rationalität), „Objektivität", Aggressivität, dominierendem und manipulativem Verhalten gegenüber Menschen und Umwelt und einer Neigung, Schranken zu errichten zwischen dem Selbst (sowie denjenigen, mit denen das Selbst sich identifiziert) und dem „Anderen". Diese Karikatur menschlichen Seins kann nur mit der entsprechenden Gegenkarikatur bestehen – dem ewig Weiblichen, einer Mischung aus Hyper-Emotionalität, Passivität, Selbst-Verleugnung usw. Wenn die Frauen ganze Menschen werden, können sie eine Gegenkraft zum Stereotyp der Führernatur schaffen, indem sie die künstliche Polarisierung der menschlichen Merkmale in geschlechtsspezifische Rollenidentifikationen anfechten. Nichts berechtigt zu der Annahme, daß die Frauen, die gemeinschaftlich Stereotype bekämpfen, und zwar das männliche ebenso wie das weibliche, einfach das männliche Klischee zu ihrem Vorbild machen werden. Wir erleben im Gegenteil, daß Frauen einen breiteren Fächer von Qualitäten und Fähigkeiten entwickeln. Es hat sich bereits gezeigt, daß dadurch bei den Männern ein vergleichbarer Befreiungsprozeß in Gang gesetzt wird und in Gang gesetzt werden muß – ein Phänomen, das in männlichen Emanzipationsgruppen auftrat und sich tagtäglich im Rahmen zwischenmenschlicher Beziehungen zeigt. Das Werden androgyner menschlicher Wesen setzt einen radikalen qualitativen Wandel des menschlichen Bewußtseins und der menschlichen Verhaltensweisen voraus.

Dieser Wandel bedroht schon jetzt die Glaubwürdigkeit der religiösen Symbole unserer Kultur. Da viele davon zur Rechtfertigung der Unterdrückung benutzt wurden, sollte eine derartige Herausforderung eigentlich als erlösend empfunden werden. Religiöse Symbole verblassen und vergehen, sobald ihnen der kulturelle Nährboden, auf dem sie keimten und gediehen, entzogen wird. Ein derartiger Vorgang löst Angst aus, aber das gehört zum Risiko eines Glaubens, der die Relativität aller Symbole bejaht und erkennt, daß ein Festhalten an ihnen als bleibende, allgültige Werte selbstzerstörerisch und götzendienerisch ist.

Das Werden neuer Symbole ist keine Angelegenheit, die sich willkürlich am grünen Tisch entscheiden läßt. Symbole wachsen vielmehr aus einer sich wandelnden Gemeinschaftssituation und -erfahrung. Das bedeutet nicht, daß wir uns mit der Rolle passiver Beobachterinnen zufrieden geben müssen. Die Erfahrung der Selbstwerdung der Frauen versteht sich nicht nur begrifflich und abstrakt, sondern als aktive Teilnahme an der Überwindung der Knechtschaft. Sowohl Aktivsein als auch schöpferisches Denken entspringen aus dem wachsenden Frauen-Bewußtsein und fließen in es ein. Beides zusammen bewirkt einen Aufschwung bewußter Wahrnehmung über die Symbole und Lehren der patriarchalen

Religion hinaus.

DER UNZULÄNGLICHE GOTT DER VOLKSPREDIGT

Das Bild des göttlichen Vaters im Himmel war menschlichem Verhalten nicht immer zuträglich, wie jede aufmerksame Leserin geschichtlicher Werke wohl weiß. Das oftmals grausame Verhalten der Christen gegen Nicht-Gläubige und Dissidenten aus den eigenen Reihen gibt Aufschluß nicht nur über die Werte der von diesem Bild geprägten Gesellschaft, sondern auch über die Art und Weise, wie dieses Bild sich auf das Verhalten auswirkt. Das Bild des himmlischen Patriarchen drückt bis heute eine fundamentale Doppeldeutigkeit aus – einen Zwiespalt zwischen dem Gott der Liebe und dem eifersüchtigen Gott, der die kollektive Macht „seines“ auserwählten Volkes repräsentiert. Wie der Historiker Arnold Toynbee deutlich gemacht hat, spiegelte dies eine doppelte Moral im Verhalten wider und setzt diese fort. (3) Auch ohne eingehendere Erörterung seiner Geschichtsanalyse ist diese Erkenntnis empirisch zugänglich. Die Figur des Vito Corleone im *Paten* ist eine lebendige Illustration der Vermählung von Zärtlichkeit und Gewalttätigkeit, die im patriarchalen Ideal so eng miteinander verschmolzen sind. Diejenigen, die an den liebenden Vater glauben, mögen ihre Nächsten in gewissem Sinne lieben, aber in Wirklichkeit sind damit nur Personen in einem begrenzten und fluktuierenden Umfeld gemeint, und die Gläubigen dürfen „mit gutem Recht“ Personen außerhalb dieses geheiligten Bezirks intolerant und fanatisch verfolgen.

Wie dieser Gott funktioniert, zeigt sich an der heutigen amerikanischen zivilen Religion. (4) Anläßlich eines der Gottesdienste im Weißen Haus während der ersten Amtsperiode Richard Nixons, verlieh Rabbi Louis Finkelstein der Hoffnung Ausdruck, ein künftiger Historiker möge sagen, „daß in einer Zeit großer Sorgen und großer Heimsuchungen der Finger Gottes auf Richard Milhouse Nixon gewiesen und ihm den Weitblick und die Weisheit verliehen habe, die Welt und die Zivilisation zu erretten und auch unserem Land den Weg zu bahnen, um das Gute, das das zwanzigste Jahrhundert der Menschheit bietet, zu verwirklichen“. (5) So gesehen ist, wie Charles Henderson gezeigt hat, Gott ein Amerikaner und Nixon „sein“ Gesalbter. (6) Die mit Sorgfalt für die Predigten im Weißen Haus ausgewählten Geistlichen betonen, daß diese Nation „unter der Führung Gottes“ stehe. Die logische Folgerung ist, daß ihre Staatspolitik richtig ist. Unter der Führung Gottes wird der Präsident zur Christusfigur. Im Jahre 1969, an dem Tag, an dem die Astronauten den Mond betreten sollten und der Präsident im Begriff war, „auf der Suche nach dem Frieden" den Pazifik zu überqueren, verkündete einer dieser Geistlichen:

„Und meine Hoffnung für die Menschheit wird bestärkt in dem Wissen, daß unser beherzter Präsident sich selbst bald ins All aufmachen und mit kühnem Griff nach dem Mond des Friedens greifen wird. Gebe Gott, daß auch er im Triumph zurückkehren möge, und daß die Abermillionen von Gebeten, die ihn begleiten, nicht vergeblich sein mögen." (7)

Ray Price, einer der Verfasser von Nixons Reden, kam auf eine der Kraftquellen dieser „Theologie" zu sprechen, als er schrieb:

„Die Wahl eines Präsidenten muß ein Glaubensakt sein ... Dieser Glaube wird nicht durch den Verstand erlangt, er wird erlangt durch Charisma, durch ein *Gefühl* des Vertrauens ..." (8)

Price meinte auch, daß der Wahlkampf nur dann erfolgreich sein würde, „wenn wir die Menschen dazu bewegen können, den emotionalen Absprung zu finden, oder das, was die Theologen den ‚Glaubenssprung' nennen." (9)

Dies ist natürlich genau der unauthentische Sprung, den Camus als philosophischen Selbstmord bezeichnete. Es ist der Selbstmord, den eine zivile Religion fordert, in der „Gott" und der Erlöser-Präsident und „unsere Nation" mehr oder weniger eins werden. Wenn der „Sprung" getan ist, ist es möglich, einfach nicht mehr zu sehen, was der große Gott-Vater und sein Gesalbter tatsächlich tun. Zu den Auserwählten zählen Wissenschaftler und Professoren, die perverse Folter- und Tötungsmethoden ersinnen, wie solche Geschosse, welche die inneren Organe „des Feindes" zerfetzen und andere vergleichbare unmenschliche Waffen gegen „lebende Ziele". Zu den Auserwählten gehören auch Politiker und Geistliche, die das System, das derartige Greuel begeht, rechtfertigen und segnen. „Unter der Führung Gottes" stehen außerdem auch die mächtigen Industriellen, die den Planeten unbewohnbar machen.

Denker von Rang haben Gott selbstverständlich intellektuell nie mit einem Supervater im Himmel gleichgesetzt. Dennoch muß auch gesehen werden, daß selbst dann, wenn im Geist höchst abstrakte Begriffsbilder von Gott formuliert werden, in der Phantasie Vorstellungen weiterleben, die es möglich machen, daß ein Mensch sich gleichzeitig auf zwei verschiedenen und sogar offensichtlich widersprüchlichen Ebenen bewegt. So kann man von Gott als Geist sprechen und sich „ihn" gleichzeitig als Angehörigen des männlichen Geschlechts vorstellen. (10) Derlei primitive Vorstellungen können sehr verfeinerte und abstrakt erscheinende Begriffsbildungen zutiefst beeinflussen. So tritt auch der von der Theologie der Hoffnung so zärtlich gehegte Yahweh der Zukunft auf einer bildhaften Ebene als reiner Mann-Gott in Erscheinung.

Das steht mit der Tatsache in Einklang, daß Theologen der Hoffnung versucht haben, eine politische Theologie zu entwickeln, die nirgendwo ausdrücklich die Verheerungen einer sexistischen Politik zur Kenntnis nimmt.

Die weitverbreitete Vorstellung vom „Höchsten Wesen" als einer Instanz, die nicht von dieser Welt ist, sie aber nach Plan kontrolliert und menschliche Wesen in einem Zustand kindlicher Unterwerfung hält, war eine nicht allzu subtile Maske des göttlichen Patriarchen. Wie Nietzsche prophezeite, hat die Glaubwürdigkeit des Höchsten Wesens und der mit dieser Projektion einhergehenden statischen Weltsicht natürlich abgenommen, zumindest unter den geistig differenzierteren Menschen. Es war eine Projektion, die in der spezifisch patriarchalen Gesellschaftsstruktur wurzelte und als subjektiv wirklich aufrechterhalten wurde durch die üblichen, Glaubwürdigkeit herstellenden Verfahren wie Predigt, Religionsunterricht und Gottesdienst. Die bewahrende Kraft der Gesellschaftsstruktur ist durch eine Anzahl von Entwicklungen der jüngeren Geschichte, einschließlich der allgemeinen Tendenz zu einer Demokratisierung der Gesellschaft und dem Aufkommen der Technologie unterminiert worden. Jedoch scheint die Frauenbewegung dazu ausersehen zu sein, die Schlüsselrolle bei der Abschaffung solcher unterdrückender Elemente im traditionellen Theismus zu spielen, gerade weil sie am Fundament des gesellschaftlichen Dualismus rüttelt, der sich in den herkömmlichen Glaubensvorstellungen widerspiegelt. Sie stellt eine wachsende Bedrohung des unzulänglichen volkstümlichen „Gottes" dar, weniger dadurch, daß sie „ihn" angreift, als dadurch, daß sie „ihn" hinter sich läßt. Kaum eine bedeutende Feministin zeigt großes Interesse an der institutionellen Religion. Aber dieses Desinteresse kann kaum mit einem Mangel an spirituellem Bewußtsein gleichgesetzt werden. Vielmehr erfahren wir gegenwärtig, daß sich das Frauen-Bewußtsein freisprengt und seinen eigenen religiösen Ausdruck findet.

Es kann zu Recht darauf verwiesen werden, daß die judeochristliche Tradition nicht bar jeglicher Elemente ist, die Ansätze zur Transzendenz begünstigen können. Aber die befreiende Potenz dieser Elemente wird in der sie umgebenden Atmosphäre patriarchaler Bilder, Ideen, Werte und Strukturen erstickt. Der gesellschaftliche Wandel, den der radikale Feminismus bewirkt, birgt die Potenz, in größerem Umfang den Sinn zu schärfen für die qualitativen Unterschiede zwischen den begrifflichen Vorstellungen von „Gott" und der menschlichen Beziehung zu Gott mit ihren unterdrückenden Beiklängen und die Art von Sprache hervorzubringen, die aus dem und für ein erwachendes Frauen-Bewußtsein spricht.

DIE ENTMANNUNG „GOTTES“

Wenn Gott männlich ist, muß – wie schon gesagt – das Männliche Gott sein. Der göttliche Patriarchat kastriert die Frauen, solange ihm gestattet wird, in der menschlichen Vorstellung weiterzuleben. Der Vorgang, in dem der Höchste Phallus entfernt wird, kann kaum eine rein „rationale“ Angelegenheit sein. Es handelt sich dabei um das Problem, die kollektive Phantasie so zu verändern, daß dieses Zerrbild menschlichen Strebens nach Transzendenz seine Glaubwürdigkeit verliert.

Einige führende Religionsphilosophinnen, insbesondere Mary Baker Eddy und Ann Lee haben bis zu einem gewissen Grad Einsicht in das Problem gezeigt und versucht, den „mütterlichen“ Aspekt dessen, was sie „Gott“ nannten, hervorzuheben. (11) Eine Anzahl von Feministinnen haben „Gott“ als „sie“ bezeichnet. Während all das seine Berechtigung hat, muß die Analyse dennoch tiefer gehen. Der wesentlichste Wandel muß sich in uns Frauen vollziehen – in unserem Sein und in unserem Selbstbild. Sonst besteht die Gefahr, in bloßen Reformen steckenzubleiben, wie bei einem „Überwechsel“, womit der Versuch gemeint ist, die Waffen des Unterdrückers gegen ihn zu gebrauchen. Die Vorstellung der schwarzen Theologie vom Schwarzen Gott veranschaulicht dies. Es läßt sich mit Recht sagen, daß eine geschlechtsverändernde Operation an „Gott“, die „ihn“ in eine „sie“ verwandelt, eine weitaus tiefgreifendere Veränderung darstellt als eine bloße Änderung der Hautfarbe. Aber ein Stehenbleiben auf dieser Denkebene würde eine Verharmlosung des tiefgreifenden Problems menschlichen Werdens in den Frauen bedeuten.

ÜBER DEN UNZULÄNGLICHEN GOTT HINAUS

Die zahlreichen Religionen, welche die Transzendenz hypostasieren, d. h. die Religionen, die auf die eine oder andere Weise „Gott“ als ein *Wesen* objektivieren, versuchen, die transzendente Wirklichkeit als endlich zu betrachten, was ein Widerspruch in sich ist. Dabei wird „Gott“ zur Rechtfertigung des bestehenden gesellschaftlichen, wirtschaftlichen und politischen Status quo benutzt, in dem Frauen und andere ausgebeutete Gruppen unterjocht sind.

„Gott“ läßt sich auf verschiedene Arten zur Unterdrückung der Frauen mißbrauchen. Erstens geschieht dies auf ganz offenkundige Art, wenn Theologen die untergeordnete Rolle der Frau als Gottes Willen ausgeben. Das ist bekanntermaßen jahrhundertelang geschehen, und Spuren davon finden sich in verschiedener

Schattierung und Deutlichkeit in den Schriften zeitgenössischer Denker wie Barth, Bonhoeffer, Reinhold Niebuhr und Teilhard de Chardin. (12)

Zweitens manifestiert sich das Phänomen selbst dort, wo derartige, ausgesprochen unterdrückende Rechtfertigungen fehlen, in der Verwendung eingeschlechtlicher Symbolik für Gott und für die menschliche Beziehung zu Gott. Das folgende Zitat mag den Gedanken veranschaulichen:

„Zu glauben, daß Gott der Vater ist, heißt, sich seiner selbst nicht als eines Fremden, nicht als eines Außenseiters oder eines Entfremdeten gewahr zu werden, sondern als eines Sohnes, der eine Heimat hat, oder als eines Menschen, der für ein leuchtendes Schicksal ausersehen ist, das er mit der ganzen Gemeinde teilt. Zu glauben, daß Gott der Vater ist, bedeutet, ‚wir' sagen zu können im Hinblick auf alle Männer." (13)

Eine Frau, deren Bewußtsein geweckt ist, kann sagen, daß sie sich durch eine derartige Sprache ihrer selbst als einer Fremden gewahr wird, als einer Außenseiterin und Entfremdeten, nicht als Tochter, die eine Heimat hat oder die für ein leuchtendes Schicksal ausersehen ist. Hier kann sie ihren Platz nicht haben, ohne in ihre eigene Lobotomie einzuwilligen.

Drittens, selbst wenn die Grundbegriffe des Redens über Gott nicht sexistisch erscheinen und der Sprachgebrauch bis zu einem gewissen Grad von der Fixierung auf Männlichkeit gereinigt ist, wird Schaden angerichtet, und ist es durchaus mit Sexismus vereinbar, wenn damit eine Distanzierung von der Wirklichkeit des menschlichen Kampfes gegen Unterdrückung in ihren konkreten Manifestationen ermutigt wird. Das Fehlen ausdrücklicher Bezugnahme auf die Einsicht in die Tatsache der Unterdrückung in ihren wesentlichen Formen, zum Beispiel als geschlechtsspezifische Hierarchie, ist an sich schon unterdrückend. Das ist der Fall, wenn Theologen lange Abhandlungen über schöpferische Hoffnung, politische Theologie oder Revolution abfassen, ohne ausdrücklich auf das Problem des Sexismus oder andere wesentliche Formen der Ungerechtigkeit einzugehen. Diese Gleichgültigkeit fällt auf in den bedeutenderen Werken von Theologen der Hoffnung wie Moltmann, Pannenberg und Metz. Das soll nicht heißen, daß die Vision einer schöpferischen Eschatologie vollkommen nebensächlich ist, aber daß sie sich nicht auf die konkreten Erfahrungen der Unterdrückten gründet. Dadurch hat das Theoretisieren die Beschaffenheit von Unwirklichkeit. Vielleicht ist ein offenbarer Grund der, daß die Theologen Unterdrückung selbst nicht erfahren haben und deshalb aus der privilegierten Distanz von Leuten schreiben, die bestenfalls ein „abstraktes Wissen" von der Sache haben.

Auch die ontologische Theologie von Tillich, obwohl sie in einem sehr radikalen Sinne potentiell befreiend ist, wird in dieser Hinsicht der Wirklichkeit nicht gerecht. Es stimmt, daß Tillich *versucht*, die Hypostasierung „Gottes“ zu vermeiden (obwohl der Versuch nicht restlos gelingt), und daß seine Art, über den Grund und die Macht des Seins zu sprechen, sich schwerlich zur Rechtfertigung irgendeiner Form von Unterdrückung benützen läßt. (14) Der besondere Bezug der „Macht des Seins“ zur geschlechtsspezifischen Unterdrückung bleibt jedoch unerwähnt. Ebenso „distanziert“ wie seine Gottesdiskussion ist im übrigen auch seine ganze Theologie – ein Punkt, auf den ich später zurückkommen werde. Diese Distanzierung vom Problem des Zusammenhangs zwischen dem Reden über Gott und dem Kampf gegen dämonische Machtstrukturen ist nicht nur typisch für Tillich, sondern auch für andere männliche Theoretiker, die eine relativ nicht-sexistische Sprache in bezug auf die Transzendenz entwickelt haben. Denker wie Whitehead, James und Jaspers haben ein Reden über Gott, das in seinen Höhenflügen die geschlechtsspezifische Hierarchie als spezielles Problem, das es im Verlauf menschlichen Werdens anzugehen gilt, ignoriert.

Die neue Erkenntnisfähigkeit der Frauen bringt uns an einen Punkt jenseits solcher direkter und indirekter theologischer Unterdrückungsmechanismen, die bisher ihren Schwerpunkt in Diskussionen über „Gott“ hatten. Es wird immer offenkundiger, daß das Reden über Gott, wenn es auch nur unterschwellig Unterdrükkung billigt und die Beziehung zwischen Erkennen und Befreiung nicht deutlich macht, entweder so erneuert werden muß, daß es sich unmißverständlich auf das Problem des Sexismus bezieht, oder aber aufgegeben werden muß. Mit dieser Feststellung lege ich einen pragmatischen Maßstab an das Reden über Gott, unterwerfe es einem Prüfungsverfahren – ein Vorgehen, das demjenigen von William James nicht völlig unähnlich ist. Meines Erachtens ergibt sich das wesentliche Kriterium, das den Auftrag zur Abschaffung bestimmter Formen des theologischen Jargons beinhaltet, aus der folgenden Frage: Verhindert diese Sprache menschliches Werden durch die Verstärkung geschlechtsspezifischer Rollenprogrammierung? Positiv ausgedrückt – ein Punkt, auf den ich später zurückkommen werde – lautet die Frage: *Fördert* sie menschliches Werden in Richtung psychologischer und sozialer Erfüllung, einer androgynen Lebensweise, in Richtung auf Transzendenz?

Es ist anzunehmen, daß die Bewegung mit der Zeit eine neue Transzendenzsprache hervorbringen wird. Es gibt keinen Grund zur Annahme, daß der Begriff „Gott“ immer notwendig sein wird, als könnte das Vier-Buchstaben-Wort transzendentes Sein stofflich gesprochen, einfangen und einkapseln. Zum gegenwärtigen Zeitpunkt ist eher anzunehmen, daß die wesensmäßige Andersartigkeit des neuen Wortes für Gott dadurch unverfälschter übermittelt wird, daß es in ein neues semantisches Umfeld verpflanzt wird, als durch eine bloße materielle Veränderung in Klang oder Erscheinungsform. Da die Frauenrevolution die Befreiung aller menschlichen Wesen in sich schließt, ist es unmöglich zu glauben, daß im Laufe ihrer Verwirklichung die religiöse Vorstellungs- und Erkenntnisfähigkeit einfach schlummert. Ein Teil der Herausforderung besteht darin, die Dürftigkeit aller Worte und Symbole zu erkennen und sich dann auf unsere eigene Fähigkeit zu besinnen, das radikal Neue in unserem Leben zu bewirken. Dieses Leben schafft den neuen Bedeutungszusammenhang für den Gottesbegriff, von dem einige Bestandteile nun untersucht werden können.

FRAUENBEFREIUNG UND OFFENBARENDER MUT

Ich habe bereits darauf hingewiesen, daß es unrealistisch wäre, sich über die Tatsache hinwegzusetzen, daß die symbolischen und linguistischen Kommunikationswerkzeuge – die im wesentlichen die ganze theologische Überlieferung in den Weltreligionen einschließen – von Männern unter patriarchalen Herrschaftsverhältnissen formuliert wurden. Deshalb gehört es zum Wesen dieser symbolischen und linguistischen Strukturen, daß sie den Zwecken patriarchaler Gesellschaftseinrichtungen dienen. Selbst die üblichen und akzeptierten Mittel theologischen Andersdenkens sind so eingeschränkt worden, daß nur wenige Fragen überhaupt aufkommen durften. Viele Fragen, die heute von brennendem Interesse für Frauen sind, kamen in der Vergangenheit (und größtenteils auch in der Gegenwart) denjenigen, welche die „Legitimation" besaßen, Theologie zu praktizieren, einfach nie in den Sinn. Andere Fragen mögen schüchtern gestellt worden sein, wurden aber schleunigst als dumm, unpassend oder naiv abgetan. Deshalb werden gegenwärtige Versuche von Theologinnen, die Theologie lediglich „auf den neuesten Stand zu bringen" oder sie im Rahmen anerkannter Fragemuster zu reformieren, nicht allzuweit gedeihen.

Darüber hinaus konnte es im Rahmen des herrschenden sozialen Klimas geschehen, daß Wissenschaftler, die sich durchaus der krassesten, entwürdigendsten Aussagen über Frauen in den Schriften religiöser „Autoritäten" und Theologen bewußt waren – von Augustinus über Thomas von Aquin über Luther und Knox bis hin zu Barth –, dabei zu gleicher Zeit deren ungeprüfte Ansichten über weit weniger gewichtige Angelegenheiten mit der größtmöglichen Achtung und Bewunderung behandelten. Das heißt, die unverhüllte Frauenfeindlichkeit dieser Männer war nicht Anlaß zu einer ernsthaften Glaubwürdigkeitskrise, selbst nicht bei denen, die in diesem „Punkt" nicht mit ihnen übereinstimmten. Sie wurde einfach als trivial abgetan. Dagegen wird dieser Zusammenhang im erwachenden Frauen-Bewußtsein allmählich in seiner vollen Bedeutung und als äußerst relevant für eine Weltsicht erkannt, aus der heraus solche „Autoritäten" andere, dem Anschein nach damit nicht zusammenhängende Themenkreise, wie das Gottesproblem, gesehen haben. Daher verlangt das gegenwärtige Erwachen des bislang ohn-mächtigen Geschlechts nach einer Explosion schöpferischer Phantasie, die der Mißbilligung der Orthodoxen standhalten und sich über die von konventionellen Geistern gehegten Schranken erheben kann.

Die treibende, offenbarende Kraft, die es Frauen ermöglicht, auf authentischere Weise über Gott zu sprechen – und dabei einander zu *hören* – ist der Mut sich den Risiken zu stellen, die den Befreiungsprozeß begleiten. Da die Projektionen der patriarchalen Religion durch das Angebot einer Scheinsicherheit durch Entfremdung, nämlich der Selbstverminderung in geschlechtsspezifische Rollen, die Entfaltung existentiellen Mutes blockiert haben, besteht die berechtigte Hoffnung, daß aus der Konfrontation mit dem Sexismus, die gegenwärtig in ihren Anfängen steckt, ein neues religiöses Bewußtsein erwächst. Das Werden der Frauen ist möglicherweise nicht nur das Tor zur Erlösung, für die der säkulare Humanismus leidenschaftlich gekämpft hat, sondern auch eine Tür *zu etwas*, d. h. zu einer neuen Phase auf der Suche des menschlichen Geistes nach Gott.

Dieses Werden-was-wir-wirklich-Sind erfordert den existentiellen Mut, sich der Erfahrung des Nichts zu stellen. Alle menschlichen Wesen werden vom Nicht-Sein bedroht. In Tillichs Analyse kommt die daraus resultierende Angst an die Oberfläche, im Zusammenhang mit der Bedrohung durch Schicksal und Tod, Schuld und Verdammnis, und Sinnlosigkeit. (15)

Tillich analysiert Mut in universalistischen, humanistischen Kategorien, und nichts deutet darauf hin, daß er sich in irgendeiner Weise des Bezuges zur Auseinandersetzung der Frauen mit dem üblen Gefüge des Patriarchats bewußt ist. Ich meine, daß die Frauen zum gegenwärtigen Zeitpunkt auf noch nie dagewesene Weise dazu aufgerufen sind, die Trägerinnen existentiellen Mutes in der Gesellschaft zu sein.

Die Menschen versuchen, der Bedrohung des Nicht-Seins durch die Verleugnung des Selbst zu entgehen. Das Ergebnis ist reine Ironie: das, was gefürchtet wird, triumphiert, denn wir befinden uns in der paradoxen Zwangslage, in unserem Sein zu schrumpfen, um dem Nicht-Sein auszuweichen. Die einzige Alternative ist Selbstverwirklichung trotz des allgegenwärtigen Nichts. Ein Teil des Problems besteht darin, daß Menschen, insbesondere Frauen, die anscheinend unfähig sind, ein hohes Maß an Selbstverwirklichung zu erlangen, gerade durch Gesellschaftsstrukturen, die das Ergebnis menschlichen Sicherheitsbestrebens sind, so gemacht wurden. Diejenigen, die ihrer ureigensten Identität entfremdet sind, erhalten nämlich als Gegenleistung dafür, daß sie sich mit sehr beschränkten und undifferenzierten Identitäten abfinden, tatsächlich eine Art von Sicherheit. Zum Beispiel erspart sich die Frau, die schön brav die Rolle der „Hausfrau" übernimmt, bis zu einem gewissen Grad die Erfahrung des Nichts, aber sie bringt sich auch um eine lebendigere Teilnahme am Sein, die ihre einzige echte Sicherheit und Quelle mitmenschlicher Gemeinschaft wäre. Eingezwängt in ihre Rolle kann sie den Durchbruch zum Schöpferischsein nicht schaffen. Viele starke Frauen erschöpfen sich in dem mühseligen Versuch, aus diesen Schranken auszubrechen, noch bevor sie in fortgeschrittenere Bereiche intellektueller Entdeckerlust oder gestalterischer Möglichkeiten vordringen.

Am Anfang des Durchbruchs steht das Erkennen, daß ein existentieller Konflikt zwischen dem Selbst und Strukturen besteht, die eine so verkrüppelnde Sicherheit gewährt haben. Das verlangt, daß wir dem Schock des Nicht-Seins mit dem Mut zum Sein entgegentreten. Das bedeutet, den namenlosen Schicksalsängsten ins Gesicht zu sehen, die sich konkret als Verlust von Arbeitsstellen, Freunden, gesellschaftlicher Anerkennung, Gesundheit und selbst als Verlust des Lebens darstellen. Hinzu kommt die Angst vor Schuldgefühlen, wenn wir uns weigern zu tun, was die Gesellschaft von uns verlangt; Schuldgefühle, die noch lange, nachdem sie als falsch erkannt wurden, auf uns lasten. Schließlich ist da die Angst vor Bedeutungslosigkeit, die dann überwältigend werden kann, wenn wir die alten einfachen Bedeutungen, Rollendefinitionen und Lebensziele mit der Wurzel ausgerissen und uns öffentlich davon losgesagt haben und in einer Welt ohne Vorbilder stehen.

Diese Auseinandersetzung mit der Angst vor dem Nichtsein hat Offenbarungscharakter, da sie die Relativierung von Strukturen ermöglicht, die als menschliche Machwerke und daher als nicht-absolut und nicht-endgültig erkannt werden. Sie treibt das Bewußtsein über das Festhalten an den „Dingen wie sie sind" hinaus. Der Mut zum Sein ist der Schlüssel zur Offenbarungskraft der feministischen Revolution.

DER KAMPF UM DIE TRANSZENDENZ DES SELBST

Das Streben nach Transzendenz kann im Mythos auf unterschiedliche aber miteinander zusammenhängende Arten versinnbildlicht werden. Diesen Gedanken hat Herbert Richardson, dessen Typologie ich in der folgenden Analyse mit der geschlechtsspezifischen Rollenprägung in Bezug setze, auf eigenwillige Weise entwickelt. (16) Der Mythos von Trennung und Rückkehr (von zu Hause weggehen und wieder heimkehren – wie Odysseus) ist offenkundig eine zyklische Vorstellung und häufig mit Elternbildern verknüpft. Geburt bedeutet Trennung von der Mutter, aber das Kind kehrt unverzüglich in die Abhängigkeit lebensnotwendiger Fürsorge zu seinen Eltern zurück. Das volkstümliche Christentum sieht das Leben der Menschen in diesen Kategorien in der freudigen Erwartung auf eine Heimkehr zum Vater im Himmel. Das exitus/reditus (Weggang und Rückkehr) Motiv wurde in der mittelalterlichen Theologie üblicherweise zur Beschreibung der menschlichen Beziehung zu Gott verwendet. Obwohl das Motiv mit viel Scharfsinn und Raffinesse entwickelt wurde, und obwohl der Weg Wandel durch Gnade einschloß, gaben sich die Vorstellungen von der „Rückkehr" allzu leicht für eine Distanzierung von sozialer Ungerechtigkeit her. Bildlich gesehen spiegelt der Mythos von Trennung und Rückkehr ziemlich genau die begrenzte Form von Transzendenz wieder, die sich den Frauen im Laufe der Geschichte als einzige Möglichkeit bot – sie trennten sich von Heim und Eltern, nur um unter die paternalistische Herrschaft im Hause eines Ehemannes heimzukehren. Der ewige Kreislauf von Loslösung und Rückkehr zu kindlicher Abhängigkeit ist die Geschichte weiblicher Existenzweise.

Eine andere Form des Transzendenz-Mythos ist die dramatische Darstellung menschlichen Lebens als Konflikt und Rache. Dies rückt die Situation der Unterdrückung und den Kampf um Befreiung in den Brennpunkt. Es ist eine kurzschlüssige Transzendenz, wenn der Kampf gegen Unterdrückung zum Selbstzweck, zum Brennpunkt aller Bedeutung wird. Der Gedanke, daß diejenigen, die sich einer Sache verschrieben haben, im Kampf ihre Sinnerfüllung finden, ist ein Widerspruch in sich selbst, denn der ersehnte Sieg wird implizit zur nicht erwünschten Sinnlosigkeit. Eine derart verkürzte Sicht ist eine der Fallen der Theologien der Unterdrückten. Manchmal ist die Theologie der Schwarzen, wie z. B. die von James Cone, ein einziger Schrei nach Rache, leidenschaftlich, biblisch und patriarchal. Sie überwindet die Religion als Krücke (das Trennungs- und Heimkehrmotiv in weiten Teilen der altmodischen Negro-Spiritualität), tendiert aber dazu, Religion als Schußwaffe zu verstehen. In ihrem ausschließlichen Zuschnitt auf die Situation der rassischen Unterdrückung spornt sie die Bereitschaft zur Rache an, läßt aber andere Dimensionen der Befreiung außer acht. Sie gelangt nicht über die sexistischen Vorbilder, die vom Selbst verinnerlicht werden und die Gesellschaft beherrschen, hinaus; Vorbilder, welche die Wurzel des Rassismus sind und ihn fortbestehen lassen. Der Schwarze Gott und der Schwarze Messias sind offenkundig die gleichen Patriarchen – die Hautfarbe hat sich geändert, aber das Verhalten ist dasselbe geblieben. (17)

Glücklicherweise ist die Gefahr, daß das neue spirituelle Bewußtsein der Frauen auf ähnliche Weise verstümmelt werden könnte, stark eingeschränkt durch die Tatsache, daß sich die stereotypen männlichen Symbole des Christentums nicht zu einer derart bequemen Einverleibung in den Feminismus eignen. Wir haben weniger „Gelegenheit“, in gedankenlose Wiederholung derselben alten Fehler zu verfallen. Wohl haben die Frauen mit dem Erstarken des Feminismus begriffen, daß Konflikt notwendig ist, Zorn entladen und der Wille zur Befreiung geweckt werden muß. Dennoch ist klar, daß die Befreiung der Frauen wesensmäßig mit der Befreiung der Menschheit verknüpft ist; eine Einsicht, die sich zum einen aus der Tatsache ergibt, daß ein grundlegender Unterschied zwischen Feminismus und den zerstörerischen Symbolen und Werten der patriarchalen Religion besteht, zum anderen daraus, daß das Leben der Frauen so eng – biologisch, emotional, gesellschaftlich, beruflich – mit dem der Männer verflochten ist. Die Frauen sehen im allgemeinen sehr wohl, daß sich die Bewegung selbst zerstört, wenn wir uns mit Rache begnügen. Die akutere Gefahr besteht also darin, daß manche Frauen voreilig Versöhnung suchen und die Tiefe und eigentliche Bedeutung der grundsätzlichen Opposition des Feminismus gegenüber der sexistischen Gesellschaft nicht sehen wollen. Es mag ein Leichtes sein, sich an den Karren der „Menschheitsbefreiung“ anzuhängen, ohne die Polarisierung, Spannungen, Risiken und Schmerzen in Kauf zu nehmen, die das letztliche Ziel der wahren Befreiung der Menschheit fordert.

Ein dritter Transzendenzmythos (noch immer in Anlehnung an die Typologie Richardsons) hat mit Integrität und Wandel zu tun. In diesem Rahmen sucht das Individuum Selbsterneuerung und spirituelle Wiedergeburt. Das bringt das Werden einer psychischen Einheit mit sich, was wiederum heißt, daß eine Person nicht von einer anderen als „ergänzendem Gegenstück“ abhängig sein muß, sondern unabhängig lieben kann. Richardsons Analyse deutet zwar an, macht aber nicht ganz klar erkennbar, daß eine solche Unabhängigkeit das Werden psychologisch androgyner, menschlicher Wesen meint, da das verkrüppelnde „Ergänzungsprinzip“ eine falsche Mann/Frau Polarität gewesen ist. Vorbedingung für androgyne Integrität und Selbsterneuerung ist, daß Frauen aufhören die Rolle des „ergänzenden Teiles“ zu spielen und darum kämpfen, als freie Menschen allein bestehen zu können.

NICHT-SEIN, MACHT DES SEINS UND HOFFNUNG

Das Streben nach psychischer Ganzheit oder Androgynität schließt ein, daß die unzulänglichen Arten der Transzendenzvorstellungen erkannt und durchschaut werden. Das Motiv von Abschied und Wiederkehr verwies bestenfalls auf die Dimension der Tiefe in der menschlichen Existenz. Es basierte auf dem Hinweis, daß alles was *ist*, heilig ist. Jedoch die Vision, die es heraufbeschwor, war häufig in der Tendenz unsozial und geschichtslos, oder – um (etwas aus dem Zusammenhang gegriffen) eine Formulierung von Moltmann zu entlehnen – drückte den geschichtslosen Mystizismus der einsamen Seele aus. Dieser ontologisch-sakramentale Glaube konnte bestenfalls eine Art innerer Freiheit vermitteln. Ein Höhepunkt des zyklischen theologischen Denkens war die thomistische Synthese. Das Konflikt/Rache Motiv beruht eher auf einer Art ethischem Glauben, einer Bezeugung der Heiligkeit dessen, was *sein sollte*. Auch dieses Motiv hatte eher individualistische Tendenzen und hat unter der Mitwirkung von Kant eine Art Bewußtseinsspaltung gezüchtet, die ein Nebeneinander von individuellem Bemühen um Transzendenz und sozialer Anpassung möglich macht. In der in jüngerer Zeit entwickelten Theologie der Hoffnung wird das Konflikt/Rache Motiv auf eine Ebene sozialen Engagements gehoben, die einige der Schranken der protestantischen Ethik überwindet. Aber die ontologische Dimension der Heiligkeit dessen, was *ist*, wird im allgemeinen als hellenistisch und unbiblisch verworfen. Ich meine, daß die Vision menschlichen Werdens als ein Prozeß der Integration und Selbsterneuerung, *dort wo sie in der Revolution der Frauen auftaucht*, potentiell *sowohl* die individualistische, ontologische Dimension der Tiefe, *als auch* die revolutionäre Mitwirkung an der Geschichte einschließt. Sie tut das gerade weil sie die veräußerlichten Strukturen und verinnerlichten Bilder des Patriarchats angreift, die uns den Weg zum Erkennen psychischer Ganzheit in uns selbst verstellt und damit unsere Fähigkeit zu wahrer Mitwirkung an der Geschichte beschnitten haben.

Die Ansätze zu einer solchen Synthese waren zu einem gewissen Grad in Tillichs Vision enthalten, insbesondere in seinen Aussagen in *Der Mut zum Sein*, obwohl das Werk nicht als eine politische Theologie angelegt war. Er macht deutlich, daß der existentielle Mut dynamisch ist und zwei Aspekte hat: den Mut zum Sein als Selbst und den Mut zum Sein als Teil. Ich möchte sagen, daß ein so beschaffener Mut schöpferische, gemeinschaftliche, revolutionäre Hoffnung möglich macht in dem Maße, in dem er sich in der Konfrontation mit irdischen Mächten und Instanzen ausdrückt, die das Nicht-Sein unserer patriarchalen Kultur verkörpern. Diese Dimension der Konfrontation läßt aus dem Mut schöpferisches Hoffen erwachsen.

Diese Synthese von Hoffnung und Mut, potentiell in den treibenden Kräften der feministischen Revolution enthalten, schließt Trennung und Wiederkehr ein, weil wir, dadurch daß wir uns vom Vergangenen losreißen und bewußt unsere eigene Geschichte erschaffen, das Vergangene verändern, d. h. unser Verständnis davon verändern und erweitern. Diese Trennung und Rückkehr vollziehen wir beispielsweise, wenn wir die Bedeutung von Ereignissen, die Historiker übergangen haben, wie die Leistungen großer Frauen oder Meilensteine in der Geschichte der Frauenunterdrükkung, ins Licht rücken. Die Synthese schließt auch Konflikt und Rache ein, nicht im Sinne eines Versuchs, die an der Macht Befindlichen zu Objekten zu erniedrigen, sondern im Sinne einer Zertrümmerung der männlich/weiblichen Vorbilder, die uns von jenen Mächten und Instanzen aufgenötigt wurden, welche die in Frauen und Männern angelegten Kräfte und Möglichkeiten verkümmern lassen.

Nach den theologischen Schriften der jüngsten Jahre – von Gogarten über Harvey Cox und Leslie Dewart bis hin zu Pannenberg – zu urteilen, könnte man meinen, daß das Seins-Gefühl aus dem zeitgenössischen Bewußtsein schwindet. Um solche überstürzten Rückschlüsse zu vermeiden, wäre es sinnvoll, zumindest zweierlei zu bedenken. Zunächst einmal wurden existentielle Fragen von den wenigsten Leuten je eindeutig in ontologischen Begriffen ausgedrückt; die meisten scheinen effektiv einen Großteil ihrer Energie darauf verwendet zu haben, derartigen Fragen auszuweichen. Die Frage nach Sein und Nicht-Sein stellt sich in ihrer ganzen Tragweite in Zeiten großer Not, d. h. in „Grenzsituationen" (Berger) wie Todesnähe, und gelegentlich in Zeiten extrem positiver „Höhepunkte" im Leben. (18) Zweitens wird zunehmend deutlich, daß unter den Unzufriedenen in der jüngeren Generation – jünger an Jahren und/oder im Geiste – ein Wiederaufleben ontologischen Bewußtseins zu beobachten ist, daß unserer Kultur das Seinsgefühl abhanden gekommen ist, und das ist es im wesentlichen, was die Entfremdeten erfahren und mitteilen – eine bewußte Wahrnehmung der Tiefe der Wirklichkeit, die von Schein-Bewußtsein freimacht. Wie schon gesagt, setzt die Frauenbefreiung eine Bereitschaft voraus, das Nicht-Sein in seiner vollen

Wucht zu erfahren, denn die Frauen sind bis heute der am radikalsten entfremdete Teil der Gesellschaft.

Ich meine, daß jegliches wahre menschliche Hoffen ontologisch ist, d. h., es macht die Auseinandersetzung mit dem Nichts notwendig. Diese Erfahrung verleiht ein Gefühl von Abstand und Relativität in bezug auf die in der jeweiligen Kultur vorherrschenden Symbole. Ohne diese Erfahrung neigt der Verstand dazu, diese als buchstäblich „wahr" anzusehen oder zumindest für sämtliche kulturellen Situationen als ein für allemal gültig, was bedeutet, daß sich der menschliche Geist von seinen eigenen Erzeugnissen lähmen läßt. Darin liegt in meinen Augen die eigentliche Unzulänglichkeit einer nicht-ontologischen „Theologie der Hoffnung", die hartnäckig im biblischen Sprachbereich verharrt. (20) Wenn wir Frauen zu der Erkenntnis gelangen, daß wir in diesem Bereich Fremde sind, dann wird sichtbar, daß Transzendenz-Bewußtsein und lebendig werdende Hoffnung in der Macht des Seins wurzeln, die manche, vielleicht in Ermangelung eines besseren Wortes, immer noch „Gott" nennen würden.

WOZU ÜBER „GOTT" REDEN?

Manche mögen der Auffassung sein, die Frauenrevolution sollte sich um ihre Aufgabe, ein neues Bewußtsein zu schaffen, kümmern und Gott aus dem Spiel lassen. Meiner Meinung nach wäre das ein Irrtum, da dabei ein Grundproblem übersehen würde, das unlösbar mit der menschlichen Existenz verbunden ist, und eine derartige Unterlassung birgt das Risiko, das radikale Potential der Bewegung selbst abzuwürgen.

Es ist einleuchtend davon auszugehen, daß beharrliches Streben nach Selbst-Transzendenz nicht möglich ist, ohne sich immer wieder die Frage nach absoluter Transzendenz, d. h. die Frage nach Gott, bewußt zu machen. Dazu gehört die Erkenntnis, daß wir *über* die absolute Wirklichkeit keine Macht haben, und daß jegliche wahre Kraft in uns aus der *Teilhabe* an der absoluten Wirklichkeit erwächst. Diese Erkenntnis, die immer schwer zu ertragen ist, bewahrt uns vor Fetischismus, sogar im Hinblick auf die eigene Sache, da sie uns zeigt, daß sämtliche Ziele, Lebensformen, Symbole und Gesellschaftsstrukturen, die im Jetzt angestrebt werden, vergänglich sein können. Hierin sollte die eigentliche Bedeutung der Gottesfrage für die Befreiungsbewegung liegen: eine Intention zu unterstützen, die wirklich offen ist für die Zukunft, oder anders ausgedrückt, wirklich das Absolute meint. Eine solche Intention wird nicht an begrenzten Zielen festhalten. Die Feministinnen haben in der Vergangenheit in gewisser Weise

Fetischismus betrieben mit Zielen wie dem Wahlrecht. Dieses Recht steht den Frauen in der Tat zu, und es ist vollkommen verständlich, daß die Kräfte der Feministinnen in den mühseligen Kämpfen verschlissen wurden, welche die Verwirklichung selbst eines derart bescheidenen Stücks Gerechtigkeit gefordert haben. Aber die Erfahrung solcher Kämpfe hat uns gelehrt, Scheinsiegen innerhalb eines gesellschaftlichen und strukturellen Rahmens, der diese fast zur Bedeutungslosigkeit schrumpfen läßt, zu mißtrauen. Die neue Welle des Feminismus bedarf dringend nicht nur einer vielschichtigen, sondern kosmischen und letztlich religiösen Vision. Das bedeutet, nach außen und innen nach Gott zu forschen, jenseits und diesseits der Götter, die uns unsere Identität gestohlen haben.

Der Gedanke, daß die Menschen „das Ebenbild Gottes" seien, ist eine Erkenntnis, deren Konsequenzen unter patriarchalen Bedingungen kaum zum Tragen kommen konnten. Wenn es zutrifft, daß die Menschen „Gott" in ihr eigenes Bild hineinprojiziert haben, dann trifft es auch zu, daß wir uns über Projektionen aus früheren Bewußtseinszuständen hinausentwickeln können. Es ist die schöpferische Kraft des Menschen, die das Ebenbild Gottes ist. (21) Als eigentliche Opfer der archaischen Gottesprojektionen können Frauen diese Entwicklung der Schöpfungskraft in ein neues Stadium führen. Das schließt Ikonoklasmus – das Stürzen von Idolen – ein. Trotz oder möglicherweise gerade wegen der Aktivität ihrer militant atheistischen und nicht religiösen Mitglieder zerschlägt die Bewegung Bilder, die das Werden der Gestalt Gottes behindern. Der Bildersturz wird sich im wesentlichen auf der Ebene verinnerlichter Vorstellungen von männlicher Überlegenheit abspielen, in Form ihrer Austreibung aus dem Bewußtsein und aus den kulturellen Institutionen, die jene Vorstellungen züchten.

Ein Aspekt dieser Säuberungsaktion ist die Entthronung falscher Götter – also der Gottesvorstellungen und Gottessymbole, welche die Religion dem menschlichen Geist eingeimpft hat (wobei ich einräume, daß der menschliche Geist die betreffenden Religionen schuf). Ich habe mich dazu bereits in gewissem Umfang geäußert, aber es wäre sinnvoll, sich in besonderem Maße mit drei falschen Gottheiten zu befassen, die noch immer in Gebet, Liedern, Predigten und im Religionsunterricht des Christentums ihr Unwesen treiben.

Die drei Usurpatoren, die ich meine, sind bereits von liberalen männlichen Theologen ausgemacht und massiv unter Beschuß genommen worden, und wenn ich sie hier erwähne, dann nur, um damit den spezifischen Beitrag des Feminismus zu ihrem Ableben hervorzuheben.

Eine der falschen Gottheiten, die gestürzt werden müssen, ist der Gott der Erklärung oder „Gott als Lückenbüßer für die Mangelhaftigkeit unseres Wissens", wie Bonhoeffer ihn nannte. (22) Dieser Gott dient manchmal zur Rechtfertigung anomischer Geschehnisse, wie das Leiden eines Kindes, ein Legitimationsverfahren, das Peter Berger im Rahmen einer Diskussion des Problems der Theodizee kritisch beleuchtet. Derlei Phänomene werden als Gottes Wille „erklärt". Nach demselben Muster wird die ungerechte Verteilung von Macht und Privilegien in der Gesellschaft mittels eines Rechtfertigungsverfahrens erklärt, das nur zu leicht masochistische Verhaltensweisen bestärkt. Diese Gottheit bestärkt offensichtlich nicht die Bereitschaft, sich für eine kritische Untersuchung und Abschaffung der sozialen, wirtschaftlichen und psychologischen Wurzeln des Leidens zu engagieren. Als Außenseiterinnen, die zu Bewußt-Sein kommen, sind Frauen in der Lage zu sehen, daß der „göttliche Plan" oftmals als Vorwand für männliche Pläne und als Alibi für Unzulänglichkeit, Unwissenheit und Unheil dient. Von unserer Warte aus bieten sich Möglichkeiten, diese Gottheit von ihrer geachteten Stellung auf der Stufenleiter menschlichen Selbstbetrugs zu vertreiben.

Ein weiterer Götze ist der Gott der Jenseitigkeit. Der auffälligste Aspekt dieser Gottheit war bisher der des Richters, dessen Haupttätigkeit im Belohnen und Strafen nach dem Tode besteht. Wie Simone de Beauvoir festgestellt hat, waren Frauen die Hauptkonsumentinnen dieses religiösen Produktes. Da es für das weibliche Geschlecht so wenig Selbstverwirklichungsmöglichkeiten „in diesem Leben" gab, war es naheliegend, alle Hoffnung auf das nächste zu setzen. Als Massenkonsumentinnen dieser Vorstellung haben Frauen es in der Hand, sie – hauptsächlich durch das Ausleben eines erfüllten Lebens im Hier und Jetzt – vom Markt zu verdrängen. Ich habe nicht die Absicht, einfach die „Säkularisierungs"-Theologie, die in den sechziger Jahren so populär war, nachzubeten. Die augenfällige Gestalt des Gottes der Jenseitigkeit ist schließlich schon seit geraumer Zeit Zielscheibe männlicher Theologie, und das hat häufig zu einer Übertragung der Religion in eine Art von Humanismus geführt, und zwar bis zum Grad einer quasi „Selbst-Abschaffung der Theologie". (24) Das, was mit Frauen geschieht, die anfangen, ihr eigenes Leben zu leben, geht meines Erachtens über diese Säkularisierung hinaus. Das Überbordwerfen des naiven Gottes der Jenseitigkeit bedeutet nicht unbedingt einen Rückfall in banalen Säkularismus. Wenn die Frauen den Mut aufbringen können, der die Vorbedingung der Befreiung ist, liegt darin die Chance für das Entstehen einer tieferen „Jenseitigkeit" – für das Wachsen der Erkenntnis, daß die schrittweise Erschaffung einer Gegenwelt zum trügerischen „Diesseits", das dem Bewußtsein von den uns unterdrückenden gesellschaftlichen Strukturen vorgegaukelt wird – Teilhabe am ewigen Leben bedeutet.

Es sollte nicht übersehen werden, daß der Gott, der sich hinter bestimmten Formen protestantischer Frömmigkeit verbirgt, ähnliches bewirkt hat wie der jenseitige Gott der volkstümlichen römisch-katholischen Frömmigkeit. In seiner Analyse der Auswirkungen der Luther'schen Lehre von der Erlösung durch den Glauben allein, stößt Max Weber auf schwerwiegende Probleme ethischer Motivation, die eine Kette komplizierter Phänomene zur Folge haben: „Wie im kleinen ... so erscheint im großen jede rationale Heilsmethodik, jede Art von Werkgerechtigkeit, vor allem jede Überbietung der normalen Sittlichkeit durch asketische Leistungen der Glaubensreligiosität als frevelhaftes Pochen auf Menschenkraft." (25) Überweltliche Askese und Mönchstum werden meist dort abgelehnt, wo das Schwergewicht auf Erlösung durch Glauben ruht, was eine verstärkte Betonung „innerweltlicher Berufsarbeit" zur Folge haben kann. Allerdings ist nach Webers Ansicht das schwerpunktmäßige Interesse an einer persönlichen Glaubensbeziehung zu Gott häufig mit einem gewissen Individualismus bei der Ausübung solch weltlicher beruflicher Tätigkeit gepaart. Eine mögliche Folge davon ist „geduldiges ‚Sich-Schicken'" in Hinblick auf institutionelle Strukturen sowohl weltlicher als auch kirchlicher Art. (26) Und eben diese schizophrene Haltung, in der sich persönlicher beruflicher Ehrgeiz im Rahmen der herrschenden sozialen Anordnungen mit passiver Hinnahme des Systems verbindet, erkennt der radikale Feminismus als zerstörerisch.

Ein dritter Götze, der mit den bereits beschriebenen aufs engste zusammenhängt, ist der Gott, der über die „Sünde" richtet, der die Richtigkeit der Regeln und Rollen des herrschenden Systems bestätigt, das verfälschte Gewissen und selbstzerstörerische Schuldgefühle aufrecht erhält. Die Frauen haben sowohl geistig als auch körperlich unter dieser Gottheit gelitten, in deren Namen sie belehrt wurden, daß Geburtenkontrolle und Abtreibung unbezweifelbares Unrecht seien, daß sie sich ihren Ehemännern unterordnen sollten, und daß sie bei religiösen Feiern und Gottesdiensten anwesend zu sein hätten, in denen sämtliche führenden Rollen von Männern bekleidet werden, und in denen sie nicht nur durch erzwungene Passivität, sondern auch in Wort und Symbol erniedrigt werden. Obwohl sich diese Zustände am krassesten in den erzkonservativsten Religionen finden, fehlt der Gott, der falsche Schuldgefühle aufdrängt, keineswegs im liberalen Protestantismus und Judaismus, nur wirkt er dort mehr im Verborgenen. Die wachsende Selbstachtung der Frauen wird diesem, wie auch den anderen zu Göttern aufgeputzten Dämonen den Garaus machen.

DIE FRAUENBEFREIUNG ALS SPIRITUELLE REVOLUTION

Wie schon angedeutet, birgt das Werden der Frauen, da es mit einer schonungslosen Begegnung mit dem Nichts einhergeht, ein Wiederaufleben ontologischer Hoffnung. Diese Hoffnung ist im wesentlichen aktiv. Die passive Hoffnung, die in den religiösen Verhaltensweisen der Vergangenheit so sehr im Vordergrund stand, entspricht dem verdinglichten Gott, von dem man Gunstbezeigungen erhofft. Innerhalb dieses Bezugsrahmens haben die Menschen versucht, mit der absoluten Wirklichkeit umzugehen wie mit einem Objekt, das man begreifen, beschwatzen, manipulieren kann. Das Blatt hat sich jedoch gewendet, denn der verdinglichte Gott hat die Eigenart, seine Macher zu Objekten zu degradieren, die unfähig zu selbständigem Handeln sind. Im Gegensatz dazu wirkt der Gott, der die Macht des Seins ist, als ethische Kraft, die Frauen und Männer dazu aufruft, aus unseren tiefsten Hoffnungen heraus zu handeln und in uns das zu verwirklichen, was wir sein können. Daher bin ich mit Johannes Metz der Meinung, daß wahres Hoffen aktiv und schöpferisch sein wird. (27) Im Unterschied zu ihm betrachte ich die wesentliche Erfahrungsbasis dafür als eine ontologische Erfahrung. Dies ist in der ersten Phase ein Erleben des Nicht-Seins. Die zweite Phase besteht aus einem intuitiven Erfassen des Seins, das wie von Jacques Maritain beschrieben, *dynamisch* ist. (28) Aus dem bisher Gesagten geht für mich eindeutig hervor, daß dieses ontologische Fundament der Hoffnung den Frauen gegenwärtig aufgrund des Randdaseins, das weibliche Wesen in einer androzentrischen Welt führen, in besonderem Maße verfügbar ist.

Diese Hoffnung ist eine eher gemeinschaftliche als rein individualistische Hoffnung, weil sie in dem doppelschneidigen Mut zum Sein begründet ist. Das heißt, diese Hoffnung entspringt der Erfahrung der Individuation *und* der Teilnahme. Sie zielt über den verdinglichten Gott hinaus, der als ein Gott gesehen wird, dessen Güte Grenzen gesetzt sind und der „seinen" Lieblingsschäfchen Gnade spendet. Die Macht des Seins ist das, woran alle endlichen Wesen teilhaben, aber nicht auf einer Ebene gleicher Größen, da diese Macht in allem ist und gleichzeitig alles übersteigt. Gemeinschaftliche Hoffnung schließt in gewisser Weise einen innigen Austausch mit anderen endlichen, menschlichen oder nicht-menschlichen Wesen ein. Ontologische gemeinschaftliche Hoffnung ist dann kosmisch. Ihre eigentliche Kraft ist auf die Weltgemeinschaft gerichtet.

Überdies ist ontologische Hoffnung revolutionär. Da die Einsicht, auf der sie basiert, das doppelschneidige intuitive Erfassen von Nicht-Sein und Sein ist, reicht sie über die abergläubischen Fixierungen der technischen Vernunft hinaus. Letztere kann, wie Tillich gezeigt hat, nicht über den Aberglauben hinausgelangen, wenn sie vom intuitiven Wissen der ontologischen Vernunft abgeschnitten wird. (29) Das wachsende Bewußtsein von unserer entwürdigenden Situation, das wir Frauen erleben, hat die Kraft, die Aufmerksamkeit von den Projektionen unserer Kultur weg auf das absolute Bedrohtsein der Menschheit hinzulenken. Wenn wir getreu diesem Bewußtsein leben, müssen wir Frauen die radikalsten Revolutionäre sein, da der Aberglaube, der sich uns offenbart, allgegenwärtig ist und selbst andere, bedeutende revolutionäre Bewegungen unserer Zeit heimsucht. Die Erkenntnis, daß eine schwarze oder weiße, marxistische oder kapitalistische, gegenkulturelle oder bürgerliche, männlich-chauvinistische Gottheit (menschlich oder göttlich) sich nicht wesentlich von ihrem Gegenpart unterscheiden wird, zwingt die Frauen auf dramatische Weise, sich mit der bedrängendsten aller menschlichen Fragen, mit der Frage nach Gott, auseinanderzusetzen. Der Hauptschauplatz dieser Auseinandersetzung mag nicht in der theologischen Akademie oder den institutionellen Kirchen zu finden sein, und sie drückt sich vielleicht nicht immer unmißverständlich in der Sprache der Theologie und Philosophie aus. Aber in der ontologischen Bestätigung des Selbst steckt eine Dynamik, die zum namenlosen Gott hinstrebt. (30) Wenn wir Frauen uns vom Grund unseres Wesens her hören und benennen, benennen wir uns *auf Gott hin*, und genau damit hätte sich die Theologie schon immer befassen sollen. Unglücklicherweise neigte sie dazu, dabei aufzuhören, *auf* Gott Namen zu häufen und hat uns dadurch taub gemacht für unsere Fähigkeit, uns selbst zu benennen.

DIE ENTFALTUNG GOTTES

Gelegentlich wurde und wird die Meinung vertreten, anthromorphe Symbole für Gott seien wichtig und sogar notwendig, weil sonst die Elementarkräfte des Kosmos unpersönlich wirkten. Kennzeichnend für das erwachende Frauen-Bewußt-Sein ist die Erkenntnis, daß diese Art Aufspaltung zwischen der kosmischen Kraft und dem Persönlichen nicht sein muß. Das heißt, daß es nicht notwendig ist, der Transzendenz menschliche oder göttliche Züge zu verleihen, um persönlich dazu Zugang zu finden. Dieser Vorgang hat sogar manche dämonische Auswirkungen. (31) Das

Spaltungs-Verdinglichungs-Projektions-Syndrom kennzeichnet seit jeher das patriarchale Bewußtsein und macht „das Andere“ zum Abladeplatz aller Inhalte des verlorengegangenen Selbst. Seit wir Frauen angefangen haben, in uns selbst die Opfer derartiger Spaltungsprozesse zu sehen, erstreckt sich diese Erkenntnis auch auf andere Äußerungen der krankhaften Aufspaltung der Wirklichkeit in falsch begriffene Gegensätze. Weshalb muß „Gott“ eigentlich ein Substantiv sein? Weshalb nicht ein Verb – die aktivste und dynamischste aller Wortformen. Ist die Benennung „Gottes“ mit einem Substantiv nicht ein Mord an diesem dynamischen Verb gewesen? Und ist nicht das Verb unendlich viel persönlicher als ein bloßes statisches Substantiv? Die anthropomorphen Symbole für Gott mögen der Absicht entspringen, Persönlichkeit zu vermitteln, aber sie drücken nicht aus, daß Gott lebendiges Sein ist. Die Frauen, die den Schock des Nicht-Seins und den dagegen ansteigenden Willen zur Selbstbejahung erleben, begreifen das Transzendente eher als das Verb, an dem wir teilhaben – aus dem heraus wir leben, uns bewegen und unser Sein schöpfen.

Dieses Verb – das Verb aller Verben – ist intransitiv. (32) Es muß nicht als ein Verb verstanden werden, zu dem ein Objekt gehört, das seine treibende Kraft einengt. (33) Sein Widerpart ist das Nicht-Sein. Frauen, die in der Entwicklung zur Befreiung sind, sind befähigt, das zu erkennen, weil unsere Befreiung darin besteht, uns zu weigern, „das Andere“ zu sein und statt dessen zu bestätigen, „Ich bin“ – ohne andere Menschen zu „dem Anderen“ zu machen. Anders als Sartres „wir zusammen gegen ein Drittes“ (was in seiner Welt der Liebe am nächsten kommt), sagt die neue Schwesterlichkeit „wir zusammen gegen das Nicht-Sein“. Als Sartre schrieb, der „Mann (sic) *ist* im Grunde das Verlangen, Gott zu sein“, meinte er damit, daß es die radikalste Leidenschaft des menschlichen Lebens sei, ein Gott zu sein, der nicht existiert und nicht existieren kann. Die ontologische Hoffnung, von der ich spreche, ist weder diese Selbst-Vergottung noch die vereinfachten, verdinglichten Bilder, die sich oft hinter Begriffen wie „Schöpfer“, „Herr“ oder „Richter“ verstecken, und die Sartre zu Recht verwirft. (34) Sie weist über diese hinaus, weil ihre Erfahrungsgrundlage die mutige *Teilnahme* am Sein ist. Diese ontologische Hoffnung hat auch wenig gemeinsam mit den in sich selbst verhafteten „ontologischen Argumenten“ Anselms oder Descartes. Sie befähigt uns, aus diesem Gefängnis der Subjektivität auszubrechen, weil sie ein gemeinsames verantwortliches Engagement (commitment) bedeutet.

Der Gedanke, daß der Durchbruch zum Transzendenz-Bewußtsein durch irgendeine Form von verantwortlichem Engagement geschieht, ist selbstverständlich nicht neu. Er hat in der Existentialphilosophie seinen Niederschlag gefunden. Karl Jaspers z. B. behauptet in seinen Betrachtungen über das Problem der Überwindung der Subjekt/Objekt-Spaltung (das als solches, ohne Bewußtsein vom Umgreifenden nichts als Sprachhülsen eines Gewesenen hergibt), daß diese dann möglich sei, wenn Menschen einer Aufgabe (commitment) lebten, aber es wird nicht recht deutlich, an was für eine Art von Aufgabe er dachte – eine gar nicht seltene Unklarheit bei Existentialphilosophen. (35) Die Aufgabe, die ich meine, hat einen Sitz. Sie ist die „Mystik der Schwesterlichkeit". Ich setze diese Formulierung bewußt in Anführungszeichen, obwohl sie von mir stammt, da sie eine Um-Benennung der Metz' schen „Mystik der Bruderschaft" ist. Ich halte diese Korrektur für notwendig, denn – was mittlerweile klargeworden sein dürfte – einer der Grundgedanken dieses Buches ist der, daß eine schöpferische Eschatologie durch das entmündigte Geschlecht verwirklicht werden muß. (36)

Ich will damit sagen, daß das Zutagetreten der gemeinschaftlichen, engagierten Selbst-Bewußtheit der Frauen eine *schöpferische, politische Seinsbezeugung* ist. Sie ist ein Sichtbarwerden des Heiligen (eine Hierophanie), eben weil sie erlebte Teilhabe am Sein und damit eine Seinsbezeugung *(Ontophanie)* ist. Eliade, ein Religionsgeschichtler, betont, die biblischen Religionen hätten im Bereich der Hierophanie eine Art qualitativen Sprung vollzogen. (37) Es geht mir im Augenblick weniger darum, ob dies historisch richtig ist oder nicht. Ich meine vielmehr, daß das Potential zu einer *ontologischen* Hierophanie, das sich bereits ansatzweise in der teilhabenden, auftragsbewußten Selbst-Bewußtheit der Frauen verwirklicht, einen Sprung bedeutet, der die offensichtliche Kluft zwischen Sein und Geschichte überbrückt. In anderen Worten: Frauen, die sich des Auftrags bewußt sind, diese Hälfte der Menschheit in den Stand handelnder, geschichtlicher Subjekte zu versetzen, stellen einen ontologischen Ort in der Geschichte dar. Allein schon durch ihre Entwicklung zu tatsächlichen Personen, durch ihre Auseinandersetzung mit dem Nicht-Sein unserer Situation, sind die Frauen Geschichtsträgerinnen.

In seiner Analyse geschichtstragender Gruppen bewertete Tillich Sendungsbewußtsein als einen entscheidenden Faktor. Er glaubte nicht, daß die Menschheit insgesamt anstelle einzelner Gruppen Geschichtsträger werden kann, „weil eine Art Gemeinschafts-Eros sie verbindet und gegen andere Gruppen eint." (39) Das gilt für die Frauenbewegung, die im wesentlichen in der Polarität zur überwiegend androzentrischen Gesellschaft und ihren Institutionen existiert. In einem wesentlichen Punkt jedoch entspricht die Frauenbewegung *nicht* Tillichs Definition geschichtstragender Gruppen. Dieses „Nicht-Merkmal" gründet meiner Meinung nach gerade in der Tatsache, daß unsere Wandlung so tief im Sein wurzelt. Tillich betont, daß eine geschichtstragende Gruppe, um zentriert handeln zu können, einer „zentralen Autorität mit legislativer, exekutiver und jurisdiktischer Gewalt" bedarf. (40) Im Gegensatz dazu ist unsere Bewegung *nicht* zentral verwaltet – obwohl Organisationen wie NOW und WEAL (41) dazugehören –, und viele (vielleicht die meisten) radikalisierten Frauen widersetzen sich Versuchen in dieser Richtung, weil ihr Verständnis nichthierarchisch und vieldimensional ist.

Ich bin der Auffassung, daß die Frauenbewegung *mehr* ist als eine, von einer Zentralinstanz gelenkte Gruppe, die sich im Widerstreit mit anderen derartigen hierarchisch geordneten Gruppen befindet. Sonst wäre sie lediglich eine weitere Unter-Gruppe im Schoße der all-umfassenden patriarchalen „Familie". Was wir wollen, ist die Menschwerdung derjenigen Hälfte der menschlichen Rasse, die bisher durch geschlechtsspezifische Definition von der Menschheit ausgeschlossen war. Dieses Phänomen, das auf Frauen der verschiedensten Klassen, Rassen und geographischen Gebiete „von unten" aus der Unterdrückung „nach oben stößt" (um Nelle Morton zu zitieren), läßt sich schwerlich als Gruppe bezeichnen. Worum es jetzt geht, ist ein echter Sprung in der Entwicklung der Menschheit, dessen Anstoß von den Frauen kommt. Die Grundlage der schöpferischen Hoffnung, von der er getragen wird, ist eine Seinserfahrung, die – wie Janice Raymond sagte – ein Erleben menschlicher Ganzheit oder androgynen Seins *ist*. (42)

Wenn diese Art schwesterlichen Gemeinschafts-Bewußtseins gegenwärtig ist – dieses „wir gegen das Nicht-Sein" –, können wir den Gott ahnen, der ohne ein Gegen-über *ist* – der lebendiges Sein ist. Die Entfaltung des Frauen-Bewußtseins läßt die unendliche Entfaltung Gottes erahnen. Der Weg, dem die Theoretikerinnen der Frauenrevolution folgen müssen, muß also nicht notwendigerweise dem Weg marxistischer Theoretiker wie Roger Garaudy und Ernst Bloch entsprechen, auch wenn wir ihre Sorge um ein absolutes Offenhalten der Zukunft teilen, und obwohl wir in gewisser Weise auch ihr Bestehen auf dem Atheismus teilen müssen. Wir stimmen mit ihrem Atheismus insofern überein, als er die Abschaffung der verdinglichten Gottesprojektionen und deren Verwendung zur Rechtfertigung von Ausbeutung und Unterdrükkung bedeutet. (43) Es gibt jedoch einen Unterschied, der meines Erachtens in der Tatsache begründet ist, daß der Marxismus das patriarchale System selbst nicht ernstlich in Frage stellt. Roger Garaudy schrieb:

„Wenn wir den Namen Gottes selbst ablehnen, dann weil der Name eine Gegenwart einbegreift, eine Wirklichkeit, wohingegen wir lediglich ein Verlangen leben, ein nie befriedigtes Bedürfnis nach Totalität und Absolutheit, nach Allmacht über die Natur und nach vollendeter liebender Gegenseitigkeit des Bewußtseins." (44)

Damit grenzt Garaudy seinen Standpunkt selbst von dem der fortschrittlichsten christlichen Theologen ab, denn er stellt fest, daß das Verlangen des Christen nach dem Unendlichen als Präsenz erfahren und/oder ausgedrückt wird, während es für ihn Abwesenheit ist. Ich will damit zum Ausdruck bringen, daß wir Frauen, wenn wir uns dem Nichts, das sich vor uns auftut, sobald wir der vom Patriarchat angebotenen Pseudo-Wirklichkeit den Rücken kehren, aussetzen, durch eben diesen Schritt sagen: „Ich bin", d. h. uns der Tiefe unseres eigenen *Seins* zu stellen. Was wir erleben, ist deshalb nicht *nur* das Bewußtsein vom Nicht-Vorhandensein der alten Götter – ein Bewußtsein, das wir in vollem Umfang mit Garaudy und Bloch teilen. Die uns im Patriarchat aufgenötigte Identitätslosigkeit war von einer Totalität, daß schon deren bloßes Erkennen onotologische Selbstbestätigung zur Folge hat. Jenseits der Erfahrung von Nicht-Vorhandensein können Frauen daher *Da-Sein* erfahren. Damit ist nicht das Da-Sein eines super-verdinglichten Etwas gemeint, sondern eine Seinskraft, die ist und doch auch noch nicht ist.

Es läge nahe, darauf zu verweisen, daß in der modernen Philosophie verschiedene Theorien eines in Wandlung befindlichen Gottes entwickelt worden sind. Es mag Frauen geben, die es sinnvoll finden, ihre Wahrnehmung der spirituellen Triebkräfte des Feminismus mit Ideen eines Denkers wie William James in Bezug zu setzen, der die Möglichkeit anbietet, die Vollendung Gottes durch unseren aktiven Glauben als vollzogen anzusehen, d. h. den Glauben als Bereicherung des göttlichen Seins selbst zu verstehen. (45) Anderen mag es nützlich erscheinen, diese Erfahrung auf Alfred North Whiteheads funktionelle Sicht des Gottesproblems zu beziehen, der Gott als festen Bestandteil der Welt und als philosophisch relevanten Faktor ansieht. (46) Weitere nützliche Erkenntnisse zur Problematik des sich wandelnden Gottes finden sich in den Werken von Denkern wie Max Scheler, Samuel Alexander, E. S. Brightman und Charles Hartshorne. Ich hielte es gegenwärtig nicht gerade für die fruchtbarste Nutzung unserer Energie, wenn wir versuchten, unsere Gedanken über die spirituellen Konsequenzen des radikalen Feminismus in Theorien einzupassen, die sich als bequeme Schablonen anbieten mögen. Es erscheint mir weit wichtiger, die Erfahrungen der Frauen anzuhören, die spirituellen Triebkräfte dieser Revolution zu entdecken und diese Kräfte in unserem Leben und in unseren Worten sprechen zu lassen.

Das soll, wie ich bereits gesagt habe, nicht heißen, daß sich *aus dem Nichts* buchstäblich eine vollkommen neue Sprache für Gott herauskristallisieren wird, sondern vielmehr, daß in dem Maße, in dem wir unser Leben in einem neuen Erfahrungszusammenhang umgestalten, ein neuer Bedeutungszusammenhang entsteht. Da die feministische Erfahrung unweigerlich der Weg aus dem Nichts in eine auftragsbewußte/gemeinschaftliche Teilhabe am Sein ist, bin ich zu der Feststellung gekommen, daß sie im Sinne eines ontologischen Hoffens betrachtet werden kann. So paradox es auch erscheinen mag, aber dieses Seins-Bewußtsein kann bedeuten, daß unser neues auf Gott gerichtetes Selbst-Verständnis in gewisser Weise mittelalterlichem Denken nähersteht als manchen modernen theologischen und philosophischen Auslassungen über Gott. Es ist faszinierend zu beobachten, daß der Feminismus beim Bemühen, sich mit dem Problem unserer eigenen Selbst-Benennung in einer Welt, in der Frauen namenlos sind, auseinanderzusetzen, implizit ein auf Gott hingerichtetes Benennen ausarbeitet, das, wenngleich verschieden von, doch vergleichbar ist mit den berühmten drei „Methoden" mittelalterlicher Theologen, von Gott zu sprechen.

Da war zunächst, mannigfach beschrieben, die *negative Methode*, die im wesentlichen nichts anderes meint, als daß wir feststellen können, „was Gott nicht ist", indem wir Gott systematisch die Unvollkommenheiten der Geschöpfe absprechen. Ein prominenter Wissenschaftler hat darauf hingewiesen, daß die heutige Erkenntnistheorie unter dem Einfluß jüngster Entwicklungen in der Forschung Ansätze zu einer vergleichbaren „negativen Methode", allerdings unter verändertem Vorzeichen, aufweist. Das heißt, die Wissenschaft selbst, die immer neue, unvorhergesehene Aspekte der Realität eröffnet, macht uns bewußt, daß ein Unbekanntes *existiert*, dessen Erscheinungen transzendent sein mögen. Das ist kein „Beweis" für Transzendenz, läßt ihr aber Raum. (48) Ich behaupte, daß eine neue *Via negativa* sich nicht nur aus der Wissenschaft herleitet, sondern auch aus dem Erleben der Befreiung. Frauen leben diese negative Methode, wenn sie immer mehr den Androzentrismus des Redens über Gott entdecken und ihn zwangsläufig ablehnen müssen, und mehr noch, wenn sie die Männerfixiertheit der Gesellschaft insgesamt entdecken, die wiederum durch jenen legitimiert wird. Da wir Frauen aus dem Sanctum der männlichen Intelligenzija ausgeschlossen sind, und da wir in der Tat aktiv anfangen, den Selbst-Ausschluß zu *wählen*, weil uns die Behinderungen von Denkfähigkeit und Kreativität bewußter werden, welche die Inzucht der machtwaltenden Gruppe bewirkt (wie schon die Sterilität von Veranstaltungen und Fachzeitschriften der „wissenschaftlichen Gesellschaften" bezeugt), fallen wir nicht mehr so leicht auf die alten Täuschungsmanöver herein –

wie z. B. Wortspiele über Gott, die im Kreise derer, die sie spielen, als Wissen gelten. Diese Entdeckung, auf die bei schöpferischen Frauen der bewußte Entschluß folgt, „nicht dazuzugehören“, kann dazu führen, daß wir bislang brachliegende Kräfte in uns finden, und dieser Prozeß läßt auf weitere Möglichkeiten des Werdens schließen. Die Erkenntnis unseres Ausgeschlossenseins aus dem Gestaltungsprozeß der Welt ist eine *neo-negative Methode*, insofern als wir unser bislang unbekanntes Selbst entdecken, welches unser Bewußtsein nach außen und nach innen auf ein bislang unbekanntes Sein richtet, das manche den verborgenen Gott nennen würden.

Als zweites gab es die traditionelle *positive Methode*, die davon ausging, daß Gott mit allen vollkommenen Eigenschaften der Kreaturen ausgestattet ist, und daß deshalb jegliche kreatürliche Vollkommenheit, die nicht von vornherein Beschränkung einschließt, Gott zugeschrieben werden kann. So galt es als gerechtfertigt, zu sagen, Gott sei gut, weise, usw. (49) Ich meine, daß der Feminismus auch den Anstoß zu einer *neo-positiven Methode* gibt. Dieser besteht in einer *lebendigen* „Seinsanalogie“ *(analogia entis)*, wobei der besondere Aspekt unserer Existenz, aus dem wir die Analogie beziehen können, der Mut ist, den wir im Befreiungsprozeß erfahren. Die thomistische *analogia entis* war Ausdruck einer außerordentlich komplexen Philosophie, die auf bestimmten Grundthesen fußte, unter anderem der Vorstellung, daß Gott die primäre Ursache aller endlichen Wirklichkeit ist und dem Gedanken, daß es eine gewisse Entsprechung zwischen den Wirkungen und ihren Ursachen gibt. (50) Dagegen will ich mit der Verwendung des Begriffs „Seinsanalogie“ auf die Erfahrung des dynamischen Gehalts der unmittelbaren Erkenntnis des Seins verweisen, wie sie im Mut zum Sein erlebt wird. Die Frauen haben heute die seltene Gelegenheit, eine eigene, *positive Methode* zu begründen, die nicht nur im Spekulativen angesiedelt ist, sondern hauptsächlich im Bereich aktiver Selbstbejahung. Da wir durch den existentiellen Mut, der *jetzt* von uns gefordert wird, Bewußtsein vom Sein *hin zum* Bilde Gottes erlangen können, kann dieser Prozeß uns Vorstellungen geben vom Sein, an dem wir teilhaben und das wir mitschaffen. Das heißt, er kann in gewissem Sinn eine Theophanie oder Offenbarung Gottes sein.

Eine dritte Art, Gott zu benennen, die traditionelle *Methode der Stufung*, unterschied sich nicht vollständig von den anderen beiden „Methoden“, sondern enthielt vielmehr Elemente von beiden. Mittelalterliche Theologen, unter anderem der sogenannte Dionysius Areopagita und Thomas von Aquin, glaubten, daß selbst Worte, die ein positives Gottesbild ausdrücken, nicht einmal annähernd aussagen, *was* Gott ist: „Wenn man also sagt: Gott ist gut, so heißt das nicht: Gott ist die Ursache des Guten, oder ‚Gott ist nicht schlecht', sondern es bedeutet: Was wir in den Geschöpfen ‚gut' nennen, ist zuvor in Gott vorhanden, und zwar in höherer Weise." (51)

Ich denke, daß das Werden der Frauen potentiell eine neue und ganz andere *Methode der Stufung* ist. Das Positive und Einzigartige an unsrem gottgerichteten Sprechen hat zu tun mit dem, was Buber das „Grundwort Ich-Du" nannte, das „die Welt der Beziehung stiftet". (52) Durch das Ablehnen der Verdinglichung und die Bejahung des Seins schafft die feministische Revolution neue Möglichkeiten des Ich-Du. Daher kann die neue *Methode der Stufung* folgendermaßen verstanden werden:

In der modernen Gesellschaft ist das technische Kontrollwissen so weit gediehen, daß das Privatleben und die Rechte der Individuen verletzt und die natürliche Umwelt zerstört werden. Als Antwort darauf postulieren Gesellschaftskritiker manchmal das Erwachen eines zwischenpersönlichen Bewußtseins, d. h. Intersubjektivität. Dazu kann es aber nicht kommen ohne die gemeinschaftliche und schöpferische Weigerung, Opfer geschlechtsspezifischer Rollenstereotype zu sein. Eine derartige schöpferische Weigerung schließt bewußte und oftmals schmerzvolle Bemühungen um neue Lebensformen ein, in denen das Ich-Du das beherrschende Motiv wird und so weit als möglich die oft blinden und halbbewußten Mechanismen des Ich-Es ersetzt, die den Anderen als Objekt gebrauchen. Im Erkenntnisbereich bedeutet das, den Zugang zu dem subjektiven, affektiven, intuitiven, von den Scholastikern als „angeboren" bezeichneten Reich der Vernunft freizuräumen. Es bedeutet, die Schranken zwischen technischem Wissen und jenem tiefen Reich intuitiven Wissens einzureißen, das manche Theologen ontologische Vernunft nennen. (53)

Objektives oder technisches Wissen ist für Überleben und Fortschritt der Menschheit notwendig. Es ist die Fähigkeit zu „logischem Denken". Klarheit des Denkens und Sprachgefüge verlangen, daß man Gebrauch davon macht. Desgleichen die Fähigkeit, Natur und Gesellschaft zu beherrschen. Allerdings ist technisches Wissen an sich, losgelöst vom intuitiven Wissen der ontologischen Vernunft, ziellos und letzten Endes sinnlos. Wenn es die Überhand gewinnt, ist das Leben der Erfahrung der Tiefe beraubt, und Verzweiflung breitet sich aus.

Technisches Wissen an sich ist unverbindlich. Es basiert auf einer Subjekt-Objekt-Spaltung zwischen dem Denken und dem, was wahrgenommen wird. Es ist berechnend und nimmt dem Wahrgenommenen die Dimension des Subjektiven. Technisches Wissen, losgelöst von ontologischer Vernunft, entwürdigt seinen Gegenstand und entmenschlicht das wissende Subjekt. Da es beide unter ihre wahre Realität herabmindert, hört es an einem bestimmten Punkt sogar auf, Wissen mit irgendeinem Gültigkeitsanspruch zu sein. Psychologie und Sozialwissenschaften, in denen technisches Wissen dominiert, werden, wenn der Bezug zur ontologischen Vernunft fehlt, dogmatisch, manipulativ und destruktiv. Unter ihrer Herrschaft verkommen Philosophie, Theologie und jegliche Religion.

Die Erweiterung eines dermaßen krankhaft reduzierten Erfahrungshorizontes kann durch die Begegnung mit einem anderen Subjekt geschehen, mit einem Ich, das sich weigert, ein Es zu sein. Wenn bei der Begegnung jedoch nur darum gekämpft wird, wer in die Position des Es abgedrängt werden soll, wird sie letztendlich keine Erlösung bringen. Nur wenn das Subjekt befähigt wird, die Ebenbürtigkeit der beschädigten, aber nie total zerstörten Subjektivität des/der Anderen und deren grundlegend gleichwertige Transzendenzfähigkeit und Transzendenzbereitschaft zu erkennen, kann eine qualitativ neue Form, in der Welt und zu-Gott-hin zu sein, entstehen. Was aus dieser neuen Seinsweise heraus wahrgenommen wird, ist das Ewige Du, das schöpferische göttliche Wort, das uns stets *mehr* zu sagen hat. Darin liegt die Bedeutung der Frauenbewegung als einer neuen *Methode der Stufung.*

NEUER RAUM: NEUE ZEIT

So gesehen ist die Entfaltung Gottes ein Ereignis, an dem wir Frauen aktiv teilhaben, wie wir aktiv an unserer eigenen Revolution teilhaben. Zu dem Prozeß gehört das Schaffen eines neuen Raumes, in dem wir Frauen die Freiheit haben, die zu werden, die wir sind; eines Raumes, in dem es echte und bedeutsame Alternativen zu den vorfabrizierten Identitäten gibt, die in den eingegrenzten Räumen der patriarchalen Institution angeboten werden. Im Gegensatz zu der von vornherein besiegelten Identität, die uns innerhalb dieser Räume zugeteilt wird, gibt es dort eine weitgefächerte Identität, eine ungehinderte Öffnung zum Ich und zueinander. Der neue Raum befindet sich immer „im Grenzbereich". Seine Mitte liegt an der Grenze patriarchaler Institutionen wie Kirche, Universitäten, nationaler und internationaler Politik, Familien. Seine Mitte ist das Leben der Frauen, deren Erfahrung der Selbstwerdung selbst den Sinn der Mitte ändert, weil sie die Mitte an die Grenze all dessen, was bisher zentral war, verlegt. An Universitäten und Instituten breitet sich das Phänomen des „Frauenstudiums" zunehmend aus, und für viele betroffene Frauen ist dies der eigentliche Quell allen Denkens und Handelns. Es wird als Triebfeder intellektueller und persönlicher Vitalität angesehen, oftmals als der einzige Teil des „Lehrplans", der nicht tot ist. Dagegen betrachten viele männliche Universitätsverwalter und Dozenten ein „Frauenstudium" als Randerscheinung, ja als belanglos, kaum ernster zu nehmen als die „Seite für die Frau" in der Tageszeitung. Die meisten „guten" Universitätsverwalter spüren natürlich, daß da etwas Lebendiges ist, und dulden oder fördern das Frauen-Studium sogar – aber es bleibt „Randerscheinung". Und entsprechend ist das Zusammenkommen der Frauen am Rande „der Kirche" der Mittelpunkt spirituellen Gemeinschaftslebens, von dem die institutionalisierte Religion keine Notiz nimmt.

Der neue Raum ist also in gewisser Weise unsichtbar für diejenigen, die ihn nicht betreten haben. Damit ist er unverletzlich. Gleichzeitig vermittelt er Macht, die paradoxerweise sowohl als Macht des Gegenwärtigseins und als Macht der Abwesenheit erfahren wird. Es ist keine politische Macht im herkömmlichen Sinne, sondern vielmehr ein Strom heilender Kraft, der Teilhabe an der Macht des Seins. Für Frauen, deren Bewußtsein erwacht, wird diese Teilhabe zunächst ermöglicht, indem sie sich der Rolle „des Anderen", d. h. der von einer sexistischen Welt aufgenötigten Rolle des Nicht-Seins entledigen. Die Explosion von Zorn und Schöpfungskraft, die in Gegenwart der Schwestern möglich wird, ist ein Erlebnis des Ganzwerdens, der Überwindung der Ich-Spaltung, der Ich-Spaltung, die dazu führt, daß das Nichts die lebendige Kraft des Seins blockiert. Anstatt sich damit abzufinden, die verzerrte Hälfte einer Person, also praktisch eine selbst-zerstörerische Un-Person zu sein, macht sich die erwachende Frau von Rollenfestlegungen los und nähert sich androgynem Sein. Das ist kein bloßes „dem Manne in einer Männerwelt Ebenbürtigwerden" – denn das würde bedeuten, sich damit zu begnügen, im patriarchalen Raum Fuß zu fassen. Es ist vielmehr, als spräche Gott seine Göttlichkeit in der neuen Frauen-Identität aus. (54) Ein Leben im neuen Raum mag „gefahrvoll" sein, insofern, als es bedeutet, ohne die Sicherheiten zu leben, mit denen das patriarchale System Gefügigkeit gegenüber seinen Gesetzen lohnt, und dennoch bietet es eine tiefere Sicherheit, welche die mit einem derartigen Leben verbundenen Risiken abfangen kann. Diese Sicherheit ist die Teilhabe am *Sein* als Gegengewicht zu Uneigentlichkeit, Entfremdung, Identitätslosigkeit – in einem Wort: Nicht-Sein.

Die Macht des Gegenwärtigseins, die von denjenigen erfahren wird, die angefangen haben, in neuem Raum zu leben, strahlt nach außen und zieht andere an. Jene, die dem patriarchalen Raum verhaftet sind, empfinden das offensichtlich als bedrohlich. Und in der Tat kommt dieses Gefühl des Bedrohtseins häufig zum Ausdruck. Wer sich derart bedroht fühlt, erlebt die Anwesenheit der Frauen für einander als eine Abwesenheit. Diese Frauen sind keine leeren Gefäße mehr, die man als „das Andere“ benutzen kann – sie haben aufgehört, Projektionen zu verinnerlichen, die den Fluß des Seins zum Stocken bringen. Männer, die auf derlei Projektions-Schutzschirme angewiesen sind, erleben die Macht des Abwesendseins solcher „Objekte“ und werden plötzlich der Wahrnehmung des Nichts ausgesetzt. Manchmal ist das Abwesendsein der Frauen, das so viel Angst auslöst, tatsächlich ein physisches Nicht-Dasein. Wenn Frauen beispielsweise absichtlich Veranstaltungen, gesellschaftlichen Anlässen usw. fernbleiben, um der Freiheit willen, tun zu können, was für uns wichtig ist, kommt es gelegentlich zu überschießenden Protestreaktionen. Manchmal ist das Abwesendsein schlichte Nicht-Kooperation, die Weigerung, das Geschlechtsrollenspiel mitzuspielen, die Weigerung zu schmeicheln und beizustimmen, usw. Auch das läßt auf die Existenz eines anderen Raumes schließen, in den die Frauen sich abgesetzt haben und die Möchtegern-Nutznießer haben niemanden, den sie benutzen können. Manchmal nimmt natürlich das Abwesendsein der Frauen die Form aktiven Widerstandes an. Und dieser wiederum liefert jene, die sich der Ausbeuter-Rolle bemächtigen, ihrem Gefühl des Nichts aus.

Und so ist die Auseinandersetzung der Frauen mit der Erfahrung des Nichts ein Anreiz für die Männer, sich ebenfalls damit auseinanderzusetzen. Viele reagieren natürlich mit Feindseligkeit. Diese Feindseligkeit kann offen oder gelegentlich versteckt zutage treten und ist oft weder den Männern, von denen sie ausgeht, noch den Frauen, denen sie gilt, so recht bewußt. Die versteckte Feindseligkeit nimmt oft verführerische Formen an, beispielsweise als Aufforderung zum „Dialog“ – unter für die Frau von vornherein psychologisch belastenden Bedingungen – oder als Angebot einer reibungslosen, schnellen Versöhnung, ohne daß ernstlich auf die anstehenden Probleme eingegangen wird. Andere Männer reagieren mit versteckter Feindseligkeit, indem sie sich als „Feministen-Freunde“ anbiedern, nicht um den Frauen wirklich zuzuhören, sondern als paternalistische Aufpasser, Analytiker oder „Fürsprecher“ der Bewegung. Ungeachtet der zahlreichen Möglichkeiten für unaufrichtige Reaktionen auf die Bedrohung durch die Macht der Frauen, abwesend zu sein, nehmen einige Männer die Möglichkeit wahr, der Erfahrung des Nichts zu begegnen, die sich anbietet, wenn „die Andere“ aufhört, „das Andere“ zu sein, zurücktritt und sagt: „Ich bin“. Damit tun die Männer den ersten Schritt zu ihrer Befreiung im Sinne von Ganz-Sein, von androgynem Sein. Diese neue Teilhabe an der Kraft des Seins wird Männern ermöglicht, wenn die Frauen den neuen Raum betreten.

Der Schritt in den neuen Raum, dessen Mitte an der Grenze der Institutionen des Patriarchats liegt, bedeutet auch, den Schritt in eine neue Zeit zu tun. Diesen Institutionen verhaftet zu sein, bedeutet, im Vergangenen zu leben. Das wird auffallend deutlich an den Liturgien und Ritualen, die sie rechtfertigen. Beim Leben im Grenzbereich dagegen wird uns Frauen intensiv bewußt, in gegenwärtiger/zukünftiger Zeit zu leben. Die Teilhabe an der Entfaltung Gottes meint auch diesen Zeit-Durchbruch, der ein kontinuierlicher (aber nicht rituell „wiederholter") Prozeß ist. Die Mitte der neuen Zeit befindet sich an der Grenze patriarchaler Zeit. Letztendlich ist es die *ureigene* Zeit der Frauen. Es ist unsere *Lebens-Zeit.* Sie ist immer dann, wenn wir aus unserem eigenen Gefühl der Wirklichkeit heraus leben und uns nicht von der linearen, portionierten, quantitativen Zeit des patriarchalen Systems besitzen, unterjochen und entfremden lassen. Wir Frauen leben, wenn wir die werden, die wir sind, in einer qualitativen, organischen Zeit, die sich den Maßeinheiten des Systems entzieht. Frauen, die an institutionellen Ausschußsitzungen teilnehmen, ohne sich den von den männlich geprägten Strukturen vorgegebenen Zielen und Zwecken zu beugen, arbeiten buchstäblich für unsere Zeit, obwohl es vielleicht den Anschein haben mag, sie arbeiteten nach dem Rhythmus der „Betriebs-Zeit". Das Zentrum unserer Tätigkeiten ist organisch, weil uns Ereignisse mehr bedeuten als Uhren. Dieses Grenz-Leben ist eine Art des Seins innerhalb und außerhalb „des Systems". Es hat eine Ablehnung trügerischer Klarheit zur Folge. Im wesentlichen bedeutet es, im Jetzt lebendig zu sein, was im tiefsten Sinn Teilhabe an der Entfaltung Gottes ist.

Es dürfte also einleuchten, daß für uns Frauen der Schritt in unseren eigenen Raum und unsere eigene Zeit eine weitere Möglichkeit ist, Ganz-Sein und Wandel auszudrücken. Das Verharren im patriarchalen Raum ist ein Verharren im Gestern. Wandel ist im Grunde nichts anderes als Trennung und Wiederkehr – zyklische Bewegung. Der Ausbruch aus dem Kreislauf erfordert Zorn, den „Zorn Gottes", der Gott-Sein in einem organischen Drängen hin zum Leben ausdrückt. (55) Da Frauen es mit dämonischen Machtverhältnissen zu tun haben, d. h. mit organisiertem Übel, bedarf es des Zorns als einer positiven, schöpferischen Kraft, um einen Durchbruch zu ermöglichen – den Hemmnissen der unauthentischen Strukturen zu begegnen. Der Zorn steigt in uns auf als Reaktion auf die schockartige Erkenntnis dessen, was verlorengegangen ist – bevor es überhaupt entdeckt wurde – d. h. der eigenen Identität. Aus diesem Schock heraus läßt sich erahnen, was Menschsein (im Gegensatz zum bruchstückhaften Sein) sein kann. Zorn kann also die Entwicklung von der Erfahrung des Nichts zu der Erkenntnis der Seins-Teilhabe auslösen und bestärken. Wenn das geschieht, verändert sich die Vergangenheit, d. h. ihre Bedeutung für uns verändert sich. Die Vergangenheit ist dann nicht mehr statisch: auch sie ist dann im Grenzbereich. Wenn Frauen Schritte unternehmen, die aus dem patriarchalen Raum und der patriarchalen Zeit herausführen, entwickelt sich stürmisch neues Leben. Ich würde das als Teilhabe an Gott dem Verb definieren, der sich nicht einfach in vergangene, gegenwärtige und zukünftige Zeit zerpflücken läßt, da Gott formsprengende, gestaltgebende und verändernde Kraft ist, die alle Dinge erneuert.

Kapitel Zwei

DIE AUSTREIBUNG DES BÖSEN AUS EVA: DER SÜNDENFALL IN DIE FREIHEIT

Du bist das Tor zur Hölle ... Wie leicht hast du den Mann, das Ebenbild Gottes, zerstört. Weil du uns den Tod gebracht hast, mußte sogar der Sohn Gottes sterben.

– TERTULLIAN

Alle Hexerei kommt aus der fleischlichen Lust, die bei Frauen unersättlich ist.

– SPRENGER und KRÄMER
in MALLEUS MALEFICARUM

Ich glaube ..., daß die größte moralische Herausforderung für den modernen Menschen darin liegt, daß er das Sündenbock-Prinzip ablehnt und überwindet.

– THOMAS S. SZASZ

Es sieht so aus, als werde der Geschichte von dem Sündenfall Adams und Evas im Bewußtsein des modernen Menschen keine ernsthafte Bedeutung beigemessen. Der Sündenfall ist zwar noch das Ziel billiger Witze und Karikaturen, aber viele oder vielleicht die meisten Menschen behaupten, daß sie ihn nicht ernst nähmen. Einige Theologen haben die Tendenz, die biblischen Geschichten zu „entmythologisieren", d. h. die „Schale" des Mythos zu entfernen und einen Teil seines vermeintlichen Gehalts zu bewahren (Bultmann und seine Anhänger). Andere haben versucht, den „Mythos aufzubrechen", d. h. er wird beibehalten, aber als *Mythos* erkannt und nicht wörtlich genommen (Tillich). Seine Bedeutung wird von Theologen in abstrakte und allgemeine Begriffe übertragen, wie z. B. den der „universalen" oder „existentiellen Entfremdung". Man könnte dabei den Eindruck gewinnen, daß das in der Sündenfallgeschichte gezeichnete Bild von der Beziehung zwischen Mann und Frau für das moderne Bewußtsein – ob religiös oder weltlich – ohne Bedeutung sei.

Tatsache ist aber, daß dieser Mythos eine sehr bösartige Vorstellung von der Beziehung zwischen Mann und Frau und von der „Natur" der Frauen entworfen hat, die noch immer tief in der modernen Psyche verwurzelt ist. In der christlichen Tradition färbt er weiterhin theologisches Vorstellungsvermögen. Berdjajew scheute sich nicht, den erstaunlichen Kommentar abzugeben, daß „im weiblichen Element etwas Niedriges und Unheilvolles sei". (1)

Und ebenso erstaunlich ist es (durch die eigene Erfahrung der Autorin bestätigt), daß Theologiestudenten, legt man ihnen einen solchen Abschnitt vor, häufig nicht imstande sind, darin irgendetwas Besonderes oder Bemerkenswertes zu finden. Tatsächlich hat der Mythos die den gesellschaftlichen Status der Frauen betreffenden Überzeugungen und Gesetze beeinflußt und zur Geisteshaltung derer beigetragen, die immer noch einseitig männlich orientierte ethische Theorien von sich geben – ein Punkt, der in einem späteren Kapitel noch eingehender besprochen werden soll. Der Mythos unterstützt die destruktiven Züge in der Gestaltung unserer Kultur. In der Literatur und in den Massenmedien wird das Motiv der „Verführerin Eva" immer wieder todernst wiederholt, ebenso wie in den Rationalisierungen gesellschaftlicher Verhältnisse und bürgerlicher Gesetze, die, wie z. B. die Abtreibungsparagraphen, eine strafende Haltung gegenüber der weiblichen Geschlechtsfunktion einnehmen. (2)

Angesichts der Tatsache, daß die zerstörende Vorstellung von der Frau, die in dem Sündenfall-Mythos widergespiegelt und verewigt wird, noch heute die moderne Psyche beherrscht – wenn auch in verschleierter und abgeschwächter Form –, ist es nicht angebracht, daß die Theologen den vermeintlichen Gehalt des Mythos einfach verallgemeinern und verstandesmäßig erklären als Ausdruck eines universalen Zustandes der Entfremdung. In der Tat ist dieser Ansatz eine intellektuelle Bankrotterklärung und dämonisch. Er führt nur dazu, daß der Gebrauch einer ausdrücklich sexistischen theologischen Metaphorik aufgegeben wird, ohne deren anhaltenden Einfluß auf die Gesellschaft einzugestehen. Ein solches Schweigen über den destruktiven Gehalt des Mythos ist unterdrückend, da es die Botschaft vermittelt – in der Tat die Botschaft *wird* –, daß die geschlechtsspezifische Unterdrückung als Problem nicht existiert. Es taugt nicht, wenn man abstrakt über das Böse spricht und dabei stillschweigend traditionelle Vorstellungen unterstützt, die spezifische soziale Mißstände legitimieren.

WIR KOMMEN NOCH EINMAL AUF DEN MYTHOS ZURÜCK

Die Geschichte vom Sündenfall stellte den Versuch dar, eine sinnvolle Antwort auf die verwirrende Frage nach der tragischen und absurden Lage des Menschen zu finden. Da dieser Versuch aber ausschließlich von Männern und in einer von Männern beherrschten Gesellschaft gemacht wurde, spiegelte er in erster Linie nur die unvollkommenen sozialen Verhältnisse der damaligen Gesellschaft wider. Der Mythos war ebensosehr ein Symptom wie ein

Werkzeug zu weiterer Verseuchung. Er wirkte sich hauptsächlich dahingehend aus, daß die geschlechtsspezifische Unterdrückung in der Gesellschaft verstärkt und die untergeordnete Stellung der Frau im Universum doppelt gerechtfertigt wurde. Nicht nur verdankte die Frau ihren Ursprung dem Manne, sondern sie war auch der Grund seines Falls und all seines Elends. Die humorlosen Abhandlungen über die besondere Entstehung Evas und ihre beklagenswerte Sündhaftigkeit, die von unermüdlichen Adam-Fans durch die Jahrtausende verfaßt wurden, sind die beste Parodie ihrer selbst. Aber es dauerte zweitausend Jahre, bis dieser Schwindel von kosmischen Ausmaßen durchschaut wurde. Als den Theologen schließlich die Ungereimtheiten des Mythos auffielen, wandten sie ihre Aufmerksamkeit von ihm ab. Nur wenigen ist gerade eben erst die Bedeutung der tragischen geschlechtsspezifischen Ungerechtigkeit aufgegangen, die unbeabsichtigt durch die Geschichte vom Sündenfall „offenbart" wurde.

Schon 1933 erkannte Teilhard de Chardin (in seinem Aufsatz „Christologie et évolution"), daß der Mythos ein rückwärtsgewandtes Bewußtsein fördere und, als umfassende Weltdeutung verstanden, den Fortschritt hindere. Die Geschichte vermittelt ganz allgemein den Gedanken, daß das Beste schon vorüber sei; das Paradies scheint in der Vergangenheit angesiedelt zu sein. Das *Besondere* in dieser rückwärtsgewandten Sicht, das Teilhard nicht erkannte, liegt aber in ihrer Fixierung auf ein einseitiges und entstellendes Bild von der einen Hälfte der Menschheit – und auch von der anderen (Adam wird als ein kriecherischer und arroganter Dummkopf geschildert) –, das die Entstehung psychisch ganzer Menschen verhindert.

Andere Kritiker der Tradition, wie z. B. Hesnard, die sie von einem psychoanalytischen Standpunkt aus betrachten, haben darauf hingewiesen, daß dieser Mythos ein alles beherrschendes Schuldgefühl ermutigt, welches das Leben und seine naturgegebenen Freuden verurteilt. Die Absage an das Leben wird als Frustration erlebt, die zur Selbstanklage und Aggression gegen das eigene Ich führt. Man könnte meinen, daß dies logischerweise die Selbstvernichtung zur Folge hat, aber zumeist wird sie dann – jedenfalls teilweise – in Aggressionen gegen andere umgewandelt. So führt der Selbsthaß, der durch das Christentum gefördert wird, zu einer Perversion des Grundbedürfnisses und Grundverlangens, mit anderen in Verbindung zu treten, und begünstigt damit Haß, Unterdrückung und selbst Krieg. (3) Die *spezifische* Beschaffenheit der Aggression, die von den Kritikern nicht angemessen berücksichtigt wird, zeigt sich darin, daß sie Frauen zu Objekten macht. Die Tatsache, daß die Vorstellung von dem „Anderen" – die leicht auf andere Völker, Rassen oder Klassen übertragen werden kann –

sich zuerst und grundlegend gegen Frauen gerichtet hat, wird nicht wirklich behandelt.

Zusammenfassend kann man sagen, daß die Theologen und Gelehrten es verabsäumten, sich mit der Tatsache auseinanderzusetzen, daß in dem Mythos vom Sündenfall das Ausdrucksmittel die eigentliche Botschaft ist. Ein Nachdenken über seinen besonderen Gehalt und dessen kulturelle Reste führt zu der Überzeugung, daß die jüdisch-christliche Tradition zum Teil durch dieses Instrument ihren Beitrag zur Krankheit der Gesellschaft geleistet hat. Die Projektion der Schuld auf die Frauen *ist* im wahrsten Sinn der Sündenfall des Patriarchats, die fundamentale Lüge. Zusammen mit der daraus abgeleiteten Theologie der „Erbsünde" offenbart der Mythos den „Sündenfall" der Religion in die Rolle einer Prostituierten des Patriarchats. Das heißt natürlich nicht, daß die Religion je in einem wahren Paradies gewesen wäre und reine Offenbarung vermittelt hätte, die frei war von Götzendienst und Knechtschaft in ungerechten Gesellschaftsordnungen. Ich meine nur, daß der Mythos durch das Vorurteil, das er enthält und blindlings bestärkt, die „Erbsünde" der patriarchalen Religion zum Ausdruck bringt. Die Botschaft, die er unbeabsichtigt vermittelt – und deren ganze Folgenschwere wir jetzt erst zu erfassen beginnen –, besteht darin, daß im Patriarchat mit Hilfe der Religion Frauen zu den ursprünglichen Sündenböcken gemacht wurden.

DER SÜNDENFALL UND DIE FALSCHE BENENNUNG

Der Mythos vom Sündenfall kann als prototypischer Fall einer falschen Benennung angesehen werden. Elizabeth Cady Stanton hatte recht, als sie auf die entscheidende Rolle hinwies, die der Mythos vom weiblichen Bösen als Grundlage für die gesamte Struktur einer phallischen christlichen Ideologie gespielt hat. (4) Wie ich schon gesagt habe, nimmt der Mythos kosmische Proportionen an, da der männliche Standpunkt umgestaltet wird zu Gottes Standpunkt. Das läuft auf eine falsche Benennung kosmischen Ausmaßes hinaus. Es gibt dem geheimnisvollen Bösen den falschen Namen, indem es ihm die entstellte Form vom Mythos vom weiblichen Bösen gibt. So werden Bilder und Vorstellungen vom Bösen aus ihrem eigentlichen Brennpunkt verrückt und ihre tiefsten Dimensionen nicht wirklich gesehen. Mit eingeschlossen in diese gigantische falsche Benennung des Bösen ist die falsche Benennung von Frauen, Männern und Gott. Diese Verrückung des geheimnisvollen Bösen hatte auch eine Verrückung der christlichen „Lösung" zur Folge – ein Punkt, auf den ich im nächsten Kapitel noch eingehen werde.

Mit dem sich entwickelnden Selbst-Bewußtsein der Frauen kommt auch die Erkenntnis, daß die grundlegenden Gegenmaßnahmen auf die falsche Benennung des Bösen von seiten des Patriarchats hauptsächlich von den Frauen kommen müssen. Indem wir uns selbst aus der Rolle „des Anderen" befreien, d. h. indem wir innerlich und äußerlich unsere eigenen Namen benutzen, entfernen wir Frauen das geheimnisvolle Böse aus seinem falschen Zusammenhang und machen so den Weg frei, es angemessener zu sehen und zu benennen.

DIE AUSWIRKUNGEN DES MYTHOS

Jemand hat einmal gesagt: „Der Sündenfall des Mannes sollte richtiger der Sündenfall der Frau genannt werden, weil wiederum dem zweiten Geschlecht die Schuld für alles Elend in der Welt gegeben wird." (5) Die negative Haltung des Mannes richtete sich gegen die Frau. Und aus diesem allgemeinen psychologischen Klima ging der Mythos hervor und bezog seine Glaubhaftigkeit. In dem Problem steckt jedoch noch mehr. Nicht nur legitimiert der Mythos, daß sich der Selbsthaß des Mannes nach außen, gegen die Frau richtet, sondern er führt auch dazu, daß der Selbsthaß sich bei den Frauen nach innen wendet. Solange man zuläßt, daß der Mythos vom weiblichen Bösen das Bewußtsein der Menschen und die Gesellschaftsordnungen beherrscht, solange sind auch die Vorbedingungen, daß Frauen – sowohl von Männern als auch von Frauen – zu Opfern gemacht werden, gegeben.

Wie allgemein bekannt, ist es für jede unterdrückte Gruppe charakteristisch, daß ihre Mitglieder unter einem gespaltenen Bewußtsein leiden. Freire beschreibt dieses Phänomen folgendermaßen:

„Die Unterdrückten leiden an dem Zwiespalt, der sich in ihrem innersten Sein breitgemacht hat. Sie entdecken, daß sie ohne Freiheit nicht existieren können. Aber indem sie sich nach echter Existenz sehnen, fürchten sie sie. Sie sind zu ein und derselben Zeit sie selbst und der Unterdrücker, dessen Bewußtsein sie internalisiert haben." (6)

Als widersprüchliche, gespaltene Wesen erkennen die Unterdrückten nicht in vollem Umfang, daß der Unterdrücker, der in die Psyche der Opfer eingedrungen ist, jetzt in ihnen selbst ist und sie lähmt. So sind sie in einem Netz von Verhaltensweisen gefangen, durch das sie sich selbst zum Unterliegen bringen.

Dieses Problem, unter dem alle unterdrückten Gruppen leiden, betrifft in besonders tragischer Weise die Frauen, die gespaltene Wesen *par excellence* sind. (Das wird von Freire nicht erkannt; er erwähnt noch nicht einmal die Lage der Frauen.)

Im und gegen das Selbst gespalten, wollen Frauen sprechen, bleiben aber stumm. Das Verlangen, etwas zu tun, wird im allgemeinen auf ein stellvertretendes Handeln durch die Männer reduziert. Anstatt die Dynamik eines authentischen Selbst auszuleben, gehen Frauen oft in Rollen unter, von denen sie glauben, daß sie den Männern gefallen. Wenn eine Rebellin ihre eigene Identität behaupten, d. h. ihr eigenes Bild erschaffen will, setzt sie ihre Existenz in unserer sexistischen Gesellschaft der Bedrohung aus. Das liegt zum Teil daran, daß sowohl Männer als auch Frauen sich mit den Zielen der übergeordneten Gruppe identifizieren und darum die rebellierende Frau als „Feind" betrachten. Es kann aber auch sein, daß die Frauen, wenn sie die Rebellin angreifen, auch den Mann meinen, daß die rebellierende Frau also ein Ersatzopfer ist, ein leichter verwundbares Objekt für unterdrückten Groll. Es scheint so, daß die sexistische Gesellschaft eine chronische Unfähigkeit erzeugt, zu erkennen, wo das Problem angesiedelt ist, den Grund der Zerstörung aufzuspüren.

Die patriarchale Religion trägt zu dem Problem bei, indem sie den Prozeß verstärkt, durch den die Frauen das Bewußtsein der Unterdrücker verinnerlichen. Da das Urteil der Männer umgestaltet wird zu Gottes Urteil, ist es die religiöse Pflicht der Frauen, die Last der Schuld auf sich zu nehmen und sich selbst mit männlichen, chauvinistischen Augen zu sehen. Dieser Vorgang endet aber noch nicht damit, daß die Religion von den Frauen verlangt, solche Leitbilder zu verinnerlichen. Es kommt vor, daß diejenigen, die dazu erzogen wurden, sich selbst als „schlecht" und „krank" anzusehen, wirklich so werden. Frauen, die dazu erzogen wurden, die dem weiblichen Geschlecht zugeteilte, verächtliche Rolle zu spielen, scheinen tatsächlich die Verachtung zu „verdienen", mit der das „andere Geschlecht" überhäuft wird.

DIE „ERBSÜNDE" DER FRAUEN

Den ersten Schritt zu ihrer Rettung tut die Frau, wenn sie erkennt, worin ihre „Erbsünde" in Wirklichkeit besteht, nämlich darin, daß sie Vorwürfe und Schuld verinnerlicht hat. Wenn man die erzwungene Mittäterschaft der Frauen bei der Unterdrückung unsere „Erbsünde" nennt, darf man auf keinen Fall der Versuchung erliegen, „dem Opfer die Schuld zu geben". Es ist viel zu einfach und grundsätzlich irreführend zu sagen, die Frauen hätten schuld daran, daß unsere Gesellschaft sexistisch ist. Dies ist ebenso falsch wie die Behauptung, daß es die Schuld der Schwarzen sei, daß die Gesellschaft rassistisch ist oder die Schuld der Armen, daß es Armut gibt. Es ist unaufrichtig, Beispiele außergewöhnlich bedeutender Frauen heranzuziehen, um zu beweisen, daß Frauen, „die das Zeug dazu haben", erfolgreich sein können. Wenn ich die Mittäterschaft der Frauen erwähne, so meine ich damit eine Mitschuld, die ihr zum großen Teil durch die Verhältnisse aufgezwungen wurde. Der Begriff „Erbsünde" wird damit aus seinem ursprünglichen semantischen Kontext gerissen. Die neue Bedeutung behält die Nebenbedeutung eines vererbten Fehlers, wird aber so verstanden, daß die „Sünde" durch Sozialisierungsprozesse vererbt wurde, ist die ererbte Last, dazu verdammt zu sein, die Rolle „des Anderen" zu leben. Man sollte den Fehler nicht primär als in den Opfern liegend sehen, sondern vielmehr in den dämonischen Machtstrukturen, die einzelne dazu führen, falsche Identitäten zu verinnerlichen.

Ein ehrliches Erkennen dessen, was geschehen ist, macht die Unterdrückung in gewisser Weise noch bedrückender, da zu der einfachen Tatsache noch die *Erkenntnis* der Unterdrückung hinzukommt. (7) Dies hat zur Folge, daß wir die falsche Transzendenz ablehnen, die manchmal damit verbunden ist, daß wir das Problem nicht sehen, und den Schmerz akzeptieren, der die Einsicht begleitet. Aber ein flüchtiger Einblick in die Dinge, wie sie sind, reicht nicht aus. Eine wirkliche Einsicht begreift die Verpflichtung, die zerstörenden Verhältnisse zu ändern mit ein, und die Implikationen sind nicht bequem. Für diejenige, die gelernt hat den Sexismus zu erkennen, ist nichts je wieder so wie es einmal war. Mit der Einsicht in den Sexismus ist aber eine Hoffnung verbunden. Diese Hoffnung gründet sich auf die Tatsache, daß die Unterdrückten in einer dialektischen Beziehung zu den Privilegierten leben. Der Status der letzteren erfordert die Einwilligung der ersteren in die Unterdrückungssituation. Diese Erkenntnis ist erlösendes und offenbarendes Wissen und weist uns den Weg zur „Rettung" aus der entmenschlichenden Situation. Den Anfang zu einer adäquaten Reaktion machen wir, wenn wir willens sind, unser bisher gespaltenes Ich zu verändern und zu integrieren.

HEILEN

Der Heilungsprozeß erfordert von beiden Geschlechtern, daß sie sich um die Ganzheit des menschlichen Wesens bemühen, was bedeutet, sich auf ein androgynes Sein zuzubewegen. Für Frauen heißt dies, daß sie die verinnerlichte patriarchale Präsenz aus sich austreiben müssen, die Gefühle von Schuld, Minderwertigkeit und Selbsthaß mit sich bringt, die dann auf andere Frauen übertragen werden. Es bedeutet auch das Erkennen, daß die Psyche der Frauen wirklich von einer dämonischen Macht besessen ist – dem männlichen Subjekt („männlichen Chauvinist") in uns selbst –, welche das Ich der Frauen zum Objekt reduziert. Die Vertreibung dieser fremden Gegenwart aus uns selbst bedeutet, daß wir uns dessen bewußt werden, daß „das Weibliche schön ist", nicht in dem Sinne, daß wir die aufgezwungenen Vorbilder und Maßstäbe des Patriarchats für die Bewertung der Frauen übernehmen, sondern in dem Sinne, den wir Frauen uns selbst entdecken und bestimmen.

Es wäre naiv, anzunehmen, daß die Heilung des gespaltenen Ichs in einem einzigen Akt vollzogen werden kann. Wahrhaft heilende Einsicht beinhaltet einen Willen zur Veränderung, der sich ständig handelnd nach außen entfaltet, so daß die Einsicht wächst und Handeln zunehmend an Bedeutung gewinnt.

Ebenso naiv wäre es, zu meinen, daß sich die Heilung des gespaltenen Ichs in der Isolation vollziehen könnte. Der Wirklichkeitssinn der einzelnen hängt von einer Art gemeinschaftlichen Einverständnisses ab. Es wäre absurd, anzunehmen, daß eine Frau allein den Kampf um psychische Ganzheit gewinnen kann. Der Wirklichkeitssinn, den eine einzelne aufrechtzuerhalten versuchte, stünde einem System gegenüber, das über gewaltige Mittel verfügt, sie von ihrem Irrtum, ihrer Sündhaftigkeit oder ihrer Verrücktheit zu überzeugen. Wie ein bekannter Soziologe bemerkte: „Der Standpunkt einer Minorität ist im günstigsten Fall gezwungenermaßen defensiv. Im ungünstigsten Falle hört er auf, glaubhaft zu sein." (8) Die Minorität einer einzelnen Person hat wenig Chancen zu überleben. Das Phänomen des „Zusammenschlusses" von Frauen, der durch das Wort „Schwesterlichkeit" ausgedrückt wird, ist deshalb unabdingbar im Kampf gegen ein falsches Bewußtsein. Nur Frauen, die einander hören, können eine Gegenwelt gegen den vorherrschenden Wirklichkeitssinn aufbauen.

DIE UNIVERSALE ERLÖSUNGSKRAFT DES KAMPFES

Wenn Frauen die „Sünde" der Teilhaberschaft an Selbst-Zerstörung ausmerzen, ist dies für die gesamte Gesellschaft grundsätzlich heilsam, da Unterdrückung sowohl für die Unterdrückten als auch für die Unterdrücker entmenschlichend ist. Allerdings können es sich die Unterdrücker, auch wenn sie „fair" und human sein wollen, meist nicht leisten, die volle Bedeutung dessen anzuerkennen. Die Psychologie der rechtmäßigen Interessen wirkt sich auf subtile Weise aus, und die Institutionen der sexistischen Gesellschaft unterstützen diese Interessen. Gleichzeitig werden die Frauen wegen ihres Widerstands gegen Männer von Unsicherheit und Schuldgefühlen geplagt – Gefühlen, die zu dem „Erbsünde"-Syndrom ihrer Teilhaberschaft am Sexismus gehören. Diese Ge-„wissens"-qualen bei Frauen, die versuchen, aus einer in unserer Gesellschaft institutionalisierten, entfremdenden Seinsform auszubrechen, sind, selbst wenn sie als ein „schlechter Glaube" erkannt sind, ein wichtiges Hindernis, das zu überwinden ist. Darum ist es wichtig, sich dessen bewußt zu sein, daß die Frauen mit ihrer Selbst-Befreiung den wirkungsvollsten Schritt überhaupt zu einer universalen menschlichen Befreiung tun, indem sie den Menschen die Vollständigkeit des menschlichen Seins zugänglich machen, die durch die sexistische Hierarchie verlorengegangen ist. Der wesentlichen Lieblosigkeit unserer sexistisch-hierarchischen Gesellschaft muß eine radikal liebende Handlungsweise entgegengesetzt werden. So betrachtet, öffnet der Kampf um Gerechtigkeit den Weg zu Umständen, die unverfälschtere, liebevolle Beziehungen ermöglichen.

DIE BESEITIGUNG DER NEBENWIRKUNGEN DER „ERBSÜNDE"

Wenn Frauen die Vorstellung, „das Andere" zu sein, verinnerlichen, tritt als Nebenwirkung eine *psychologische Lähmung* auf. Sie entsteht aus einem allgemeinen Gefühl der Hoffnungslosigkeit, Schuld und Angst vor gesellschaftlicher Mißbilligung. Eine solche Besorgnis ist wohlbegründet, denn Frauen, die versuchen, ein neues Bewußtsein zum Ausdruck zu bringen, kommen in Konflikt mit gesellschaftlichen Kontrollmechanismen – Spott, Beschimpfung und eine sofortige Psychoanalyse; ausgedrückt in Kommentaren wie „Penisneid", „Männerfeinde" oder „unweiblich". Der Anfang zur Überwindung der psychologischen Lähmung ist nach außen gerichtetes Handeln. Das mag die Teilnahme an einer Diskussionsgruppe oder Selbsterfahrungsgruppe sein, es mag heißen, aufzustehen und einen Redner anzugreifen, der Vorurteile gegen Frauen zum Ausdruck bringt, oder einen Artikel, einen Leserbrief oder einfach einen Brief an eine Freundin zu schreiben, in dem neue Erkenntnisse zum Ausdruck gebracht werden. Wir können uns an Aktionen einer Arbeitsgruppe zur Abschaffung der Diskriminierung in Gesetzen, Massenmedien, religiösen und Bildungsinstitutionen beteiligen. Ganz gleich, welche Tätigkeit wir wählen, dadurch kann sich ein neuer Weg des Handelns öffnen, und allein schon die Teilnahme bringt Hoffnung mit sich. Die Gefühle der Opposition werden offen ausgesprochen, d. h. die aggressive Energie kann sich nach außen wenden anstatt nach innen. Eine solche Handlungsweise ruft Gegner auf den Plan (doch dies war schließlich schon vorher bekannt und gefürchtet), aber sie verhilft auch dazu, Freunde und Verbündete zu finden. Das Selbstvertrauen, das bei diesem Durchbruch zur Selbstbehauptung entsteht, ist qualitativ neu und sollte nicht mit dem Selbstvertrauen verwechselt werden, das entsteht, wenn man „beliebt" oder eine gute Autorin, Musikerin oder Tennisspielerin ist. Es ist die Selbstachtung, die mit der Bestätigung eines ungeteilten Selbst verbunden ist.

Eine andere Nebenwirkung der weiblichen Mittäterschaft ist natürlich der *weibliche Antifeminismus.* Ungleich dem männlichen Antifeminismus nimmt er selten die Form physischer Gewalttätigkeit an. Der Teil in der antifeministischen Frau, der sich mit der bestehenden Machtstruktur identifiziert, betrachtet eine Frau, die diese Struktur bedroht, als eine Bedrohung ihrer selbst. Darum äußert sie Mißbilligung und Feindseligkeit. Die Uneinigkeit unter Frauen ist eine Ausweitung der Dualität, die in der Frau selbst liegt, und sich in plötzlichen und unbegründeten Ausfälligkeiten zeigt. Es kommt oft vor, daß eine Frau, die einen ungewöhnlichen Erfolg auf dem „männlichen" Gebiet hat, ganz offen andere Frauen entmutigt, ihrem Beispiel zu folgen. Da sie ihre Rolle als Alibifrau in den oberen Rängen der Berufswelt akzeptiert hat, übernimmt sie die Haltung ihrer männlichen Kollegen gegenüber den Frauen, die gern denselben Weg einschlagen möchten. Ihre entmutigenden Worte und ihr Mangel an hilfreicher Schwesterlichkeit verwirren die Frauen, die von ihr Ermutigung erwarten, und bringen sie in eine Art von „double-bind". Einerseits sehen sie in ihr das wesentliche Selbst – handelnd, sprechend, erschaffend. Und andererseits sehen sie, daß dieses Selbst „für das System" handelt, spricht und schöpferisch tätig ist und sich somit gegen ihre eigenen Bestrebungen wendet. Nur wenige Frauen erkennen, daß dieses Verhalten in sich selbst widersprüchlich ist und daß die erfolgreiche Alibifrau, die sich so benimmt, eine Marionette des Patriarchats ist, wenn sie die Botschaft verkündet, auf die sie programmiert ist: „Hört zu, selbst ich, die ich eure Sehnsucht verkörpere, sage euch, daß ihr es nicht versuchen solltet." Vielleicht ist es gar nicht so überraschend, daß die meisten Frauen den Weg des geringsten Widerstandes gehen und mehr auf die Worte als auf die Taten solcher erfolgreichen Frauen achten, deren Leistung in dieser Weise prostituiert wird. So wie die Lähmung des gespaltenen Ichs überwunden wird, wenn die Erkenntnis in konkretes Handeln übertragen wird, so wird der weibliche Antifeminismus besiegt werden, wenn wir uns bewußt um einen stärkenden Zusammenschluß mit anderen Frauen bemühen und sowohl gemeinsam als auch einzeln unseren Willen zur Befreiung bekunden. Letzten Endes können nur Frauen die psychologische Gewaltanwendung von Frauen gegen Frauen überwinden, indem sie einander Beistand leisten und sich gegenseitig diese weitgehend unbewußte Duplizität bewußt machen.

Eine dritte Auswirkung der weiblichen Erbsünde ist die *falsche „Demut"*, die von einer Verinnerlichung der männlichen Einstellung in einer auf den Mann bezogenen Gesellschaft herrührt. Sie bewirkt, daß man sich niemals „zu hohe" Ziele setzt und sich selbst eine merkwürdig ambivalente Furcht vor dem Erfolg auferlegt, wie Matina Horner gezeigt hat. (9) Daß die Frauen dem Erfolg ausweichen, geht teilweise auf Schuldgefühle zurück, die sie haben, wenn sie eine „Rivalin der Männer" werden oder „das männliche Ego bedrohen". Eine solche falsche Demut wird nicht nur von einzelnen, sondern auch von Gemeinschaften zum Ausdruck gebracht, wenn nämlich Frauenorganisationen öffentlich solche Selbstentwertung unterstützen und sie in ihrem politischen Handeln anderen Frauen aufdrängen. Ein schlagendes Beispiel dafür ist der amerikanische Nationalrat der katholischen Frauen, der sich gegen das *Equal Rights Amendment* wandte. Einige ihrer Wortführerinnen sprachen die Befürchtung aus, daß der Ergänzungsantrag „eine Bedrohung der weiblichen Natur" darstelle. (10) Solche Organisationen fungieren als eine Art von Über-ich, das zu persönlicher Leistung und Stolz „nein" sagt.

Selbstentwertung auf organisierter Ebene wird auch sichtbar, wenn sich Frauen stark für liberale und sogar radikale Ziele aller Art, außer ihren eigenen, einsetzen und sogar öffentlich die autonome Frauenbefreiung ablehnen. Die grundlegenden Irrtümer dieser Haltung sind in *The Fourth World Manifesto* (Das Vierte Weltmanifest) analysiert worden. Die Autorinnen des Manifests zeigen, daß Frauen ihre eigene Niederlage herbeiführen, wenn wir uns für ein männliches Ziel statt für ein anderes einspannen lassen. Besonders in bezug auf den Nationalismus weisen sie darauf hin, daß, wenn eine Nation gegen die andere auftritt, in Wirklichkeit eine männlich beherrschte Gesellschaft gegen die andere steht. Die gerechte Empörung von Frantz Fanon gegen die Franzosen, in Verbindung mit seiner hartnäckigen Weigerung, die entmenschlichenden Bedingungen, die den algerischen Frauen von algerischen Männern aufgezwungen werden, für das zu sehen, was sie sind, veranschaulicht das Problem. Die Tatsache, daß der französische Kolonialismus als unterdrückend angesehen wurde, hielt weder ihn davon ab, die Kolonisierung der Frau zu verteidigen, noch seine Landsleute, sie zu praktizieren. Nationale Bewegungen befreien die Frauen als solche nicht, weil nationale Freiheit mit männlicher Freiheit identifiziert wird. (11)

Die Selbstentwertung, die Frauen einzeln und in der Gemeinschaft geneigt macht, jedes andere Anliegen für wichtiger zu halten als ihr eigenes, steht in enger Verbindung mit dem Mythos vom weiblichen Bösen. Frauen sind dazu konditioniert worden, jede Handlung, die den Wert des weiblichen Ichs bekräftigt, für tadelnswert zu halten. Weiblicher Ehrgeiz ist nur „akzeptabel“, wenn er sich abgeschwächt in stellvertretendem Ehrgeiz durch den Mann auswirkt oder patriarchalen Wertvorstellungen dient.

Um dieser massenweise produzierten Selbstentwertung entgegenzuwirken, müssen wir einen weiblichen Stolz entwickeln und unsere Maßstäbe bezüglich der Frage, auf welche Weise es gut ist eine Frau zu sein, höher ansetzen. Unser Versagen hat darin bestanden, daß wir das weibliche Ich nicht aktiv behauptet haben. Wenn wir uns schämen müssen, dann dafür. Der Aufbau eines neuen Leitbildes für Frauen und unseres Stolzes bedeutet, daß wir unsere Energien vor allem auf unsere eigenen Ziele richten und diese nicht mehr als illegale Rivalen zu anderen Anliegen betrachten. Wir machen anderen, wahrhaft revolutionären Bewegungen keine Konkurrenz, sondern gehen dem Übel, das solche Bewegungen zu beseitigen versucht, an die Wurzel.

Ein viertes Nebenprodukt der Mittäterschaft der Frauen bei ihrer eigenen Verstümmelung ist *emotionale Abhängigkeit.* Sie ist eng verbunden mit Selbstentwertung und wurzelt in niedrigen Selbstbildern. Emotionale Abhängigkeit äußert sich in verschiedener Weise. Sie ist bei verheirateten Frauen zu beobachten, die abends nie ohne ihren Mann ausgehen, oder bei jungen Frauen, die deprimiert sind, wenn sie nicht jedes Wochenende eine Verabredung haben, oder die zu schüchtern sind, allein oder selbst mit anderen Frauen ins Kino oder in ein Restaurant zu gehen. Man kann sie auch bei Nonnen beobachten, die lieber den Rat von Priestern einholen, anstatt eigene Entscheidungen zu treffen. Bei Frauen, die in untergeordneten Stellungen arbeiten, wie Sekretärinnen, zeigt sie sich manchmal in einer starren Haltung, Regeln und Anordnungen blind Folge zu leisten. Wenn solche Frauen auch leitende Stellungen innehaben, wie z. B. einige Lehrerinnen und Schulleiterinnen, zeigen sie sich ihren Untergebenen gegenüber oft unnachgiebig bei der Anwendung von Regeln. Die emotionale Abhängigkeit erstreckt sich auch auf das intellektuelle Leben und behindert freies Denken und Kreativität. Selbst unter den Begabten gelang es wenigen Frauen, die in der Gesellschaft vorherrschende Vorstellung über die Beschaffenheit der „Wirklichkeit“ mit Kraft, Folgerichtigkeit und Beharrlichkeit anzufechten. Die schädliche Auswirkung von Ängstlichkeit und Abhängigkeit auf die Kreativität der Frauen kann kaum überschätzt werden. (12)

Es gibt selbstverständlich keine Schnellkur gegen eine lebenslange Gewöhnung an Abhängigkeit. Die Frauen können sich aber gegenseitig dabei helfen, ihr Bewußtsein dafür zu schärfen und einander ermutigen, die notwendigen Risiken zu ihrer Befreiung auf sich zu nehmen. Die Entdeckung und Analyse der gesellschaftlichen Mechanismen, die diesen Zustand verstärken, sind ein Prozeß, der an sich schon befreiend ist und den Weg zu schöpferischem Handeln radikaler Art öffnet. Wenn Frauen zusammenkommen, um „das Problem" zu analysieren, ist die Luft unverkennbar von Erregung erfüllt, die zu einem Ausbruch von Kreativität führt. Auch unausgesprochen wird verstanden, daß die Quelle einer unabhängigen Herausforderung an „die Dinge, wie sie schon immer waren", *hier* bei den Frauen liegt. Dieses Zusammensein ist der Anfang vom Ende der weiblichen Abhängigkeit.

NORMEN FÜR DIE WEIGERUNG, SICH FÜR DIE ZIELE DES PATRIARCHATS VEREINNAHMEN ZU LASSEN

Die Aufgabe, den Mythos vom weiblichen Bösen zu „entschleiern" und aktiv zurückzuweisen, erfordert eine gemeinschaftliche erlösende Handlungsweise von seiten der Frauen. Das heißt, daß alle sich weigern müssen, ihre Energien weiterhin für die Stärkung der Strukturen und Ideologien des Patriarchats einspannen zu lassen. Diese Weigerung ist am wirkungsvollsten, wenn sie *aktiv* und *positiv* ist, d. h. wenn sie nicht nur ein negativer Rückzug, sondern schöpferisches Leben an der Grenze dieser Strukturen ist. Ich muß gleich hinzufügen, daß ein solches schöpferisches Leben an der Grenze nicht zu verwechseln ist mit einem Tanzen auf zwei Hochzeiten – eine subtile Verdrehung „der wahren Sache", obwohl sie vielleicht oberflächlich so aussieht. Ein wirkliches Leben an der Grenze bedeutet, sich weder für Alibipositionen herzugeben, noch sich für irgendwelche Ziele des Patriarchats einspannen zu lassen, und ist von daher wirklich gefährlich.

Als allgemeine normative Basis für unser Handeln schlage ich vor, daß wir die Institutionen und/oder Bewegungen, die Frauen in ihre Dienste stellen, in verschiedene Kategorien einteilen, damit die Entscheidungen, wie wir uns zu ihnen stellen, aufgrund dieser Analyse gefällt werden können. Die hier vorgeschlagene Einteilung soll nur als allgemeine Richtlinie gelten; die Anwendung auf bestimmte Situationen muß sich nach den besonderen Umständen richten.

Zur ersten Kategorie gehören gegen Frauen gerichtete Organisationen und Bewegungen, deren Ideologien, Maßnahmen und Ziele nicht nur direkt und ausdrücklich sexistisch, sondern die sogar grundsätzlich und ausschließlich vom Sexismus her definiert sind. Es liegt klar auf der Hand, daß Frauen nicht nur jegliche

Identifizierung mit einer solchen Organisation ablehnen sollten, sondern ihr auch aktiven Widerstand entgegensetzen, indem wir Mittel und Wege finden, mit denen wir genau auf den Gebieten, wo die Organisation angreift, für die Befreiung der Frauen arbeiten. (13)

Zur zweiten Kategorie gehören Institutionen, deren Sexismus direkt und ausgesprochen ist (z. B. in ihren Richtlinien und Satzungen schriftlich festgehalten), aber deren Ideologien, Maßnahmen und Ziele nicht ausschließlich und grundsätzlich von Sexismus bestimmt sind. In solchen Fällen müssen bei einer Entdekkung die möglichen positiven Verdienste der Institution trotz ihres Sexismus abgewogen und die Möglichkeiten beurteilt werden, wie wir sie ändern oder ausnützen können, ohne dabei unverhältnismäßig viel an kreativer Energie zu verlieren. Ein wesentlicher Faktor in dieser Hinsicht ist die Einschätzung des Wertes und Potentials an nicht-unterdrückenden Ideen und Zielen der betreffenden Organisation. In vielen Fällen mögen Frauen gut daran tun, zu beschließen, daß sich der Einsatz ihrer Energien nicht lohnt. In anderen Fällen mag es gut sein, sich am Rande der Organisation zu halten, wie ich es schon beschrieben habe, und das Zentrum der Aktivität in unseren neuen Raum an der Grenze des patriarchalen Gebiets zu verlagern. Bei einer solchen Entscheidung sollte nicht vergessen werden, daß in einer patriarchalen Welt fast alle Organisationen und Bewegungen bis zu einem gewissen Grade patriarchal sind, so daß die Notwendigkeit eines Lebens an der Grenze dauernd besteht. Wir müssen allerdings unter den spezifischen Grenzgebieten, in denen wir uns ansiedeln wollen, wählen. Das heißt, es erhebt sich die Frage: Am Rande welcher Organisation soll ich meine Energie einsetzen?

Die dritte Kategorie von Institutionen, Organisationen und Bewegungen ist die, deren Sexismus sich nur indirekt und implizit auswirkt. Das heißt, sie haben keine festgelegten sexistischen Ideologien oder Ziele, aber insgeheim steht der Sexismus doch auf der Tagesordnung. Den Frauen wird die volle Gleichberechtigung verweigert, obwohl dies nicht in den Satzungen geschrieben steht, nur in der Praxis üblich ist und allgemein gebilligt wird. Hier ist nach denselben Kriterien zu entscheiden wie bei der zweiten Kategorie. Jedoch sind die Faktoren stärker, die für die Wahl dieser Art von Grenzsituationen sprechen, da es hier größere Elastizität und Manövrierbarkeit gibt und mehr Chancen, den patriarchalen Raum für antisexistische Ziele auszunutzen.

In die vierte Kategorie gehören politische, humanistische, religiöse und allgemein „gegen-kulturelle“ Bewegungen, deren erklärtes Ziel Befreiung ist, die aber ihre ganze Aufmerksamkeit auf Mißstände *innerhalb* des Patriarchats richten – z. B. Rassismus,

Krieg, Armut – anstatt auf das Patriarchat selbst und nicht erkennen, daß der Sexismus die Wurzel und das Vorbild für die verschiedenen Formen von Unterdrückung ist, die sie abschaffen wollen. Zum jetzigen Zeitpunkt der Geschichte kann man von diesen Organisationen sagen, daß sie Frauen für ihre Ziele einspannen, ohne sich für die Frauenbefreiung selbst einzusetzen, da sie Frauen nur als zufällig zu anderen unterdrückten Gruppen gehörig ansehen. Grundsätzlich ist hier nach denselben Kriterien zu verfahren wie in der zweiten und dritten Kategorie. Der authentische Platz für Frauen bei solchen Bewegungen ist der Platz an der Grenze. Obwohl es offensichtlich Gründe gibt, sich für eine solche Grenzsituation zu entscheiden, sollte doch auch erkannt werden, daß eine Bewegung, die revolutionär ist, aber nicht revolutionär genug, etwas Verführerisches hat.

Wenn der Identifizierung mit einer Rasse der Vorrang gegeben wird, dient das nicht den ureigensten Interessen der Frauen, wie der Ausbruch von Konflikten zwischen der Befreiungsbewegung der Schwarzen und der Frauenbewegung veranschaulicht. Die schwarzen Frauen werden gedrängt, im Hintergrund zu bleiben und den Befehlen ihrer Männer zu gehorchen; und sie werden der Unloyalität bezichtigt, wenn sie den Anliegen ihrer Schwestern Priorität geben. Dieses zeitgenössische Phänomen im amerikanischen Leben zeigt noch einmal die tiefe Verbindung zwischen Sexismus und Rassismus. In den Südstaaten werden schwarze Frauen von weißen Männern sexuell ausgebeutet. Schwarze Männer haben oft weiße Frauen aus Rache für ihre eigene Erniedrigung vergewaltigt. Aber es waren schließlich nicht die Frauen, die Sklaven nach Amerika brachten. Frauen waren immer nur Pfänder im Rassenkonflikt, der grundsätzlich nicht der Kampf ist, der sie als Frauen befreit. Wenn es das Resultat der schwarzen Befreiungsbewegung ist, daß die schwarzen Frauen denselben Status wie ihre weißen Schwestern erringen, so ist das für sie ein leerer Sieg. Abgesehen davon ist es fraglich, ob selbst dieser „selbe Status" für sie erreichbar ist. Das Rassenproblem ist unlösbar mit dem Geschlechterproblem verknüpft. (14) Es ist höchst unwahrscheinlich, daß der Rassismus ausgerottet wird, solange der Sexismus vorherrscht. Bedeutende schwarze Gelehrte, wie Pauli Murray und Angela Davis haben auf die Konfliktsituation hingewiesen, in welche die schwarzen Frauen gekommen sind. Angela Davis hat gezeigt, daß der Mythos von der schwarzen „Matriarchin" eine ideologische Waffe ist, dazu bestimmt, die Widerstandskraft der Schwarzen zu vermindern, indem man ihnen das Ideal der männlichen Vorherrschaft aufzwingt. Es war die Waffe des niederträchtigen „Moynihan-Reports", eines herzlosen Machwerks, das die Schwarzen daran hindert, die wirklichen Wurzeln des Rassismus zu erkennen. (15) Pauli Murray meint, daß die schwarzen Frauen eine Verbindung zu den Zielen der schwarzen Befreiungsbewegung aufrechterhalten und gleichzeitig die Interessen aller Frauen vorantreiben können, wenn sie eine führende Rolle in der wachsenden feministischen Bewegung geltend machen. (16)

Auch die Ideologen und Führer der Friedensbewegung erkennen die tiefe Verbindung zwischen Militarismus und Sexismus nicht. Sie begreifen die Bedeutung des Sexismus nicht, wie einige Aussagen führender Persönlichkeiten der Bewegung deutlich gemacht haben, besonders die der Brüder Berrigan. Sie sehen die Frauenbefreiung (falls sie diese überhaupt sehen) als etwas, das sich von selbst im Laufe der Arbeit für die Friedensbewegung und allgemein „größerer" Ziele ergibt. Die Existenz des Sexismus in unserer Gesellschaft wird kaum anerkannt, und wenn, so wird diese Erkenntnis sogleich wieder zunichte gemacht durch eine zweifelhafte Haltung, die dem Opfer die Schuld zuweist. Mittlerweile vergiftet der Sexismus die Friedensbewegung selbst. (17)

Verständlicherweise finden daher einige Frauen, auch wenn es paradox erscheint, daß es nicht immer die radikalste Alternative ist, am Rande solcher Bewegungen zu leben. Sie finden, daß diese Wahl weniger radikal ist, als die ganze Absurdität eines Lebens am Rande eines offen unterdrückenden Blocks im patriarchalen Raum auf sich zu nehmen. Für schwarze Frauen mag es natürlich zwingende Gründe geben, mit der schwarzen Befreiungsbewegung zusammenzuarbeiten. Nichtsdestoweniger sind aber für andere, die mit weniger komplizierten Situationen fertigwerden müssen, deutlich unterdrückende Organisationen vorteilhafter. Die offensichtliche Ungerechtigkeit der Verhältnisse in solchen „Räumen" bietet weniger Gelegenheit zu Verwirrung und Verführung. Dort ergeben sich auch eher Gelegenheiten, das monolithische Bild, das die Hierarchien solcher Institutionen bieten, aufzubrechen, indem man bei der schweigenden Mehrheit, die fälschlich repräsentiert wird, das unabhängige Denken anregt und freisetzt.

Die oben angeführten Kategorien sind klar umrissen, aber die Entscheidungen in besonderen Fällen können sehr kompliziert sein. Das wird besonders im Fall von zwitterhaften Institutionen wie z. B. kirchlichen Universitäten, deutlich. Wer sich an ihrem Rande ansiedeln will, sollte ihre komplizierte Identität in Betracht ziehen. Auch kann eine revolutionäre Bewegung die Merkmale der dritten und vierten Kategorie aufweisen, wenn Frauen tatsächlich führende Rollen versagt werden. Es mag sein, daß in manchen Fällen die konkrete Entscheidung, in welche Kategorie eine gegebene Institution oder Bewegung eingeordnet werden soll, schwierig ist. Trotzdem ist es wichtig, die Situation so genau wie möglich zu beurteilen. Einigen Frauen mag die Entscheidung schwerfallen, ob eine Institution wie die katholische Kirche zur ersten oder zweiten Kategorie gehört. Einerseits behauptet sie, auf der Seite von Gerechtigkeit, menschlicher Freiheit und Frieden zu stehen. Andererseits ist sie an patriarchale Symbole, Lehrsätze und sexistische Maßnahmen gebunden, was sich z. B. darin zeigt, daß sie Frauen nicht zum Priesteramt zuläßt und sich der Geburtenkontrolle und Abtreibung widersetzt. Diejenigen, die während der Jahre des Zweiten Vatikanums Hoffnung geschöpft hatten, mußten erleben, wie ihre Hoffnungen anfangs der sechziger Jahre zunehmend in den siebziger Jahren enttäuscht wurden. Der unnachgiebige Widerstand der katholischen Kirche gegen die Abschaffung der Abtreibungsgesetze war nur zu deutlich. Viele, die noch gehofft hatten, daß den Frauen das Priesteramt in der katholischen Kirche zugänglich gemacht würde, wurden völlig desillusioniert, als die Presse im September 1972 die *motu proprio* von Papst Paul VI. groß herausbrachte, nach der die Frauen sogar vom Lektoren- und Ministrantendienst ausgeschlossen wurden. Hier häufen sich in der Tat die Beweise, daß die Hierarchie der katholischen Kirche ihre Institution selbst in die erste Kategorie eingeordnet hat.

In der Auseinandersetzung mit dem Problem der Vereinnahmung für die Ziele des Patriarchats können Frauen von dem grundlegenden Prinzip ausgehen, daß unsere eigene Befreiung mit allen Implikationen vorrangige Bedeutung hat. Und es ist völlig unsinnig, bei der Entscheidung für diese Priorität Schuldgefühle zu entwickeln, geht man davon aus, daß das geschlechtsspezifische Kastenwesen als „Erbsünde" betrachtet werden kann, nach deren Vorbild sich andere Formen der Unterdrückung gebildet haben. Falls hier von Schuld gesprochen werden kann, dann nur insofern, als nicht erkannt wurde, daß eine von Männern beherrschte „Befreiungs"-bewegung die Lage der Frauen, die mehr als 50 Prozent aller unterworfenen, armen und unterdrückten Rassen und Minoritäten ausmachen, nicht wesentlich ändern kann. Ausgehend von dieser Erkenntnis mögen Frauen sehr wohl entscheiden, daß es richtiger ist, sich frei miteinander zu verbinden und erst von dieser Basis aus mit Männern zusammenzuarbeiten.

SCHWESTERSCHAFT BEDEUTET REVOLUTION

Die positive Weigerung, sich für patriarchale Ziele vereinnahmen zu lassen, bedeutet, daß eine Schwesterschaft entstehen muß, die notwendig ist, um die Lähmung und den Selbsthaß der Frauen als einer Kaste und ihre Selbstentwertung und emotionale Abhängigkeit von den Männern zu überwinden und ein Gefühl der Selbstachtung zu entwickeln. Es wäre falsch anzunehmen, daß Schwesterschaft nur das weibliche Gegenstück zu „Bruderschaft" wäre und grundsätzlich dieselbe Bedeutung hätte, nur eben auf Frauen angewandt. Schwesterschaft ist ein Zusammenschluß derer, die im wahrsten Sinn des Wortes unterdrückt sind. Obwohl auch Männer unterdrückter Klassen und Gruppen einander oft „Bruder" genannt haben, ist in dem Begriff an sich nichts, das auf einen Zusammenschluß gegen Unterdrückung hinweist, da Männer nicht *als Männer* zu Opfern gemacht werden. Tatsächlich weist der Begriff, der sich auf die höhere Kaste in einer sexistisch-hierarchischen Gesellschaft bezieht, auf das Phänomen eines männlichen Zusammenschlusses hin, das Lionel Tiger als einen Weg erkannt hat, Männer immer oben zu halten. (18) Im Gegensatz dazu ist Schwesterschaft ein revolutionäres Phänomen, da sich in ihr diejenigen zusammenschließen, die von ihrer Konditionierung her gewohnt waren, untereinander gespalten zu sein – sie ist ein Zusammenschluß, der eine Revolte ankündigt und selbst schon der Beginn der Befreiung ist. Die neue Schwesterschaft ist nicht bloß eine Aufnahme in eine Bruderschaft, so, wie z. B. die religiösen „Schwestern" auf eine besondere Art in die Bruderschaft der Kirche aufgenommen werden. (19) Sondern sie ist, im Gegensatz dazu, das aktive Bemühen, die Dualität in dem Ich der Frau zu heilen. Anstatt eine trügerische Aufnahme in die „Bruderschaft der Männer" (brotherhood of man) zu sein, bedeutet es, getrennt zu stehen. So stellt sie die einzig realistische Basis dar, von der aus Brüderlichkeit angenommen werden kann, da ohne sie die Frauen wieder in die emotionale Abhängigkeit vom Mann zurückgeworfen werden, die von den herrschenden gesellschaftlichen Verhältnissen verlangt wird. Dies ist eine Tatsache, die in den sechziger Jahren von Frauen der radikalen Linken entdeckt wurde. (20) Da der neue Zusammenschluß „nein" zu einer seit undenklichen Zeiten herrschenden Gesellschaftsordnung sagt, bedeutet das Wort „Schwesterschaft" Revolution.

DAS SÜNDENBOCK-SYNDROM

Die Gesellschaft, so wie wir sie kennen, hat das perverse Bedürfnis, „das Andere" als Objekt der Verdammung zu schaffen, damit sich diejenigen, die verdammen, für gut halten können. Dies haben so verschiedene Wissenschaftler wie Thomas Szasz und Erich Neumann festgestellt. (21) Eva war ein solches Produkt. Sie vertritt die Kategorie, in welche die christliche Tradition all die Frauen einordnet, denen es nicht gelungen ist, das ziemlich verwirrende Vorbild der Jungfrau, die gleichzeitig Mutter ist, nachzuahmen.

Einen Einblick darin, wie sehr die Erfindung der „schlechten“ Frauen und ihre Ausnutzung als Sündenbock der sexistischen Gesellschaft dienlich waren, gewinnt man aus theologischen Äußerungen über die Prostitution. Augustinus schrieb:

„Was kann man verächtlicher, nichtiger und schändlicher nennen als Prostituierte, Bordelle und all die anderen Übel dieser Art? Aber nimm die Prostituierten aus den menschlichen Verhältnissen fort, und du wirst alles mit Begierden verunreinigen; setze sie unter ehrbare Frauen, und du wirst alles mit Schmach und Schande entehren.“ (22)

Und in weiterer Ausschmückung dieser männlichen Weisheit bemerkte Thomas von Aquin:

„Die Prostitution ist in der Welt wie der Unrat im Meer oder wie die Abwasserkanäle in einem Palast. Nimm die Abwasserkanäle fort, und du wirst den ganzen Palast verschmutzen, und ebenso ist es mit dem Unrat (im Meer). Entferne die Prostituierten aus der Welt, und sie wird mit Sodomie erfüllt sein ... weswegen Augustin sagt ... daß die irdische Stadt den Gebrauch der Dirnen zu einer gesetzlichen Unmoral gemacht hat.“ (23)

Tatsache ist, daß den Prostituierten – „den größten Tugendwächtern“, um einen Ausdruck des Moralhistorikers Lecky zu benutzen – das Privileg zuerkannt wurde, als sexuelles Sicherheitsventil für Männer zu dienen. Dabei erheben sich interessante Fragen, wie diese: *Wessen* Begierde war es denn, die alle Dinge beschmutzt? Und *wessen* Tugend sollte behütet werden? Sicherlich nicht die Tugend der Prostituierten, und auch nicht die der Männer, die zu ihnen gingen. Dann ist es anscheinend die „Tugend“ der ehrbaren Matronen, die natürlich kein solches sexuelles Ventil hatten und deren „Tugend“ darin zu bestehen schien, daß sie weniger wahrscheinlich als Kloake für Männer herhalten mußten, die nicht ihre Ehemänner waren, und folglich keine illegitimen Kinder gebaren. Das heißt, sie blieben das unbefleckte Privateigentum ihrer Gatten (oder ihrer Väter, wenn sie Jungfrauen waren). Da die Gesellschaft so beschaffen war, brauchte sie die elende Kaste der Prostituierten. Die Existenz „guter“ Frauen – nach männlichen Maßstäben also der uneingeschränkte Privatbesitz – machte die Existenz „schlechter“ Frauen notwendig, die zu Sündenböcken für die sexuelle Schuld der Männer gemacht wurden.

Selbst heute noch zeigen sich in den Gesetzen dieselben Vorurteile. In den meisten Staaten der USA können Männer nicht unmittelbar bestraft werden, wenn sie eine Prostituierte aufsuchen. Selbst in Staaten, wo so etwas als Verbrechen angesehen wird, führen die Auslegungen der Gesetze oft zu einer Entlastung der Kunden. (24) Auch in der heutigen Zeit zeigen schon die Definitionen der Prostitution das Weiterbestehen der doppelten Moral. So wird sie z. B. als „die Gewohnheit einer Frau" bezeichnet, die „ihren Körper unterschiedslos für den Geschlechtsverkehr mit Männern anbietet und dafür Geld oder etwas Ähnliches nimmt", oder als „unterschiedslosen Geschlechtsverkehr mit Männern gegen Bezahlung" oder als „allgemeine Unzüchtigkeit einer Frau zum Gelderwerb". (25) Die offensichtlich einseitige Auffassung des Problems, die sich in diesen Definitionen widerspiegelt, sieht die Tat der Frau als verbrecherisch an und ignoriert die Verantwortlichkeit der anderen, der männlichen Seite.

Die ursprüngliche Zuweisung der Frauen in die Rolle „des Anderen" scheint eine zweite Gabelung in gute und schlechte Frauen nach sich gezogen zu haben. Das mag befremdlich sein, da andere unterdrückte Gruppen anscheinend nicht so drastisch zweigeteilt wurden. In den Vereinigten Staaten werden schwarze „Onkel Toms" gelobt und gut behandelt, aber sie werden nicht auf ein Podest gestellt und in den Himmel gehoben. Die auffallende Zweiteilung der Frauen wird vielleicht verständlich, wenn man sich überlegt, daß dies der einzige Fall ist, in dem eine unterdrückte Gruppe in der übergeordneten Gruppe verstreut vorkommt und durch biologische, emotionale, gesellschaftliche und ökonomische Bande eng an ihre „Herren" gebunden ist. Da es eine Identifikation der Männer mit „ihren" Frauen gibt, ebenso wie den Abstand zum „Anderen", wäre es unzweckmäßig zu behaupten, daß alle Frauen schlecht sind.

Das „Anderssein" der Fau als solches, d. h. als eine Kaste, wird aber gewöhnlich stärker empfunden als die Identifikation der Männer mit den Frauen, die sie als ihren Besitz betrachten und die ihre Leistungen widerspiegeln und ihren Interessen dienen. Infolgedessen ist das „Gutsein", das einigen zugesprochen wird, nicht das einer selbständigen Persönlichkeit, sondern eines unfähigen Wesens, das weder Wissen noch Erfahrung hat. In ähnlicher Weise werden die schwarzen Kinder aus dem Süden vergöttert, und wenn sie erwachsen sind und bedrohlich werden, mit Verachtung behandelt. Wo aber das Attribut „Gutsein" den Frauen aufgezwungen wird, wird es noch von einer besonderen Glorie umgeben, wie z. B. bei Maria. Das unerreichbare Ideal hat letztlich eine strafende Funktion, da natürlich keine Frau es wirklich erreichen kann. (Man bedenke nur die Unmöglichkeit, zugleich Jungfrau und Mutter zu sein.) Es wirft alle Frauen auf den Stand Evas zurück und verstärkt wesentlich die Allgemeingültigkeit ihrer niedrigen Kastenzugehörigkeit.

DIE VERNICHTUNG DES OPFERS: VON HEXENVERBRENNUNGEN ZUR LOBOTOMIE

Frauen als eine Kaste sind also „Eva“ und werden von zusammenwirkenden Gesetzen, Bräuchen und gesellschaftlichen Ordnungen bestraft, die überall die Anwendung der doppelten Moral erzwingen. Da es jedoch die ambivalente Identifikation der Männer mit „ihren eigenen“ Frauen, die in einem Zustand der Machtlosigkeit gehalten werden, gibt, kann der Mythos vom weiblichen Bösen nie ganz bis zu seiner logischen Schlußfolgerung ausgelebt werden, die eine völlige Vernichtung wäre. Bekanntlich fürchtet die Gesellschaft „das Andere“ und versucht, es zu vernichten. Bei den Juden im Nazi-Deutschland führten diese Bestrebungen zur logischen „Endlösung“, zum Versuch einer völligen Auslöschung. Während alle Frauen gräßlich verstümmelt wurden, war das „Privileg“ der völligen Vernichtung einem Teil der weiblichen Bevölkerung vorbehalten, der dazu berufen war, dem Hauptangriff einer in sich schlüssigen Logik ausgesetzt zu sein. Dies war bei den armen und unwissenden Frauen der Fall, die unter dem herrschenden Rechtssystem, durch ihre ganze Lebenssituation zu einer unerwünschten und buchstäblich untragbaren Schwangerschaft getrieben wurden und dann an barbarischen Hinterhofabtreibungen, bei verzweifelten Versuchen selbst abzutreiben, bei der Geburt oder an den Folgen ihrer Schwangerschaft starben.

Ein besonders eindrucksvolles Beispiel einer selektiven, vollständigen Vernichtung einer großen Anzahl von Frauen war das Foltern und Verbrennen der von der Kirche als Hexen verurteilten Frauen. Das wichtigste mittelalterliche Werk über dieses Thema, das *Malleus Maleficarum*, das von den beiden Dominikanern Sprenger und Krämer im 15. Jahrhundert geschrieben wurde, erklärt, daß „vor allem Frauen bösem Aberglauben anhängen“. Dies ist schließlich auch zu erwarten, denn „alle Zauberkraft kommt von der fleischlichen Lust, die in Frauen unersättlich ist“. (26) Nach diesen Autoren sind Männer vor einem solch schrecklichen Verbrechen sicher, weil Jesus ein Mann war. (27) Anders als die mythische Eva waren die Hexen wirklich lebende Menschen, die von der Hierarchie der Kirche verurteilt wurden, da diese sich durch ihre Macht bedroht fühlte. Tatsächlich ist „Macht“ das Schlüsselwort für das Verständnis, warum einige und nicht andere für dieses schreckliche Schicksal ausgewählt wurden. Die Autoren des *Malleus Maleficarum* behaupteten, daß unter den Frauen die Hebammen alle anderen an Schlechtigkeit überträfen. (28) Michelet weist darauf hin, daß man Grund hat anzunehmen, daß Frauen, die Hebammen waren und Krankheiten heilten, von der Kirche sehr gefürchtet wurden, weil ihre Macht die Vorherrschaft des Klerus bedrohte. (29)

Gelehrte wie Margaret A. Murray weisen darauf hin, daß wir es bei den Hexenberichten mit den Überresten einer heidnischen Religion zu tun haben, die auszumerzen das Christentum entschlossen war. (30) Die Schätzungen der Wissenschaftler in bezug auf die Zahl der Hexen, die verbrannt wurden, weichen sehr voneinander ab – von 30 000 bis zu mehreren Millionen. Da die Berichte so unzulänglich sind, kann man unmöglich genauere Angaben verlangen. Trotz der Aussagen von Sprenger und Krämer gilt es als sicher, daß es auch männliche Hexen gab, d. h. Anhänger der alten Religion. Jedoch ist auch klar, daß Frauen dem Haß der Kirche besonders ausgesetzt waren. Es ist bekannt, daß der Wahnsinn der Hexenverfolgung im 15. Jahrhundert an Intensität zunahm und erst Anfang des 18. Jahrhunderts allmählich nachließ. Wir wissen auch, daß die Methodik der Hexenverfolgung eine grundlegende Voraussetzung hatte (obwohl dies nicht ausdrücklich zugegeben wurde), nämlich daß die Angeklagte nicht gewinnen konnte. Eine der Proben war, die Angeklagte gefesselt ins Wasser zu werfen, denn eine Hexe würde, da sie ihre Taufe verleugnet hatte, vom Wasser abgewiesen werden, so daß sie oben treiben und nicht versinken würde. Falls sie unschuldig wäre, würde sie sinken. Es ist deutlich, daß diese „Probe“ so oder so für die Angeklagte „sorgte“. Ein anderes untrügliches Zeichen für die Schuld der Hexe war ihre Unfähigkeit, während der Folter und vor den Richtern Tränen zu vergießen. Der Historiker Henry Charles Lea erzählt folgendes:

„In einem solchen Falle hatte der Inquisitor Anweisung, sie bei den Tränen der Liebe, die Christus am Kreuz für die Welt vergossen hatte, zu beschwören, doch zu weinen, aber je mehr sie beschworen wurde, umso trockener wurden ihre Augen. Jedoch nach der üblichen Logik der Dämonologen war es so, daß, wenn sie weinte, dies als eine List des Teufels ausgelegt wurde und nicht zu ihren Gunsten sprach.“ (31)

Die Rolle der Hexe wurde oft gesellschaftlichen Außenseitern, deren Macht gefürchtet wurde, auferlegt. Alle Frauen aber weichen von der männlichen Norm für das menschliche Sein ab (ein Punkt, der durch die Theorie des „mißglückten Mannes“ von Aristoteles und Thomas von Aquin unterstrichen wird, sowie durch den Lehrsatz vom „Penisneid“ der Freudianer, Eriksons Lehre vom „inneren Raum“ und Jungs „Anima“-Theorie). Aber die, die als Hexen ausgesondert wurden, zeichneten sich oft dadurch aus, daß sie tatsächlich oder vermeintlich eine Macht besaßen, die aus einem besonderen Wissen entstand. So kannten beispielsweise die „weisen Frauen“ Heilkräuter, und die Menschen wandten sich an sie mit der Bitte um Rat und Hilfe. Als böse gekennzeichnet, mußten sie der Gesellschaft als Sündenböcke dienen, wodurch das herrschende Ethos gestärkt wurde. Der Inquisitor fungierte als der, der die Gesellschaft vor Abweichungen schützte – vor abweichendem Verhalten, das bedrohlich war, weil es mächtig war.

In der heutigen Zeit hat die psychiatrische Ideologie weitgehend die Theologie als Hüterin der gesellschaftlichen Werte ersetzt. Es ist klar, daß die Bedeutungen von „Gut" und „Böse" zum Teil durch „Gesundheit" und „Geisteskrankheit" ersetzt worden sind. In unserer Zeit kann eine Frau, die für „krank" erklärt wird, weil sie über ihr eigenes Leben verfügen will, nach den Regeln des psychiatrischen Spiels nicht gewinnen. Wie Szasz gezeigt hat, sind die Foltern subtiler geworden, aber das Vorgehen ist dasselbe. Die Analyse von Szasz ist die Weiterführung der Analogie zwischen institutioneller Psychiatrie und Inquisition. Elizabeth Packard, die im 19. Jahrhundert von ihrem Mann als „Geisteskranke" eingesperrt worden war, weil er mit ihren theologischen Ansichten nicht übereinstimmte, hatte diese Analyse aufgestellt. (32) Frauen fallen der Barbarei der modernen Psychiatrie, besonders der Gehirnchirurgie, leicht zum Opfer – obwohl natürlich nicht nur sie. Dank der Forschungsergebnisse von Dr. Peter Breggin wissen wir jetzt, daß es eine zweite Welle von Psychochirurgie gegeben hat, die interessanterweise zeitlich mit der zweiten Welle des Feminismus zusammenfällt. Dabei wurden auch Operationen durchgeführt, bei denen gesunde Gehirnsubstanz verstümmelt wird, um die Gefühle und das Verhalten einer Person zu ändern. Die derzeitige Welle der Psychochirurgie richtet sich nicht nur gegen Patienten in staatlichen Krankenhäusern, sondern vor allem gegen noch relativ gesunde „Neurotiker", insbesondere Frauen. Am 24. Februar 1972 wurde Dr. Breggins Artikel „Die Wiederkehr von Lobotomie und Gehirnchirurgie" in den Kongreßbericht aufgenommen. Dr. Breggin erklärt den bemerkenswert hohen Anteil der Frauen an Lobotomie damit, daß die Gesellschaft diese Operationen an Frauen deshalb annehmbar findet, weil sie die Kreativität, die durch die Operation völlig zerstört wird, für „eine bei Frauen entbehrliche Eigenschaft" halte. Ein berühmter Psychochirurg (Freeman, „der Dekan der Lobotomisten") soll gesagt haben, daß Lobotomie-operierte Frauen gute Hausfrauen abgäben. In Anbetracht dieses Phänomens bemerkt Dr. Barbara Roberts, eine Feministin, daß die psychosoziale Konditionierung bei der Unterdrückung des weiblichen Zorns nicht mehr so wirkungsvoll sei wie früher.

„Aber findig wie immer hat die patriarchale Klassengesellschaft etwas entwickelt, das zur ‚Endlösung' für das ‚Frauenproblem' werden könnte (und auch für die ‚Probleme', die durch alle anderen unterdrückten Gruppen hervorgerufen werden). Die

Waffe ist die Psychochirurgie." (33)

Die Waffen, die die moderne Technologie für die gesellschaftliche Kontrolle über Abweichler (besonders Frauen) entwickelt, sind subtiler als die Verbrennungen auf dem Scheiterhaufen. Sie zerstören nur den Geist – die Fähigkeit zu Kreativität, Einfallsreichtum und Rebellion –, während sie die Hände und die Gebärmutter intakt lassen, damit sie noch für die Dienstleistungen der manuellen Arbeit und des Kindergebärens gut sind.

JENSEITS VON GUT UND BÖSE

Die Befreiung fängt an, wenn Frauen sich weigern, nach den herrschenden Maßstäben „gut" und/oder „gesund" zu sein. Weiblich sein heißt nach der Definition der herrschenden Kultur, abweichend zu sein. Weiblich und herausfordernd zu sein, heißt, in unerträglicher Weise abweichend zu sein. Dies bedeutet, daß wir über die uns auferlegten Definitionen von „guten" und „schlechten" Frauen, über die Einteilung in Prostituierte und Ehefrauen, hinausgehen müssen. Dies ist gleichbedeutend damit, daß wir die Rolle der Hexe und Wahnsinnigen annehmen. Obwohl dies selbstmörderisch sein kann, wenn wir es als einzelne versuchen (allerdings nicht mehr selbstzerstörerisch als ein Leben nach den allgemein akzeptierten Kategorien), so läuft es, wenn wir es gemeinsam als Schwestern unternehmen, auf eine kollektive Ablehnung des Sündenbock-Syndroms hinaus. Es ist dann gleichbedeutend mit einer Identitätserklärung jenseits der Begriffe von Gut und Böse oder von geistiger Gesundheit und Krankheit, die aus der Welt des Patriarchats stammen.

Es kann nicht der Anspruch erhoben werden, daß durch solch eine Identitätserklärung das Geheimnis des Bösen automatisch aus dem menschlichen Leben verschwindet. Worauf es aber hinausläuft, ist ein massiver Exorzismus. Die Überwindung der Rolle des Sündenbocks und des Mythos vom Sündenfall durch die ursprünglichen Sündenböcke kann die Morgendämmerung einer wirklichen Konfrontation mit dem Geheimnis des Bösen sein.

Margaret Murray hat darauf hingewiesen, daß das Wort „witch" im Englischen mit „wit", also mit „wissen" verwandt ist. Das Wissen der Hexe war immer das Wissen einer, die vorhersagt. Margaret Murray wies außerdem noch darauf hin, daß diese Weissagungen, wenn sie im Rahmen der anerkannten Religionen geschahen, Prophezeiungen genannt wurden, aber wenn sie im Namen einer heidnischen Gottheit gemacht wurden, als „bloße" Zauberei abgetan wurden. Diese Art von prophetischem Wissen ist bezeichnend für die Frauenbewegung. Das Wissen, das Frauen sich jetzt aneignen, ist ein Erfahrungswissen, das über das sinnlose „Gutsein“ der zum Opfer gewordenen „ehrbaren Matrone“ (oder der respektablen Vororts-Hausfrau oder der fügsamen Nonne) hinausführt. Es führt auch über die projizierte „Schlechtigkeit“ der ebenso zum Opfer gemachten Hure hinaus, deren Alternativen so gering waren, daß „das Böse“ für sie weniger eine Wahl als eine erzwungene Notwendigkeit war. Dieses Wissen, das über das irreale Gutsein und die Schlechtigkeit hinausgeht, die Frauen zugeschrieben werden, kommt sowohl aus der Erfahrung als auch aus der Überlegung. Man kann es nicht auf ein „Wissen“ nur im Sinne einer sexuellen Erfahrung reduzieren. Es ist vielmehr ein Wissen, das sich aus der Entdeckung der eigenen Fähigkeiten auf allen erdenklichen Gebieten ergibt und das Frauen bisher versagt war, nicht nur durch äußere Abschreckungsmittel wie restriktive Gesetze und Verhaltensregeln, sondern auch durch innere Hemmungen, die das Resultat der Erziehung sind. Es bringt die Fähigkeit mit sich, Erfahrungen unabhängig und gegen die von der Kultur aufgezwungene Bewertung einzuschätzen und zu bewerten. Es ist darum ein prophetisches Wissen, das über die „Dinge, wie sie sind“, hinausweist.

Gehen sie über die ihnen auferlegte Ahnungslosigkeit, die guten und schlechten Frauen gemeinsam ist, hinaus (d. h. Mangel an Urteilsvermögen und eigenen Lebensentscheidungen), gewinnen die Frauen die notwendige psychologische Freiheit, um die zerstörende falsche Unschuld unseres Zeitalters herauszufordern. Albert Camus schrieb über den Gegensatz der furchtlosen und aufrichtigen Verbrechen früherer Zeiten und der Heuchelei unseres Zeitalters:

„Aber die Sklavenpferche unter dem Banner der Freiheit, die Massenmorde, die durch Menschenliebe oder durch den Hang zur Übermenschlichkeit gerechtfertigt werden, entwaffnen in gewissem Sinne das Urteil. An dem Tage, an dem das Verbrechen – mittels einer seltsamen, unserer Zeit eigenen Verdrehung – sich mit den Hüllen der Unschuld schmückt, wird von der Unschuld verlangt, sich selbst zu rechtfertigen!“ (34)

Diese „Unschuld“ ist charakteristisch für eine phallische Moral, die gut mit „uns“ und schlecht mit „anderen“ identifiziert, besonders, wenn solch eine Haltung zu ihrer logischen Schlußfolgerung führt. Sie wird durchschaut, wenn ihre Hauptopfer erwachsen werden, d. h. wenn wir unsere Integrität jenseits solcher Vorstellungen von „Gut“ und „Böse“ finden.

Diese Bewegung, die über das Gute und Böse des Patriarchats hinausgeht, kann mythisch als „der Sündenfall“ betrachtet werden – der gefürchtete Sündenfall, der jetzt endlich eintritt, wo Frauen sich selbst und dann auch die andere Hälfte der menschlichen Gattung dazu bringen, von der verbotenen Frucht zu essen – von dem Wissen, das ihnen von der patriarchalen Gesellschaft vorenthalten wurde. Dies ist dann der Sündenfall aus einer falschen Unschuld in eine neue Art des Erwachsenseins. Anders als das alte Erwachsensein, das einer Hemmung des Wachsens bedurfte, fordert dieses ein Wachsen, das niemals aufhört, niemals abgeschlossen ist.

Wenn ich dies so schreibe, reiße ich das Bild des „Sündenfalls" aus seinem Zusammenhang mit der patriarchalen Religion. Ich habe gesagt, daß der ursprüngliche Mythos den eigentlichen Fehler oder die „Sünde" der patriarchalen Religion offenbarte – die Rechtfertigung der geschlechtsspezifischen Kasten. Ich möchte jetzt hinzufügen, daß sich in dem ursprünglichen Mythos schon die gefürchtete Zukunft ankündigte – wenn auch nicht bewußt beabsichtigt. Das heißt, wir können den Mythos als prophetischen Hinweis auf den wirklichen Sündenfall betrachten, der noch kommen wird und nur undeutlich geahnt wurde. Bei diesem gefürchteten Ereignis greifen Frauen nach dem Wissen, und wenn sie es finden, teilen sie es mit den Männern, damit alle zusammen das täuschende Paradies eines falschen Bewußtseins und der Entfremdung verlassen können. Wenn wir das Bild des Sündenfalls aus seinem alten Zusammenhang lösen, verändern wir auch gleichzeitig seinen Wert. Das heißt, daß ihm seine negative Bedeutung abgenommen und er ein positives und heilendes Ereignis wird.

Der Sündenfall, den die Frauen jetzt herbeiführen, ist kein Fall *aus* dem Heiligen, sondern ein Fall *in* das Heilige und somit in die Freiheit. Am Ende seines Buches *Das Heilige und das Profane* sagt Mircea Eliade, daß im modernen Denken Religion und Mythologie in „der Sonnenfinsternis" des Unbewußten verdunkelt wurden: „Vom christlichen Standpunkt aus könnte man sagen, die ‚Nicht-Religiosität' entspreche einem neuen ‚Fall' des Menschen." (35) Ich möchte die gegenwärtige Lage, die aus der neuen Freiheitserfahrung der Frauen aufsteigt, anders interpretieren. Wenn nämlich die Symbole und Mythen der patriarchalen Religion sterben, so ist dies kaum als eine große Tragödie anzusehen, weil sie die Unterdrückung fortsetzten. In dem Maße, wie sie dies getan haben, haben sie den Sinn des Heiligen falsch repräsentiert. Der Sündenfall, der die falsche Zweiteilung von Gut und Böse hinter sich läßt, kann uns nicht nur von dem falschen Paradies der pseudo-sakralen Symbole des Patriarchats, sondern auch von dem banalen nicht-religiösen Bewußtsein abbringen, das Eliade beklagt. Es kann uns zu einer neuen Begegnung mit dem Heiligen führen.

In seinem scharfsichtigen Vorwort zu Montague Summers *The History of Witchcraft* weist Felix Morrow darauf hin, daß Summers Rechtfertigung der kirchlichen Hexenverfolgungen aus der Vorstellung eines Übernatürlichen kommt, in dem Gott ohne den Teufel undenkbar ist. (36) Der „Sündenfall“ aus diesem schizoiden Bild des Übernatürlichen kann geschehen, wenn Frauen sich der schizoiden Identität widersetzen, die uns auferlegt wurde. Wenn wir das irreale „Gute“ und „Böse“, das man auf uns projiziert hat, umstürzen, so werden wir auch die Vorstellung von dem irreal guten „Gott“ umstürzen, dessen Existenz einen leibhaftigen Teufel erfordert, der verfolgt werden muß (und dann auch verfolgt wird).

Die Symbole der patriarchalen Religion verdienen es, zu „sterben“. Das „Werden“ der Frauen kann etwas bedeuten, das über ihren Tod und über ihre Wiedergeburt hinausgeht. Es geht nicht um eine bloß zyklische Wiederkehr oder Auferstehung des Sakralen in das profane Bewußtsein, vielmehr ist das Zu-sich-selbst-Finden der Frauen eher so etwas wie eine neue Schöpfung. Wie ich im nächsten Kapitel zu zeigen versuchen werde, kann es die Ankunft eines Neuen Seins bedeuten.

Kapitel Drei

JENSEITS DER CHRISTOLATRIE: EINE WELT OHNE VORBILDER

Man nehme die Schlange, den Apfelbaum und die Frau aus dem Bild, dann haben wir keinen Sündenfall, keinen zürnenden Richter, keine Hölle, keine ewige Verdammnis – und somit auch kein Bedürfnis nach einem Erlöser mehr. Damit wird der ganzen christlichen Theologie der Boden entzogen. Aus diesem Grunde wurde in Bibelforschungen und kritischen Betrachtungen die Stellung der Frau nie berührt.

– ELIZABETH CADY STANTON

Das Christentum hat in der Geschichte immer wieder einen Irrtum begangen, der alle Versuche vereitelt, Religion mitzuteilen ... Es hat sich in völlig übertriebener Weise bei der Person Jesu aufgehalten und tut es noch.

– RALPH WALDO EMERSON

Die Verzerrung in der christlichen Ideologie, die aus der geschlechtsspezifischen Hierarchie herrührt und sie bestätigt, zeigt sich nicht nur in den Dogmen von Gott und dem Sündenfall, sondern auch in den Dogmen, die Jesus betreffen. Ein großer Teil der christlichen Dogmen ist doketisch, d. h., sie haben die Tatsache, daß Jesus ein begrenztes menschliches Wesen war, nicht ernstlich akzeptiert. Die Frauenbefreiung wird logischerweise dazu führen, daß viele christologische Formeln, welche die Idolatrie der Person Christi widerspiegeln und fördern, an Glaubwürdigkeit verlieren.

Da die Idolatrie und die entmenschlichenden Auswirkungen einer Vergegenständlichung und somit Begrenzung „Gottes" durch das erweiterte Bewußtsein der Frauen offenbar werden, wird es immer weniger plausibel, sich Jesus als die „zweite Person der Trinität" vorzustellen, die menschliche Gestalt „annahm" in einer einzigartigen „hypostatischen Union". Es wird logischerweise immer weniger sinnvoll, die Einmaligkeit und hervorragende Stellung Jesu so sehr zu betonen. Damit soll die charismatische und offenbarende Kraft der Persönlichkeit Jesu (oder anderer) nicht bestritten werden.

Es geht vielmehr darum, die traditionelle Art, sein Bild zu betrachten und zu gebrauchen, realistisch einzuschätzen.

Es kommt durchaus immer noch vor, daß Pastoren und Geistliche, wenn sie mit der Frage der Frauenbefreiung konfrontiert werden, geltend machen, daß Gott nur als Mann „Fleisch wurde", und daß sich daraus die männliche Vorherrschaft rechtfertige. Tatsächlich neigt die christologische Tradition dazu, solche Schlußfolgerungen zu ziehen. Darum liegt – oft deutlich ausgesprochen – bei den Theologen seit Jahrhunderten die Annahme zugrunde, daß die Gottheit sich nicht hätte herablassen können, in dem „geringeren" Geschlecht „Gestalt anzunehmen"; und die „Tatsache", daß „er" es nicht tat, bestätigt die männliche Überlegenheit. Wenn die Frauen jetzt der männlichen Vorherrschaft ihre Zustimmung entziehen, so untergraben sie solche traditionellen Voraussetzungen.

Es wäre logisch gewesen, wenn das weithin publizierte Phänomen des „Todes Gottes" im 20. Jahrhundert auch einen „Tod Jesu" nach sich gezogen hätte, jedenfalls in dem Sinne, daß die christliche Fixierung auf die Person Jesu transzendiert worden wäre. Offensichtlich konnte sich das aber bei der Geisteshaltung von Bultmann, Barth, Brunner, Reinhold Niebuhr und Bonhoeffer nicht ereignen, deren Denken christologisch orientiert ist. Selbst so ein universalistischer Theologe der vorigen Generation wie Tillich, der anscheinend voll mit Nietzsches Ankündigung von Gottes Tod übereinstimmte, hielt es für notwendig zu schreiben: „Das letzte Anliegen des Christen ist nicht Jesus, sondern der Christus in Jesus dem Gekreuzigten." (1) In seinem Buch *Jesus is Dead* stellt der junge schwarze Theologe Henry Nicholson ganz gezielt die Frage: „Warum hat das ‚letzte' Anliegen, das Tillich als Glaube bezeichnet, überhaupt etwas mit dem Akzeptieren von Jesus zu tun, gekreuzigt oder nicht?" (2)

Wir brauchen nicht erst die vorige Generation von Theologen zu betrachten, um die fast universelle Verbreitung dieser Fixierung auf Jesus zu sehen und das anscheinend zwanghafte Bedürfnis, religiöses Denken, und zwar auch noch das „radikalste", „christlich" zu taufen und zu legitimieren. Diese Haltung herrscht in fast allen Seminaren und theologischen Schulen vor, bestimmt aber bei den theologischen Autoren. Eine der interessantesten Manifestationen dieses Phänomens ist das Werk von Thomas J. J. Altizer, der als radikaler „Tod Gottes"-Theologe ein „Evangelium des christlichen Atheismus" vorschlug. Für Altizer und viele andere, die sich weniger direkt aussprechen, ist Gott tot, aber Jesus lebendig. (3)

Ich glaube, daß die christliche Idolatrie in bezug auf die Person Jesu kaum überwunden werden kann, es sei denn durch die Revolution, die sich im Bewußtsein der Frauen vollzieht. Es wird, meine ich, immer deutlicher werden, daß die ausschließlich männlichen Symbole für das Ideal der „Inkarnation" oder das Ideal der Suche des Menschen nach Erfüllung nicht ausreichen. So, wie eine nur männliche Bilderwelt und Ausdrucksform für die Gottheit an

Glaubwürdigkeit verliert, so wird vielleicht auch der Gedanke einer einzigen göttlichen Inkarnation in einem Menschen männlichen Geschlechts im religiösen Bewußtsein der zunehmenden Erkenntnis Platz machen, daß die Macht des Seins in allen Menschen ist.

Diese Erkenntnis ist schon in der traditionellen Doktrin angelegt, daß alle Menschen nach dem Bilde Gottes geschaffen sind, und in völlig unzulänglicher Weise in der Gnadenlehre. Jetzt sollte es möglich sein, das, was in diesen beiden Lehrsätzen enthalten ist, realistischer herauszuarbeiten, daß nämlich die Menschen dazu berufen sind, sich selbst zu verwirklichen und eine Gemeinschaft zu bilden, die das Werden der Frauen und Männer begünstigt. Das bedeutet, daß wir keine passenden Vorbilder aus der Vergangenheit nehmen können.

Es kann sein, daß wir eine neue Mythologisierung der Religion erleben. Möglicherweise werden wir auch in Zukunft Symbole für die Inkarnation des Göttlichen im Menschlichen brauchen, aber es ist höchst unwahrscheinlich, daß Frauen oder Männer weiterhin jene Symbolik verständlich finden, die sich in dem Bild der Jungfrau, die anbetend vor ihrem eigenen Sohn kniet, ausdrückt. Vielleicht wird diese Bildersprache durch eine andere, die nicht hierarchisch ist, ersetzt. Es geht nicht darum, zu leugnen, daß sich eine Offenbarung in der Begegnung mit der Person Jesu vollzogen hat. Aber es muß bekräftigt werden, daß die schöpferische Gegenwart des Wortes (Verb) sich in jedem historischen Augenblick offenbaren kann, in jedem Menschen und in jeder Kultur.

NEUES SEIN

Da das patriarchale religiöse Bewußtsein das Geheimnis des Bösen an einem falschen Ort angesiedelt hat, ist die Frage logisch, ob etwa der christliche Gedanke der Erlösung unter einer vergleichbaren und sich daraus ergebenden Verlagerung leidet. Die Vorstellung von einem einzigartigen männlichen Erlöser kann als weitere Legitimation für die männliche Überlegenheit gelten. Man kann sie in der Tat als eine Verewigung der „Erbsünde" der patriarchalen Religion im Dienste des Patriarchats selbst ansehen. Um es etwas derber zu sagen: Ich schlage vor, daß das Christentum kastriert werden sollte, indem man die Produkte der supermaskulinen Arroganz herausschneidet; den Mythos von der Sünde und den Mythos von der Erlösung, die beide nur unterschiedliche Symptome derselben Krankheit sind.

Es ist offensichtlich, daß das wachsende Frauenbewußtsein in Konflikt mit den fundamentalistischen und orthodoxen Dogmen über Jesus gerät. Selbst Tillichs Vorstellung von dem Christus als dem neuen Menschen enthält die übliche Unklarheit einer Teilwahrheit. Man mag mit Recht sagen, daß Tillichs Christologie einige Vorzüge hat. Sie ist zu einem gewissen Grade frei von den statischen Kategorien streng „biblischen" Denkens und hellenistischer Formeln. Sie betont das Menschsein Jesu (im Gegensatz zur „hohen" Christologie) und erkennt den Christus als ein Symbol. Jedoch abstrahiert Tillich, wie beispielsweise in seiner Analyse des Sündenfalls, vom spezifischen Gehalt des Symbols, das ja in der Tat die unterdrückenden Gesellschaftsstrukturen rechtfertigt. Auch er bemerkt nicht, daß das Medium die Botschaft ist. Die Verteidiger dieser Methode sagen, daß das Symbol „zur Unterdrückung benutzt werden kann" oder daß es „zur Unterdrückung benutzt worden ist", aber beharren darauf, daß es nicht in dieser Weise fungieren muß. Diese Art von Verteidigung ist verständlich, läßt aber eine grundlegende Frage unbeantwortet: Wenn das Symbol in dieser Weise „benutzt" werden *kann* und es tatsächlich lange Zeit so „benutzt" worden ist, weist das dann nicht auf einen inhärenten Mangel des Symbols selbst hin?

Es ist wahr, daß unsere Seelen nach einem neuen Sein schreien. Aber es ist höchst unwahrscheinlich, daß unter den patriarchalen Verhältnissen ein männliches Symbol ausschließlich oder angemessen als Träger des Neuen Seins fungieren kann. Ein solches Symbol eignet sich unvermeidlich dazu, die herrschenden Hierarchien zu verstärken, selbst wenn darin eine gewisse Ambivalenz liegen mag. Ich meine, daß Träger des Neuen Seins eher die sein sollten, die gefährdet an der Grenze des patriarchalen Raums leben – die ursprünglich Fremden; die Frauen. Die Geschichte von Adam und Eva ist als der Schwindel des Jahrtausends bezeichnet worden. Ebenso ist es mit der Vorstellung des Gott-Menschen (des Gott-Mannes in der Phantasie) – dem Dogma der hypostatischen Union –, die heute von einigen Frauen für eine Art kosmischen Witzes gehalten wird. Unter den patriarchalen Verhältnissen könnte ein männliches Symbol die Befreiung der menschlichen Gattung von der Erbsünde des Sexismus gerade *nicht* vertreten. Das Bild wäre durch seine Geschlechtszugehörigkeit einseitig und stünde genau auf der falschen Seite, da es dem Sexismus nicht entgegenwirken kann und das Männliche verherrlicht.

Wenn wir das Problem einmal erfaßt haben, so ist die Überlegung ganz natürlich, ob die Lehre von dem Zweiten Kommen ein Weg zur Rettung der Tradition sein könnte – ob wir uns dieses nun als das Erscheinen einer Frau oder einer Gruppe von Frauen oder in Begriffen der sogenannten „weiblichen" Eigenschaften vorstellen. (4) So gesehen könnten wir uns das Erwachen der Frauen zu ihren menschlichen Möglichkeiten durch schöpferisches Handeln auch als eine Möglichkeit vorstellen, Gottheit in einer Weise zu offenbaren, die ihre zweite Inkarnation wäre; sie erfüllte die latente Verheißung der ursprünglichen Offenbarung, daß Frau und Mann nach dem Bilde Gottes gemacht sind. Dies hätte scheinbar den Vorteil, daß eine gewisse Kontinuität mit der christlichen Tradition aufrechterhalten bliebe, während sie gleichzeitig radikalisiert würde. Aber ich möchte doch, bevor wir diese Art Sprache zu schnell akzeptieren, darauf hinweisen, daß wir uns darüber im klaren sein müssen, was wir tun. Wird die Bedeutung der Aussage dahingehend verstanden, daß sich das Erste Kommen Gottes in der Person Jesu ereignet hat, dann wäre der Feminismus nur als eine Art Fortsetzung, als eine Vollendung dessen anzusehen, was sich im wesentlichen schon im Christentum ereignet hat. Das wäre in gewisser Weise eine bequeme Position für diejenigen, die einen christlichen Hintergrund haben. Wir könnten uns dann Christen nennen, ohne unser Gewissen zu sehr zu belasten. Aber diese Art von „Kontinuum-Denken“ kann die Wahrnehmung trüben und uns daran hindern, die Einsichten des radikalen Feminismus voll zu entwickeln. Es ist leicht, Mittel zu finden, sich von der Last der folgenschweren Erkenntnis zu befreien, daß die patriarchale Religion tatsächlich patriarchal *ist*. Ich werde später in diesem Kapitel aber noch zeigen, wie völlig anders das Symbol des Zweiten Kommens in der Psyche der Frauen in Erscheinung treten kann.

JESUS WAR EIN FEMINIST. NA UND?

Leonhard Swidler hat in einem bewundernswerten und gelehrten Artikel geschichtlich belegt, daß Jesus ein Feminist war. (5) Die Reaktion, die dieser Artikel bei vielen Frauen hervorrief, läßt sich etwa in folgenden Worten ausdrücken: „Schön! Wunderbar! Aber selbst, wenn er es nicht war, *ich bin's!*“ Professor Swidlers Arbeit hat den Vorzug, daß sie sich um historische Exaktheit bemüht und die Verbindung mit der Tradition aufrechterhält. Gleichzeitig ergeben sich aus seiner Methode aber gewisse Schwierigkeiten. Erstens, seine Annahme, daß man „religiöse Wahrheiten“ aus „zeitbedingten Kategorien“ gewinnen kann, scheint vorauszusetzen, daß wir den Schutt einer langen Geschichte der Unterdrückung abtragen und zur unverfälschten Reinheit der ursprünglichen Offenbarung gelangen können. Das ist insofern problematisch, als es rückschauend ist und von der Annahme ausgeht, daß die vergangene Geschichte (d. h. einige herausragende Momente der Vergangenheit) mehr Anspruch auf uns habe als die gegenwärtige Erfahrung, als ob ein Rückgriff auf die Vergangenheit notwendig wäre, um unsere Erfahrungen heute zu legitimieren. Eine zweite Schwierigkeit, die sich aus der „Jesus war ein Feminist"-Einstellung dem Feminismus gegenüber ergibt, steht mit der ersten in Zusammenhang: Dieser Ansatz impliziert nämlich die Vorstellung, daß es angemessene Vorbilder *gibt*, die aus der Vergangenheit gewonnen werden können. Der traditionelle Gedanke der *imitatio Christi* steht deutlich hinter dieser Annahme.

Im Gegensatz dazu steht es den Frauen aber frei, dem, was wir in unseren eigenen Erfahrungen gültig finden, Priorität zu geben, ohne sich in der Vergangenheit nach Rechtfertigung umsehen zu müssen. Ich glaube, daß dies der richtigere Weg ist, die Probleme unserer Identität zu lösen. Außerdem ist die gegenwärtige Situation in ihrer Art so neu, daß dies schon theoretisch aus den Einsichten des Feminismus erkannt werden kann. Margaret Mead bezeichnete den dramatischen Unterschied als einen neuen und einzigartigen „Generationssprung". Sie weist darauf hin, daß diejenigen, die vor dem Zweiten Weltkrieg geboren und aufgezogen wurden, in die Zeit eingewandert sind. Wir leben nicht mehr in einer nachahmenden Kultur, in der die Kinder zu ihren Großeltern und Eltern als Vorbilder für ihre eigene Zukunft aufsehen können, noch kann unser jetziger Zustand als eine Kultur beschrieben werden, in der zwar die Älteren noch dominieren, die maßgebenden Vorbilder für die Gesellschaft aber zeitgenössische sind. Sondern nach Margaret Mead ist es jetzt Zeit, völlig neue Fragen zu stellen, damit eine „vor-bildliche" Kultur entstehen kann. Sie schreibt:

„Wenn wir eine in die Zukunft gerichtete Kultur aufbauen wollen, in der die Vergangenheit dienlich, aber nicht mehr bestimmend ist, müssen wir die Zukunft vorverlegen ... Wie die Jugendlichen sagen: Die Zukunft ist jetzt!" (6)

Obwohl Margaret Mead die Notwendigkeit, „völlig neue Fragen" zu stellen, bestätigt, scheint sie selbst die neuen Fragen des radikalen Feminismus weder zu stellen noch zu hören. Aber ihre Erkenntnis, daß es Zeit ist, sich dem radikalen Neuen zu öffnen, ist eine wichtige Einsicht, die wir mit ihr teilen können.

Abgesehen von der Unmöglichkeit, in der *Vergangenheit* nach adäquater Orientierung zu suchen, halte ich es für sehr problematisch, sich Jesus oder irgendeinen anderen als Vorbild zu nehmen. Schon allein der Begriff „Vorbild", so wie er gewöhnlich verstanden wird, sollte entweder als auf Personen nicht anwendbar abgelehnt oder aber umgewandelt werden, indem man ihn aus seinem alten Zusammenhang löst. Wir mögen den Begriff im gegenständlichen Sinne beibehalten; uns kommt es darauf an, daß wir Vorbilder in ihrer alten Bedeutung aufbrechen. Es scheint zur patriarchalen Geisteshaltung zu gehören, daß man einen Herrn oder eine Vaterfigur mit fast blinder Hingabe sklavisch imitiert und dann ablehnt, um zu sich selbst zu finden. Es ist vielleicht bedeutsam, daß der lateinische Begriff *modulus* ein kleines Maß bezeichnet: es ist nötig, das eigene Ich schrumpfen zu lassen, damit man einem Vorbild in diesem Sinne nacheifern kann. Das, was in Frauen heute vorgeht, ist nicht dieses Nachahmungs-Ablehnungs-Syndrom. Diejenigen, die in ihrem Bewußtsein so weit gekommen sind, daß sie die zerstörenden Bedingungen durchbrechen, die den Frauen in unserer Kultur durch die „Vorbilder" auferlegt wurden, lernen es, alle fertigen Modelle kritisch zu betrachten. Das heißt nicht, daß starke und freie Frauen nicht Einfluß hätten, aber dieser wird eher als eine ansteckende Freiheit übertragen. Diejenigen, die wirklich an der Grenze leben, können in anderen den Mut wecken, sich ihres eigenen einzigartigen Seins bewußt zu werden. Es mag sein, daß Jesus, wie Paul van Buren behauptet, eine solche Wirkung auf seine Anhänger ausübte. (7) Dann war das Bedeutsame daran die Freiheit und Macht des Seins, an dem sie teilnahmen und die es ihnen ermöglichte, ihr einmaliges Selbst zu sein. Nicht die blinde Nachahmung von Jesu Ansichten und Tun war der springende Punkt. Wenn das Lesen des Evangeliums – oder von etwas anderem – heute diese Art von Freiheit in den Menschen entzündet, muß das sehr anerkannt werden. Aber dann fungieren Jesus oder andere Befreite, die diese Wirkung ausüben, genau in dem Sinne als Vorbild, als sie Vorbilder aufbrechen und über ihre eigenen Grenzen hinaus auf das Potential für weitere Befreiung hinweisen.

JESUS UND DAS SÜNDENBOCK-SYNDROM

Insbesondere für Frauen ergeben sich aus der christlichen Fixierung auf die Person Jesu, so wie sie uns in der Überlieferung beschrieben wird, noch andere Probleme. Sie konzentrieren sich vor allem auf einen Aspekt des Bildes Jesu, der in hohem Maß die Möglichkeit der ansteckenden Freiheit, von der ich gerade sprach, beschränkt: seine Rolle als „der Menschheit prominentester Sündenbock", um Szaszs Ausdruck zu gebrauchen. (8) Um einen solchen Lebensstil nachzuahmen, muß man selbst „aufopfernd" leben. Das komplizierte Gewebe von Unechtheit und Heuchelei, das dadurch im Verhalten der Christen entsteht, ist erkannt worden. Nicholson protestiert: „Man lebt nicht nur allein für die Erfüllung anderer." (9) Und Szasz analysiert das Problem folgendermaßen:

„Das moralische Ziel des Christentums ist es, die Identifizierung mit dem Vorbild Jesu zu fördern; das hat oft zu einem Haß gegen die geführt, die – wegen ihrer Herkunft oder aus Überzeugung – ihm gegenüber nicht die nötige Ehrfurcht zeigten. Die jüdisch-christlichen Metaphern für den Sündenbock – vom Yom Kippur-Ritual bis zur Kreuzigung des Heilands – können darum kein Mitleid und keine Sympathie für ‚den Anderen' hervorrufen." (10)

Während das Bild des sich hingebenden Opfers in einigen Menschen Frömmigkeit erweckt, scheint es bei den meisten Intoleranz hervorzurufen. Da sie sich nicht imstande fühlen, das Opfer Jesu nachzuahmen, fühlen sie sich schuldig und übertragen dieses Schuldgefühl auf „den Anderen"; so bringen sie letzteren dazu, Jesus in der Rolle des Sündenbocks „nachzuahmen". Es sieht so aus, als ob die, die unter dem Joch der christlichen Metaphern stehen, oft zum Gegenteil dessen getrieben werden, was diese Bilder aussagen wollen. Unfähig, die Schuld der anderen auf sich zu nehmen, können sie sich selbst als „gute Menschen" fühlen, indem sie anderen die Schuld zuschieben. (11)

In seiner Diskussion über das Problem der Sündenbockpsychologie von einem Jung'schen Standpunkt aus bemerkt Erich Neumann, daß der „Massenmensch", ebenso wie der Primitive, das Böse nicht als sein eigenes Böses anerkennen kann, da das Bewußtsein zu schwach entwickelt ist, um einen solchen inneren Konflikt auszuhalten. Darum wird das Böse als etwas Fremdes erlebt. Die Menschen brauchen das nach außen projizierte Fremde, die Projektion des „Schattens", (unser eigenes unbewußtes Gegen-ich), damit sie es aus sich herausstellen und vernichten können.

„Jetzt setzt ... die Verdrängung ein, welche alle mit den Werten nicht in Übereinstimmung stehenden Teile der Persönlichkeit in den Schatten abschiebt." (12)

Neumann weist darauf hin, daß sich das Schattenelement, von dem das Kollektiv sich durch die Sündenbockpsychologie zu befreien sucht, dann in den Grausamkeiten austobt, die gewöhnlich die Vernichtung des Sündenbocks begleiten. (13)

Sowohl Szasz als auch Neumann erkennen an, daß Minoritäten und Randgruppen gewöhnlich die Kandidaten für die Rolle des Sündenbocks sind. Aber Szazs ist sich sehr viel mehr bewußt, wie sich diese Mechanismen in der Unterdrückung der Frauen auswirken. Die ganze Bedeutung dieses Problems, besonders gegenüber dem Christentum, wird den Frauen aber erst jetzt allmählich bewußt. Die Tatsache, daß das Christentum dazu beiträgt, die Frauen in die Sündenbockrolle zu drängen, besonders in Verbindung mit dem Mythos vom weiblichen Bösen, wurde schon im vorigen Kapitel erwähnt. Hier geht es nun darum, zu erkennen, daß eine wechselseitige Beziehung zwischen diesem Phänomen und der christlichen Fixierung auf Jesus, besonders in seiner Rolle als Vorbild, besteht.

Es ist bedeutsam, daß nicht nur die *negativen* Eigenschaften eines Opfers auf die Frauen projiziert worden sind: die Neigung, Verführerinnen zu sein, die böse und an die Materie gebundene „Natur" des Weiblichen, die angebliche Oberflächlichkeit des Geistes, Schwachheit des Willens und übertriebene Emotionalität. Auch die Eigenschaften, die das Christentum *idealisiert*, besonders für Frauen, sind die eines Opfers: aufopfernde Liebe, passives Hinnehmen des Leidens, Demut, Sanftmut etc. Da diese Eigenschaften in Jesus, der „für unsere Sünden starb", idealisiert wurden, verstärkte sein Vorbild noch das Sündenbock-Syndrom für Frauen. Angesichts der Opfer-Situation der Frauen in der sexistischen Gesellschaft sollten Frauen wohl kaum noch mehr zu diesen „Tugenden" ermutigt werden. Außerdem ist es ein ungeeignetes Vorbild, da Frauen nicht „gut" genug sein können, um sich an diesem Ideal zu messen, und da alle aufgrund ihres Geschlechts dem männlichen Heiland fremd sind. So sind die Frauen, wenn sie dem Opfer Jesu nacheifern, zum Versagen verdammt und werden immer mehr hingeopfert.

Es ist auch wichtig, sich daran zu erinnern, daß Jesus in der mittelalterlichen Theologie als der Priester *par excellence* verstanden wurde, der sich selbst als höchstes Opfer am Kreuz hingab. Die Priesterkaste in der Kirche wurde als diejenige angesehen, die in einer besonderen Weise durch ihre Ordination befähigt war, an diesem Opfer teilzunehmen, indem sie sich mit Jesus in dem Akt der Hingabe seines Leibes und Blutes während der Messe identifizierte. Frauen wurden überall aufgrund ihres Geschlechts von dieser Rolle ausgeschlossen. Diese ihnen auferlegte Unfähigkeit, sich mit dem höchsten Sündenbock rituell zu identifizieren, dadurch etwa, daß sie offiziell und aktiv das „Opfer des Kreuzes" hätten darbringen dürfen (oder irgendein anderes Amt in der römisch-katholischen Kirche einnehmen), mag sich auf den ersten Blick nicht mit der Rolle der Frauen als Opfer innerhalb des Christentums vertragen. Jedoch eine genauere Analyse legt den grundlegenden Zusammenhang frei. Als machtlosen Opfern der Sündenbockpsychologie hat man den Frauen die „Vertrauenswürdigkeit" abgesprochen, zu opfern und die Würde, eine aktive Rolle zu spielen. Frauen sind nicht die „unschuldigen" Opfer, die sich selbst für die Sünden der anderen hingeben könnten, wie Jesus es nach der christlichen Theologie tat. Tatsächlich hat man nie aufgehört, dem weiblichen Geschlecht einen Vorwurf zu machen. Die offizielle Priesterschaft hat teil an der „Unschuld" und aktiven Würde Christi. Obwohl die Frauen dazu ermutigt werden, der aufopfernden Liebe Jesu nachzueifern und willig die Rolle des Opfers auf sich zu nehmen, werden sie im wesentlichen mit Eva und dem Bösen gleichgesetzt. Das Heil kommt nur durch den Mann.

IRRTÜMER, DIE SICH ERGEBEN, WENN MAN DAS CHRISTOLOGISCHE PROBLEM NICHT INS AUGE FASST

Es ist für Theologen aus mehreren Gründen schwer, die ganze Bedeutung des wachsenden feministischen Bewußtseins gegenüber der christlichen Tradition ins Auge zu fassen. Zunächst einmal sind die meisten Theologen Männer, und somit fehlt ihnen das Empfinden für das Problem der patriarchalen Konditionierung. Zweitens verbinden sich mit jedem Angriff auf die Orthodoxie Schuldgefühle. Obwohl die Sanktionen der mittelalterlichen Gesellschaft nicht mehr gelten (z. B. die Ketzerverbrennungen), sind sie als Schuldgefühle oder Selbstvorwürfe verinnerlicht worden. Drittens gibt es tatsächlich noch negative Sanktionen in Seminaren, Kirchen und theologischen Hochschulen, wie z. B. den Verlust der Anerkennung durch Vorgesetzte oder Gleichgestellte, der sich beruflich nachteilig für die auswirkt, die nicht „richtig" denken. Und schließlich gibt es höchst subtile positive Sanktionen für diejenigen, die orthodox bleiben oder zu bleiben scheinen – die Belohnungen, die die Gesellschaft in Form von Beförderungen und Verwaltungsposten denen zuspricht, die man für sicher hält. Die orthodoxen oder halb-orthodoxen Akademiker können darauf hoffen, „gelehrt" genannt zu werden, während die Geistlichen von ihren Amtskollegen oder Vorgesetzten als „ausgeglichen" und von ihren Gemeinden als „anregend" bezeichnet werden. (14)

Da die Sanktionen einen so enormen Einfluß haben – der zum größten Teil nicht offen erkannt oder zugegeben wird –, kann die kognitive Minderheit, die ein zentrales Bild der Tradition herausfordert, mit Verteidigungsmaßnahmen rechnen. Diejenigen, die die Fragen stellen, argumentieren aus der Erfahrung der Unterdrückung durch die patriarchale Religion. Für sie ist die radikale feministische Einsicht stärker als die Sanktionen der Orthodoxie. Dagegen finden es diejenigen, die ein althergebrachtes Interesse an der institutionellen Religion, so wie sie jetzt ist, haben – sei dieses Interesse nun ökonomischer oder psychologischer Art oder beides –, schwer, sich dem Problem zu stellen oder seine Existenz überhaupt anzuerkennen. Der Grund für den Widerstand wird meist nicht offen zum Ausdruck gebracht. Möglicherweise bleibt er tatsächlich auch denen verborgen, die nicht imstande sind, das Problem zu sehen und glauben, offen und fair zu sein. Darum ist es wichtig, die Mittel zu durchschauen, die angewandt werden, um der Erkenntnis auszuweichen, daß das erwachende Bewußtsein der Frauen in der christlichen Symbolik und besonders in der Christologie innewohnende Mängel aufdeckt.

Ich habe in der Einleitung zu diesem Buch darauf hingewiesen, daß die Methoden, die benutzt werden, um der Einsicht in den

Konflikt zwischen Feminismus und Christentum auszuweichen, in vier Kategorien eingeteilt werden können. Diese Einteilung kann speziell und *par excellence* auf das Problem der Christolatrie angewandt werden.

Eine Methode, dem Problem auszuweichen, ist also die *Verallgemeinerung*. Es wird argumentiert, daß Jesus ja nicht nur nicht eine Frau, sondern auch nicht schwarz, alt, ein Chinese oder sonst etwas war. Damit soll gesagt werden, daß Frauen nicht die einzigen „Außenseiter" sind. Dies ist eine Art von Verallgemeinerung in bezug auf die Person Jesu, die zwar wahr ist, aber den springenden Punkt völlig verfehlt. Das Problem besteht nicht darin, daß der Jesus der Evangelien männlich, jung und ein Semit war. Vielmehr liegt das Problem in der ausschließlichen Identifikation dieses Menschen mit Gott, und zwar derart, daß die christlichen Vorstellungen des Göttlichen und „Gottesbildes" alle in Jesus vergegenständlicht werden. Die Taktik der verteidigenden Verallgemeinerungen über das, „was Jesus nicht war", geht gewöhnlich mit der Annahme einher, daß Jesus der Gott-Mensch war, d. h. die Gottheit, die diese und nur diese besondere menschliche Gestalt annahm. Es ist aber genau diese Annahme, die das Problem hervorbringt. Die grundlegende Prämisse dieser Art von Orthodoxie ist, daß Gott in dem Menschen (Manne) Jesus in die Welt kam und zwar nur in Jesus – und daraus ergibt sich die Schwierigkeit, die von ihren Vertretern als „der Skandal der Besonderheit" bezeichnet wird (gemeint sind alle Formen von Besonderheit). Dieser Standpunkt setzt die religiöse Erfahrung mit einer Art „Glaubenssprung" gleich – einem „Sprung", den viele als unecht oder sogar als Götzendienst durchschaut haben.

Charakteristisch für diese Verallgemeinerungen ist die Weigerung, die offensichtliche Tatsache zur Kenntnis zu nehmen, daß sich die „Besonderheit" der Männlichkeit Jesu anders ausgewirkt hat als die „Besonderheit", daß er jung oder Semit war. Denn Nicht-Semiten oder Menschen über, sagen wir, dreiunddreißig, sind nicht allgemein von der Priesterschaft ausgeschlossen worden mit der Begründung, daß sie nicht zu derselben ethnischen oder Altersgruppe gehörten wie Jesus. Dagegen ist der allgemeine Ausschluß der Frauen von der Priesterschaft und bis vor kurzem auch vom Pfarramt in den meisten protestantischen Kirchen von dieser Grundlage aus gerechtfertigt worden. Daß das Christusbild im Christentum zur Legitimierung der sexistischen Hierarchie gedient hat, ist oft deutlich geworden.

Eine zweite Methode, der christologischen Frage auszuweichen, ist die Reduzierung auf Einzelaspekte. Sie wird angewandt, wenn man Unterdrückung auf bestimmte Zeiten, Orte, Institutionen oder spezifische Handlungsbereiche reduziert. So behaupten

Protestanten häufig, daß das Problem charakteristisch für den Katholizismus sei. Ein Katholik mag meinen, daß es bezeichnend für das Mittelalter gewesen sei, aber nicht für die Neuzeit, oder daß die theologische Voreingenommenheit gegen Frauen lediglich ihren Ausschluß aus der Hierarchie betreffe, sich aber nicht auf die anderen Aspekte des Lebens auswirke. In all diesen Beispielen wird der Wucht der christologischen Problematik ausgewichen, indem man das Schwergewicht auf eine spezifische Situation verlegt und sich weigert, die Universalität des Konditionierungsprozesses zu sehen. Das Argument reduziert das Problem des patriarchalen Mythos auf das der falschen Anwendung. Der Irrtum, der in der Reduzierung auf Einzelaspekte liegt, besteht hauptsächlich darin, daß man sich mit der Tatsache, daß das sexistische Vorurteil zum Christentum gehört und darum durch das Christentum fortgesetzt wird, nicht auseinandersetzt.

Eine dritte Methode, von den patriarchalen Implikationen der Christolatrie abzulenken, ist die *Vergeistigung*. Ich habe schon darauf hingewiesen, daß sich der paulinische Text: „In Christus ist nicht ... Mann noch Weib" in spiritualisierender Weise auswirkt, denn er ignoriert offensichtlich ganz einfach die Tatsache, daß *Christus ein männliches Symbol ist* und darum *tatsächlich* auf dieser Ebene die Frau ausschließt. Unter christlichen Intellektuellen hat es eine Tendenz gegeben, den „Christus" von der strengen und ausschließlichen Gleichsetzung mit dem historischen Jesus zu befreien, aber diese Bemühungen zeugen oft von Unverständnis für das Problem der weiblichen Identität. Der Soziologe Peter Berger behauptet z. B., daß es ihm schwerfällt einzusehen, „wie die Entdeckung des Christus als der erlösenden Gegenwart Gottes in der Welt ausschließlich mit der Gestalt des historischen Jesus verknüpft werden kann". Und Berger kommt zum Schluß: „Während Christus ein ‚Name' gegeben werden kann und auch gegeben wurde, ist Er doch nicht mit irgendeinem Namen gleichzusetzen – eine Behauptung, die den christlichen Ketzereien nahekommt, die weniger Wert auf den historischen als auf den kosmischen Christus legten ..." (15) Berger entgeht anscheinend, daß Christus doch mit einem Namen gleichgesetzt wird und daß dies der Name „Mann" ist – eine Tatsache, die er unbewußt anerkennt, indem er ausschließlich das maskuline Pronomen *„Er"* großgeschrieben benutzt. Dieser „Er" – ob „Er" sich nun auf den besonderen „Jesus der Evangelien" oder den „kosmischen Christus" bezieht, oder was auch immer sonst dieser „Er" sein mag, ist *nicht* weiblich und *nicht* wahrhaft „allgemein".

Die Vergeistigung projiziert ihren Irrtum manchmal in die „Zukunft". Theologen, die sich mit dem Frauenproblem gegenüber Christus konfrontiert sehen, wenden manchmal tatsächlich ein, daß, wenn die Frauen schließlich die Gleichberechtigung erworben hätten, es „keine Bedeutung hätte, daß Gott als Mann in die Welt gekommen sei". Ob die Zukunft nun in diesseitigen oder in jenseitigen Begriffen gesehen wird, so lenkt eine solche eschatologische Betrachtungsweise von der Tatsache der gegenwärtigen Unterdrückung und der Verpflichtung, etwas dagegen zu tun, ab. Anstatt sich dem Problem zu stellen, klammert man sich an einen Mythos, der das Problem verewigt. Man nimmt an, daß die Projektionen, die aus einer patriarchalen Gesellschaft hervorgingen, in einer zweifach gegliederten Gesellschaft fortleben werden – eine Annahme, die weder plausibel ist, noch bewiesen werden kann.

Eine vierte Methode, dem Problem auszuweichen, ist die *Trivialisierung*. Dies ist eine Taktik, die in den schon beschriebenen Methoden mit enthalten ist und sich allgemein mit ihnen verbindet. Man kann den Konflikt zwischen dem Werden der Frauen und der Christolatrie nur wegverallgemeinern, auf Einzelheiten reduzieren und vergeistigen, weil das Verlangen der Frauen nach menschlicher Würde nicht ernstgenommen wird. Frauen, die das Problem zur Sprache bringen, bekommen oft zu hören, daß sie sich „ernsteren Fragen" zuwenden sollten. In dem Maße, wie wir selbst unsere menschliche Würde ernstnehmen, werden wir es lernen, all diese Taktiken zu durchschauen.

DAS GESPALTENE ICH: CHRISTUS – MARIA

Religiöse Erfahrung ist die Begegnung mit einer Macht jenseits der Erscheinungen der Dinge, Menschen und Ereignisse. Diese Macht, die als der Urgrund des Seins betrachtet wird, wird als heilig erfahren und ruft Ehrfurcht hervor. Die religiösen Organisationen versuchen, durch ihre Symbole und Bräuche eine Beziehung zum Untergrund herzustellen. Was auch immer diese eingesetzten Symbole sein mögen, sie sind in erster Linie menschliche Projektionen. Feuerbach beschrieb die Situation richtig, wenn auch nicht angemessen, als er sagte, daß „Gott" nichts anderes als das überhöhte Wesen des „Menschen" sei, abstrahiert von „ihm selbst". Diese Beurteilung ist richtig, wenn auch nicht adäquat auf die Symbolisierung von Christus und Maria anwendbar. Die psychologische Akrobatik, mit der Christen die Symbolisierungen von Christus und Maria umgeben, hat mit dem historischen Jesus wenig zu tun. Noch weniger hat sie mit der historischen Gestalt der Maria, der Mutter Jesu, zu tun, und sie sind für die fünfzig Prozent der menschlichen Rasse, deren Schicksal Maria teilte, verheerend. Die vor uns liegende Aufgabe besteht darin, daß wir das gespaltene Ich heilen wollen, was bedeutet, daß die Idole zerbrochen werden müssen, die für seine Zerrissenheit verantwortlich sind.

VERKLÄRUNG ALS ERSATZ: MARIA ALS VORBILD

Im vorigen Kapitel habe ich darauf hingewiesen, daß es nicht praktikabel wäre, Frauen total mit dem Bösen zu identifizieren. Der Katholizismus hat den Frauen zur Entschädigung den Abglanz der Glorie Mariens durch Identifizierung angeboten. Die Unnachahmbarkeit der jungfräulichen Mutter (wörtlich genommen) hat aber bewirkt, daß alle Frauen im wesentlichen mit Eva identifiziert werden. Gleichzeitig hat sie dazu geführt, daß das „weibliche" Ideal des Guten von der Jesus zugeschriebenen aktiven Rolle abgetrennt wird. Das übertragene, abgeleitete und passive Ideal des weiblichen Guten wird *teilweise* dem Vorbild Jesu gleichgesetzt (insofern, als Jesus als Opfer gesehen wird). Trotzdem wird es auch vom letzteren abgespalten durch die Vergegenständlichung im Symbol der Maria. Das „ergibt einen Sinn", wenn man sich vergegenwärtigt, daß die Frauen als eigentliche Sündenböcke des Patriarchats nicht wirklich mit dem Bild des Erlösers gleichgesetzt werden können. In gewisser Weise dient das Mariensymbol also zur Erhaltung der Fassade einer teilweisen Gleichsetzung der Frauen mit Christus (durch ihre Beziehung zu ihm), wobei es den weiblichen Zorn ablenkt und Einsicht und Hoffnung verhindert.

Als Symbolfigur ist Maria „gut" nur in ihrer Beziehung zu Jesus. Diese „Tatsache" wurde verstärkt durch das Dogma der Unbefleckten Empfängnis – dem Lehrsatz, daß Maria ohne Erbsünde sei , obwohl das Dogma auch eine entgegengesetzte Aussage enthält, wie ich später zeigen werde. Dieses Dogma trennt sie „offiziell" von allen anderen Frauen und macht sie einzigartig, ein unerreichbares „Vorbild". Man mag einwenden, daß es sie auch von den Männern trennt. Wird aber die Symbolik in ihrem ganzen Zusammenhang gesehen (wie sie im katholischen Dogma zum Ausdruck kommt), so zeigt sich, daß sie die sexistische Hierarchie unterstützt, da die Unbefleckte Empfängnis in Vorwegnahme der Göttlichkeit Christi „geschah". Man sagt, Maria sei „unbefleckt empfangen" worden, damit sie es wert sei, die Mutter des göttlichen Jesu zu werden. Wieder verstärkt das Mariendogma das geschlechtsspezifische Kastensystem. Die Unnachahmbarkeit Mariens, „die ohne Sünde empfangen wurde", gewährleistet, daß alle Frauen als Frauen in die Kaste der Eva gehören. Gleichzeitig spiegelt es die Dualität des weiblichen Status wider und verstärkt sie. Frauen, die mit Männern eine Beziehung haben, müssen von „ihren Männern" in gewisser Weise als Ausnahmen betrachtet werden, ebenso wie Maria durch ihre Beziehung zu Jesus „gut" ist. Es wäre den Männern unerträglich, die Frauen, die mit ihnen mehr oder weniger als ihr „Privateigentum“ in Beziehung stehen, für ganz böse zu halten. In scharfem Gegensatz dazu können Frauen, die „Allgemeinbesitz“ sind – besonders Prostituierte –, „ganz und gar Frau“ (Eva) sein, ohne die gefährliche Gleichsetzung mit Maria, mit der die Weiblichkeit als solche bei den privilegierten „guten“ Frauen überlagert wird.

PROPHETISCHE DIMENSIONEN DES MARIENBILDES

Daß Maria im Protestantismus fast ausgelöscht wurde, ist bekannt. Tillich faßt die Situation kurz und bündig zusammen, wenn er sagt: „Den Protestanten offenbart die Jungfrau Maria nichts“. (16) Einige mögen behaupten, daß sich darin eine Art Fortschritt für die Frauen ankündige, aber diese Hypothese ist zweifelhaft.

Protestantische Theologen, wie z. B. Robert McAfee Brown, bemerkten, daß die Mariologie das theologische Gebiet ist, das Protestanten und Katholiken am meisten trennt. Es scheint jedoch eine harmonische Übereinstimmung über Marias untergeordnete Rolle bei der „Erlösung“ zu bestehen. Der Unterschied bezieht sich offensichtlich nur auf das Ausmaß der Unterordnung oder Minderbewertung. Möglicherweise kann diese „Übereinkunft“ in der Frage der Unterordnung als eine Art symbolischer ökumenischer Botschaft an die Frauen der Welt betrachtet werden. Sie wurde bestätigt in dem 8. Kapitel des *Lumen Gentium, Die Kirchenverfassung* des Zweiten Vatikanischen Konzils. (17)

Ein Blick auf die Einwände der Protestanten gegen die katholische Hervorhebung Marias fördert bedeutsame Einsichten zutage. So wird der Einwand erhoben, daß Maria Jesus gleichgesetzt oder sogar für noch wichtiger gehalten werde – so daß sie fast eine Göttin zu sein scheine. Oder man hat eingewendet, daß die Betonung der Jungfräulichkeit Mariens der Rolle der Frauen als Ehefrauen und Mütter Abbruch tue. (18) Ich meine, daß diese beiden Einwände genau an die Elemente des Mariensymbols rühren, die, wenn sie „gesondert betrachtet werden“, aus dem Würgegriff des christlichen Patriarchats ausbrechen und eine Botschaft (wenn auch nur teilweise und verschwommen) vom Werden der Frauen vermitteln. Ich meine, daß viele Menschen das Mariensymbol tatsächlich in dieser Weise verstanden haben und daß dadurch die ungeheure Macht erklärt wird, die das Marienbild stets auf die menschliche Vorstellungskraft ausgeübt hat. Diese Macht ist wirksam gewesen trotz aller Bemühungen, sie zu zähmen und zu domestizieren – trotz der geziert lächelnden Gipsstatuen, der zuckerigen Gebete, Predigten, Gedichte und Lieder und der sexistischen Theologie, die sie „erklärt" hat.

Die nun folgende Analyse ist *nicht* der Versuch, die Mariologie wiederherzustellen. Sie ist nicht der Versuch, religiöse „Wahrheiten" aus „zeitbedingten Kategorien" abzuleiten. Meine Methode geht nicht von der Voraussetzung aus, daß wir uns bemühen sollten, irgendetwas aus der patriarchalen Vergangenheit zu retten. Ich glaube nicht, daß wir versuchen sollten, zu einer angeblich unverfälschten Offenbarung innerhalb des Christentums „zurückzufinden", noch nehme ich an, daß die Geschichte des Mariensymbols irgendeine nachweisbare Verbindung mit der historischen Mutter Jesu hat. Die schwere Aufgabe meiner Analyse ist es, zu zeigen, daß das Symbol ein zweischneidiges Schwert ist, trotz der eindeutigen Absichten seiner männlichen Befürworter. Und ich muß fragen, worin der Grund seiner Macht liegt und warum die unterdrückendste aller christlichen Kirchen diese Macht für sich in Anspruch genommen und gebraucht hat.

Der manchmal gottähnliche Status Mariens (der natürlich offiziell vom römischen Katholizismus immer abgeleugnet wird), mag, wie Simone de Beauvoir meint, ein Überbleibsel des uralten Bildes einer Muttergottheit sein, die im Christentum als „Mutter Gottes" in Ketten gelegt und untergeordnet wurde. Wenn es aber ein übriggebliebenes Bild ist, so kann es ebensogut ein voraussagendes sein, das darauf hinweist, daß die Frauen in Zukunft das „Ebenbild Gottes" werden. Auf diesen Punkt werde ich in diesem Kapitel noch weiter eingehen.

Das Bild der Maria als Jungfrau hat außerdem noch einen (unbeabsichtigten) Aspekt, es weist auf die Unabhängigkeit der Frauen hin. Dieser Aspekt des Symbols wird natürlich meistens von Theologen nicht gesehen. Gordon Kaufman z. B., der (mit Recht) bemerkt, daß die Kirche für viele verworrene und sogar absurde Meinungen in christologischen Fragen verantwortlich ist, sagt, daß das Dogma der jungfräulichen Geburt „eine der frühesten und unglücklichsten Unklarheiten" ist. Er fügt hinzu, daß das Dogma einen Versuch darstellt, das theologische Faktum zu verstehen, daß für den Glaubenden Jesus Christus der Sohn Gottes ist. (19) Bedeutsam an dieser Interpretation ist, daß typischerweise selbst ein progressiver christlicher Theologe das Dogma von der jungfräulichen Geburt absurder findet als den Gedanken, daß Jesus Christus der Sohn Gottes ist. Und noch interessanter und bezeichnender ist, daß er das Dogma der jungfräulichen Geburt *nur in seiner Beziehung zu Christus für wichtig hält.* Der prophetische Aspekt des Jungfrauensymbols ist genau das, was er nicht sieht. Ein anderer angesehener zeitgenössischer Theologe, John Macquarrie, der zwar etwas flexibler über das Dogma der jungfräulichen Geburt denkt, neigt ebenfalls dazu, es nur in seiner Beziehung zu Jesus Christus zu sehen. Er schreibt: „Es geht hier um die Frage, ob dieses Dogma dabei helfen kann, die Person Christi deutlich zu machen, ob es uns erleichtert, Jesus als das Fleisch gewordene Wort zu verstehen.“ (20) Und später fügt er hinzu: „Das Dogma der jungfräulichen Geburt soll auf Christi Ursprung in Gott hinweisen.“ (21) So schrieb auch Karl Barth, daß das Dogma der jungfräulichen Geburt die göttliche Initiative in der Inkarnation unterstreicht. (22) Das Interessante daran ist die Tatsache, daß selbst der scheinbar unabhängigste Aspekt im Mariensymbol, nämlich der Gedanke ihrer Jungfräulichkeit, von männlichen Theologen nur in seiner Beziehung zu etwas anderem verstanden wird, und nur in seiner Verbindung mit dem männlichen Erlöser und dem männlichen Gott Bedeutung hat.

Das Symbol selbst, wenn es aus diesem Zusammenhang herausgenommen wird, kann aber etwas ganz anderes aussagen (und manchmal ist es auch so verstanden worden): Die Frau, die man als eine Jungfrau beschreibt, wird nicht ausschließlich durch ihre Beziehung zu Männern bestimmt. Auf biologischer Ebene würde das natürlich heißen, daß sie nur durch das bestimmt wird, was sie sexuell *nicht* tut – was noch immer eine umgekehrte sexuelle und bezogene Definition wäre. Sogar die mariologische Tradition arbeitet gegen diese biologische und „umgekehrt bezogene“ Auslegung. Maria soll angeblich „vor, während und nach“ der Geburt Jesu eine Jungfrau gewesen sein. Dies kann so aufgefaßt werden, da es gerade durch seine Absurdität buchstäblich danach schreit, daß das Biologische und die sexuelle Abstinenz *nicht* als das Wesentliche in dem jungfräulichen Mariensymbol begriffen werden. Aus dem Zusammenhang der Christolatrie befreit, sagt es etwas über die weibliche Autonomie aus. Abgesehen von der Frage der sexuellen Beziehungen zu Männern kann das Jungfrauensymbol als eine Botschaft der *Unabhängigkeit* verstanden werden. (23) Wenn dieser Aspekt des Symbols aus dem patriarchalen Rahmen herausgelöst wird, kann die „jungfräuliche Mutter“ etwas über weibliche Autonomie innerhalb sexistischer und elterlicher Beziehungen aussagen. Ich glaube, dies ist eine Botschaft, die viele Frauen durch die Jahrhunderte christlicher Kultur den offen sexistischen Mariendogmen entnehmen konnten.

Auf praktischer Ebene hat die protestantische Auslöschung des Jungfrauenideals in gewisser Weise dazu gedient, die „Rolle der Frau“ ausschließlich auf die der Ehefrau und Mutter zu reduzieren, und sie in den Grenzen der patriarchalen Familie zu domestizieren. Im Katholizismus brachte das wirkliche Leben nach dem Vorbild der Jungfrau natürlich weniger als die völlige Befreiung. Die Nonnen wurden in begrenzter Hinsicht der männlichen Vorherrschaft entzogen, d. h., die Herrschaft wurde nur noch aus der Distanz und oft indirekt ausgeübt. Aber dafür wurden sie durch die patriarchale Macht in Klöster eingesperrt, sowohl physisch als auch fast immer psychisch und gesellschaftlich. Daß trotzdem aus dem Katholizismus einige starke, unabhängige Frauen hervorgegangen sind, ist vielleicht teilweise auf den geistigen Abschirmungsprozeß zurückzuführen, den ich beschrieben habe. Mit Hilfe eines solchen Abschirmungsmechanismus konnten manche Frauen dem Marienbild eine Vision von der freien und unabhängigen Frau, die allein steht, entnehmen. So wurde der Beziehungsaspekt des Symbols verringert, wenn auch selten ganz abgeworfen. (24)

Im Gegensatz dazu scheinen die Frauen im protestantischen Christentum in die zweideutige Lage zurückgeworfen zu sein, daß sie nur Jesus als Symbol und Vorbild haben – ein unerreichbares Vorbild, besonders für Frauen, wie ich schon zu zeigen versucht habe. Konkret heißt das, daß den protestantischen Frauen anstatt „der Nonne" als religiösem Ideal das Bild der „Pfarrfrau" angeboten wurde. Und dies ist sicherlich kaum ein befreiendes Leitbild gewesen.

Offensichtlich können also Frauen weder im Katholizismus noch im Protestantismus angemessene Vorbilder der Befreiung finden. Es ist jedoch wichtig, sich der „Neben-Absichten" der Dimensionen des Mariendogmas bewußt zu sein, denn ihre Analyse zeigt deutlich die Vereinnahmungsmechanismen von weiblicher Macht auf. Ich will kurz zwei wesentliche Mariendogmen untersuchen, die in der Neuzeit offiziell verkündigt worden sind: das Dogma der Unbefleckten Empfängnis und das Dogma von Mariä Himmelfahrt.

Wie ich schon sagte, unterstützt das Dogma der Unbefleckten Empfängnis, so wie es formuliert wurde, die Metaphorik des Sexismus insofern, als es als eine Vorbereitung Mariens auf ihre Rolle als Mutter Jesu verstanden wurde, der sie sozusagen im voraus „erlöste". Wenn der Gedanke aber, daß Maria frei von der „Erbsünde" sei, „gesondert betrachtet" wird, kann er eine völlig andere Bedeutung haben. Er kann als eine Negation des Mythos vom weiblichen Bösen verstanden werden, als eine Ablehnung des Sündenfalls der Religion in die Sklaverei des Patriarchats. Dann wirkt er wie eine prophetische Ankündigung des *Sündenfalls*, der noch bevorsteht und auf den ich im vorigen Kapitel hingewiesen habe. Es ist der gefürchtete Sündenfall in eine Welt jenseits der patriarchalen Vorstellungen von „Gut und Böse", in der die Frauen nicht mehr die Last der Sündenbockrolle tragen. Außerhalb seines „normalen" Zusammenhangs gesehen, kündigt das Symbol der Unbefleckten Empfängnis den kommenden Sündenfall in das Heilige an, bei dem die Frauen frei von der lähmenden Bürde sein werden, in die Rolle „des Anderen" schlüpfen zu müssen, und deshalb die menschliche Psyche über das Pseudo-Heilige der unterdrückenden Symbole und Werte hinausführen können.

Es ist nicht bedeutungslos, daß das Dogma der Unbefleckten Empfängnis nur sehr langsam ein „offizielles" Dogma im Katholizismus wurde. Thomas von Aquin, der in dieser Angelegenheit ein ziemlich konsequenter „Patriarch" war, lehnte das Dogma ab. Er bestand darauf, daß die Heilige Jungfrau, wenn sie niemals den Makel der Erbsünde auf sich gezogen hätte, „auch nicht der Erlösung und des Heils durch Christus bedurft (hätte) ... *Man kann aber nicht annehmen, Christus sei nicht der ‚Heiland aller Menschen'*." (Hervorhebung von mir.) (25) Thomas von Aquin lehrte jedoch, daß die Heilige Jungfrau schon im Mutterleib „nach ihrer Beseelung" geheiligt wurde. Auf diese Weise konnte er ihre „Besonderheit" herausstellen und gleichzeitig behaupten, daß sie durch die Gnade Christi „rein" wurde. „Wäre die Seele der allerheiligsten Jungfrau niemals durch die Berührung mit der Erbsünde befleckt gewesen, so wäre das eine Einschränkung der Würde Christi, gemäß der Er der umfassende Erlöser ist." (26) Dieselbe Meinung vertreten auch der Hl. Bernhard, Peter Lombard, Alexander von Hales, Albert der Große und St. Bonaventura. Es gab jedoch zu jener Zeit besonders in England eine Bewegung zugunsten des Dogmas der Unbefleckten Empfängnis. Unter dem Einfluß von St. Anselm wurde das Dogma von Eadmer, Nicolas von St. Alban, Osbert von Clare, Robert Grossteste (Bischof von Lincoln) und William von Ware, dem Lehrer von Duns Scotus, vertreten. Jahrhundertelang blieb die Frage ungelöst. Viele fürchteten, daß durch dieses Dogma Maria auf die gleiche Stufe mit Jesus gestellt würde. Schließlich aber wurde es am 8. Dezember 1854 durch Papst Pius' IX. Bulle *Ineffabilis* offiziell verkündet. (27) Der Widerstand einiger Katholiken und das Entsetzen der Protestanten zeigt, daß sie etwas von der unbeabsichtigten Bedrohung der männlichen Vorherrschaft ahnten. Die Verteidiger des Dogmas, die durchaus nicht die Absicht hatten, die Vorherrschaft Christi preiszugeben, behaupteten, daß es auch nicht im Widerspruch dazu stehe, da die Gnade der Erlösung gleichzeitig bewahrend und verhütend sein könne. Man sieht also, daß das Dogma widersprüchliche Botschaften vermittelte. Als *Dogma* unterstützt es das sexistische Kastensystem, wie ich im vorigen Kapitel gezeigt habe. Als *freies Symbol* jedoch kann es in einem anderen Licht gesehen werden. Man kann in ihm die Auswirkung der Macht und des Einflusses des Muttergöttinnensymbols erkennen, welches das Christentum nie ganz auslöschen konnte. Aus dem Zusammenhang der Christolatrie befreit, sagt es aus, daß die Frau, wenn sie als frei von der „Erbsünde“ betrachtet wird, nicht durch den Mann „erlöst“ zu werden braucht. Das Symbol kann dann als Eindringling in das sexistische Territorium aufgefaßt werden, als unerkannter Vorbote des Neuen Seins.

Auch in dem Dogma von Mariä Himmelfahrt kann man einen prophetischen Gehalt erkennen, der mit seinem sexistischen Zusammenhang verflochten ist. Das Dogma wurde offiziell am 1. November 1950 von Papst Pius XIII. in der apostolischen Konstitution *Munificentissimus* verkündet. (28) Es lehrte, daß die Heilige Jungfrau mit Leib und Seele in die himmlische Herrlichkeit aufgenommen wurde, nachdem sie ihren irdischen Aufenthalt beendet hatte. Natürlich wurde das Dogma in einen auf Christus bezogenen Zusammenhang gestellt. Dies wurde in Kapitel 8 des *Lumen Gentium* erneut bestätigt mit dem Kommentar: „Sie wurde von dem Herrn zur Königin über alle gesetzt, damit sie ihrem Sohn noch näher sei, dem Herrn der Herrn (vgl. Offb. 19,16), dem Überwinder von Sünde und Tod.“ (29) Katholische Theologen haben behauptet, daß der Begriff „Himmelfahrt“ bei Maria (engl. Assumption) im Gegensatz zu der Himmelfahrt Jesu (engl. Ascension) ein passiver Begriff sei, da Maria in den Himmel „aufgenommen“ wurde, während Jesus aktiv „gen Himmel fuhr“. Diese Wortwahl unterstützt die sexistische Hierarchie, aber das Symbol selbst enthält noch eine andere Bedeutung, die seinen Verteidigern nicht bewußt geworden ist.

Eine gewisse Einsicht in den prophetischen Aspekt von Mariä Himmelfahrt kann man bei C. G. Jung gewinnen, der schon Jahre vor der Verkündigung des Dogmas schrieb:

„Aber da die Frau, ebenso wie das Böse, im Dogma der Trinität von der Gottheit ausgeschlossen ist, würde das Element des Bösen ebenfalls einen Teil des religiösen Symbols bilden, wenn letzteres eine Quaternität wäre. Es bedarf keiner besonderen Anstrengung der Phantasie, um die weitreichende Konsequenz einer solchen Symbolik zu erraten.“ (30)

Jung war sich der extremen Dichotomie von Gut und Böse in der menschlichen Psyche in der westlichen Gesellschaft deutlich bewußt. Das spiegelt sich, wie ich schon gesagt habe, in der Vorstellung vom Übernatürlichen wider, in welcher der „gute“ Gott die Existenz eines Teufels erfordert. Der „Teufel“ wird natürlich auf andere projiziert. Jung bemerkt: „So finden wir ..., daß es gerade sehr fromme Leute sind, die – ihrer anderen Seite unbewußt – besonders höllische Launen entwickeln, welche sie für ihre Nächsten unerträglich machen.“ (31) Er erkannte den ungeheuerlichen gewaltsamen Ausbruch unbewußter, nie zugegebener Kräfte in dem Judenmord im nationalsozialistischen Deutschland. Er erkannte, daß die Spaltung Heilung erfordert, denn „das Böse hat uns im Griff". In seinen „Späten Gedanken" schrieb er:

„Ein einziger Lichtblick ist Pius XII. und sein Dogma. Aber man weiß nicht einmal, wovon ich rede, wenn ich solches sage." (32)

Jung bezog sich natürlich auf das Bild der Maria (der Frau), die zu verkörperter Göttlichkeit aufstieg, was für ihn hieß, daß auch die Materie und das Böse „hinaufgebracht" wurden.

Die Einsicht Jungs besteht im wesentlichen darin, daß er die Zerstörung erkannte, die durch die Degradierung der Frauen in der religiösen Vorstellung bewirkt wurde. Der „Hoffnungsstrahl", den er sah, war im Judentum oder im Protestantismus nirgends zu finden, denn „in der protestantischen und jüdischen Welt herrscht nach wie vor der Vater". (33) Es wäre unglücklich und widersinnig, wenn der radikale Feminismus für eine dogmatische Jung'sche Ideologie einträte, aber manchmal sind Jungs Einsichten, wie z. B. im Fall von Mariä Himmelfahrt, hilfreich. Jung war natürlich selbst nicht frei von den Vorurteilen des Patriarchats, und seine Sprache kann stereotypes Denken sehr wohl unterstützen. Aber trotzdem verdienen seine Intuition und viele seiner Hinweise sorgfältige Aufmerksamkeit.

Das Symbol von Mariä Himmelfahrt steht, wie auch das von der Unbefleckten Empfängis, in einem Zusammenhang, der die Unterordnung der Frau sicherstellt. Dies könnte auch kaum anders sein in einer Institution, die so entschieden sexistisch ist wie der römische Katholizismus. Doch die Tatsache einer doppelten Botschaft entgeht den Frauen nicht und schon gar nicht den leidenschaftlichen protestantischen und katholischen Gegnern der „marianischen Exzesse". Anscheinend ist die einzige Gruppe, die völlig immun gegen die Einsicht in den ambivalenten Charakter des Symbols ist, die offizielle Körperschaft der kirchlichen katholischen Orthodoxie – und diese Immunität besteht höchstwahrscheinlich auch nur auf der Ebene ganz bewußter „Rationalität". Für sich allein sagt das Bild der Maria, die „aufsteigt", etwas aus. (34)

Jung dachte, daß das Dogma von Mariä Himmelfahrt eine Art „Abrundung" des problematischen Trinitätssymbols sein sollte, so daß Maria die „vierte Person" der Trinität würde. Obwohl diese Interpretation sicherlich von den kirchlichen Vertretern des Dogmas abgelehnt würde, hat Jung wahrscheinlich recht mit seiner Annahme, daß Symbole eine Art von Eigenleben haben. Er dachte, daß Mariä Himmelfahrt ein hoffnungsvolles Zeichen für die Bemühung der kollektiven Psyche sei, die oberflächliche und strikte Zweiteilung von Gut und Böse zu überwinden. Symbolisch und gesellschaftlich sind die Frauen mit der Materie, der Sexualität und dem Bösen gleichgesetzt worden. Jung sah in Mariä Himmelfahrt ein „nein" zu diesen Voraussetzungen und eine Herausforderung an die falsche Unschuld des Gottes und der Frommen, deren Identität von einer Nicht-Identifizierung mit den Frauen abhängt.

Die Jung'sche Einsicht in die Beziehung des Dogmas zum Trinitätssymbol ist zwar interessant, läßt uns aber sozusagen in der Luft hängen. Denn Jung bedenkt offensichtlich nicht, daß es die tyrannischste und sexistischste aller christlichen Kirchen in einer der niederdrückendsten Zeiten der Geschichte und unter einem ihrer herrischsten Päpste war, die uns mit diesem symbolischen Trost beschenkte. Derselbe Papst Pius XII. äußerte sich gleichzeitig bändefüllend über den rechten Platz „der Frau" in der Gesellschaft, womit er meinte, daß sie eine unkontrollierbare Anzahl von Kindern haben und ihrem männlichen Herrn in pflichtschuldiger Unterordnung dienen sollte. Darauf würde ein Jung-Anhänger sicherlich antworten, daß das Unterbewußtsein des Papstes, das dieses Symbol hervorbrachte, eine Art von eigenem Willen habe. Das heißt, daß der Papst buchstäblich nicht wußte, was er sagte. Ich sehe keinen Grund, dem zu widersprechen. Jedoch muß die Analyse noch weitergehen.

Die extreme Dichotomie zwischen einer fast prophetischen symbolischen Erhöhung der Frau und ihrer gesellschaftlichen Degradierung durch die römisch-katholische Kirche kann natürlich als ein Kompensationsmechanismus aufgefaßt werden – eine Kompensation für die niedergehaltenen Frauen und eine Kompensation für die nur männliche Geistlichkeit, die im Zölibat lebt und das „spirituelle Wesen" ihrer unentdeckten anderen Hälfte sucht. Ich glaube aber, der wichtigste Aspekt des Phänomens ist, daß die im wesentlichen hierarchische und sexistische Institution sich die Macht der Frauen *nutzbar machen* wollte. (35) Besonders in Zeiten ihrer größten Hoffnungslosigkeit hat diese Institution versucht, die weibliche Präsenz und Macht in ein Symbol einzufangen, um mit ihm die Seelen von Frauen und Männern zu fesseln und in frageloser Loyalität an sich zu binden. Denn wirkt nicht der Besitzer und Handhaber einer Marionette stets höchst anziehend auf die Massen, wenn er seinen Zauber über sie ausbreitet und sie in die erstickende Umarmung der kirchlichen Väter lockt?

Das verlegene Zögern moderner katholischer Denker, die Tatsache und Bedeutung der „marianischen Exzesse" ins Auge zu fassen – besonders in einer protestantischen oder „ökumenischen" Umgebung –, zeugt nicht gerade von einem großen Fortschritt an Mut und Einsicht. Tatsächlich läuft es auf ein Versagen hinaus, sich einem äußerst wichtigen Phänomen zu stellen, dessen Verständnis höchst bedrohlich für die Christolatrie wäre, da es auf eine entfernte Vergangenheit hinweist, die diese Religion niemals ganz zerstören konnte, und auf eine Zukunft, die vielleicht Zeuge ihres Todes und ihres Begräbnisses sein wird.

MARIA UND DIE GROSSE MUTTER

Tillich behauptet, daß die Offenbarung durch die jungfräuliche Mutter Maria zu einem Ende gekommen sei, da sie, jedenfalls für Protestanten, nichts mehr aussage. Er vergleicht sie in dieser Beziehung mit Apollon und stellt dann die Frage: Wie kann eine echte Offenbarung zu einem Ende kommen? Seine Antwort ist, daß nur die götzenbildliche Seite zerstört wird, „das, was an ihr Offenbarung war, bleibt in umfassenderen und geläuterteren Offenbarungen als Element enthalten". (36) Für Tillich ist die umfassendste Offenbarung natürlich die, die er die „endgültige Offenbarung" in Christus nennt. Die Frage aber, die ich stellen muß, ist: *Warum* muß *diese* Offenbarung (oder irgendeine andere besondere Offenbarung) die „endgültige" sein? Gibt es nicht vielleicht noch eine andere Manifestation der Transzendenz, deren Geschichte viele Tausende von Jahren älter ist als das Christentum, die unter verschiedenen Namen und Formen in Erscheinung trat, die verborgen im Christentum weitergelebt und ihre Macht über die menschliche Psyche ausgeübt hat? Und wenn diese nun in ihr Eigentum zurückkehrt und eine Zukunft spiritueller Ausweitung ankündigt, die weit über das christliche Vorstellungsvermögen hinausgeht?

Die Christen, die etwas von den uralten Kulten der Großen Mutter wußten, waren ängstlich darauf bedacht, daß sie nicht mit der Anbetung der Maria vermengt wurden. Berdjajew schrieb:

„Der Kult der Mutter Gottes, der Allerheiligsten Jungfrau, unterscheidet sich wesentlich von der heidnischen Verehrung des weiblichen Prinzips; es ist die Verehrung einer Fraulichkeit, die rein und erleuchtet ist und die den Sieg über die niedrigen Elemente der Weiblichkeit davongetragen hat." (37)

Dieses Zitat ist natürlich interessant wegen seiner offenen Behauptung, daß es ein „niedriges Element in der Weiblichkeit" gebe – ein Punkt, der im vorigen Kapitel schon besprochen wurde. Was hier aber noch besonders interessiert, ist die Aussage, daß die „reine" Fraulichkeit Marias den „Sieg" darüber errungen habe. Man möchte fragen, was für ein Sieg denn die untergeordnete Rolle der Maria im Christentum sein könne. Die logische Folgerung ist, daß Maria eben deswegen als „rein" bezeichnet wird, weil sie eintaucht in das Christentum und sich unterordnet, was nötig ist, um das weibliche „Element" zu läutern. Der Sieg gehört dem Manne. Viele werden bestätigen, daß es die Milchsuppenqualität der Reinheit ist, die Maria im Christentum aufgezwungen wurde, welche die Menschen teilweise blind für die Bedeutung des Symbols selbst gemacht hat. Noch interessanter aber ist Berdjajews unbewiesene Voraussetzung, und dies ist keineswegs seine persönliche Eigenart, daß der Kult der „Mutter Gottes" sich wesentlich von der „heidnischen" Verehrung der Großen Mutter unterscheide, die angeblich ein niedriges und finsteres Element enthält, das bezeichnend für die Weiblichkeit ist und durch das Christentum geläutert wird.

In bezug auf die Behauptung, daß Maria sich wesentlich von der Großen Mutter unterscheide, muß gesagt werden, daß unzählige Menschen intuitiv etwas anderes empfunden haben. Typisch für diejenigen, die (oft gegen ihren Willen) die erstaunliche Entdeckung von der autonomen Macht des Marienbildes gemacht haben, war Henry Adams. Als er um die Jahrhundertwende durch Europa reiste, fiel ihm auf, daß die großen Kathedralen nicht für „Gott", sondern für Maria gebaut waren. Er bewunderte ihre Pracht und wurde sich der Kraft bewußt, die dies alles hervorgebracht hatte.

„Symbol oder Energie, die Jungfrau hat als die stärkste Kraft gewirkt, die in der westlichen Welt je erfahren wurde. Sie hat die Aktivitäten der Menschen viel stärker an sich gezogen, als irgendeine andere natürliche oder übernatürliche Macht es je vermochte." (38)

Die Identität des Marienbildes (trotz aller Versuche, Maria zu domestizieren) mit etwas viel Älterem und Universalerem als dem Christentum braucht jedoch nicht nur „vermutet" zu werden. Elizabeth Gould Davis schreibt in ihrem wohlfundierten und bahnbrechenden Buch *Am Anfang war die Frau* (The First Sex):

„Die Kirche schien zum blutigen Untergang inmitten der blutenden Körper ihrer Opfer verdammt, als das Volk Maria entdeckte. Und nur nachdem diese gegen die strengen Erlasse der Kirche aus der Vergessenheit, in die sie Konstantin verwiesen hatte, gehoben und mit der Großen Göttin gleichgesetzt worden war, wurde das Christentum schließlich vom Volk geduldet." (39)

Elizabeth Gould Davis behauptet, daß erst die (St. Patrick zugeschriebene) Erkenntnis, daß die Heiden Christus nur annehmen würden, wenn sie auch Maria haben könnten, die offizielle Einstellung der Kirche zu Maria änderte. In den Vorstellungen des Volkes war sie die Große Göttin, die, wie E. O. James schreibt, „viele Namen hat, aber doch immer eine ist". (40) Sie übt Macht aus, die für Elizabeth Gould Davis in Gegensatz zu der „Künstlichkeit und Wurzellosigkeit der olympischen Götter und auch des jüdischen und christlichen Gottes" steht, deren Künstlichkeit davon herrührt, daß sie „erdacht und von den Patriarchen absichtlich erfunden wurden, um die alte Große Göttin zu verdrängen". Für Elizabeth Gould Davis ist im „Christentum die einzige Wirklichkeit Maria, das weibliche Prinzip, die wiedergeborene uralte Göttin". (41)

DAS GROSSE SCHWEIGEN

Der allgemeine und irrationale Glaube, daß in der Weiblichkeit ein „niedriges Element" sei, spiegelt die „unbewußte Angst und das Grauen des Mannes vor den Frauen" wider. Es ist bemerkenswert, sagt Karen Horney, daß diesem Phänomen so wenig Beachtung geschenkt wird. (42) Feministische Wissenschaftlerinnen entdecken jeden Tag mehr Beweise für diese Angst, für das Grauen und den Abscheu und legen eine allgemeine Weiberfeindschaft frei, die in allen wichtigen Kulturen der belegten patriarchalen Geschichte das Denken scheinbar „rationaler" und zivilisierter „großer Männer" durchdrungen hat – „Heilige", Philosophen, Dichter, Ärzte, Naturwissenschaftler, Staatsmänner, Soziologen, Revolutionäre und Romanschriftsteller. (43) Ein fast unendlicher Katalog könnte aus Zitaten von männlichen Führern der „Zivilisation" zusammengestellt werden, die das allgemeine Grauen zeigen – das sich manchmal als Abscheu, manchmal als herabsetzender Spott und manchmal als gönnerhafte Verachtung ausdrückt.

Was jedoch noch nicht genug Aufmerksamkeit gefunden hat, ist das *Schweigen* über die Geschichte der Frauen. Ich meine damit nicht *vorrangig* das „große Schweigen", das sich auf die Taten der Frauen unter dem Patriarchat bezieht, das Verschweigen und die Nichtanerkennung der schöpferischen Leistungen großer und begabter Frauen, obwohl dies höchst bedeutsam ist und Aufmerksamkeit verdient. Ein typisches Beispiel dafür ist Margaret, die brillante Tochter von Thomas Morus. Die Männer weigerten sich einfach zu glauben, daß sie die Autorin ihrer eigenen Schriften sei. Man nahm an, daß sie diese sicherlich nicht ohne die Hilfe eines Mannes verfaßt haben konnte. Auch gab es Autorinnen (z. B. George Eliot, George Sand und die Brontës), deren Bücher nur unter einem männlichen Pseudonym Anerkennung finden konnten. Eine einigermaßen talentierte Frau braucht heute nur ihre *eigene* Lebensgeschichte ehrlich zu betrachten, um zu verstehen, wie Frauen aus der Geschichte ausgelöscht werden. Frauen, die vor einem männlichen Publikum mit schlagenden Argumenten die Unterdrückung der Frauen darstellen, bekommen oft zu hören, daß sie „nicht in der Lage seien, ihre Position zu verteidigen". Worte wie „oberflächlich", „raffiniert" oder „polemisch" werden gebraucht, um sorgfältig belegte, wissenschaftliche feministische

Schriften zu beschreiben. Ich weise auf dieses Phänomen der Auslöschung weiblicher Leistungen in der patriarchalen Geschichte hin, weil es für uns bedeutet, daß wir einen neuen Stolz und ein neues Selbstbewußtsein entwickeln müssen, wohl wissend, daß es diese Mechanismen gibt, und daß wir den Geschichtsbüchern *nicht glauben können*, die uns weismachen wollen, daß Frauen *nichts* sind. Ich weise auch darauf hin, weil wir die übergroße Vorsicht überwinden müssen (nicht zu verwechseln mit dem Bemühen um Genauigkeit), die uns davon abhält, unsere eigene Geschichte kraftvoll zu vertreten und somit die Geschichte neu zu schaffen.

Ich spreche von dem Schweigen, mit dem die geschichtliche Existenz der Frauen *seit* den Anfängen des Patriarchats zugedeckt wurde, weil uns dies einen Weg öffnet, ein anderes „großes Schweigen" zu überwinden. Dieses bezieht sich auf die wachsende Anzahl von Hinweisen auf eine matriarchale Welt, die vor dem Abstieg in den hierarchischen Herrschaftsbereich der Männer verbreitet war. Da wir den Auslöschungsprozeß in unserem eigenen Leben erfahren und die Bewegkräfte in der Geschichte des Patriarchats erkannt haben (die insofern eine Pseudogeschichte ist, als sie die Frauen nicht anerkennt), haben wir Grund anzunehmen, daß die Argumente und Beweise für ein matriarchales Zeitalter auf dieselbe Weise herabgesetzt und vernichtet werden. Erich Fromm schreibt:

„Die Heftigkeit der Gegnerschaft gegenüber der Matriarchatstheorie erregt den Verdacht, daß die Kritik nicht ganz frei war von einem affektbedingten Vorurteil gegen eine dem Denken und Fühlen unserer patriarchalen Kultur so fremden Annahme." (44)

Die Heftigkeit der Feindschaft selbst *beweist* noch nicht, daß die so verachtete Position richtig ist, aber die Gewalt der Angriffe sollte uns die Ursachen des Widerstandes verdächtig machen. Es ist wichtig, nicht *übertrieben* vorsichtig und zögernd an die Beweise heranzugehen, die für ein uraltes Matriarchat sprechen. Es ist wesentlich, daß wir uns bewußt sind, daß uns die Angst, Theorien aufzustellen, die den Feminismus unterstützen, anerzogen ist.

Die Schriften über die Matriarchatstheorie, die vor vielen Jahrzehnten entstanden, ziehen jetzt wieder Aufmerksamkeit auf sich. Zu ihnen gehören die Werke von Bachofen (Das Mutterrecht, 1861), Louis Henry Morgan (Ancient Society, 1877), Robert Briffault (The Mothers, 1927) und Jane Harrison (Prolegomena to the Study of Greek Religion, 1903). Sie weisen nicht nur auf die Existenz eines universalen Matriarchats hin, sondern bringen auch Beweise, daß es sich um eine grundsätzlich andere Gesellschaftsform als die patriarchale Kultur handelt, insofern als sie egalitär und nicht hierarchisch oder autoritär war. Bachofen sagt, daß die matriarchale Kultur nur ein Lebensziel kannte: das Glück des Menschen. Die Wissenschaftler, welche die Matriarchatstheorie vertreten, behaupten, daß diese Kultur nicht auf die Eroberung der Natur oder anderer Menschen ausgerichtet war. Kurz: Es war kein Patriarchat mit einem „M" am Anfang. Dies ist ein wichtiger Punkt, denn viele, die der Frauenbefreiung feindlich gegenüberstehen, beharren unwissend und phantasielos darauf, daß das Resultat dieselbe Gesellschaftsform sein würde, mit Frauen „an der Spitze". Das „An-der-Spitze"-Denken und -Handeln aber ist typisch patriarchal.

Elizabeth Gould Davis weist darauf hin, daß die neuesten archäologischen Entdeckungen diese frühen Theorien in bemerkenswerter Weise unterstützen. Sie zeigt, daß viele Archäologen ihre Entdeckung, daß an jeder ihrer Forschungsstätten Frauen vorherrschten, jeweils für einzigartig hielten. Und sie behauptet, daß „all diese archäologischen Funde zusammen betrachtet belegen, daß die Vorherrschaft der Frau keine örtliche, sondern eine allgemeine Erscheinung war". (45) Davis kommentiert detaillierte Berichte über drei prähistorische Städte in Anatolien – Mersin, Hacilar und Catal Hüyük – und kommt zum Schluß, „in allen ist die Botschaft klar und unzweideutig: Die alte Gesellschaft war gynaikokratisch und ihre Gottheit weiblich." (46) Die Beweise häufen sich also, die Bachofens Theorie von unseren matriarchalen Ursprüngen und die frühe Verehrung einer weiblichen Gottheit unterstützen.

DAS ZWEITE KOMMEN DER FRAUEN UND DER ANTICHRIST

Die absurde Geschichte von der Geburt Evas ist ein ausgezeichnetes Beispiel für einen Vorgang, der typisch ist für die Behandlung der Frauen und ihrer Leistungen durch die ganze Geschichte des Patriarchats. Ich werde dieses Phänomen einfach *Umkehrung* nennen. In einigen Fällen ist sie geradezu töricht, wie hier die Behauptung, daß ein Mann die ursprüngliche Mutter gewesen sei und daß „Gott" (ein Mann) dies offenbarte. In anderen Fällen ist sie pseudobiologisch, wie in der jahrhundertelangen Behauptung, daß Frauen „mißglückte Männer" seien. Eine Vorstellung, die von der modernen genetischen Forschung widerlegt wird, die zeigt, daß es viel richtiger wäre, den Mann als mißglückte Frau zu bezeichnen (da er durch ein Y-Chromosom entsteht, das ein unvollständiges X-Chromosom ist). Sehr oft ist es so, daß die Männer einfach die Ideen der Frauen stehlen, sich selbst zuschreiben und leugnen, daß sie von weiblichen Urhebern stammen. Viele Frauen haben dies selbst erlebt und manche haben es bewußt in Kauf genommen, in der Annahme, daß dies der einzige Weg sei, eine Idee oder einen Plan durchzusetzen, wobei ihnen das letztere wichtiger war als die Anerkennung ihrer Urheberschaft. Ich meine, daß es Zeit ist, sich nicht nur dieses Vorgangs bewußt zu werden, sondern ihn auch nicht mehr zu unterstützen oder zuzulassen. Die *Idee und Verwirklichung des Feminismus* sind viel wichtiger als irgendein anderes Anliegen, das durch solche Selbstverleugnung und demütigende Taktik zum Erfolg kommen könnte.

Wir sollten die Möglichkeit in Betracht ziehen, daß die Umkehrung auch in den Behauptungen stattgefunden hat, daß das Christentum „den Status der Frauen erhöht" habe und unsere „Würde" bestätige. Frauen, die versucht haben, gleichzeitig Feministinnen und Christen zu sein, haben dem gewöhnlich zugestimmt, da sie glaubten, daß das Christentum die Sache der Frauen in der Vergangenheit gefördert habe, jetzt aber (merkwürdigerweise) zurückbleibe. Jedoch unterstützen die Berichte über die barbarischen Grausamkeiten an Frauen in der Christenheit diese Art von Rechtfertigung wohl kaum in eindeutiger Weise. Die christliche Theologie hat weithin behauptet, daß Frauen minderwertig, schwach, verdorben und lasterhaft seien. Die logische Konsequenz dieser Meinung waren brutale gesellschaftliche Einrichtungen und Übereinkünfte, die das Leben der Frauen verkürzten und erdrückten. (47)

Ich meine, daß auch in der Idee des allein männlichen Erlösers eine Umkehrung stattgefunden hat, die, wie ich schon zeigte, eine Unmöglichkeit ist. Eine patriarchale Gottheit oder ihr Sohn ist gerade *nicht* in der Lage, uns von den Schrecken einer patriarchalen Welt zu erlösen. Heißt dies, daß die Frauenbewegung darauf gerichtet ist oder versucht, in irgendeiner Weise einen *Rivalen* zu „Christus" aufzustellen? Auf anderer, wenn auch verwandter Ebene hatte Michelet festgestellt, daß der Priester in der Hexe „eine Feindin, eine bedrohliche *Rivalin*" sah. (48) In ihrem tiefsten Wesen sucht die Frauenbewegung, da sie über die Christolatrie hinausdrängt, tatsächlich nach dem ursprünglichen, allgegenwärtigen und zukünftigen Antichrist. Sie tut das, indem sie das „große Schweigen" bricht, den weiblichen Stolz aufrichtet, ihre eigene Geschichte wiedergewinnt und das Leben der Frauen heilt und rehabilitiert.

Ich glaube, daß der Mechanismus der Umkehrung auch dem Gedanken zugrundeliegt, daß der „Antichrist" etwas „Böses" sein muß. Wie aber, wenn dies überhaupt nicht der Fall ist? Wie, wenn der Gedanke aus der unbewußten Furcht des Mannes entstanden ist, daß die Frau sich erheben und die Macht zurückfordern könnte, die ihr geraubt worden ist? Wie aber, wenn der Gedanke tatsächlich auf eine Seinsweise und Anwesenheit hinweist, die über die patriarchalen Definitionen von Gut und Böse hinausgeht? Der Antichrist, den die Patriarchen fürchten, kann ein Aufschwung des Bewußtseins, ein geistiges Erwachen sein, das uns über die Christolatrie hinausführt zu einer vollkommeneren Stufe der bewußten Teilhabe an der lebendigen Gottheit.

Von dieser Perspektive aus gesehen, sind der Antichrist und das Zweite Kommen der Frauen synonym. Das Zweite Kommen ist nicht eine Rückkehr Christi, sondern die Wiederkunft einer weiblichen Seinsform, die einmal stark und mächtig war, seit den Anfängen des Patriarchats aber in Ketten gelegt worden ist. Nur *diese* Ankunft kann das Bild Jesu von der Vorstellung befreien, „der Menschheit berühmtester Sündenbock zu sein“. Die Wiederkehr der Frauen bedeutet die Abschaffung des ursprünglichen Opfers, „des Anderen“, um dessentwillen „der Sohn Gottes sterben mußte“. Wenn er nicht mehr zu der Rolle des „Erlösers“ verdammt ist, kann Jesus vielleicht als ein freier Mensch erkannt werden. Nur der Stolz und die Selbstbehauptung der Frauen kann die Erinnerung an Jesus von ihrem zerstörenden Gebrauch befreien und die Freiheit *frei* machen, „ansteckend“ zu sein.

Das Zweite Kommen bedeutet dann also, daß die prophetische Dimension im Symbol der Großen Göttin – die später auf die „Mutter Gottes“ reduziert wurde – der Schlüssel ist für die Erlösung aus der Knechtschaft von Strukturen, welche die Entfaltung des menschlichen Seins verhindert haben. Symbolisch gesehen, ist es die Heilige Jungfrau, die den Sohn befreien und „erretten“ muß. Anthropologisch gesehen, ist es die Frau, die den Durchbruch herbeiführen muß, der den anscheinend verhängnisvollen Verlauf menschlicher Evolution verändern kann. Anders als das sogenannte „erste Erscheinen“ Christi, das in der Theologie eine Verabsolutierung des Mannes war, bedeutet die Frauenrevolution keine Verabsolutierung der Frau, eben weil sie die zweigeteilte geschlechtliche Stereotypisierung *überwindet*, die der Ursprung des Verabsolutisierungsprozesses ist. In dem Maße, wie er seinen ontologischen Grundlagen treu bleibt, lehnt es der Feminismus ab, wieder in ein stereotypes Symbol eingefangen zu werden. Er bedeutet die Befreiung der Frauen und Männer von dem sexistischen Ethos der Zweiteilung und Einteilung in Hierarchien, der uns alle zerstört. Weit davon entfernt, eine „Rückkehr“ in die Vergangenheit zu sein, bedeutet er einen qualitativen Sprung in die psychische Androgynie. Die Wiederkehr der weiblichen Anwesenheit ist der notwendige Katalysator für diesen Sprung.

Als Wesen, die am Rande einer sexistischen Welt stehen und in ihr nichts zu verlieren haben, wissen Frauen – falls sie den Mut haben, ihre Augen offen zu halten –, daß weder der Vater, noch der Sohn, noch die Mutter „Gott“, das Wort (Verb), welches die anthropomorphe Symbolik transzendiert, *ist*. Ein solches Wissen wird eine Umwertung der Werte nach sich ziehen, an die Nietzsche oder andere Propheten nicht einmal im Traum dachten, da ihre Prophezeiungen von der geheimen Furcht vor dem „Zweiten Kommen“ beeinträchtigt waren. Dieses Ereignis, das noch bevorsteht, wird das Ende der phallischen Moral herbeiführen. Sollte es nicht eintreten, so werden wir vielleicht Zeuginnen des Endes der menschlichen Gattung auf diesem Planeten sein.

Kapitel Vier

EINE UMWERTUNG DER WERTE: DAS ENDE DER PHALLISCHEN MORAL

Wenn die erste Frau, die Gott erschaffen hat, stark genug war, die Welt ganz allein auf den Kopf zu stellen, sollten alle Frauen zusammen doch auch imstande sein, sie wieder in Ordnung zu bringen. Sie wollen es tun, darum sollten die Männer sie gewähren lassen.

– SOJOURNER TRUTH (1851)

Sieh,
Trotz allem, was du getan hast
Bin ich noch hier,
Und es hat mich gefährlich gemacht und klug
Und Bruder,
Du kannst mich nicht mehr parfümieren, unterdrücken und zur Hure machen.
Ich hab selbst was zu tun in dieser Haut
Und auf diesem Planeten.

GAIL MURRAY (1970)

Eine Umwertung von Werten wird nur erreicht, wenn eine Spannung von neuen Bedürfnissen, von Neu-Bedürftigen da ist, welche an den alten Werten leiden, ohne zum Bewußtsein zu kommen.

– FRIEDRICH NIETZSCHE

Um die möglichen Auswirkungen des radikalen Feminismus auf die phallozentrische Moral zu verstehen, müssen wir die Probleme der Entfremdungsstrukturen in einem größeren sozialen Zusammenhang sehen. Einige Sozialkritiker halten natürlich eine tiefgehende psychische Veränderung für notwendig. Herbert Marcuse beispielsweise, fordert die Entstehung einer Gesellschaft, aus der ein neuer Mensch hervorgeht. Er hat erkannt, daß der Übergang vom Kapitalismus zum Sozialismus nur der Wechsel von einer Herrschaftsform in die andere ist, wenn diese Umwandlung nicht stattfindet. Der zukünftige Mensch, den sich Marcuse vorstellt, würde eine neue Art von Vernunft und Sensibilität haben und physiologisch außerstande sein, eine häßliche, laute und verschmutzte Welt zu ertragen. (1) Norman O. Brown, der erkannt hat, daß die Unterdrückung des Menschen mit dem Vorherrschen der phallischen Persönlichkeit eng verbunden ist, zitiert König James, der 1603 sagte: „Ich bin der Gatte, und die ganze Insel ist meine gesetzmäßige Gemahlin." (2) Dieser Satz erinnert an die traditionelle, immer wiederholte Aussage der Geistlichkeit, daß die Kirche „die Braut Christi" sei. Für Theodore Roszak wirft diese Metapher aber eine schwierige Frage auf:

„Erzeugt das soziale Privileg die erotische Symbolik, oder erzeugt die erotische Symbolik das soziale Privileg? ... Politisch erhebt sich dabei die Frage, wie wir unsere Befreiung erlangen sollen. Wie können wir uns den König oder seine herrschenden Stellvertreter vom Halse schaffen?" (3)

Keinem dieser Autoren entgeht der springende Punkt, daß nämlich die gewünschte psychische Veränderung etwas mit der großen sexuellen Entfremdung zu tun hat. Was sie aber nicht erkennen, ist, daß dem Werden der Frauen eine Schlüsselrolle im Prozeß der menschlichen Befreiung zukommt. Wenn dies erlebt und verstanden wird, werden sich auch reale und konkrete Wege auftun, die Probleme der psychischen/sozialen Veränderung anzupacken. Im Unterschied zu den Spekulationen Marcuses, Browns und anderer Gesellschaftsphilosophen hat die sich aus dem Feminismus entwickelnde Analyse eine zwingende Macht, die sich aus ihrer konkreten und spezifischen Art ergibt. Sie spricht aus der und über die Erfahrung der sexuell Unterdrückten und hat eine aufrüttelnde Kraft, die emotional, intellektuell und moralisch ist. Sie verändert das ganze Lebensgefüge und wirkt auch auf das Bewußtsein der Männer, die mit den Frauen, deren Bewußtsein sich jetzt wandelt, in Beziehung stehen.

Die Kräfte der psychischen/sozialen feministischen Revolution wenden sich gegen zwei Vorstellungen der patriarchalen Gesellschaft von der „Rolle der Frau". Zuerst einmal lehnt sie das ab, was Alice Rossi das pluralistische Modell der Geschlechterrollen nennt, das eine starre, „gleichberechtigte aber verschiedene" Ideologie und Sozialisierung der Geschlechter einschließt. (4) Die Voraussetzung eines solchen Pluralismus ist, daß die Geschlechter einander „ergänzen" sollen, nicht aufgrund individueller Unterschiede, sondern aufgrund geschlechtlicher Klischeevorstellungen. Feministinnen durchschauen allgemein den Irrtum und das Unterdrückende der „Ergänzungstheorie", jedenfalls bis zu einem gewissen Grad. Es gibt hier aber „verschiedene Ebenen" der Wahrnehmung, und eine tiefere Einsicht wird oft als bedrohlich für das Selbst empfunden. Von daher ist es möglich, bei der Ablehnung des stereotypen Pluralismus auf einer ziemlich oberflächlichen Ebene stehenzubleiben und das Problem auf „gleiche Bezahlung für gleiche Arbeit" zu reduzieren oder (in der Vergangenheit) sich für das Wahlrecht oder die Annahme des *Equal Rights Amendment* einzusetzen. In der derzeitigen Welle des Feminismus ist eine zweite und tiefere Ablehnung patriarchaler Voraussetzungen weitverbreitet. Sie richtet sich gegen das, was Rossi als „Assimilationsmodell" bezeichnet. Radikale Feministinnen wissen, daß die „50/50-Gleichheit" innerhalb des patriarchalen Raumes eine absurde Vorstellung ist, weder möglich, noch wünschenswert. Die Werte, die in einem solchen Raum erhalten bleiben, werden als fragwürdig betrachtet. Wenn der Mythos des Ewig-Weiblichen durchschaut wird, wird auch die Brutalisierung, die mit dem Ewig-Männlichen verbunden ist, offenbar. Genauso, wie die „Entschleierung" des Ewig-Weiblichen notwendigerweise das wahre Gesicht des Ewig-Männlichen einschließt, führt der ganze Prozeß, wird er bis zu seiner logischen Schlußfolgerung durchgeführt, zur Ablehnung einer unkritischen Assimilation an Strukturen, die auf dieser Polarisierung beruhen. Zum Beispiel die Vorstellung einer Armee, die zur Hälfte aus Frauen besteht, ist den grundlegenden Einsichten des radikalen Feminismus fremd.

Wesentlich für das erneuernde Potential der Frauenbewegung ist, daß sie die Werte, so wie sie in den Gesetzen, Gebräuchen und Einrichtungen der Gesellschaft verkörpert sind, neu benennt. Das bedeutet, daß es eine Neubenennung der Ethik geben wird, weil die alte phallozentrisch und falsch war und der halben Menschheit nicht nur die Möglichkeit versagte, ihren eigenen Erfahrungen Ausdruck zu geben, sondern auch diese Erfahrungen mit eigenen Ohren zu *hören*.

DIE HEUCHELEI DER TRADITIONELLEN MORAL

Viel von der traditionellen Moral in unserer Gesellschaft scheint aus – vielleicht schuldbewußten – Reaktionen von seiten des Mannes auf die Exzesse im Verhalten des „stereotyp Männlichen" hervorgegangen zu sein. (5) Das hat zu einer *theoretischen* einseitigen Betonung von Barmherzigkeit, Sanftmut, Gehorsam, Demut, Selbstverleugnung, Opfer und Dienen geführt. Das Problematische dieser moralischen Ideologie liegt zum Teil darin, daß sie nicht von Männern, sondern von Frauen akzeptiert wurde, denen eine Ethik wohl kaum hilfreich sein konnte, die ihre elende Lage noch elender machte. Natürlich sind unterdrückte Männer in Gegenwart ihrer „Vorgesetzten" auch gezwungen, diese Eigenschaften zu zeigen. In Gegenwart der Frauen einer unterdrückten Rasse oder Gesellschaftsklasse jedoch fällt die Maske. Die traditionelle Moral unserer Kultur ist also „weiblich" in dem Sinn, als sie heuchlerisch einige der Eigenschaften idealisiert, die den Unterdrückten auferlegt werden.

Eine grundlegende Ironie des Phänomens der „femininen" Ethik der Selbstlosigkeit und aufopfernden Liebe liegt darin, daß die

Eigenschaften, die *in Wirklichkeit* von den Herrschenden ausgelebt und geschätzt und von den Dienenden geachtet werden, nicht offen als Werte anerkannt, sondern unter dem Vorwand, etwas anderes zu tun, ausagiert werden. So werden ehrgeizige Prälaten, die kirchliche Macht errungen haben, nicht wegen ihres Ehrgeizes, sondern wegen ihrer „Demut" gelobt, und habgierige und rücksichtslose Politiker sprechen salbungsvoll von Opfer, Dienst und Hingabe. Oftmals sind solche Aussagen „ehrlich", denn der Selbstbetrug wird von der allgemeinen Annahme unterstützt, daß man ein Amt, das man innehat, auch wirklich verdient. Die jüdisch-christliche Ethik neigt durch ihre fixe Idee von Gehorsam und Respekt vor Autoritäten dazu, diese sich selbst legitimierende Faktizität eher zu unterstützen, als in Frage zu stellen. Da die christliche Moral sich allgemein dahingehend auswirkt, daß die wirklichen Motivationen und Werte der Gesellschaft verzerrt dargestellt werden, verhindert sie die Konfrontation mit den Problemen ungerechter Machtausübung und destruktiver sozialer Konditionierung. Da sie kein Verständnis und keinen Respekt für die aggressiven und kreativen Tugenden entwickelt, bietet sie auch keine Alternative zu der heuchlerischen gesellschaftlichen Situation an, die sie durch ihre einseitige und unrealistische Ethik begünstigt.

Bezeichnend für die Doppeldeutigkeit unserer Situation ist die Tatsache, daß Frauen, die nach den Legenden unserer Kultur (den wohlwollenden, in Gegensatz zu denen, welche die „böse" Seite der Stereotype hervorheben) lebende Verkörperungen der vielgelobten Tugenden sind, selten in führende Positionen zugelassen werden. Vielleicht ist es die teilweise Einsicht in die Ungereimtheit dieser Situation, die christliche Theologen dazu veranlaßt hat, sie nicht nur durch den Mythos vom weiblichen Bösen zu rechtfertigen, sondern auch durch die Behauptung, daß die natürliche Ausstattung der Frauen einen tragischen Mangel aufweise. Dieser Mangel wird gewöhnlich in der angeborenen Schwäche der Verstandeskräfte, natürlich in Verbindung mit emotionaler Unbeständigkeit gesehen. Thomas von Aquin argumentierte, daß Frauen den Männern untertan sein sollten, „denn im Manne überwiegt von Natur aus die Unterscheidungskraft des Verstandes". (6) Frauen den Verstand abzusprechen, war die Taktik, mit der christliche Theologen sie in einem Zustand moralischen Schwachsinns hielten. Inkonsequenterweise hat man den Frauen aber die Schuld für den größten Teil des Bösen in der Welt gegeben, während man ihnen gleichzeitig die Fähigkeit zu voller moralischer Verantwortung absprach.

FEMINISMUS GEGEN DIE „FEMININE" ETHIK

Die christliche Moral, die die Tendenz hat, den Frauen als solchen die Verantwortlichkeit und Selbstverwirklichung abzusprechen, hat auch die Ehrlichkeit in den Männern erstickt. Ich habe schon darauf hingewiesen, daß die pseudo-feminine Ethik – die ich auch als passive Ethik bezeichnen will – die Motivationen und Werte verbirgt, die tatsächlich in der Gesellschaft wirksam sind. Auch wenn es wahr ist, daß gewisse Seiten der männlichen Stereotype betont werden, wie beispielsweise die Kontrolle des „Verstandes" über die Gefühle und der Beweis von Mut in der Verteidigung des herrschenden politischen Systems oder einer mächtigen Ideologie (der Mut von Soldaten und Märtyrern), sind sie darauf zugeschnitten, Mechanismen zu dienen, die das Ich unterdrücken, anstatt zu befreien. Die passive Ethik also, ob sie nun die sogenannten weiblichen oder männlichen Eigenschaften betont, wirkt der Ausbeutung nicht entgegen, sondern unterstützt sie. Diese Art Moral hält das Bewußtsein nieder, so daß „Sünde" grundsätzlich mit einem Verstoß gegen die Machthaber gleichgesetzt und Unterdrückung nicht als böse erkannt wird.

Der Feminismus verfügt über ein einzigartiges Potential, die Einsicht hervorzubringen, die notwendig ist, um die herrschende Moralideologie zu unterhöhlen. Das Ringen um Freiheit erfordert einen Prozeß des Erwachens, bei dem die Täuschungen der Gesellschaft Schicht um Schicht abgetragen werden. Der Prozeß hat seine eigene Dynamik: Wird eine Täuschung durchschaut, so wird ihr Muster auch anderswo immer wieder erkennbar. Und was ebenso wichtig ist: Die Frauen weigern sich, Selbstbetrug zu betreiben. Der tragenden Gruppe, d. h. der kognitiven Minderheit, die diesen Prozeß durchmacht, gelingt es immer mehr, Tatsachen miteinander in Beziehung zu setzen und widersprechende Argumente zu widerlegen. Der Prophet Nietzsche, dessen Weissagungen durch seine Weiberfeindschaft kurzgeschlossen wurden, wollte die jüdisch-christliche Ethik umwerten, aber de facto sind es doch die Frauen, die der patriarchalen Moral entgegentreten müssen, eben weil sie *patriarchal* ist. Es ist der radikale Feminismus, der die „feminine" Ethik entlarven und als eine phallische Ethik enthüllen kann.

DER MUT ZUM EIGENEN SEIN UND DIE UMWERTUNG DER WERTE

Die aristotelische Lehre von den moralischen Tugenden, die in die christliche Theologie aufgenommen wurde, konzentrierte sich auf die Besonnenheit als die „Königin“ aller moralischen Tugenden. Von ihr wurde gesagt, daß sie das „rechte Nachdenken über das Handeln“ sei (7) und den Menschen befähige, den richtigen und tugendhaften Weg zu erkennen. Da man unter moralischer Tugend den goldenen Mittelweg zwischen zwei Extremen verstand, galt die Besonnenheit als eine Eigenschaft des Verstandes, die den Menschen in die Lage versetzte, zwischen zwei entgegengesetzten Lastern hindurchzusteuern.

Wie Sam Keen und andere sagten, ist eine Morallehre, die so vom Motiv der Besonnenheit beherrscht wird, grundlegend apollinisch. Sie setzt eine Lebensauffassung voraus, in der die Gefühle für minderwertiger gehalten werden als die „Vernunft“, die an der Spitze der Hierarchie menschlicher Fähigkeiten steht. Thomas von Aquin, Aristoteles folgend, glaubte, daß Besonnenheit eine Art praktisches Wissen sei, das dem Menschen in einer besonderen Lage den besten Weg zum Handeln zeige. Da verständiges Wissen für angeboren und nicht-ideologisch gehalten wurde, hätte dies eigentlich zu einer Ethik ohne Unterwürfigkeit unter autoritäre Systeme führen können. Es kam jedoch anders. Nach Meinung von Thomas von Aquin und aller linientreuen, katholischen Moralisten läßt sich der Besonnene von den Morallehren der Kirche leiten und versucht, sie in einer gegebenen Situation anzuwenden. Die kirchliche Ideologie also schaltete sich in die wohlüberlegten Entscheidungen des Menschen über sein Handeln ein. (8)

Schwierig wird all dies aber dadurch, daß die Morallehren, die den Christen zu besonnenen Entscheidungen führen sollen, weitgehend Produkte einer praktischen Vernunft sind, d. h. der Fähigkeit, die Mittel, mit denen man einen gewissen Zweck erreicht, abzuwägen, losgelöst von ästhetischen, intuitiven und praktischen Geistesfunktionen. Tillich erkannte, daß, wenn das Nachdenken über die Mittel von den tieferen Quellen des Bewußtseins (der ontologischen Vernunft) abgetrennt wird, der Zweck (auf den die Mittel kritiklos gerichtet werden), von anderen nicht-rationalen Kräften außerhalb des eigenen Ichs bestimmt wird. (9) Diese Kräfte können aus den Traditionen autoritärer Systeme oder Ideologien kommen, die so tief in der Psyche verankert sind, daß man ihren Ursprung nicht mehr erkennt. Jedenfalls ergibt sich daraus eine Blindheit in bezug auf die Zwecke oder Ziele, die tatsächlich die Überlegungen und Voraussetzungen bestimmen und der Beweggrund für die Auswahl gewisser Voraussetzungen sind, welche den Verlauf des Nachdenkens bestimmen. Diese verborgenen Ziele entscheiden auch darüber, welche anderen Gegebenheiten, d. h. welche anderen möglichen Voraussetzungen aus den Erwägungen ausgeschlossen werden.

Genau diese Unbewußtheit über die Ziele und Motivierungen

macht so viel an der christlichen Morallehre verdächtig. Während Tillich und andere den Konflikt zwischen Heteronomie und Autonomie im allgemeinen erkannt haben, gewannen jetzt die Feministinnen Einsicht in die *besondere* Art, in der die Besonnenheitsethik sich in den Dienst der patriarchalen Macht gestellt hat und in die *spezifischen* Probleme, die dadurch verschleiert wurden. Die patriarchalen Systeme verlangen genau dieses: vorsichtige Anwendung der Mittel seitens derer, die sklavisch an ein solches System gebunden sind, ohne den Gebrauch der Geisteskräfte, die seine Zwecke kritisieren könnten. Wenn das Urteilsvermögen ausgelöscht wird, wird der Mensch unsensibel für Bereiche menschlicher Erfahrung, die, wenn sie beachtet würden, die „Vernünftigkeit" der herrschenden Ethik herausforderten.

Natürlich maßen die antiken und mittelalterlichen Moralisten der Rolle des Zweckes oder Zieles bei der Bestimmung der Ethik einer menschlichen Handlung großes Gewicht bei. Aber besonders in der christlich-scholastischen Ethik wurde größte Aufmerksamkeit auf das *letzte* Ziel menschlichen Handelns gerichtet, d. h. auf die „ewige Seligkeit". Dazwischenliegende Ziele wurden nicht mit der Sorgfalt geprüft, die eine revolutionäre Ethik erfordert. Man ging dabei stillschweigend von der Voraussetzung aus, daß diese Ziele durch Autoritäten entschieden würden, denen die Untergebenen fraglos zustimmten. Solche Voraussetzungen beherrschen die „moderne" Ethik weitgehend noch immer, wie ich später in diesem Kapitel bei der Besprechung bestimmter Fragen zeigen werde. Das Potential des radikalen Feminismus, diese dämonische Macht zu brechen, gründet sich auf das Erwachen eines Mutes zum eigenen Sein bei Frauen, der zu einer dionysischen feministischen Ethik führen kann.

Obwohl die Ablehnung der passiven und apollinischen Ethik einer autoritären Religion nicht ganz neu ist, ist sie doch insofern anders und neu, als Frauen jetzt beginnen, diese Ablehnung persönlich, gemeinschaftlich und politisch zu *leben*. Diejenigen, die am gründlichsten dazu erzogen wurden, die passive Ethik zu verwirklichen, weisen sie von sich und vertreten einen Lebensstil, dessen vorherrschendes Motiv der Mut zum eigenen Sein ist.

Man mag fragen, was diese qualitative Neuheit bedeutet. Woraus besteht sie? Gibt es nicht schon genug „Situationsethiker", die die Alte Moral in Frage stellen? Ich habe dies teilweise schon beantwortet, indem ich darauf hinwies, daß die Revolution der Frauen ein *gemeinschaftliches* Phänomen ist. Die Einsichten, die aus der gemeinsamen Erfahrung kommen – die kollektive Weigerung, „das Andere" zu sein –, sind von einzelnen vielleicht schon in theoretischen Begriffen zum Ausdruck gebracht worden. Aber dieses Theoretisieren, soweit es feministische Erfahrungen glaubhaft darstellt, ist qualitativ anders als die individuellen Betrachtungen männlicher Situationsethiker – so gelehrt und aufrichtig sie auch sein mögen –, da diese definitionsgemäß zu der herrschenden Elite des Patriarchats gehören.

Hinweise auf die fundamentalen Unterschiede zwischen der dionysischen feministischen Ethik, nach der einige Frauen leben und über die sie sprechen, und der „Neuen Moral" der Situationsethiker kann man in dem Werk Joseph Fletchers finden, des Verfassers von *Moral ohne Normen?* (Situation Ethics). Fletcher besteht darauf, seine Lehren als „christliche Situationsethik" zu bezeichnen. (10) Man mag mit Recht fragen, warum das Etikett „christlich" notwendig ist. Was fügt es der „Situationsethik" hinzu? Fletcher selbst beantwortet diese Frage, indem er sagt, daß der Unterschied zu anderen Ethiken in einem theologischen Faktor läge, nämlich „in dem Glaubensatz, daß Gott selbst um des Menschen willen litt, um die Welt in Christo zu versöhnen". (11) Das bedeutet aber, daß es bei allen wertvollen Einsichten des Autors ein grundlegendes Bekenntnis zur Moral der aufopfernden Liebe gibt. Fletcher fühlt sich genötigt, dem „Verlangen" Priorität zu geben, „nicht die eigenen, sondern des Nächsten Bedürfnisse zu befriedigen". (12) Als erste Opfer dieser Art von unrealistischem und destruktiven moralischen Ideal können Frauen – wenn ihr Bewußtsein einmal befreit ist – sehen, daß diese „Neue Moral" der alten sehr ähnlich ist. Sie führt uns nicht über das Gute und Böse des Patriarchats hinaus, weil sie uns nicht aus der Bindung an die Sündenbockpsychologie befreit. Diejenigen, die in der Tat Sündenböcke gewesen sind und sich weigern, weiterhin Opfer zu sein, sind in der Lage, zu dieser modernisierten, auf Christus bezogenen Moral „nein" zu sagen, in der „Liebe" immer als etwas Privates ohne einen bestimmten gesellschaftlichen Zusammenhang gesehen wird, und die unterdrückenden Strukturen unkritisiert bleiben. (13)

Aus diesem „nein" zu einer Opfermoral, das die Frauen mit allen Unterdrückten teilen, entsteht ein „ja" zu einer Ethik, die über die grundlegenden Rollenklischees, nämlich die des Männlichen und des Weiblichen, hinausgeht. Janice Raymond sagt, daß das Ideal dieser Ethik „ein dynamischer metaphysischer Werdensprozeß (ist), in dem das, was traditionell als männlich und weiblich umschrieben wird, seiner geschlechtsspezifischen Typisierung und Kategorisierung entkleidet und wieder zusammengebracht wird in einer neuen Wirklichkeit des Seins, einer neuen Ganzheit des Personseins". Weit davon entfernt, nur noch *ein* Geschlecht zu wollen, im Sinne eines universalen Gleichseins, ist es eine Revolte gegen Standardisierung. (14) Eine andere feministische Autorin hat darauf hingewiesen, daß Begriffe wie „zum Manne" oder

„zur Frau erziehen" demnach einen Prozeß bezeichneten, in dem Kinder so verbogen würden, daß sie nur die Hälfte ihrer Möglichkeiten entwickelten. Nach diesen Begriffen würde der Mann unserer Kultur, der jetzt als „männlich" angesehen wird, als „zum Manne gemacht" angesehen werden, d. h. als einer, der die Hälfte seiner selbst verloren hat. (15)

Bevor aber eine androgyne Welt entstehen kann (eine Welt, in der selbst der Begriff „androgyn" bedeutungslos würde, da er das archaische Erbe eines psycho-sexuellen Dualismus wiedergibt), werden die Frauen die schwere Last auf sich nehmen müssen, die phallische Ethik (die als feminine oder passive Ethik „erscheint") zu kastrieren, indem wir aus unserer eigenen Erfahrung heraus die Dinge im Bereich der Moral neu benennen. Um das zu tun, werden wir notwendigerweise die Dynamik der falschen Benennung im Bereich der Ethik, welche in patriarchalen Definitionen von Gut und Böse eingeschlossen wurden, verstehen müssen. Um die vorherrschenden Mechanismen deutlich zu machen, will ich zeigen, wie sie sich in bezug auf ein spezifisches Problem ausgewirkt haben, das von männlichen Ethikern endlos diskutiert worden ist: das Problem der Abtreibung.

ABTREIBUNG UND DIE OHN-MACHT DER FRAUEN

In Podiumsgesprächen und Diskussionen über Religion und Abtreibung habe ich oft folgende statistische Angaben angeführt: Hundert Prozent der Bischöfe, die sich der Aufhebung der Abtreibungsparagraphen widersetzen, sind Männer, und hundert Prozent der Menschen, die abtreiben lassen, sind Frauen. Diese gründlich fundierten „statistischen Angaben" haben den doppelten Vorzug, daß sie einerseits unwiderlegbar und andererseits amüsant sind und somit die Sprechende in einen beneidenswerten Kontakt mit dem Publikum bringen. Wichtiger als dies aber ist die Tatsache, daß diese einfache Gegenüberstellung von Daten etwas von dem Zusammenhang deutlich macht, in dem die Positionen und Argumente in bezug auf die moralische Frage der Abtreibung und die Aufhebung der gegen sie gerichteten Gesetze verstanden werden sollten. Nur im Zusammenhang mit der geschlechtsspezifischen Hierarchie der Gesellschaft können sie angemessen erfaßt werden. Es ist z. B. unrealistisch, zu übersehen, daß im römischen Katholizismus die „offizielle" Opposition gegen die Aufhebung der Abtreibungsparagraphen zutiefst – in der Motivation, den grundlegenden Voraussetzungen und dem Stil der Argumentation – mit der Stellung zu anderen Fragen verbunden ist. Zu diesen anderen Fragen gehören Geburtenkontrolle, Scheidung, die Unterordnung der Frau in der Ehe und im Konvent und der Ausschluß der Frauen von geistlichen Ämtern. Die Tatsache, daß die wichtigsten ethischen Studien über das Abtreibungsproblem, sowohl die katholischen wie protestantischen, von Männern gemacht wurden, ist an sich schon symptomatisch für die unterdrückte Stellung der Frau.

Da das geschlechtsspezifische Kastensystem so erfolgreich durch die Trennung der Geschlechterrollen getarnt wird, ist es schwierig, die Anti-Abtreibungsgesetze und die ethischen Argumente gegen die Abtreibung in diesem Zusammenhang zu sehen. Aber nur, wenn wir sie völlig im Gesamt dieser Umwelt patriarchaler Vorurteile sehen, ist es möglich, ihre Funktion in der Gesellschaft realistisch einzuschätzen. Wenn man z. B. einseitige Argumente, in denen so vorbelastete Begriffe wie „*Mord* an dem ungeborenen *Kind*" vorkommen, unabhängig von ihrer Beziehung zu unserer Gesellschaft betrachtet, könnten sie plausibel und unwiderlegbar erscheinen. Sobald wir jedoch das geschlechtsspezifische Kastensystem mit all seinen Implikationen enthüllen, sehen wir, daß solche Argumente und Gesetze nur mit den rationalen Selbstrechtfertigungen eines Systems übereinstimmen, das Frauen unterdrückt, nicht aber mit unseren Erfahrungen und Bedürfnissen.

Einige Aufsätze männlicher Autoren über Abtreibung, die kürzlich in liberalen Veröffentlichungen erschienen, wurden wegen ihrer „Klarheit" und „Objektivität" gelobt. Aber ich glaube, in vielen Fällen entsteht dieser Eindruck der Klarheit nur allein deswegen, weil sie sich auf einige ausgewählte Daten und Fakten beschränken, während sie all die Voraussetzungen, Haltungen, Stereotype, Gebräuche und Einrichtungen außer acht lassen, aus denen das Abtreibungsproblem entsteht. Auch erweist sich ihre „Objektivität" bei näherem Hinsehen als das Unbeteiligtsein eines außenstehenden Richters, der erstens die Erfahrung der betroffenen Frauen weder teilt noch versteht und zweitens aufgrund seiner privilegierten Stellung im geschlechtsspezifischen Kastensystem ein selbstverständliches eigenes Interesse vertritt, das den Interessen der unmittelbar Betroffenen zuwiderläuft.

Dies zeigt sich deutlich in einem Artikel von Professor George Hunston Williams von der Harvard-Universität, in dem er vorschlägt, in der Abtreibungsfrage nach dem Muster einer „gemeinsamen heiligen Domäne" zu verfahren, in der die „Erzeuger" und der Staat „sich die Herrschaft in wechselndem Maße je nach den wechselnden Umständen" teilen. In seinen weiteren Ausführungen wird deutlich, daß das Urteil der Frauen in dieser gemeinsamen Domäne unterdrückt wird und daß die Ansprüche dieser Theorie auf angeblich vernünftige Lösungen durch die Realitäten der Sexualpolitik in unserer Gesellschaft Lügen gestraft werden. Professor Williams übersieht die Tatsache, daß Männer und Frauen gesellschaftlich nicht gleichgestellt sind, und deshalb die Repräsentanten eines von Männern beherrschten „Staatswesens" keine vorurteilslosen Richter sein können. Er übersieht ebenso die Tatsache, daß die „Erzeuger" in dem ganzen Fortpflanzungsprozeß eine ungleiche Rolle spielen, da es offensichtlich die Frau ist, welche die Last der Schwangerschaft tragen muß, und da unter den herrschenden Umständen das Aufziehen der Kinder hauptsächlich und manchmal ganz den Frauen überlassen bleibt. Er ignoriert die Tatsache, daß der Mann in manchen Fällen die Frau oder Freundin verläßt (oder zu verlassen droht), wenn sie ungewollt schwanger wird.

Wie unangemessen Professor Williams Methode ist, wird deutlich, wenn er von dem Problem der Abtreibung im Falle der Vergewaltigung spricht. Er schreibt:

„Die Rolle der Gesellschaft ... würde sich darauf beschränken, die Anklage der Vergewaltigung zu überprüfen. Hier können die Prinzipale der gemeinsamen Domäne darüber in Streit geraten, wie der Fall einzuschätzen sei, und den Schiedsspruch eines Spezialisten anfordern. In diesem Fall müßten Ärzte, Juristen und Sozialarbeiter herangezogen werden. Aber *selbst, wenn die Vergewaltigung nachweisbar ist* (Hervorhebung von mir), wird die Mutter sicherlich einwilligen, daß das deplacierte Leben in ihr fortgesetzt wird ..." (16)

Was aber ist in dieser eloquenten, wortreichen und anscheinend rationalen Argumentation ausgelassen worden? Erstens berücksichtigt sie die Voreingenommenheit einer Gesellschaft nicht, die von Männern beherrscht wird und männlichen Interessen dient. Zweitens (und das ist im ersten Punkt schon mit enthalten) übergeht sie die Tatsache, daß Vergewaltigung sehr schwer zu beweisen ist. Zum Beispiel im Staate New York wurde jahrelang ein durch Zeugenaussagen erhärteter Beweis gefordert, um einen Mann der Vergewaltigung zu überführen. In einigen Staaten wird die Tatsache, daß ein Mann eine Frau schon vor der Vergewaltigung kannte, zu seinen Gunsten ausgelegt. Nach den Gesetzen vieler Staaten ist es unmöglich, daß ein Mann seine eigene Frau vergewaltigt. Frauen, die vergewaltigt wurden und die das Verbrechen bei der Polizei anzeigen wollten, haben berichtet, daß sie oft mit Spott und Verachtung behandelt wurden und man ihnen unterstellte, daß sie wohl aufreizende Kleidung getragen oder den Überfall auf irgendeine Weise provoziert hätten. Wenig oder keine Beachtung wird der Tatsache geschenkt, daß Vergewaltiger ihre Opfer unter Androhung des Todes oft zu abscheulichen und perversen Handlungen zwingen. Der ganze Mechanismus, „dem Opfer die Schuld zu geben", arbeitet gegen die Frauen und verstärkt das Trauma und das Leiden noch, das sie schon durchstehen mußten.

Es ist aber nicht die Polizei allein, welche die Situation so betrachtet. Ihr Urteil spiegelt nur dieselbe grundlegende Haltung der sexistischen Gesellschaft wider, die in der Tat des Vergewaltigens physischen Ausdruck findet. (17)

Der geistliche Rat, der Frauen oft in der „gemeinsamen heiligen Domäne“ gegeben wird, ist beispielhaft in einem Artikel von Pater Bernard Häring wiedergegeben. Er schreibt über die vergewaltigte Frau und sagt:

„Wir müssen jedoch versuchen, *sie dahingehend zu motivieren* (Hervorhebung von Häring), daß sie das Kind mit Liebe betrachtet, weil es selbst ja unschuldig ist, und es duldend auszutragen bis zu seiner Geburt, wonach sie die *ihr aufgezwungene Verpflichtung zur Mutterschaft* (Hervorhebung von mir) als erfüllt ansehen darf. Sie mag das Kind dann einer religiösen oder staatlichen Einrichtung übergeben und versuchen, ihr Leben wieder aufzunehmen mit der Heiligkeit, die sie zweifellos durch ihr großes Opfer und Leiden erworben haben wird.“ (18)

Und Pater Häring fügt hinzu, daß, wenn sie bereits „der starken Versuchung nachgegeben“ hat, sich von den Folgen ihres Erlebnisses zu befreien, wir „die Beurteilung ihrer Sünde einem gnädigen Gott überlassen können“. Diejenigen, die mit „geistlichem Rat“ vertraut sind, haben eine Ahnung davon, was der Ausdruck „versuchen, sie dahingehend zu motivieren“ bedeuten kann. Obwohl Pater Häring beabsichtigt, Mitleid zu haben, ist seine Lösung nicht angemessen. Die väterliche und einschüchternde Atmosphäre der „geistlichen Ratgebung“ führt allgemein nicht gerade zu einer freien und verantwortungsbewußten Entscheidung und kann tatsächlich eine „aufgezwungene Verpflichtung zur Mutterschaft“ zur Folge haben. Der Autor nimmt die Ironie seiner Argumentation nicht wahr, die auch nur sichtbar wird, wenn man das Umfeld der mißlichen Lage der Frau mit einbezieht. Sie lebt in einer Welt, in der sie nicht nur der Vergewaltiger, sondern oft auch der Priester als ein Objekt betrachtet, das man manipulieren kann – im einen Fall physisch, im anderen psychisch. Eine *Machismo*-Religion, in der nur Männer geistlichen Rat geben, fordert sie auf, eine doppelte Beleidigung hinzunehmen, indem sie der Vergewaltigung ihres Körpers noch die ihres Geistes hinzufügen. Wie Mrs. Robinson in dem einst populären Schlager wußte: „Every way you look at it, you loose“. („Wie du's auch ansiehst, du verlierst.“)

Die feministische Ethik – die allerdings noch entwickelt werden muß, weil Frauen erst noch die Freiheit erringen müssen, aus *eigener* Erfahrung zu denken – wird sich von all diesem insofern unterscheiden, als sie sich weigert, bei der Abtreibung nur den rein physischen Vorgang gesondert zu betrachten. Sie wird darauf bestehen, ihn in seinem gesellschaftlichen Zusammenhang zu sehen. Christliche Moralisten haben im allgemeinen den Zusammenhang bei solchen Fragen wie Töten im Krieg und zur Selbstverteidigung mit berücksichtigt. Sie halten einen „gerechten Krieg" für möglich, auf den der Begriff des Mordes allgemein nicht angewandt werden kann, und sie haben das Töten aus Selbstverteidigung und im Falle der Todesstrafe erlaubt. Sie gestatten sich, die Tatsache unbeachtet zu lassen, daß durch gesellschaftliche Gleichgültigkeit ein großer Teil der Erdbevölkerung in der Kindheit verhungert. All diese Situationen werden zumindest für komplexer gehalten als Mord. Doch wenn es um die Frage der Abtreibung geht, konzentriert man sich oft nur auf den isolierten materiellen Vorgang. Die traditionelle Maxime, daß die Umstände einen Einfluß auf die moralische Bewertung einer Handlung haben, wird praktisch vergessen oder unwirksam gemacht durch einen kurzsichtigen Blick auf die Umstände. Feministinnen sehen den Zusammenhang zwischen der außergewöhnlichen Beweisführung im Fall der Abtreibung und der allgemeinen Situation. Sie stellen die offensichtlich bedeutsame (aber oft übergangene) Frage: *Wer* macht hier eigentlich die Beweisführung, und *wer* wird gezwungen, unerwünschte Kinder auszutragen?

Eine feministische Ethik wird in der Abtreibung eine andere und vielschichtigere menschliche Bedeutung sehen. Anstatt allgemein nach feststehenden Kategorien von „Recht" und „Unrecht" zu urteilen, wird sie in so komplexen Situationen, wie jenen, in denen sich die Abtreibungsfrage konkret stellt, die Entscheidungen vielschichtiger einstufen. Ich will versuchen, den Frauen bei der Kombinierung der verschiedenen Elemente zu helfen, die hierbei eine Rolle spielen. Dazu gehören die Bedürfnisse der Frau als Person, die Rechte der Frauen als einer unterdrückten Klasse, die Forderungen an die Gattung Mensch bei der Anpassung an wechselnde Bedingungen, wie z. B. Überbevölkerung, die positiven Verpflichtungen der Frau als Mutter ihren anderen Kindern gegenüber oder als Berufstätige und die negativen Aspekte ihrer Situation in einer Gesellschaft, die das Gebären unerwünschter Kinder mit Armut und Schande belohnt. Es wird auch die Tatsache mit berücksichtigt werden müssen, da es ein absolut sicheres und gutes Mittel der Geburtenkontrolle noch nicht gibt, daß die Frauen ihren Fortpflanzungsorganen ausgeliefert sind.

In diesem Augenblick der Geschichte ist die Abtreibungsfrage der Brennpunkt in dem dramatischen Konflikt zwischen der Ethik des patriarchalen Führungsprinzips und der Ethik des Mutes, sich mit Vieldeutigkeit auseinanderzusetzen. Wenn es darum geht, konkrete Entscheidungen über eine Abtreibung zu fällen, muß ein kompliziertes Geflecht von Umständen berücksichtigt werden. Es gibt in dieser Frage keine Lehrbuchantworten. Im wesentlichen sagen die Frauen, daß die Abtreibung nicht unter das Strafrecht fallen darf, weil die ganze Frage von Ungewißheiten umgeben ist, und weil Frauen in einer sexistisch-hierarchischen Gesellschaft die Verlierer sind. In unserer Gesellschaft, so wie sie ist, können die Gesetze der Situation nicht gerecht werden. Die Abtreibungs„reform“ wirkt sich in diskriminierender Weise aus und ist kein ausreichendes Abschreckungsmittel gegen illegale Abtreibungen. Tausende von Frauen, die in ihrer Verzweiflung zu illegalen Abtreibungen Zuflucht nahmen, wurden Opfer psychischer und physischer Barbarei, die in manchen Fällen zum Tode führte. Das primäre Anliegen der neuen feministischen Ethik ist nicht Selbstaufgabe, sondern Selbstbehauptung in Gemeinschaft mit anderen. Das einzige Leiden, das sie akzeptiert, ist das, welches im Kampf gegen die Unterdrückung ertragen wird, nicht das, welches mit der elenden Unterwerfung in einer solchen Situation verbunden ist.

Einige der grundlegenden Ungerechtigkeiten in den Argumenten der phallischen Ethiker über die Abtreibung sind bereits durch die Abschnitte von Williams und Häring veranschaulicht worden. Dazu gehört, daß sie von versteckten falschen Voraussetzungen ausgehen, daß Frauen und Männer beim Fortpflanzungsprozeß die gleiche Rolle spielen, daß sie im Staatswesen gleich viel Mitspracherecht haben, daß Frauen bei ihrem Sexualverhalten und seinen Konsequenzen völlig freie Wahl haben, daß ihnen angemessene, sichere Mittel zur Geburtenkontrolle zur Verfügung stehen und daß das passive Hinnehmen des Leidens eine bessere Wahl für das Opfer darstellt.

Es gibt noch andere Kunstgriffe. Zu ihnen gehört die Dominotheorie: Wenn der Fötus vernichtet werden kann, wer wird dann das nächste Opfer sein? Professor Ralph Potter schreibt:

„Wenn ein Fötus abgetrieben wird, fragt keiner, wem die Stunde schlägt, denn die Glocke läutet nicht. Aber fühle dich nicht sicher, und sei nicht gleichgültig. Der Fötus versinnbildlicht dich und mich und unseren dürftigen Halt in einer Zukunft, die in den Händen unserer Mitmenschen liegt.“ (19)

Auf dieses Argument hat Jean MacRae ganz richtig geantwortet, daß der Grund, warum für den Fötus keine Glocke geläutet wird, vielleicht darin liegt, daß der Tod des Fötus etwas ganz anderes ist als der eines fertigen Menschen. Auch bemerkt sie noch etwas in diesem Zusammenhang sehr Wesentliches, daß es sich nämlich bei der Frage der Abtreibung um einen *einzigartigen* Kampf zwischen zwei Lebewesen handelt. Denn nur im Fall einer unerwünschten Schwangerschaft werden der *Körper* und das Wohlbefinden eines Menschen so vollständig von einem anderen beherrscht. (20)

Ein anderer Kunstgriff in der Argumentation ist, daß man eine „unbeantwortbare Frage" stellt. Sie lautet z. B.: „Wann beginnt das menschliche Leben?" Da daraufhin keine einhellige Antwort ertönt, zieht man die Schlußfolgerung, daß Frauen, die unerwünscht schwanger werden, sich passiv in ihre Lage zu fügen hätten, bis sie die unmögliche Antwort gefunden haben. Eine weitere Taktik ist die, welche John Noonan anwandte, als er behauptete, daß die moralische Verurteilung der Abtreibung fast ein absoluter Wert in der Geschichte sei. (21) Die Frage, die nicht gestellt wird, ist: Wessen Geschichte? Die Tatsache, daß die von Männern geschriebene Geschichte die Erfahrungen der Frauen ignoriert, wird nicht in Betracht gezogen. Dabei haben selbst in christlichen Gesellschaftsformen sehr viele Frauen durch ihr Handeln die Annahme widerlegt, daß das Leben des Fötus ein absoluter Wert sei. Der Einwand, daß die meisten oder alle diese Frauen unter großen Schuldgefühlen gelitten hätten, ist zuerst einmal falsch als angeblicher Tatbestand und außerdem unaufrichtig insofern, als er nicht berücksichtigt, daß solche Schuldgefühle, selbst wenn es sie in einigen Fällen gibt, sich aus der gesellschaftlichen Konditionierung erklären. (22) Außerdem gibt es Gesellschaften, in denen die Abtreibung fraglos sowohl von Frauen als auch von Männern akzeptiert wird. (23)

Als die Bewegung zur Aufhebung der Abtreibungsparagraphen in den Vereinigten Staaten in Schwung kam, wurde es deutlich, daß sich daraus ein offener Krieg zwischen den Verfechtern der bürgerlichen und religiösen patriarchalen Macht und dem Feminismus entwickeln würde. Dies hat einen tragischen Aspekt, denn die Fixierung auf die Abtreibungsfrage ist weder das Charakteristikum des *feministischen Bewußtseins* noch der Höchstwert des *religiösen Bewußtseins.*

Was das *feministische Bewußtsein* betrifft, so ist die Abtreibung kaum der von allen angestrebte „endgültige Triumph" oder die letzte Stufe der Revolution. Es gibt tiefe Fragen dahinter und darüber hinaus, wie z. B.: Warum sollen Frauen überhaupt in die Lage einer unerwünschten Schwangerschaft kommen? Einige Frauen sehen in der Abtreibung eine notwendige Maßnahme für sich selbst, aber keine einzige Frau hält sie für die Erfüllung ihrer schönsten Träume. Für viele ist die Abtreibung ein demütigender Vorgang. Selbst abtreibende Tabletten, wenn es einmal bessere gibt, können nur als Schutzmaßnahme verstanden werden, als Mittel zum Zweck, aber wohl kaum als höchstes Symbol der Befreiung. Wenn überhaupt, so sind es nur ganz wenige Feministinnen, die sich hier täuschen lassen, wohingegen Männer, die sich für die Abschaffung der Abtreibungsparagraphen einsetzen, in dieser Hinsicht oft kurzsichtig sind und die feministische Revolution mit der sexuellen Revolution verwechseln. (24) Ich werde auf diese Verwechselung später in diesem Kapitel noch zurückkommen.

Und was das *religiöse Bewußtsein* betrifft, so kann gewiß das Lobbying, das die Abschaffung der ungerechten Gesetze verhindern soll, nicht seine höchste Manifestation sein. Eine Gemeinschaft, die Ausdruck eines echten spirituellen Bewußtseins, d. h. eine lebendige, heilende, prophetische, religiöse Gemeinschaft ist, würde einer Frau nicht die Möglichkeit nehmen, freie und mutige Entscheidungen zu treffen, weder durch Lobbying gegen die Abschaffung der Abtreibungsparagraphen noch durch psychische Manipulation. Sie würde sich darum bemühen zu *hören*, was Frauen sagen, und Forderungen unterstützen, die die Aufhebung ungerechter Gesetze verlangen. Die Frauen haben die Abtreibungsfrage nicht willkürlich in das feministische Programm aufgenommen. Es ergab sich aus den realen Verhältnissen. Im Grunde unterscheidet sich das Problem gar nicht so sehr von dem Problem der Geburtenkontrolle, wie viele, besonders liberale Katholiken, vorgeben. Mit beiden sind grundlegende Fragen verbunden, die den eigentlichen Sinn des menschlichen Seins berühren. Wollen wir der „Natur" ihren Lauf lassen oder Entscheidungen selbst in die Hand nehmen? Und wer entscheidet in letzterem Fall? Die Frauenbewegung sagt, daß Entscheidungen gefällt werden, die in die Vorgänge der „Natur" eingreifen, und daß die Frauen als einzelne in Angelegenheiten entscheiden werden, die sie selbst ganz persönlich betreffen. Ich glaube, das ist im Grunde das, was die autoritäre Religion fürchtet. Ihre größte Furcht ist sicherlich nicht die Zerstörung des Lebens, wie das Quellenstudium anderer Fragen dokumentiert.

Wie Lawrence Lader zeigte, waren die Lobbyingkräfte, welche die katholische Kirche gegen die Abtreibung einsetzte, gewaltig. Es stehen der Kirche ungeheure ökonomische Hilfsquellen zur Verfügung – steuerfreie Geldmittel, die für Propagandazwecke verwandt wurden, obwohl es verboten ist, steuerfreie Gelder für Werbekampagnen auszugeben. Lader bezeichnet sie als die mächtigste Steuer-absetzbare Lobby der Geschichte. Sie hat das katholische Schulsystem und Organisationen, wie z. B. die *Knights of Columbus* für ihren Widerstand gegen die Aufhebung der Abtreibungsgesetze benutzt. Lader weist auch auf die politischen Bündnisse hin, die sie in dieser Frage eingegangen ist – besonders auf das Bündnis zwischen Richard Nixon und Kardinal Cooke von New York in dieser Sache. Unter anderem hat sich die Kirche in diesem Religionskrieg auch die Sprache zunutze gemacht. Es hat eine geplante und konzertierte Aktion seitens der Hierarchie gegeben, die aufhetzende Wörter, wie z. B. „Mord" statt „Abtreibung“ und „Kind“ statt „Fötus“ benutzte und abscheuliche Vergleiche anstellte, die an die Ermordung der Juden durch die Nazis erinnerten. (25) Eine vorhersehbare Auswirkung solcher Aktivitäten, in Zusammenhang mit anderen sexistischen Maßnahmen, ist, daß sich die spirituellen Energien der Frauen in einem Bereich außerhalb der hierarchischen Kirche angesiedelt haben.

Wenn man durch Vereinfachung meint, das wesentliche Ziel des Feminismus sei die Aufhebung der Abtreibungsgesetze, so könnte man den Kampf auf die Dimensionen: Frauenbefreiung gegen die offizielle katholische Kirche reduzieren. Dann könnte es so scheinen, als ob der liberale Protestantismus eine Alternative für weibliches religiöses Engagement anbieten könnte. Da aber der Feminismus nicht auf ein isoliertes „Thema“ reduziert werden kann, und da allein schon die Abtreibungsfrage deutlich macht, daß der Feminismus es nicht bloß mit einem bestimmten Problem zu tun hat, sondern eine neue Seinsweise anstrebt, wird es für das feministische Bewußtsein immer klarer, daß der verblaßte Autoritätsanspruch der liberalen Kirchen für freiheitsbewußte Frauen kaum akzeptabler ist als der Pomp und die Macht des deutlicheren Feindes. Denn eine Gemeinschaft, die wirklich Ausdruck eines echten religiösen Bewußtseins wäre, würde mit der Frauenbewegung insofern übereinstimmen, als sie über die Abtreibung hinaus fundamentalere Lösungen suchte und auf soziale Verhältnisse hinarbeitete, in denen es das Problem der Abtreibung praktisch nicht mehr gäbe. Als Katalysator für soziale Veränderungen würde sie Forschungen für angemessene und sichere Mittel der Geburtenkontrolle fördern. Als erzieherische Kraft würde sie Informationen über bereits existierende bessere Mittel zur Verfügung stellen, z. B. über Vasektomie. Und grundsätzlich würde sie als eine prophetische und heilende Gemeinschaft darauf hinarbeiten, die Einübung in die Geschlechterrollen und das sexistische Kastensystem abzuschaffen, das auf vielfache Weise Frauen in die Lage einer unerwünschten Schwangerschaft bringt. Ich glaube, es sollte klar sein, daß eine echte Religion über die Abtreibung hinausweisen würde, nicht indem sie Angst und Schuldbewußtsein einflößt, sondern indem sie zu einer persönlichen, gesellschaftlichen und technologischen Kreativität anregt, die auf die Dauer das Problem der Abtreibung aus der Welt schafft.

Patriarchale Machtstrukturen, ob bürgerlich oder kirchlich, wirken natürlich nicht in dieser humanisierenden Weise. Die von ihnen verursachte Blindheit zeigt sich in den widersinnigen und voreingenommenen Aussagen derer, die ihnen dienen – und von denen viele „gebildet“ und in höchst verantwortlichen Positionen sind. Ein Gesetzgeber aus Massachusetts erklärte, daß „jeder seine eigene Zeche bezahlen“ müsse. Und Richard Nixon tat kund:

„Ich kann eine weitere, unbeschränkte Abtreibungspolitik oder Abtreibung auf Verlangen nicht mit meinem persönlichen Glauben an die Unverletzlichkeit des menschlichen Lebens – einschließlich des Lebens der noch Ungeborenen – in Einklang bringen.“ (26)

Im Bostoner *Globe* stellte ein Arzt Vergleiche zwischen der Abtreibung und dem deutschen Massenmord an den Juden an. (27) Ähnliche Vergleiche zog Brent Bozell von der katholischen Zeitschrift *Triumph*. Darauf bekam er eine scharfe Antwort von Regina Barshak, einer Jüdin, die als Teenager im Lager Ausschwitz war und als einzige ihrer großen Familie überlebte. Sie schrieb über die „gefühllose Ausbeutung jener schändlichen Ereignisse“. In maßvollen Worten erinnerte sie die Leser an die Unterschiede zwischen „einer sicheren medizinischen Maßnahme an befruchteten Zygoten einerseits und, auf der anderen Seite, dem planmäßigen Sadismus, der sich gegen die voll ausgebildeten Körper und Seelen aktiver, bewußter und liebender Menschen richtete“. Sie wies darauf hin, daß die Stimme des einflußreichen Vatikans sich damals nicht „ für diese gequälten Leben“ einsetzte. (28)

DIE HÖCHST UNHEILIGE TRINITÄT: VERGEWALTIGUNG, VÖLKERMORD UND KRIEG

Die erste Größe dessen, was ich „die höchst unheilige Trinität“ getauft habe, ist Vergewaltigung. Es ist klar, daß es schon immer eine Verbindung zwischen der Mentalität, die zur Vergewaltigung führt, und dem Phänomen des Krieges gegeben hat, obwohl man dies weitgehend aus den Augen verliert, wenn man einen Krieg für „gerecht“ hält. Ein Beispiel aus neuerer Zeit war die schreckliche Behandlung der Frauen von Bangladesch. Viele furchtbare Geschichten aus dem Bürgerkrieg zwischen Ost- und Westpakistan wurden bekannt, aber die „herzzerbrechenden Berichte“ darüber, „daß zweihunderttausend bengalische Frauen, die von westpakistanischen Soldaten vergewaltigt wurden, von ihren Männern verlassen worden waren, weil kein Moslem mit einer Frau zusammenleben will, die ein anderer Mann berührt hat“, nur spärlich zur Kenntnis genommen. (29) Die Schriftstellerin Joyce Goldman, die einen Hinweis darauf in einem Nachkriegsartikel über die „Rückkehr zum normalen Leben“ fand, entschied sich, der Sache nachzugehen, da die männlichen Reporter offensichtlich keine Nachforschungen anstellen wollten. Ihren erschütternden Bericht können wir nicht wieder vergessen. Da wird ein pakistanischer Offizier zitiert, der sagte: „Wir gebrauchten die Mädchen, bis sie starben.“ Viele der Frauen, die in Truppenunterkünften gefangengehalten wurden (um von den Soldaten als „Zigarettenmaschinen" benutzt zu werden, wie ein Regierungsbeamter es beschrieb), versuchten, Selbstmord zu begehen. Goldman zitiert Berichte über eine Stadt, Camilla, in der Nähe von Dacca, wo Frauen vergewaltigt und dann wie Abfall von den Dächern geworfen wurden. „Ein achtjähriges Mädchen, das zu kindlich schmal gebaut war für die Absichten der Soldaten, wurde aufgeschlitzt, um zu passen, und vergewaltigt, bis sie starb." (30) Goldman weist auf die grausame Ironie hin, daß die überlebenden Opfer dann von ihren Männern verlassen wurden, weil sie unrein waren, was offensichtlich eine Folge davon ist, daß man Frauen als Objekte und Besitz betrachtet – denn dann dürfen sie nur einen Besitzer haben. Und was sehr bedeutsam ist, sie zeigt auf, daß die Vorstellung, daß eine vergewaltigte Frau „beschädigt" sei, nur eine morbide Übertreibung „unserer" eigenen Einstellung ist, denn die Frauen von Bangladesch haben „gemeinsam und in übersteigerter Weise das erlitten, was einzelne Frauen in unserem oder anderen ‚fortgeschrittenen' Ländern aus eigener Erfahrung kennen". (31)

Man kann die Augen davor verschließen, indem man einwendet, dies sei in einer anderen Kultur geschehen, in einem mohammedanischen Land. Wer aber so reagiert, sollte sich für einen Artikel interessieren, der am 19. November 1972 (S. 47) in der *New York Times* erschien. Dort wird über den Tod eines siebenjährigen Mädchens berichtet, das zusammen mit seiner neunjährigen Schwester von drei Jugendlichen unter dem Vorwand, sie zu einer Pizza einzuladen, auf das Dach eines Mietshauses in South Bronx gelockt wurde. Das jüngere Mädchen wurde vergewaltigt und vom Dach in den Tod gestürzt. Die ältere wurde sexuell mißbraucht, aber entkam. Die Polizei beschrieb sie als „hysterisch". Der Rest der Seite der New York Times wurde von einer übergroßen Anzeige für die Herrenabteilung von *Saks Fifth Avenue* eingenommen. Das Bild zeigt drei höchst selbstbewußte junge Männer in flotter Sportkleidung, die von drei Bulldoggen begleitet werden. Darunter steht:

„Es ist etwas dran an einem S.F.A. Mann. Man kann ihn überall erkennen ... Selbst seine lässigsten Kommentare haben etwas außergewöhnlich Herrisches an sich ..."

Es bedarf wohl nicht einmal einer surrealistischen Einbildungskraft, um die drei „herrischen" Männer und ihre drei Bulldoggen mit den drei Jugendlichen in Verbindung zu bringen, die die Siebenjährige vergewaltigten und in den Tod stürzten. Schließlich hatten die letzteren auch „etwas Herrisches" an sich. In einer Vergewaltiger-Kultur zeigt sich diese Eigenschaft auf verschiedenste Weise.

„Informierte" Christen und Juden mögen einwenden, daß Vergewaltigung und Brutalität ihrem geistlichen Erbe fremd sind. Der Leser sollte sich einmal Abschnitte aus der Bibel vornehmen, die etwas anderes aussagen, nämlich daß es Präzedenzfälle dafür gibt, daß Frauen als Kriegsbeute betrachtet wurden. Im 4. Buch Mose wird gesagt, daß Moses nach dem Feldzug gegen Midian wütend über seine Heerführer gewesen sei, weil sie das Leben der Frauen geschont hätten:

„So tötet nun alles, was männlich ist unter den Kindern, und alle Frauen, die nicht mehr Jungfrauen sind; aber alle Mädchen, die unberührt sind, die laßt für euch leben.“ (4. Mos. 31, 17–18)

Und weiter heißt es:

„Und Mose und der Priester Eleasar taten, wie der Herr es Mose geboten hatte. Und es betrug die Beute, soviel am Leben geblieben war von dem, was das Kriegsvolk erbeutet hatte, 675 000 Schafe, 72 000 Rinder, 61 000 Esel; an Menschen aber 32 000 Mädchen, die nicht von Männern berührt waren.“ (4. Mose, 31, 31–35)

Im 5. Buch Mose wird den Juden geraten, daß sie sich, sollte Jahweh in einem Kriegsfall die Feinde ihrer Macht ausliefern, unter diesen eine Frau wählen könnten.

„Wenn du aber kein Gefallen mehr an ihr hast, so sollst du sie gehen lassen, wohin sie will; du sollst sie aber nicht um Geld verkaufen oder als Sklavin behandeln, weil du zu ihr eingegangen bist.“ (5. Mos. 21,14)

Auch nicht im Zusammenhang mit dem Krieg (falls ein anderer Kontext überhaupt in einer patriarchalen Welt vorstellbar ist) sieht man an der Geschichte von der Schandtat von Gibea, welcher Wert den Frauen zuerkannt wurde. Ein Mann, der einem Leviten und seiner Konkubine Unterkunft gegeben hatte, saß mit ih nen zu Tisch. Da kamen ruchlose Männer zu dem Haus und verlangten, daß der Mann seinen Gast herausgäbe, damit sie sich über ihn hermachen könnten. Der Gastgeber bot ihnen statt dessen aber seine Tochter als Ersatz für den Gast an. Der liebevolle Vater soll gesagt haben:

„Siehe, ich habe eine Tochter, noch eine Jungfrau, und dieser hat eine Nebenfrau, die will ich euch herausbringen. Die könnt ihr schänden und mit ihnen tun, was euch gefällt, aber an diesem Mann tut nicht eine solche Schandtat!“ (Richter 19,24)

Da die Leute aber sein Angebot ablehnten, bot der Gast ihnen selbst seine Konkubine als Ersatz für sich an. Sie vergewaltigten sie die ganze Nacht, und sie starb. Geschmackvollerweise zerstükkelte der Gast sie, nachdem er mit ihr nach Hause zurückgekehrt war, in zwölf Stücke und sandte sie mit einem Bericht über die Schandtat durch ganz Israel. In dem Text findet sich kein negatives Urteil über den Gastgeber oder seinen Gast. Das Verbrechen wurde nur als ein Vergehen gegen die Männer betrachtet, nicht als gegen ihr weibliches Eigentum.

Die zweite Größe in der „höchst unheiligen Trinität" ist der Völkermord. Es bedarf keiner besonderen Vorstellungskraft, um die tiefere Beziehung zwischen der Vergewaltigermentalität und dem Rassenmord zu erkennen. Die Sozialisation männlicher Sexualgewalt in unserer Kultur macht es möglich, daß korporative und militärische Interessengruppen eine unheilvolle Streitkraft ausbilden. Es wäre falsch zu glauben, daß man Vergewaltigung nur auf den physischen Akt einiger weniger Vergewaltiger reduzieren kann. Denn damit läßt man die zahllosen Lehnstuhl-Täter außer acht, die den Akt in ihrer Phantasie genießen, indem sie pornographische Schriften oder Nachrichten über Vergewaltigungen lesen. Man würde übersehen, daß Vergewaltigung das Machtgefühl aller Männer steigert, da sie Frauen schutzbedürftig macht. Vergewaltigung ist eine Lebensweise. Da dies so ist, fühlt sich die Polizei auch nicht verpflichtet, den Frauen zu „glauben", die Vergewaltigungen anzeigen. Typisch für die Haltung der Polizei war die Aussage von Polizeihauptmann Vincent O'Connell aus Providence, Rhode Island, der über Frauen, die Vergewaltigungen anzeigten, sagte: „Wir sind sehr skeptisch, wenn wir sie zuerst befragen. Wir fühlen, daß die Frauen dazu neigen, nicht die Wahrheit zu sagen." (32)

Wir sind umgeben von Herrschafts-Politik. E. Ionesco schrieb:

„Die Welt der Konzentrationslager ... war keine außergewöhnlich scheußliche Gesellschaft. Was wir da sahen, war das Bild und in gewisser Weise die Quintessenz der höllischen Gesellschaft, in die wir jeden Tag gestürzt werden." (33)

Diese „tägliche" Welt ist grundsätzlich eine Welt sexueller Herrschaft und Gewaltanwendung.

Die logische Ausweitung der Vergewaltigungsmentalität ist, daß man alle die als Objekt betrachtet, die Opfer der Gewalt werden können. Vergewaltigung ist der ursprüngliche Akt der Gewaltanwendung, aber sie ist mehr als nur ein individueller Akt. Sie ist Ausdruck einer grundlegenden Entfremdung innerhalb der Psyche und innerhalb der Gesellschaft. Vergewaltigung ist das Handeln einer Gruppe gegen eine andere: männlich gegen weiblich. Wie ich schon zeigte, ist sie auch der Angriff eines Mannes auf einen anderen Mann, insofern, als das Eigentum des letzteren beschmutzt wird. Vergewaltigung ist Ausdruck eines Gruppendenkens, und Gruppendenken liegt auch dem Rassenvorurteil zugrunde, dessen logische Folgerung und Endlösung der Völkermord ist.

Paul Mayer schrieb über den Vietnam-Krieg, daß die Vereinigten Staaten dieselbe Art von Genozid an den Indochinesen verübten, wie die Nazis einst an dem europäischen Judentum. „Die Methode hat von den Gaskammern in Auschwitz zu jenen Krematorien übergewechselt, die vor allem auf die Zivilbevölkerung Schrecken und Flammentod vom Himmel herunterregnen lassen." (34) Mayers Bestürzung darüber, daß die amerikanischen Katholiken und Juden die Parallele nicht sehen, rührt daher, daß er den fundamental patriarchalen Charakter ihrer Traditionen nicht erkennt. Das Verhalten der Kirche im nationalsozialistischen Deutschland ist wohl bekannt. Guenter Lewy schreibt:

„Als Tausende von deutschen Nazigegnern in Hitlers Konzentrationslagern gefoltert wurden, als die polnische Intelligenz niedergemetzelt wurde, als Hunderttausende von Russen starben, weil sie als slavische *Untermenschen* behandelt wurden, und als 6 000 000 Menschen ermordet wurden, weil sie nicht „arisch" waren, stützten die katholischen Kirchenbeamten in Deutschland das System, das diese Verbrechen verübte." (35)

Mit viel Einsicht weist Lewy auch darauf hin, daß die Macht der Kirche über die Gläubigen unsicher ist, was sie davon abhält, die Konfrontation mit einem Staat zu riskieren, der die menschliche Würde und Freiheit mit Füßen tritt. Lewy legt dar, daß die Situation noch schlimmer wird, wenn sich die Geistlichkeit von einer fremden Überzeugung anstecken läßt. Ich möchte aber darauf hinweisen, daß die Grundsätze einer totalitären Regierung ihr gar nicht so „fremd" sind. Lewy selbst schreibt, daß Theologen, wie z. B. Michael Schmaus und Joseph Lortz grundlegende Ähnlichkeiten zwischen den Nazis und der katholischen „Weltanschauung" feststellten. (36) Auf jeden Fall – ob man die geistige Verwandtschaft nun eine Infektion oder das Erkennen einer geheimen Gemeinsamkeit nennen will – folgt das Bündnis des hierarchischen Katholizismus mit den dämonischen Mächten einem bekannten Muster.

In den sechziger und siebziger Jahren wandten die amerikanischen katholischen Bischöfe die ganze Kraft ihrer Besorgnis dem Schutz des Fötus zu, anstatt das völkermordende Vorgehen der Vereinigten Staaten in Südostasien zuzugeben. Es wurden zwar schwache Versuche unternommen, auf den Protest gegen die zwanghafte und ausschließliche Identifikation mit dem Fötus mit zaghaften, vage lobenden Bemerkungen über „Frieden" zu antworten. Aber als man die „Woche zum Schutz des Lebens" (lies: fötales Leben) vorbereitete, die im Oktober 1972 abgehalten wurde, lehnten die amerikanischen Bischöfe den Vorschlag ab, den Vietnam-Krieg mit der Abtreibung in Verbindung zu bringen. Ein 32 Seiten umfassendes Handbuch wurde für die „Woche zum Schutz des Lebens" zusammengestellt, in dem der Indochina-Krieg nur in einer knappen bibliographischen Quellenangabe erwähnt wurde. Darüber zur Rede gestellt, erklärte Prälat James

McHugh, daß „man sich entschieden habe, die Darstellung kurz zu halten und die Leute die Einzelheiten selbst hinzufügen zu lassen". (37)

Das katholische Schweigen über den völkervernichtenden Krieg ist für katholische Pazifisten wie Gordon Zahn erschreckend. Was Männern seiner unzweifelhaften Integrität aber nicht in den Sinn kommt, ist, daß der Begriff „katholischer Pazifismus" ein Widerspruch in sich selbst ist. Bezeichnenderweise vertritt Professor Zahn auch die Ansicht, daß Abtreibung unmoralisch sei, selbst im Falle einer Vergewaltigung. (38) Eine differenziertere Sicht würde ihn aber vielleicht dazu bringen, die Möglichkeit in Erwägung zu ziehen, daß eine logische Verbindung besteht zwischen der Bereitschaft, Frauen die Folgen einer Vergewaltigung tragen zu lassen (d. h. eine unerwünschte Schwangerschaft), und dem Schweigen über, ja sogar der offenen Unterstützung bei der Vergewaltigung Indochinas.

Schweigen angesichts des Völkermords oder offene Unterstützung ist dem protestantischen Christentum wohl kaum fremd. Im nationalsozialistischen Deutschland gab es die von den Nazis gebilligte Nationalkirche oder „Reichskirche", die von Hitler für seine Ziele eingespannt wurde. Dieser Tatbestand wird nicht dadurch kompensiert oder getilgt, daß es auch die „Bekennende Kirche" gab, die sich weigerte, mit den Nazis zusammenzuarbeiten, und auch nicht durch das Leben einiger protestantischer Helden, wie Dietrich Bonhoeffer, der von den Nazis gehängt wurde. (39) Was das betrifft, so gab es auch katholische Helden und Märtyrer, wie den Landwirt Franz Jägerstätter, der geköpft, oder den Priester Alfred Delp, der von den Nazis getötet wurde. Tatsache ist, daß die Vereinigten Staaten auf dem Höhepunkt ihrer völkermordenden Manie eine vorherrschend protestantische Nation waren. Auch sollten wir nicht vergessen, daß das katholische und protestantische Christentum tief in der jüdischen Tradition verwurzelt ist, in der das Volk Jahwes sich selbst als verschieden von „den Anderen" betrachten konnte – den Verehrern „falscher Götter". Wenn also viele amerikanische Juden sich gestatteten, die Parallelen zwischen dem amerikanischen Völkermord und Auschwitz nicht zu sehen, so ist dieses Phänomen nicht ganz widersprüchlich, da die Vergewaltigungsmentalität auch in der jüdischen Tradition selbst liegt.

Die dritte Größe der höchst unheiligen Trinität ist der Krieg. Theodore Roszak bezeichnete ihn als „die volle und abscheuliche Blüte einer Politik männlicher Vorherrschaft", die vom späten 19. bis zur Mitte des 20. Jahrhunderts offener zutage trat als je zuvor. (40) So verschiedene Gestalten wie Teddy Roosevelt, General Homer Lea, Patrick Pearse und der spanische Politologe Juan

Donoso-Cortés stimmten darin überein, daß sie den Krieg mit „männlichen und wagemutigen Tugenden" und das zivilisierte Grauen vor dem Krieg mit einem Verlust an Männlichkeit in Verbindung brachten. (41) Dieser metaphysische Männlichkeitswahn wurde im Nationalsozialismus und im Faschismus ausgelebt. Er bestimmt unser Leben heute in sogar noch größerem Maße, aber die Sprache der Gewalt drückt sich jetzt verhüllt, mathematisch und mit Hilfe von Computern aus. Gelegentliche linguistische Schnitzer machen die ganze tragische Absurdität deutlich, wie z. B. die berühmte Aussage eines Offiziers, der sagte, es sei nötig, ein vietnamesisches Dorf zu zerstören, um es zu retten. Solche Ausrutscher rütteln das Gewissen einiger weniger auf, aber die Mehrheit, durch die dauernde Präsenz der Vergewaltigungspolitik auf dem Fernsehschirm unempfindlich geworden, sieht zwar alles, aber sieht doch nichts. Die Schrecken einer phallozentrischen Welt sind gleichzeitig sichtbarer und unsichtbarer geworden.

Die Übersetzung des metaphysischen Wahns in Mathematik wird in den Schriften Paul Ramseys, eines bekannten Ethikers deutlich, der in aller Ruhe die These vertritt, „daß ein nuklearer Gegenschlag das äußerste an rationaler, politisch zweckdienlicher militärischer Aktion sei". (42) Ramsey beklagt die Tatsache, daß „die öffentliche Meinung in diesem Land bisher den Unterschied zwischen vermutlich 25 Millionen Toten bei einem totalen Defensivschlag und 215 Millionen Toten in einem totalen, gegen die Städte gerichteten Krieg zwischen den Großmächten nicht sieht". (43) Für ihn handelt es sich dabei nicht nur um eine quantitative, sondern um eine „qualitative moralische Unterscheidung". Bezeichnenderweise behauptet dieser Megatod-Ethiker, „die Grundsätze des christlichen Gewissens in bezug auf die Teilnahme am Krieg" zu vertreten. (44) Und bezeichnenderweise behauptet eben dieser Ethiker auch, daß er einer von denen sei, „die Abtreibung wenigstens in einigen Fällen moralisch für eine Spielart der Sünde des Mordes halten". (45)

Es ist klar, daß nicht alle christlichen Ethiker die Wesenszüge der phallischen Moral so deutlich machen wie Ramsey, dessen intellektuelle Formulierung präzise die Kurzsichtigkeit des hierarchischen Ethos widerspiegeln. Komplexer und darum weniger deutlich zeigt sich dies auch in Schriften von Moralisten, die als vernünftig, weltmännisch und human gelten, wie z. B. bei James Gustafson, der schreibt:

„So wie der gewissenhafte Soldat, der in einem bestimmten Krieg kämpft, überzeugt ist, daß Leben „mit Recht", aber auch „mit Trauer" genommen werden kann und muß, so kann der Moralist überzeugt sein, daß dem wehrlosen Fötus das Leben *weniger gerechtfertigt, aber mit mehr Trauer* genommen werden kann."

(Hervorhebung von mir.) (46)

Der Vergleich ist irreführend, unangemessen und – möchte man sagen – grotesk. Deutlicher ausgedrückt hieße dies, daß Abtreibung (obwohl sie manchmal zulässig ist) eine größere Verfehlung wäre als Krieg, und daß ein Fötus mehr zu betrauern sei als erwachsene Menschen.

Es ist wichtig, sich auf die Einfachheit einzustellen, die hinter den komplizierten Kulissen der Kriegsspiele steht, die von der phallischen Ethik verteidigt werden. Governor Ronald Reagan soll 1972 während einer Rede bei einem Wahlkampf-Diner für Nixon, für das man pro Kopf eintausend Dollar zahlen mußte, gesagt haben: „Wenn man in einen John-Wayne-Film geht und sich die Karte dafür kauft, weiß man, daß er den bösen Gegner fertigmachen wird, aber es ist ganz schön aufregend." (47) Diese Art, die Dinge nicht zu sehen, scheint denen, die wenigstens ein Auge noch teilweise offen haben, unglaublich. Einen gewissen Einblick in den Mechanismus, der dieses unglaubliche Phänomen hervorbringt, findet sich bei dem Rechtsphilosophen Edmond Cahn, der im Zusammenhang mit der Analyse eines Rechtsproblems feststellte: „Es ist bezeichnend für den Mann, daß er, wenn ihm ein Ereignis sehr unangenehm ist, vorgibt, es sei nie geschehen." (48) Während diese Feststellung als Aussage über einen angeborenen Wesenszug „des Mannes als solchem" mißbraucht werden könnte – was wir nicht tun wollen –, sagt sie doch etwas aus über die phallische Mentalität, zu der die herrschende Elite in unserer Welt erzogen wird. Religiösen Autoren wie Paul Mayer wäre es vielleicht nützlich, über diesen Mechanismus des „Vorgebens, daß es nie passiert sei", nachzudenken. Er war über das Ausmaß, in dem Katholiken und Juden die Wiederwahl Nixons unterstützten, betroffen und fand einen bitteren Widerspruch darin, daß ausgerechnet sie „an der Seite eines Mannes standen, der die Vernichtung des Volkes und Landes von Vietnam beaufsichtigte". (49) Ich möchte in diesem Zusammenhang darauf hinweisen, daß sich das Nicht-sehen aus zwei Ursachen erklärt: Erstens geben diese Religionsgruppen nicht zu, daß eine solche Vernichtung in Vietnam tatsächlich stattgefunden hat, und zweitens sehen diejenigen, die den angeblichen „bitteren Widerspruch" zwischen der Haltung der Mitglieder dieser religiösen Gruppen und ihrer Tradition beklagen, nicht, daß da gar kein so großer Widerspruch besteht. Wenn die religiösen Pazifisten nicht so blind in bezug auf die christliche Vergangenheit wären, auch auf die noch relativ junge Vergangenheit im nationalsozialistischen Deutschland – ein Wissen, das sicherlich zugänglich ist –, würden sie vielleicht erkennen, daß der Besuch Kardinal Krols auf der Präsidentenjacht und das Segnen des republikanischen Parteitags in Miami durchaus mit der

„Tradition“ übereinstimmen.

Die höchst unheilige Trinität von Vergewaltigung, Völkermord und Krieg ist eine logische Ausdrucksform phallozentrischer Macht. Sie sind Systeme der Entfremdung, die sich selbst erhalten und dauernd weitere Entfremdung hervorbringen. Der ewige Kreislauf der Zerstörung, der durch die höchst unheilige Trinität hervorgebracht wird und sich in dem unvollständigen Trinitätssymbol des Christentums widerspiegelt, wird erst durchbrochen, wenn die Frauen, die nach patriarchalem Verständnis Objekte der Vergewaltigung sind, ein neues Selbstverständnis verkörpern und verinnerlichen, dessen zwingende Macht in der Macht des Seins verwurzelt ist. Die Austreibung der dämonischen Trinitäten *ist* das Werden der Frauen. (50)

DIE REVOLUTION DER FRAUEN UND DIE „SEXUELLE REVOLUTION“

Die Selbstfindung der Frauen ist *nicht* dasselbe wie die sogenannte „sexuelle Revolution“. Die letztere ist in der Tat nur eine Erweiterung der Vergewaltigungspolitik, eine den Frauen angedrehte Neue Moral falscher Befreiung, die ihnen sagt, frei zu sein für das, was sie immer waren: Sexualobjekte. Der Unterschied besteht nur darin, daß sie jetzt dem sozialen Druck ausgesetzt sind, auf jeden Wink jedem beliebigen Mann zur Verfügung zu stehen, eine nicht-berufliche Hure zu sein. Die Alte Moral war eine Doppelmoral. Die Neue Moral hat dies nicht wesentlich geändert, da sich das Verhalten der Männer und ihre Einstellung zu Frauen nicht grundlegend gewandelt hat. Der soziale Kontext hält die Frauen noch immer in einem machtlosen Zustand und gibt ihnen weder Gelegenheit noch Ermutigung zu höheren Ebenen der Kreativität.

Die Frauenbefreiung steht der „sexuellen Revolution“ zutiefst antithetisch gegenüber. Die zweite Welle des Feminismus bezog ihre Energien weitgehend aus der tiefen Erkenntnis, daß die Frauen durch die „sexuelle Revolution“ betrogen worden sind. Diese Erkenntnis, die viele Frauen teilen, wurde von Anselma Dell'Olio folgendermaßen ausgedrückt:

„Die Männer haben ihre schöpferischen Energien in Arbeit investiert, wir haben unsere Energien in die Liebe einfließen lassen, und daraus ergab sich unausweichlich ein ungleiches soziales und sexuelles Verhältnis. Weil diese Situation von der sexuellen Revolution zu korrigieren versäumt wurde, stoßen die Feministinnen jetzt in einen Bereich vor, den sie durch Unterlassung gewonnen haben.“ (51)

Wir Frauen sind wieder einmal in die Falle gegangen und haben die Energien verschwendet, die wir schöpferisch hätten einsetzen sollen und die unsere persönliche und kollektive Selbstachtung gehoben hätten.

Die sexuelle Freiheit, die den Frauen in letzter Zeit aufgezwungen worden ist, gibt ihnen keine Freiheit, sich der Bestimmung durch das Geschlecht zu entziehen. Eine feministische Theoretikerin, Dana Densmore, drückte dies folgendermaßen aus:

„Sex ist überall. Er wird uns aufgezwungen. Er ist die große Beruhigungspille, die uns an unserem Platz hält, und der große Auftrieb, der unsere düstere Welt interessant macht." (52)

Und Densmore fährt ironisch fort:

„Spirituelle Freiheit, intellektuelle Freiheit, Freiheit von Übergriffen in die Privatsphäre und von den Beleidigungen degradierender Stereotype – sind nur Männern vorbehalten, die sich um solche Dinge kümmern und sie zu würdigen wissen ... Für eine solche Kreatur (die Frau) wäre ein Anspruch auf das Gebiet der Transzendenz erschreckend undenkbar und eine Beschmutzung der hohen und reinen Bereiche des Willens und des Geistes, wo wir uns *über* das Fleisch erheben." (53)

Es ist gegenwärtig eine übliche Form der Vergewaltigung, Frauen Energien durch die Fixierung auf genitale Sexualität zu entziehen. Anstatt sie körperlich zu verletzen, räumt man ihnen das Privileg ein, buchstäblich alles wegzugeben. Das ist eine Vergewaltigung von Geist und Willen und raubt dem weiblichen Selbst kostbare Zeit, Energie und Selbstachtung. Es ist das zivilisiert-technokratische Äquivalent zu dem, was mit den Frauen in Bangladesch geschah und im wesentlichen immer noch geschieht.

Herbert Marcuse, der die Technokratie unter den Auswirkungen des Überflusses untersuchte, sah die Wurzel der psychischen Ausbeutung in der repressiven Entsublimierung. Entsublimierte Sexualität innerhalb eines gesellschaftlichen Zusammenhangs, der die weiteren Möglichkeiten individueller und gemeinschaftlicher menschlicher Entwicklung unterbindet, verstärkt den status quo, indem er die Leute mit einer verstümmelten, unrebellischen Existenz in einem „glücklichen" Zustand hält. Unsere Gesellschaft schränkt den Spielraum und das Bedürfnis nach Sublimierung ein. Sex ist nun „frei" (aber auch teuer), und die tieferen Kräfte, die zu einer Transzendenz streben, sind unter gesellschaftlicher Kontrolle. Marcuse schreibt:

„Institutionalisierte Entsublimierung erscheint so als ein Aspekt der ‚Bewältigung der Transzendenz', wie die eindimensionale Gesellschaft sie erreicht hat. Ganz wie diese Gesellschaft im Bereich der Politik und höheren Kultur dazu tendiert, die Opposition (die qualitative Differenz!) abzubauen, ja aufzusaugen, so auch in der Triebsphäre. Das Ergebnis ist ein Absterben der geistigen Organe, die Widersprüche und Alternativen erfassen ..." (54)

Nach Marcuse sind sowohl Männer als auch Frauen in diesem Netz eindimensionaler Existenz gefangen, was den Tatsachen entspricht. Ich meine aber, daß die Frauen die Kraft haben, gegen diese Einengung Widerstand zu leisten. Frauen sind Opfer geworden einerseits durch die falsche Sublimierung auf dem Podest des Nichtstuns, und andererseits durch die repressive Entsublimierung als wesentlichste Opfer – Sexualobjekte, die nur dem Vergnügen von allen Männern benutzt zu werden, leben. Dieses System wird nicht mehr funktionieren, wenn wir Frauen unsere Macht, auszutreiben, benutzen, indem wir diese beiden falschen Identitäten ablehnen. Sich selbst verwirklichende Frauen, die nicht länger unsere kostbaren Energien in alberner Weise auf ein stellvertretendes Leben oder die Falle zwanghafter Fixierung auf genitale Aktivitäten verschwenden wollen, sind ein „Faktor", der von der eindimensionalen Gesellschaft nicht aufgesogen werden kann. Dies zu erkennen, ist bereits der Anfang eines Wissens, das über das geistlose und impotente „Gute" und das selbstzerstörerische „Böse" hinausführt, das allen Wahlmöglichkeiten anhaftet, die uns vom phallischen Ethos eingeräumt werden. Die Revolution der Frauen ist also eine sexuelle Revolution in einem tieferen Sinne, insofern, als sie die Energien wieder zurückgewinnt, die den Frauen durch die Sexualpolitik abgerungen wurden – auch in der männlich bestimmten „sexuellen Revolution".

HETEROSEXUALITÄT UND HOMOSEXUALITÄT: DIE ZERSTÖRENDE ZWEITEILUNG

Alle radikalen Feministinnen vertreten grundsätzlich die totale Eliminierung der Geschlechterrollen. Wie Anne Koedt sagt:

„Grundlegend für den radikalen Feminismus ist die Auffassung, daß Biologie kein Schicksal ist und daß die männlichen und weiblichen Rollen nur erlernt sind – daß sie in der Tat männliche politische Konstruktionen sind, die dazu dienen, die Macht und den Status der Männer zu sichern." (55)

Die logische Folgerung daraus ist, daß „der Mann nicht aufgrund seiner Biologie zum Unterdrücker wird, sondern aufgrund seiner rationalisierenden Vorherrschaft, die er aus jenem biologischen Unterschied ableitet." (56)

Der radikale Feminismus kann nicht einfach mit der Bewegung der Homosexuellen gleichgesetzt werden. Ein Problem ist, daß sowohl Lesbierinnen als auch männliche Homosexuelle häufig Geschlechterrollen annehmen. Sie unterscheiden sich vom „normalen“ heterosexuellen Rollenspiel nur dadurch, daß die Rollen vom „falschen“ Geschlecht übernommen werden. Eine solche Normierung von Menschen in Rollen steht aber grundsätzlich im Widerspruch zum radikalen Feminismus, der das ganze System der Geschlechterrollen umstoßen will. Lesbierinnen können auch radikale Feministinnen sein, aber die Tatsache, daß sie Frauen statt Männer als sexuelle Partner wählen, stellt *an sich* noch keine wirksame Herausforderung an die sexistische Gesellschaft dar, ebensowenig wie die Wahl eines männlichen Partners notwendigerweise eine Unterstützung der sexistischen Gesellschaft ist.

Die Kategorien von Heterosexualität und Homosexualität sind patriarchale Einteilungen. Da die Männer in unserer Gesellschaft so konditioniert sind, daß sie in ihren Beziehungen zu Frauen zerstörend sind, sind einige Frauen zu dem Schluß gekommen, daß echte persönliche Beziehungen zu Männern unter den herrschenden Umständen äußerst schwierig und vielleicht sogar unmöglich sind. Aber doktrinär auf ausschließlicher Homosexualität zu bestehen, versagt gerade deshalb, weil es nicht radikal genug ist. Denn, wie Anne Koedt zeigt, es unterstützt die Vorstellung, daß es *von Bedeutung ist*, welchen Geschlechts unser Partner ist. (57) Gleichzeitig wäre es aber unrealistisch, wenn wir uns losgelöst von der gegenwärtigen historischen Situation sähen. Phyllis Chesler sagt: „Nur sie (die Frauen) können, wenn sie wollen, in diesem historischen Augenblick einander beim Eintritt oder Wiedereintritt in die menschliche Gesellschaft helfen.“ (58) In Frauengruppen ist verschiedentlich die Frage aufgetaucht, ob wir so, wie wir heute als Frauen konditioniert sind, überhaupt eine feministische Revolution durchführen können, solange wir psychosexuell noch an die Männer gebunden sind. Diese Fragen sind nicht leicht zu beantworten. Es ist wichtig, die alten Dogmen über sexuelles Verhalten zu verwerfen, aber es ist auch wichtig, keine neuen aufzustellen.

Die männliche Furcht vor und Feindseligkeit gegen die „Homosexualität“ spiegelt die Angst wider, eine Macht zu verlieren, die auf den Geschlechterrollen beruht. Die feministische Umwertung aller Werte schließt ein, daß die Gültigkeit, die einer solchen Kategorisierung fälschlich zugesprochen wurde, abgelehnt wird. Durch ihre Geschlechterrollenstereotypisierung hat die phallische Moral das „Problem“ der Homosexualität geschaffen, das uns daran hindert, zu sehen, daß zwei Menschen desselben Geschlechts eine echte Beziehung zueinander haben können. Nachdem sie das Pseudoproblem hervorgerufen hat, benutzt die phallische Moral die Bezeichnung als einen Schreckensbegriff, um diejenigen einzuschüchtern, die auch nur von den Normen der Rollenpsychologie abzuweichen scheinen, selbst wenn keine genitalen Vorgänge damit verbunden sind. Wie die Verfasserinnen eines Artikels über Lesbianismus sagten:

„Indem man nicht nur Frauen, die sich als Person verwirklichen wollen, sondern auch alle Situationen echter Liebe, Solidarität und Vorrangigkeit zwischen Frauen mit dem Etikett ‚lesbisch' versieht, trennt man Frauen voneinander. Dies hält die Frauen in den Grenzen ihrer weiblichen Rolle ..." (59)

Das Etikett ist also ein Instrument gesellschaftlicher Kontrolle. Eingeschüchtert haben viele Frauen ihr Verhalten geändert oder echte Gefühle der Liebe (sexuelle oder nicht) für andere Frauen unterdrückt, wenn diese Waffe gegen sie eingesetzt wurde. Es geht jetzt aber nicht darum, das eigene Lesbischsein zu verneinen und sich somit aus einer Kategorie zurückzuziehen, die als solche unkritisiert bleibt, noch geht es darum, sich trotzig in diese Kategorie hineinzuboxen, sondern das Etikett selbst muß kritisiert und ausgetrieben werden, das seinen Sinn ja nur aus der verrückten Welt phallischer Kategorien erhält.

Auf abstrakt semantischer Ebene ist die Austreibung leicht. Wir brauchen den Begriff „homosexuell" nur aus dem Kontext negativer Werturteile zu nehmen und als Ausdruck für eine tiefe und persönliche Beziehung zu einer Person des gleichen Geschlechts aufzufassen, mit oder ohne genitale Aktivität. (60) Eine wertfreie Definition von „heterosexuell" liefe dann parallel dazu. Es sollte klar sein, daß Werturteile über eine Beziehung nicht aufgrund biologischer Bestimmung, sondern aufgrund ihrer Qualität gefällt werden sollten. Auf der Grundlage dieser Einsicht wird auch deutlich, daß die Begriffe „homosexuell" und „heterosexuell" irrelevant für die qualitative Bewertung einer Beziehung sind.

Ein solcher Prozeß ist natürlich auf der Ebene „reiner" Logik einfach. Tatsächlich sind die Wörter „homosexuell" und „lesbisch" aber von alters her mit der dämonischen Erbschaft negativer Vorstellungen belastet. In einer nicht-sexistischen Gesellschaft, in der sexuelle Ausdrucksformen nicht nach feststehenden Klischees klassifiziert würden, wären die Kategorien der Homosexualität und Heterosexualität unwichtig. Das archaische Erbe läßt sich aber nicht dadurch auflösen, daß die Regeln der sexistischen Gesellschaft nur auf der eindimensionalen Ebene sexuellen Verhaltens abgelehnt werden. Sie sind im großen Rahmen patriarchaler Entfremdungsmuster und deren Verzweigung in eine riesige Reihe von Problemen zu sehen, von der üblichen Erfahrung wirtschaftlicher Diskriminierung bis zu dem relativ seltenen aber bedeutsamen Problem der Transsexualität. (61) Wir können dieser Entfremdung wirksam entgegentreten, wenn wir es vermeiden, unsere Aufmerksamkeit nur auf eine ihrer Manifestationen zu richten unter Ausschluß der anderen.

DIE ALLERHEILIGSTE UND GANZHEITLICHE TRINITÄT: MACHT, GERECHTIGKEIT UND LIEBE

Tillich hat mit Recht gesagt, daß „sämtliche Probleme von Liebe, Macht und Gerechtigkeit uns zu einer ontologischen Analyse treiben.“ (62) Was seine Analyse aber ausläßt, ist die wesentliche Tatsache, daß eine Einteilung in Geschlechterrollen die menschliche Psyche selbst zerteilt, so daß Liebe, abgetrennt von Macht und Gerechtigkeit, Pseudo-Liebe ist; Macht, losgelöst von Liebe und Gerechtigkeit, ist eine unechte Macht der Vorherrschaft; und Gerechtigkeit ohne Liebe und wahre Macht des Seins ist eine bedeutungslose Fassade von Legalismus. Ohne die Erkenntnis, wie dämonisch sich die Einteilung und Einübung in Geschlechterrollen auswirkt, bleibt eine „ontologische“ Analyse dieser Probleme hoffnungslos steril und fern von den wirklichen Existenzbedingungen. Sie ist dann nicht wirklich ontologisch.

Aufgrund dieser vielfachen Teilung wird „Liebe“ auf die Privatsphäre beschränkt. Die Theorie von den „zwei Reichen“, nach der „Liebe“ in der privaten Wertordnung an erster Stelle steht und Macht im politischen Bereich regiert, ist in der lutherischen Theologie weit verbreitet. In abgewandelter Form ist dieser Gedanke ein Allgemeingut unserer ganzen Kultur. Die Annahme, daß diese beiden Wirklichkeiten getrennt werden und trotzdem real sein können, ist natürlich eine Illusion. Die Theoretikerinnen der Frauenbewegung haben gezeigt, daß „das Persönliche politisch ist“, und daß sich die Machtstrukturen auf die Psyche und die individuellen persönlichen Beziehungen auswirken, d. h. „Sexualpolitik“ sind. Wenn wir die Macht von der Liebe trennen, wird das, was wir „Liebe“ nennen, obszön, da es uns gegen unseren Willen dazu zwingt, uns selbst und einander zu zerstören. R. D. Laing hat uns einen erschreckenden Einblick in die zerstörerische Gewalt dieser privatisierten Liebe gegeben, die im Grunde öffentlich ist und das entfremdete Bewußtsein aller widerspiegelt. Er beschreibt, wie diejenigen, die versuchen, sich aus der Entfremdung zu befreien, gerade von denjenigen bedroht werden, die sie „lieben“.

„Und weil sie human sind und besorgt und uns sogar lieben und sehr erschrocken sind, werden sie versuchen, uns zu heilen. Das kann ihnen gelingen. Doch ist noch Hoffnung, daß es ihnen nicht gelingen wird.“ (63)

Wenn die „Liebe“, die der patriarchalen Macht dient, über die familiäre und persönliche Sphäre ausgeweitet wird, zeigt sie sich oft als die hilflose „Wohltätigkeit“, die uns bei charitativen Unternehmungen entgegenkommt. Manchmal ist sie die Maske totaler Gewalt, wie die „Liebe“ der Amerikaner für das südvietnamesische Volk, das sie „beschützen“.

Echte Liebe, die nicht blindlings durch politische Herrschaftsansprüche manipulierbar ist, trachtet danach, diese Macht zu überwinden und das geteilte Ich zu heilen. Die sexistische Gesellschaft hält die Psyche in der Gewalt, indem sie ihre Teilung aufrechterhält. Durch Klischeevorstellungen hemmt sie die Kraft der vollen menschlichen Entwicklung. Man weiß, daß Liebe auf der tiefsten ontologischen Ebene ein Streben nach Einheit ist, aber den tieferen Sinn dieser Einheit haben die Patriarchatsphilosophen noch nicht verstanden. Es bedeutet, daß ein neuer Mensch aus der befreiten Energie psychisch androgyner Frauen hervorgeht, deren erstes Anliegen es nicht ist, andern zur Geburt zu verhelfen, sondern sich selbst.

Ein ganz anderes Verständnis von Gerechtigkeit entsteht auch, wenn die charakteristische Starrheit des typisch Männlichen nicht mehr vorherrscht. Tillich spricht von einer umformenden und schöpferischen Gerechtigkeit, die über ein Rechnen mit festen Proportionen hinausgeht. Leider aber hält er an dem Gedanken fest, daß „das religiöse Symbol hierfür das Reich Gottes“ sei. (64) Ich meine, daß es so lange keine schöpferische Gerechtigkeit geben wird, als wir im Schatten eines *Reiches*, ob real oder symbolisch, leben. Das umformende und schöpferische Element in der Gerechtigkeit ist intuitiv erfaßt und vage ausgedrückt worden in dem Begriff „Billigkeitsrecht“. Aristoteles definiert es als eine Korrektur des Gesetzes, da wo es wegen seiner Universalität unzureichend ist. (65) Diese Definition erfaßt jedoch die dynamische und verwandelnde Seite der Gerechtigkeit nicht, die nicht von festgelegten universalen Gegebenheiten ausgeht, sondern offen ist für neue Erfahrungen.

Die falsche universale und statische Beschaffenheit patriarchalen Denkens, die keinen Durchbruch zuläßt, der über das „Billigkeitsrecht“ hinausginge, erreicht ihr letztes Stadium sklerotischer Unbeweglichkeit, wenn es um die weibliche Hälfte der menschlichen Gattung geht. Ein Beispiel dieser Sklerose, die jegliche schöpferische Gerechtigkeit gegenüber Frauen aus christlichem Denken verhindert hat, ist die Einstellung des bekannten Theologen Helmut Thielicke, der in seiner *Ethik der Geschlechtlichkeit* schreibt:

„Es ist gleichsam der ‚Beruf‘ der Frau, Geliebte, Kameradin und Mutter zu sein. Und selbst die unverheiratete Frau erfüllt ihren Beruf dem Wesensbild ihrer selbst entsprechend nur dann, wenn diese Grundeigenschaften, die auf Gattin- und Mutter-sein hin angelegt sind, eine sublimierende Wandlung erfahren, aber in der Wandlung noch erkennbar bleiben ..." (66)

Und dann wird es noch schlimmer, wenn Thielicke darauf besteht, daß „die Frau" monogam ausgerichtet sei, weil sie durch die sexuelle Begegnung tief geprägt und durch den ersten Mann, der sie „besitzt", gezeichnet werde.

„Man wird sogar noch weitergehen und sagen müssen, daß selbst die erste Begegnung mit diesem ersten Manne eine gravierende Bedeutung hat, daß sie gleichsam den Akzent des Monon besitzt und insofern auf Monogamie drängt." (67)

Für Thielicke ist der Mann in bezug zu Frauen ganz deutlich Gott. Seine Sprache verrät das auf Schritt und Tritt. Er behauptet, daß die zahlreichen psychopathologischen Symptome durch die „Struktur" der weiblichen Sexualität „bestimmt" würden. Sowohl die „Frigidität", sagt er, als auch die „vampirhafte Unersättlichkeit der Dirne" lassen sich auf ihre erste sexuelle Begegnung zurückverfolgen. Eine schöpferische Gerechtigkeit, die diese dualistische Ethik durchbrechen könnte, kommt sicherlich nicht von denen, deren Status so sehr von stereotyper Unnachgiebigkeit profitiert.

Die Sterilität und Härte einer nicht-schöpferischen Gerechtigkeit, die alles klassifiziert und sich jeglicher Veränderung verschließt, spiegelt sich nicht nur in der Ethik, sondern auch im Rechtssystem und in der Haltung derer wider, die das Recht auslegen. Die patriarchale Starrheit, die sich im Gesetz ausdrückt, wird auch auf andere benachteiligte Gruppen übertragen (und es ist wichtig, sich daran zu erinnern, daß über fünfzig Prozent all dieser Teile der Menschheit – z. B. Schwarze, die Dritte Welt – Frauen sind. Gunnar Myrdal schrieb in seinem berühmten 5. Anhang zu *An American Dilemma*:

„Im frühen Gewohnheitsrecht unterstanden Frauen und Kinder der Jurisdiktion der väterlichen Macht. Als im 17. Jahrhundert ein rechtlicher Status für die importierten Neger gefunden werden mußte, bot sich als nächstliegende und natürliche Analogie der Status der Frauen und Kinder an." (68)

Myrdal zitiert George Fitzhugh, der in seiner *Sociology for the South* (1854) Frauen, Lehrlinge, Wahnsinnige und Idioten in einer Kategorie zusammenfaßt und feststellt, daß eines Mannes Frau und Kinder seine Sklaven seien.

Als am Rande Lebende, die durch die Härten der patriarchalen Macht persönlich nichts gewinnen, können Frauen diese durchschauen. Auch einige Männer haben sie natürlich gesehen, aber die Tendenz ging doch immer dahin, die Einsicht in Klischeevorstellungen einzufangen, die die Trennung von Liebe und Gerechtigkeit stärkten und somit die teuflischen Usancen politischer Macht unterstützten. Dies zeigt sich auch in folgender Redensart: „Der Mann ist der Kopf, die Frau das Herz“. Wenigstens eine juristische Kapazität hat (sehr schüchtern) versucht, die Zweiteilung zu überwinden, indem er vorschlug, mehr Frauen in die juristischen Berufe zu bringen. Der Richter Jerome Frank meinte, es habe eine Verbindung bestanden zwischen der Inflexibilität des römischen Rechtswesens und der Vorherrschaft des Vaters (patria potestas) in der römischen Gesellschaft. Er weist darauf hin, daß in der griechischen Gesellschaft, in der die Macht des Vaters zurückgegangen war, das Rechtswesen flexibler war:

„Ich glaube, es ist durchaus möglich, daß infolgedessen die Rolle der Mutter einen Einfluß auf die griechischen Rechtsauffassungen gewann, so daß Unvoreingenommenheit, größere Nachsicht und mehr Rücksicht auf die näheren Umstände das anerkannte Rechtsideal wurden.“ (69)

Obwohl Frank bei der Darstellung seiner Meinung, daß Frauen Flexibilität in das Rechtssystem bringen könnten, apologetisch und stereotyp vorgeht, ist seine Ansicht nicht ganz ohne Einsicht. Um sie zu erhärten, zitiert er Abschnitte von Henry Adams über die Rolle der Maria im 12. und 13. Jahrhundert. Adams meinte, Maria fungiere symbolisch als der einzige Gerichtshof, vor dem durch ausgleichende Gerechtigkeit das in der Trinität symbolisierte strenge Gesetz außer Kraft gesetzt werden konnte:

„Nur die Mutter war menschlich und vollkommen und konnte lieben ... Nur die Mutter konnte das vertreten, was nicht in die Einheit paßte, was unregelmäßig, außergewöhnlich und *außerhalb des Gesetzes* war (Hervorhebung von mir); und das war die ganze menschliche Gattung ...“ (70)

Die Kirche hat sich diese Macht des Vielfältigen, Unregelmäßigen und Außergewöhnlichen zunutze gemacht (ohne sie zerstören zu können), indem sie diese zum sanften und monolithischen Bild der Maria normierte. Sie fing diese Macht der Vielfältigkeit ein und kerkerte sie in ein Symbol. Die wirkliche Vielfältigkeit und *Einsicht* in die Verschiedenartigkeit ist bei rebellierenden Frauen lebendig, deren Bewußtsein ihrer eigenen Daseinskraft sich weigert, in eine Form gegossen zu werden. Sie, die ihre Machtlosigkeit erfahren haben, Opfer der phallischen Ungerechtigkeit wurden und eine unterwürfige und ohnmächtige „Liebe“ praktizieren mußten, sind aus ihrer Betäubing erwacht und haben nun etwas zu sagen über die allerheiligste und ganzheitliche Trinität von Macht, Gerechtigkeit und Liebe. (71) Da die Trinität sich auf eine ontologische Einheit gründet, kann sie Vergewaltigung und Völkermord überwinden, deren Abkömmling, den unheiligen Geist des Krieges, sie beide in wechselseitigem Haß in die Höhe geschraubt haben.

Frauen können dies jetzt sagen, weil wir konspirieren – zusammen atmen. Sie tragen dies individuell und vielfältig vor, wie *outlaws* es tun – denn das sind die radikalen Feministinnen. Sie sagen es mit den mannigfaltigen Worten ihres Lebens, die gerade jetzt gesprochen werden.

Kapitel Fünf

DIE BANDE DER FREIHEIT: SCHWESTERSCHAFT ALS ANTIKIRCHE

Eine Frau darf niemals frei von Unterwerfung sein.
– *HINDUISTISCHES GESETZ DES MANU.*

Ich danke dir, Gott, daß du mich nicht als Frau erschaffen hast.
– *ORTHODOXES JÜDISCHES TAGESGEBET.*

Der Schöpfer des Himmels und der Erden, Er hat euch Frauen eurer eigenen Art gegeben, damit ihr euch mehren könnt, und männliches und weibliches Vieh. Nichts kommt Ihm gleich.
– *HEILIGER ISLAMISCHER KORAN.*

Die Frauen seien untertan ihren Männern ... denn der Mann ist des Weibes Haupt, gleichwie auch Christus das Haupt ist der Gemeinde.
– *EPHESERBRIEF 5,22-23*

Die Religion legitimiert so wirkungsvoll, weil sie die prekäre Wirklichkeit der empirischen Gesellschaftsstrukturen auf die letzte Wirklichkeit bezieht.
– *PETER BERGER in THE SACRED CANOPY*

Frauen sind die Opfer eines weltweiten Kastensystems. Damit ihnen dies verborgen bleibt, hat man Frauen voneinander getrennt, indem man sie zu einer Pseudo-Identifizierung mit androzentrischen und männlich beherrschten Gruppen brachte. Dazu gehören auch die verschiedenen Religionen, die Frauen derartig degradieren und mystifizieren, daß die Opfer selbst ihre Herabsetzung nicht merken.

Trotz dieser Täuschung stoßen die Frauen jetzt aber zur Erkenntnis vor, daß das geschlechtsspezifische Kastensystem ein universales Phänomen ist. So wie Frauen dagegen rebellieren, entwickelt sich ein neues Verständnis der Wirklichkeit. Das heißt, eine Gegenwelt zum Patriarchat ist im Entstehen, die sich gleichzeitig auch gegen die Religion wendet, eben weil sie *patriarchal ist.* Somit ist die Schwesterschaft, die in einzigartiger Weise Frauen im Kampf gegen ihre Herabsetzung zusammenschließt, auch eine Antikirche. Eine gesellschaftliche Wirklichkeit ist im Entstehen, welche die Glaubwürdigkeit der sexistischen Religion in demselben Maße in Frage stellt wie sie den Sexismus unterminiert. Selbst wenn sie ihre Aufmerksamkeit der Kirche nicht bewußt zuwendet, gerät die Schwesterschaft mit ihr in Konflikt. Es gibt natürlich in unserer Gesellschaft noch andere Bewegungen, welche die Kirche bedrohen, aber diese Bewegungen greifen den Sexismus als solchen nicht an. Die Entwicklung einer Schwesterschaft aber ist eine einzigartige Bedrohung, da sie sich gegen das grundlegende gesellschaftliche und psychische Modell der Hierarchie und Vorherrschaft wendet, von dem das Überleben der autoritären Religion als *autoritär* abhängt. Der Konflikt ergibt sich unmittelbar aus der Tatsache, daß die Frauen die Spaltung ihres Ichs und die Trennung voneinander zu überwinden beginnen.

Abgesehen von dem allgemeinen Konflikt, in den die Bewegung durch die ihr eigene Dynamik mit der sexistischen Religion geraten ist, da sie eine Gegenwelt errichtet, hat sich noch eine spezifischere und unmittelbarere Opposition gegen den Sexismus der Kirchen entwickelt. Dies kommt daher, daß einige führende Persönlichkeiten der Bewegung und eine zunehmende Anzahl ihrer Anhängerinnen persönlich die Konditionierung durch die autoritäre Religion und das Ausbrechen daraus erfahren haben. Viele erinnern sich jetzt nur noch mit Erstaunen daran, daß sie früher den Ausschluß der halben menschlichen Gattung vom Priesteramt und kirchlichen Dienst akzeptiert haben, als wäre dies „natürlich". So lange die Maske der Rollenteilung noch wirkte, war es möglich gewesen, fest daran zu glauben, daß es sich hierbei nicht um mangelnde Gleichberechtigung handele, sondern daß Männer und Frauen eben „verschieden" seien. Die Frauen konnten sich tatsächlich damit abfinden, daß jeder Junge als Ministrant Dienst tun durfte, wohingegen eine promovierte Frau davon absolut ausgeschlossen war. Sie konnten die Heiratszeremonien hinnehmen, in denen sie versprachen, ihrem Mann zu „gehorchen" – ohne ein entsprechendes Gelöbnis von ihm –, und immer noch glauben, daß es sich dabei nicht um Ungleichheit handele. Sie waren „untergeordnet, aber nicht minderwertig". Jetzt, da durch die Medien die Auswirkungen der Rollenteilung in der ganzen Gesellschaft enthüllt wurden, durchschauen notwendigerweise immer mehr Frauen, auch die nichtradikalen, die Mystifizierungen des religiösen Sexismus und ihren eigenen Widerstand gegen die Bewußtwerdung. Diese Frauen – in welcher Beziehung sie auch immer zur Kirche stehen – sind spirituell Ausgebürgerte. Sie bringen ein persönliches und genaues Wissen über die unterstützende Rolle der Religion für das sexistische Kastensystem in die Bewegung ein und konzentrieren ihre Kritik hauptsächlich darauf. In einer besonderen Weise konstituieren sie somit eine Schwesterschaft als Antikirche.

DAS VORHERRSCHENDE VERSTÄNDNIS DER WIRKLICHKEIT UND DAS NICHTSEIN DER FRAUEN

Die Geschichte unserer Mütter und Großmütter ist noch nicht geschrieben worden. Ich habe schon darauf hingewiesen, daß Frauen aus der Geschichte getilgt wurden. Es ist wichtig, sich dieser Tatsache deutlich bewußt zu sein, weil die politische Macht alles tut, um ein Bewußtwerden dessen nicht aufkommen zu lassen. Manchmal wird die Existenz dieses Auslöschungsmechanismus allerdings ganz offen zugegeben. Daß Männer dies ungestraft tun können – so wie sie mit Stolz sagen können: „Ich bin ein männlicher Chauvinist", aber nicht: „Ich bin ein Rassist" –, zeigt die Selbstgewißheit männlicher Macht und die weibliche Machtlosigkeit. (1) Als Beispiel dafür, daß die Leistungen der Frauen herabgesetzt werden und dies dann auch noch öffentlich zugegeben wird, mag eine Unterwasseruntersuchung über das Durchhaltevermögen von Aquanauten dienen. Es wurde berichtet, daß die Beobachter – alle männlich – sich darüber Gedanken machten, warum die weiblichen Aquanauten besser abschnitten als ihre männlichen Kollegen. Ein Entschuldigungsgrund war, daß die Eignungsprüfungen für Frauen strenger gewesen wären. Als Dr. William G. Prescott diesen „Grund" angab, wurde deutlich, wie sehr auch hier wieder ein Vorurteil im Spiel war, denn er fügte hinzu, daß Strenge nötig gewesen wäre, weil es nur wenige Stellen für Frauen gegeben hätte. Man mag fragen, *warum* es nicht ebenso viele Stellen für Frauen wie für Männer gab. Ein weiterer Entschuldigungsgrund für den Erfolg der Frauen bei dem Unternehmen war, daß die Öffentlichkeit auf sie besonders aufmerksam geworden war. „Sie standen wirklich im Rampenlicht." (2) Das aber führt wiederum zu der Frage: Warum standen nur sie „im Rampenlicht"? Was sagt es über unsere Gesellschaft aus, daß nur ein so geringer Anteil an Frauen bei einem solchen Experiment mitmachen darf, was sie dann besonders „ins Rampenlicht" stellt, und ihr Erfolg dann dieser Begrenzung zugeschrieben, ja zur Last gelegt wird?

Ein weiteres Beispiel für das „Auslöschen" auf einer ganz anderen Ebene ist, daß jahrzehntelang die Tatsache, daß am Anfang alle Säugetierembryos weiblich sind, das bestgehütete Geheimnis in der Geschichte der Biologie war. Dieses Forschungsergebnis wurde nicht bewußt verschwiegen, aber doch hartnäckig ignoriert. Da die androzentrische Theorie von der Abstammung der Frau vom Mann das allgemeine Bewußtsein immer noch beherrscht, machen Daten keinen wirklichen Unterschied. Die Daten und deren Bedeutung werden *praktisch ausradiert,* so daß, wie Lester Frank Ward sagte, im Grunde „keine noch so große Anzahl von Fakten eine solche Weltanschauung erschüttern kann".

Auch auf wissenschaftlicher Ebene heißt das Spiel: Frauen „ausradieren". Ich habe schon von der Bagatellisierung der Vertreter der Matriarchatstheorie gesprochen. Ludovici kommentiert dazu:

„Die Wissenschaftler, die den patriarchalen Vorurteilen des Zeitgeistes verhaftet waren, gebrauchten den ältesten Trick, um die revolutionären Ideen Bachofens und Morgans abzuwehren. Sie ignorierten die beiden Protagonisten des Matriarchats einfach." (3)

Dieselbe Behandlung wurde Robert Briffaults *The Mothers* zuteil, ein eineinhalb Millionen Wörter umfassendes Werk, das 1927 veröffentlicht wurde. Ich zitiere Ludovici noch einmal:

„Die Wissenschaftler hegten einen leidenschaftlichen Groll gegen eine Theorie, welche die Entwurzelung unserer patriarchalen Kultur und die Mißbilligung ihrer religiösen Werte begünstigen könnte." (4)

Wie können Frauen am wirkungsvollsten reagieren, wenn sie die Mechanismen der Auslöschungsprozesse erkannt haben? Die Soziologen des Patriarchats haben uns unwissentlich einen Hinweis dafür gegeben. Peter Berger spricht von drei Vorgängen, die sich schon in der Wortbildung ausdrücken: *Externalisieren* ist der fortwährende Erguß menschlichen Seins in die Welt, sowohl durch die physische als auch geistige Tätigkeit des Menschen (men). *Objektivieren* ist die Vergegenständlichung der Produkte dieser Tätigkeiten, die dann den ursprünglichen Erzeugern als Realitäten gegenüberstehen. *Internalisieren* ist die erneute Aneignung dieser Realität durch die Menschen, die sie in die Strukturen ihres subjektiven Bewußtseins aufnehmen. (5) So sprach Peter Berger. Tatsache ist – wie eine Frau feststellte –, daß es unter den Bedingungen des Patriarchats in der Tat der *Mann* ist, der externalisiert, während die Frau dahingehend konditioniert ist, daß sie par excellence verinnerlicht – ein Punkt, den der bekannte Soziologe übergeht. (6) Die Erkenntnis dieser Tatsache liefert Frauen den Hinweis auf das, was ganz wesentlich die Entwurzelung des vorherrschenden Realitätsverständnisses bewirken kann. Nämlich das rauszuwerfen, was wir verinnerlicht haben und erkennen, daß die patriarchalen Strukturen in gewisser Weise weniger real sind als unsere Träume. Frauen, die erfahren haben, wieviel schöpferische Kraft es kostet, gegen diese Geister zu kämpfen, *als wären sie wirklicher als wir selbst*, wissen, wie unproduktiv eine solche Anstrengung sein kann.

Die Erfahrung, eine politische Macht mit politischer Ohnmacht zu bekämpfen – die alles ist, was wir auf diesem Gebiet haben –, ist an sich schon aufschlußreich. Die Taktiken der Männer, die sich in Machtpositionen emporgearbeitet haben – sei es in Zivilverwaltung, Kirchen, Geschäften, Bildungsinstitutionen oder ihren kulturellen Pendants –, sind vielfältig, können aber im großen und ganzen auf das Prinzip des „teile und herrsche" zurückgeführt werden. Eins der Elemente dieses „teile und herrsche"-Syndroms ist der Paternalismus. Da die Frauen dazu erzogen wurden, einander zu mißtrauen und sich auf mächtige Männer zu stützen, die für ihren Lebensunterhalt sorgen können, gibt es eine Empfänglichkeit für gefühlsbetonte paternalistische Tyrannei, die allgegenwärtig und subtil ist. Da jüngere Männer auch in diesem Punkt empfindlich sind, verspricht das Phänomen eines männlichen Zusammenschlusses weitere *Befreiung*. Die Anerkennung dieses Unterschieds spiegelt sich – mehr oder weniger bewußt – im Verhalten beider Geschlechter wider. Bei Frauen läßt sich eine „Anpassungshaltung" beobachten, d. h. eine sich selbst verleugnende und schmeichlerische Art, die ihnen schon fast zur „zweiten Natur" geworden ist. (7) Die Gewöhnung an ein solches angepaßtes Verhalten wird z. B. dadurch intensiviert, daß Sekretärinnen, selbst wenn sie schon sechzig Jahre alt sind, noch beim Vornamen gerufen werden, wohingegen der Chef, selbst wenn er erst dreißig Jahre alt ist, Herr Jones, Pater Jones, Professor Jones oder Dr. Jones genannt wird. Ähnlich ist es auch mit der Gepflogenheit des Chefs, von „Sally" als dem „Mädchen" im Büro zu sprechen. Ein junger, zukünftiger „leitender Angestellter", der im wesentlichen dieselbe Arbeit tut wie Sally – für ein viel höheres Gehalt –, wird natürlich nicht als „Junge" bezeichnet. Ein weiterer Unterschied im Verhalten von Männern und Frauen, ob die ersteren nun in der Stellung eines Chefs oder einander untergeordnet sind, ist die Körpersprache. Männer sind die ersten, die sich persönlich geben, die das Privileg legerer Haltung haben. Männer geben ohne Worte zu verstehen, daß sie den Frauen übergeordnet sind, auch wenn sie selbst noch eine niedrige Stellung am Totempfahl einnehmen. Der Paternalismus zeigt sich Männern gegenüber – wenn sie nicht gerade durch ihre Rasse oder ein anderes Hindernis benachteiligt sind – als Haltung eines Vaters zu einem Jüngling, der eines Tages erwachsen sein wird. Im Falle der Frauen wird ein zukünftiges Erwachsensein nicht ins Auge gefaßt.

Ein anderer Mechanismus aus dem „teile und herrsche"-Waffenarsenal ist das Durcheinanderbringen von Sachverhalten, wobei man die illusorische Identifizierung der Frauen mit den Kategorien und Ideologien einer von Männern beherrschten Kultur dazu ausnutzt, ihren Zusammenschluß unwirksam zu machen. In der Kirche werden die protestantischen Frauen überredet, daß sie nicht dieselben Probleme hätten wie die Katholikinnen. An der Universität werden die Amtskolleginnen von den Ehefrauen der Dozenten ferngehalten, von Sekretärinnen, Studentinnen und

Mitarbeiterinnen in der Verwaltung. Innerhalb dieser Gruppen gibt es noch weitere Aufteilungen, die sich nach Gesichtspunkten des Rangs und Status ergeben (Professorin gegen Dozentin, Gattin des Professors gegen Gattin des Dozenten etc.) und die für die allgemeine Lage und die Probleme der Frauen völlig irrelevant sind.

Da nun der frontale Angriff auf Machtstrukturen dazu einlädt, diese Art der Trennung der Frauen voneinander zu intensivieren, denken viele Frauen erneut über dieses Problem und darüber nach, wo sie ihre Energien einsetzen sollen. Ich habe schon auf die Selbsttäuschung hingewiesen, die in der Meinung liegt, die objektivierten Produkte männlicher Externalisation, die wir bekämpfen, seien festgefügte Realitäten – nicht Produkte, sondern unveränderliche „Natur". Eine zentrale Aufgabe liegt darin, zu erkennen, daß wir selbst solche seelenverkümmernden Produkte verinnerlicht haben, um unser eigenes Sein zu einer objektiven gesellschaftlichen Wirklichkeit zu externalisieren. Das heißt mit anderen Worten, daß die Schaffung eines neuen Raumes es mit sich bringt, daß wir dem Nicht-Sein mutig entgegentreten und die Macht unseres Seins entdecken.

Heißt dies, daß es keinen Wert hätte, auf politischer Ebene zu kämpfen? Eine solche Schlußfolgerung wäre zu einfach. Ich meine, daß es darum geht, keine unrealistischen Erwartungen an das Ergebnis zu stellen. Es geht nicht darum, den Wert der ungeheuren Anstrengungen von Frauen zu negieren, innerhalb sexistischer Institutionen Gerechtigkeit zu erlangen. Ein Beispiel für eine solche konzertierte Aktion ist die Arbeit der *St. Joan's International Alliance*, der katholischen Feministinnenorganisation, die sich seit Jahrzehnten darum bemüht hat, Gerechtigkeit für Frauen innerhalb der Kirche und auch darüber hinaus zu erlangen. Die mutigen Bemühungen religiöser Aktivistinnen, wie Frances McGillicuddy (Präsidentin des amerikanischen Zweiges der St. Joan's Alliance) und Dr. Elizabeth Farians (Gründerin verschiedener Organisationen, einschließlich der *NOW National Task Force on Women and Religion*) haben zwar keine Strukturen verändert, aber sie waren nicht vergeblich. Das Bewußtsein der Frauen hat sich durch ihre Arbeit unermeßlich verändert. (8)

Das „Kämpfen" an sich hat einen Wert als erzieherische und radikalisierende Tätigkeit, aber daneben gibt es einen gesunden Zynismus, der aus der Erkenntnis kommt, daß das Ziel nicht ein Platz in der sexistischen Gesellschaft sein kann. Frauen, die sich wiederholt darum bemüht haben, eine Dozentin an die Universität zu bekommen, haben oft die Erfahrung machen müssen, daß als Resultat ihrer endlosen Anstrengungen von den männlichen Verwaltungsbeamten schließlich ein gefügiges Alibi-Wesen ausgewählt wurde, auf das die Wahl hauptsächlich deswegen fiel, weil sie nicht feministisch und eine „sicherere Kandidatin" war. Wir haben daraus gelernt, daß es nötig ist, ein neues Sein *am Rande* des patriarchalen Raums zu schaffen. Wenn wir „innerhalb" eines solchen Raumes kämpfen, sollten wir ihm nur ein Minimum an Macht über unsere Energien einräumen, die wir für unsere eigenen Ziele einsetzen. Als kognitive Minderheit kämpfen wir auf einer grundsätzlicheren Ebene. Das herrschende Verständnis der Wirklichkeit verbannt uns in das Nicht-Sein. Unsere Selbstwiederherstellung hängt teilweise von unserer Weigerung ab, *diese* Realität zu ernst zu nehmen. Mit anderen Worten: Wir müssen lernen, die Zukunft, für die wir kämpfen, *jetzt schon* zu leben, anstatt Kompromisse zu schließen in der eitlen Hoffnung auf eine Zukunft, die immer wieder verschoben wird, immer unwirklich bleibt. Dieser schöpferische Sprung erfordert eine Art von Rücksichtslosigkeit, die aus dem Tod falscher Hoffnungen geboren wird.

GEGENWELT: ANTIKIRCHE

In dieser neuen Welt zu leben, heißt eine Gegenwelt erschaffen, indem wir den Kosmos neu benennen. Manchen mag es wie eine Trivialisierung vorkommen, wenn wir dies eine Antikirche nennen und somit das Phänomen auf den Widerspruch zu nur einer kulturellen Einrichtung reduzieren. Wir sollten jedoch nicht vergessen, welche Macht die Religion über die menschliche Psyche hat, wenn sie die schwankende Realität gesellschaftlicher Konstruktionen (Objektivationen) durch Mythen mit einer letzten Wirklichkeit verknüpft. Es wäre naiv anzunehmen, daß die Religion in diesem Sinne all ihre Macht verloren hätte. Die Ausnutzung der Religion durch beide Präsidentschaftskandidaten bei der Wahl 1972 grenzte ans Groteske, da der Eindruck entstand, daß die amerikanische zivile Religion bis zur letzten Karikatur in eine Schlacht zwischen „Fürstentümern und Mächten" verwickelt war. Die Behauptung, Schwesterschaft sei eine Antikirche, ist keine Aussage über konfessionelle Streitigkeiten, sondern über einen tiefgehenden Kampf innerhalb der menschlichen Psyche, die versucht, sich von den zerstörenden gesellschaftlichen Mächten zu befreien. Das heißt, daß wir es mit all den mächtigen Symbolen zu tun haben, die von allen Seiten auf uns eindringen, von den banalsten Fernsehreklamen oder Lehrbüchern bis zur Arztpraxis und bis zu Plakattafeln mit dreidimensionalen Bildern eines Lokalpolitikers und der Aufforderung an die Wähler, „ihm ihr Vertrauen zu schenken". Denn sie alle sagen nur eins: ein Mensch zu sein, heißt, ein Mann, also der Sohn Gottes zu sein.

Es geht hier also um einen religiösen Kampf, und zwar weil es um einen Konflikt zwischen Sein und Nicht-Sein geht. Wenn Frauen ihr Sein bekräftigen, so ist das eine religiöse Aussage, die den ererbten archaischen Auffassungen gegenübersteht, die ihnen ihre Menschlichkeit absprechen. Da aber der Konflikt mehr auf eine Neuschöpfung als auf einen Kampf um gleichen Boden im sexistischen Raum abzielt, muß der Begriff Antikirche in einem positiven Sinne aufgefaßt werden. Sie bringt ein neues Sein in die Welt und annulliert schon allein durch ihre Entstehung die Glaubwürdigkeit von Mythen, die dazu erdacht waren, die entfremdenden Strukturen zu unterstüzen.

ANTIKIRCHE UND ANTICHRIST

In einer Analyse des mittelalterlichen Katholizismus schrieb Troeltsch: „Es ist die Permanenz des Gottmenschen, die Verlängerung der Menschwerdung, die objektive Organisation der Wunderkraft, von der ... die subjektiven Wirkungen von selbst als Folge ausgehen." (9)

Außerdem, „bei aller Unzulänglichkeit der Personen bleibt die Heiligkeit und Göttlichkeit der Anstalt." (10)

So wie die Inkompetenzen der aufsteigenden Gruppe nicht als Beweis dafür zählen, daß das System falsch ist, so stellen auch die glänzenden „Ausnahmen" in der untergeordneten Gruppe keine eigentliche Herausforderung dar. Das System hat sich neuen Informationen verschlossen.

Das Bild von der Kirche als der „Braut Christi" ist ein anderer Ausdruck dafür, daß die Kirche die „Erweiterung der Inkarnation" ist, so wie eine Braut oder Ehefrau im Patriarchat auch nur die Erweiterung ihres Ehemannes ist. Seine Kraft bezieht dieses Bild aus der Vorstellung von der Göttlichkeit Jesu, so wie auch andere Autoritäten ihre Glaubwürdigkeit aus der Überzeugung ableiten, daß sie den Gott-Menschen repräsentieren. Der Papst, „Stellvertreter Christi auf Erden" genannt, und die kirchliche Hierarchie des Katholizismus, im Unterschied zu den Laien, hat teil an dieser Identifizierung.

Man hat natürlich eingewendet, daß dieses System anders als die harten vorchristlichen Patriarchate, als ein Patriarchalismus der Liebe konstruiert ist. In bezug auf die Familie behauptet Troeltsch z. B., daß „das Christentum diese männliche Vorherrschaft nur durch seine Lehre von der Liebe und dem guten Willen von innen heraus" milderte. Es betonte die *Freiwilligkeit* der Unterordnung. Über- und Unterordnungsverhältnisse sollten weiterbestehen wie vorher, „wenn auch mit erheblichen und immer steigenden Sicherungen für die individuelle Persönlichkeit der Frauen,

Kinder und Dienstboten". (11) Solche Behauptungen sind so allgemein verbreitet, daß wir dazu neigen, sie fraglos für „wahr" zu halten. Sie übergehen aber gewisse störende Fakten, wie beispielsweise die Barbareien „guter" Christen gegenüber Frauen, Kindern und Dienstboten, die durch die Kirche sanktioniert wurden. (12) Solche Behauptungen tragen auch der Tatsache nicht Rechnung, daß im Christentum der Wille zur Autonomie bei Frauen und anderen „geringeren Wesen" auf zweifache Weise erstickt worden ist: Angstgefühle wurden verstärkt durch Schuldgefühle. Die angebliche „Freiwilligkeit" der den Frauen im christlichen Patriarchat auferlegten Unterwerfung hat sich tiefer denn je gegen sie ausgewirkt, da sie den Internalisationsprozeß gleichzeitig verhüllte und verstärkte. Wie die Jungfrau Maria angeblich sagte: „Mir geschehe, wie *Du* gesagt hast."

Es besteht also eine Verbindung zwischen der Frauenrevolution als Antichrist und ihrer Bedeutung als Antikirche. Unter dem von mir dargestellten positiven Aspekt gesehen, als eine spirituelle Erhebung, die uns über die sexistischen Mythen hinausführen kann, ist das Entstehen der Antikirche das natürliche Korrelat zum Antichrist. Sie ist eine gemeinschaftliche Erhebung gegen die gesellschaftlichen Ausweitungen des männlichen Inkarnationsmythos, wie er in den politischen Machtstrukturen objektiviert wurde. Um zu verstehen, in welcher Beziehung das Zweite Kommen weiblicher Präsenz nicht nur ein Antichrist, sondern eine Antikirche ist, sollten wir vielleicht einmal die Beziehung zwischen Mythos und Ritual näher betrachten.

DIE STÄRKUNG DES MYTHOS DURCH DEN KULT

Die Soziologen haben die Verbindungen zwischen Mythen und Ritualen sehr wohl erkannt. Durkheim bemerkte:

„Wenn der Mythos aus der Religion fortgenommen würde, müßte man den Ritus auch zurückziehen, denn die Riten wenden sich gewöhnlich an bestimmte Personen ... und sie variieren je nach der Art, wie diese Personen aufgefaßt werden." (13)

Durkheim weist darauf hin, daß der Kult eines Gottes von dem Wesen abhängt, das man ihm (sic) zuschreibt, und der Mythos legt dieses Wesen fest. Er fügt hinzu, daß „oft der Ritus nicht mehr ist als der in Handlung umgesetzte Mythos". (14) Wenn dies der Fall ist, hat die feministische Ablehnung der Symbole der Christolatrie eine natürliche Folge in der Ablehnung sexistischer Rituale. Obwohl man versucht sein könnte, dies als eine einfache logische Folgerung zu betrachten, wäre eine Reduzierung des Prozesses auf „Logik" höchst naiv. Berger sagte, daß der heilige Kosmos „ein letzter Schild gegen den Terror der Anomie“ sei. (15) Eine Konfrontation mit dem christozentrischen Kosmos, der viele davor schützt, „dem Schrecken der Anomie“ ins Auge zu sehen, heißt, sich dem Zorn derer auszusetzen, die ihren eigenen latenten Wahnsinn fürchten und darum Wahnsinn auf diejenigen projizieren, die ihre zerbrechliche geistige „Gesundheit“ bedrohen. Diese Behauptung ist nicht übertrieben, sondern eher ein *understatement.* Robin Morgan brachte dies in ihrem Gedicht „Monster“ zum Ausdruck:

„Oh Mutter, ich bin müde und krank.
Eine Schwester, der dieser Schmerz des feministischen
Bewußtseins neu war
ohne Schrei, ihn zu benennen, fragte mich letzte Woche:
‚Aber wie machst du es, daß du nicht wahnsinnig wirst?‘
Kein Weg, meine Schwester,
Kein Weg.
Dies ist ein Porenkrieg, dachte ich einmal, auf Trip.“ (16)

Berger schreibt, ohne zu wissen, daß er genau die spirituelle Dimension des feministischen Bewußtseins beschreibt, die auf die Bildung einer Antikirche zustrebt:

„Eine ‚richtige‘ Beziehung zum heiligen Kosmos bedeutet Schutz vor den bedrohlichen Alpträumen des Chaos. Ein Herausfallen aus einer solchen ‚richtigen‘ Beziehung heißt verlassen am Abgrund der Sinnlosigkeit stehen.“ (17)

Berger fährt fort in seiner überzeugenden Beschreibung der schrecklichen Gefahr, die Verbindung zum Heiligen zu verlieren und vom Chaos verschlungen zu werden: „Alle gebräuchlichen Konstruktionen dienen dazu, diesen Schrecken von uns abzuhalten.“ Und Mircea Eliade stellt die Bemühungen der Menschen anschaulich dar, diesen Terror abzuwehren. (18)

Die Frauenrevolution als Antikirche repräsentiert diesen Schrecken des Chaos und sagt, daß er nicht länger ferngehalten werden wird. Sie verwirft nicht nur die Mythen des Patriarchats, sondern auch deren Vergegenständlichung im Ritual. Dadurch wird sie bedrohlicher als eine abstrakte „intellektuelle“ Diskussion über „Mythen und all das“. Ein Grund für ihre Bedrohlichkeit liegt darin, daß das religiöse Ritual eine Kontinuität zwischen der Gegenwart und der religiösen Tradition aufrechterhält. Die Tradition ist ihrem Wesen nach ein *Erinnern.* Das sexistische Ritual ist aber ein falsches Erinnern, denn es stellt gegenwärtige Erfahrungen in den Zusammenhang einer Geschichte, die in Wirklichkeit eine unheilvolle Fiktion, eine gefährliche Lüge ist. Die antikirchliche Seite der Frauenbefreiung entlarvt diese Lüge. Ich zitiere Berger noch einmal:

„Die Menschen (men) vergessen. Sie müssen darum immer wieder erinnert werden ... Das religiöse Ritual ist ein wesentliches Instrument in diesem Prozeß des ‚Erinnerns'." (19)

Nietzsche sagte mehr aus, als ihm selbst bewußt war, als er über diesen Vorgang schrieb:

„Es ging niemals ohne Blut, Martern, Opfer ab, wenn der Mensch es nötig hielt, sich ein Gedächtnis zu machen." (20)

Antikirche heißt, diesem „Erinnern" ein „nein" entgegenzusetzen.

Wie wichtig dieses „nein" zu den Ritualen des Machismo-Mythos ist, kann aus der Tatsache ersehen werden, daß Männer immer unter Gebet und Segen in den Krieg gezogen sind. Die Anwesenheit von Militärkaplanen, welche die Messe lesen, spricht für sich selbst. Sie halten Gottesdienste für die „Jungs" ab, die sich damit beschäftigen müssen, diejenigen auf „der anderen Seite" zu töten. (21) Immer wieder sind Frauen und Männer unter Riten und Gesängen getötet worden. So erreicht man, daß Gewalttätigkeit „vernünftig" erscheint. Sie wird legitimiert und zu einem Teil der gesellschaftlichen Wirklichkeit gemacht, die man für normal hält. Den Menschen, deren Kritikfähigkeit so sehr durch die Sozialisation verschüttet worden ist, daß sich ihr Wirklichkeitsverständnis mit der durch religiöse Mythen und Rituale legitimierten Welt deckt, erscheint die „Vernünftigkeit" selbst der bizarrsten und gewaltsamsten Ereignisse unzweifelhaft. Solche Menschen werden sich dem „nein" der Frauenbewegung als Antikirche zu solchen Rechtfertigungen ängstlich widersetzen. Andere, die ideologische und politische Macht ausüben und solche Ängste zu manipulieren verstehen, werden das „nein" bekämpfen, indem sie die Religion und andere Instrumente gesellschaftlicher Kontrolle für sich einsetzen. Zu solchen Instrumenten gehoren die Mythen und Anstalten für „Geisteskranke". In der Vergangenheit übte man diese Kontrolle durch Ketzerverbrennungen aus. Und heute ist es so, wie Robin Morgan in ihrem Gedicht „Monster" ausdrückt:

„Ich umklammerte die Armlehnen meines Sitzes mehr als einmal,
um nicht aufzuspringen und der ganzen Flugzeugladung von Menschen
zuzuschreien, was uns alle quält – ich tat es nicht,
weil ich wußte, sie würden mich für verrückt halten,
für einen Flugzeugentführer vielleicht, und mich niederringen,
bis das Bellevue Hospital
mich bei unserer Landung in New York aufnehmen könnte." (22)

Es ist zu erwarten, daß die Anbeter des Jahwe des Patriarchats alle ihnen zur Verfügung stehenden Gewaltmittel anwenden werden, wenn sie das Potential dieser Antikirche zur Bewußtseinsverlagerung in eine andere Welt erkennen. Denn die gesellschaftliche Wirklichkeit, die sie mit der „letzten Wirklichkeit" zu verknüpfen suchen, ist eine unsichere Sache, und die Gefahr der Gesetzlosigkeit oder der „Umwandlung" ist eine Bedrohung, die immer hinter dem irrationalen Dogmatismus der Hohenpriester des Krieges lauert. Die Notwendigkeit rituellen „Erinnerns" selbst verrät schon, wie prekär der Schild gegen die Gesetzlosigkeit ist, den diese Hohenpriester, kirchliche und staatliche, aufrechtzuerhalten wünschen.

RITUAL UND REPRESSIVE BEFRIEDIGUNG

Marcuse schrieb:

„Alle Befreiung hängt vom Bewußtsein der Knechtschaft ab, und das Entstehen dieses Bewußtseins wird stets durch das Vorherrschen von Bedürfnissen und Befriedigungen behindert, die in hohem Maße die des Individuums geworden sind." (23)

Marcuse schreibt hier von den falschen Bedürfnissen, d. h. von denen, die „harte Arbeit, Aggressivität, Elend und Ungerechtigkeit verewigen". (24) Obwohl seine Absicht und sein Kontext nicht genau dieselben sind wie die in diesem Buch, stimmen sie in einigen Punkten überein. Die Rituale des Patriarchats *schaffen* falsche Bedürfnisse, wie beispielsweise den Wunsch, sich an eine Vaterfigur anzulehnen, anstatt Kraft in sich selbst zu finden, oder den inneren Zwang, sich „aufzuopfern", weil wir einer solchen Gehirnwäsche unterzogen worden sind, daß wir uns für sündig und „unwürdig" halten. Diesen Bedürfnissen kommt das Ritual entgegen, indem es eine vorübergehende Euphorie des Unglücklichseins gewährt. Das ist repressive Befriedigung. Um Marcuse noch einmal zu Wort kommen zu lassen:

„Die wirksamste und zäheste Form des Kampfes gegen die Befreiung besteht darin, den Menschen materielle und geistige Bedürfnisse einzuimpfen, welche die veralteten Formen des Kampfes ums Dasein verewigen." (25)

Die Frauenrevolution, die uns dazu ermutigt, wir selbst zu sein, erklärt, daß solche Bedürfnisse nicht wirklich unsere Bedürfnisse sind und daß eine solche Befriedigung uns nicht befriedigt. Diese Aussage kommt aus den Tiefen des neuen feministischen Bewußtseins. Wenn dies einmal erkannt und gesagt worden ist, brauchen wir keine „Erinnerungen" mehr, weil es das Wort unseres eigentlichen Seins ist, das da ausgesprochen wird. Wir mögen verwirrt, einsam, verzweifelt oder wahnsinnig werden, aber wir können es nicht mehr „vergessen". Wir können es deshalb nicht, weil unsere Revolution das Leben bedeutet gegen den Tod. Es ist kein „Sich-selbst-Verlieren“ für eine Sache, sondern ein „Für-sich-selbst-Leben“ und darum auch einer Sache leben. Weil ein solches Bewußtsein etwas Elementares an sich hat, bezeichnet sein Heraufziehen eine Veränderung, die nicht mehr ausgelöscht werden kann. Eine der Frauen, die an dem Exodus 1971 aus der Harvard-Memorial Church teilnahmen, schrieb:

„Was den Exodus aus der Memorial Church anders machte (als sich aus der Seitentür herauszuschleichen und sich schuldig zu fühlen), was ihn überhaupt möglich machte, war die Erkenntnis, daß die Kirche, die zu mir und meiner Erfahrung gehört, die Exodusgemeinde von Frauen und Männern ist, die bereit sind, mit ihrem Leben weiterzukommen – ihre eigenen Möglichkeiten auszuschöpfen, in menschlichen Beziehungen zu leben und kreativ zu sein.“ (26)

Dieselbe Frau sagte ein Jahr später: „Dies war endgültig. Wir brauchen nicht immer und immer wieder aus Kirchen auszuziehen.“ Das ist der springende Punkt. Aktiv am Sein teilzunehmen, ist eine wirkliche Befriedigung, keine repressive. Eine andere Frau beschrieb dieselbe Erfahrung folgendermaßen:

„Als ich hinausging, sah ich die verschiedenen Gesichter in den Kirchenbänken an – und lächelte. Ich sah Frauen die Kirche verlassen, die ich kannte, alte Frauen, Frauen mittleren Alters, ihre Kinder, Ehemänner, junge Frauen, alle möglichen Leute. Ich wußte, daß wir hinausgingen, um zu tun, was wir tun mußten, ganze Menschen zu werden.“ (27)

Da diese nicht-repressive Befriedigung im Sein verwurzelt ist, ist sie nicht zerbrechlich, sondern dauerhaft. Sie bedarf nicht der sinnlosen „Erinnerungen“ durch das Ritual, das ein falsches Bewußtsein erneuert, denn sie ist schöpferisch und spontan. Die Frauen sind nicht wieder aus der Memorial Church ausgezogen, sondern haben andere Ausdrucksweisen gefunden, die sich aus den jeweiligen Situationen ergaben. Das feministische Seinsbewußtsein ist somit anti-rituell, weil es so tief ist.

„FEMINISTISCHE LITURGIE“: EINE QUADRATUR DES KREISES?

Eine Frau, die bei einem Seminar über „die Frauenrevolution und die theologische Entwicklung“ den Vorschlag einbrachte, eine „Frauenliturgie“ zu entwickeln, schrieb zwölf Seiten über das, was sie bei der Ausarbeitung dieses Projekts dachte. Sie stellte ihren Gedankengang in Form eines täglich geführten Tagebuchs dar und vermittelte so ihre zunehmende Skepsis gegenüber der generellen Möglichkeit einer „Frauenliturgie“. Zu den Problemen, derer sie sich bewußt wurde, gehörte Mißtrauen gegenüber allen starren Formen, mangelnde Bereitschaft „Liturgien" zu studieren, die vielleicht eine Form für die Erfahrungen der Frauen hätten abgeben können, oder in den alten Liturgien des Patriarchats nach Legitimation zu suchen, da ihr diese zu sehr nach Hierarchie rochen. Sie fürchtete auch, daß es ihr nicht gelingen würde, etwas völlig Neues zu schaffen, ein Vehikel anstelle eines Produkts, das Frauen wirklich vorwärtsbringen könnte. (28)

All diese Probleme finden eine tiefe Resonanz in den Frauen, die sich mit den Spannungen zwischen der Erinnerung an die Vergangenheit und der Erfahrung der Gegenwart, die unserem alten Glauben widerspricht, auseinandersetzen. Am eindrucksvollsten war in dem Tagebuch dieser Frau vielleicht die Überlegung, daß genauso, wie die antirassistischen und gegen den Krieg gerichteten Gottesdienste niemals wirklich die rassistischen und kriegerischen Überzeugungen der daran beteiligten Christen zu ändern scheinen, eine feministische Liturgie auch nichts ändern würde, denn „die *Form* gehört nun einmal *ihnen*". Es war immer nur die „Form", die zählte, unabhängig von ihrem „Inhalt". Die Formen waren eine tote Hülse, und das wachsende Bewußtsein der Frauen ist ein Versuch, ohne solche Hülsen zu leben. Die Verfasserin des Tagebuches kam schließlich dazu, ein „Ereignis" zu veranstalten, eine Kombination von Lesungen und Liedern, die Zorn, Veränderung, Selbstbehauptung und Schwesterlichkeit ausdrückten – ein Ereignis, das nicht wiederholt werden sollte, aber dessen Geschichte immer wieder erzählt werden könnte, „etwas über, von und für Frauen" genannt.

Eine „feministische Liturgie" ist ein Widerspruch in sich, wenn wir daran denken, daß die Liturgie im Patriarchat dazu dient, den Sexismus und konsequenterweise seine Ableger zu stützen: den Krieg, den Rassismus und all die zerstörenden Systeme wirtschaftlicher Unterdrückung. Es wäre ein Versuch, neuen Wein, nämlich das Bewußtsein der Frauen, in die alten Schläuche der Formen zu gießen, die weibliche Selbstbestätigung abtöten und das weibliche Bewußtsein gegen sich selbst wenden. Damit soll aber nicht gesagt sein, daß der Impuls, der hinter dem Wunsch steht, so etwas wie eine Frauenliturgie zu gestalten, nicht gesund und lebendig sei. Frauen haben allen Grund, unsere Selbstfindung und die Entdeckung unserer Geschichte zu feiern, aber auf eine immer neue Weise und nicht in einem stagnierenden, sich ewig wiederholenden Ritual. Der Drang zum Feiern ist Teil des kostbaren neuen Anfangs. Er entspringt einer Einsicht ab ovo. (29) Aber der Impuls kann auch gegen sich selbst verkehrt werden, wenn wir in den Formen des patriarchalen Rituals nach Unterstützung und Legitimation suchen, seien sie nun jüdisch, protestantisch, katholisch, mohammedanisch, hinduistisch oder was auch immer. Um dies zu erkennen, brauchen wir nur unsere Augen für die „heiligen“ Symbole und unsere Ohren für die „heiligen“ Worte des „heiligen“ Kosmos zu öffnen, welche die Menschenwürde der Frauen ausschließen. Um einen Gedanken Nietzsches zu berichtigen, müssen wir fragen: „Was sind diese Kirchen jetzt, wenn nicht die Gräber von *Frauen*?“ In seiner Verwirrung schrieb Nietzsche „Gräber Gottes“, aber das eigentliche Problem liegt darin, daß die Kirchen die Mörder der Frauen gewesen sind. Der Leichnam „Gottes“, den sie in sich bergen, ist unerfülltes menschliches Leben.

Um die Sache in psychologischen Begriffen auszudrücken, könnte man fragen: „Was ist eine sich selbst verwirklichende Person?“ Auf diese Frage gibt Abraham Maslow ausgezeichnete Antworten in einer Liste von Eigenschaften, die solchen Menschen zukommen. Sie haben oder zeigen oft „Kühnheit, Mut, Freiheit, Spontaneität, Klarheit, Integration und Selbstannahme“. (30) Diese gesunden menschlichen Exemplare haben auch meist eine klarere, tüchtigere Auffassung von der Realität, mehr Aufgeschlossenheit, Autonomie, Sachlichkeit, sich erneuernde Kreativität, die Fähigkeit, Konkretes und Abstraktes in Einklang zu bringen und einen demokratischen Charakter. (31) Solche Menschen scheinen den „Bürgerkrieg ... zwischen den Kräften der inneren Tiefe und den Kräften der Abwehr und Kontrolle beendet zu haben.“ (32) Wir brauchen nur an solche Eigenschaften zu denken und an das, was die Religion in unserer Gesellschaft getan hat, um sie in Frauen auszulöschen. Eine „feministische Liturgie“ würde trotz des dahinterstehenden gesunden Impulses etwas zur Legitimation dieses „Auslöschungsprozesses“ beitragen, weil sie in gewisser Weise in eine traditionelle Form eingeschlossen würde (das gibt man mit dem Wort „Liturgie“ schon zu). Sie würde – wenn auch in ambivalenter Weise – eine falsche Erinnerung unterstützen.

DIE NICHT-HEILIGE JOHANNA UND DIE HEXE IN UNS

Bezeichnenderweise verbrannte die Kirche Johanna von Orleans als Ketzerin und sprach sie heilig, nachdem sie tot und begraben war. Wie aber, wenn Johanna *wirklich* eine „Häretikerin“ war – eine Anhängerin des Dianakultes –, wie die bekannte Gelehrte Margaret Murray behauptet? Sie ist der Meinung, daß die Fragen, die Johanna bei ihrem Verhör gestellt wurden, den Verdacht ihrer Ankläger verraten, daß sie einer gefürchteten Untergrundorganisation angehörte – der Alten Religion, deren Wurzeln bis in die

Epoche vor dem Ackerbau zurückreichen. Dies war eine uralte west-europäische Religion, die noch immer insgeheim lebendig ist. Sie hatte „Glaubenssätze, Ritual und Organisation, die ebenso hochentwickelt waren, wie die jedes anderen Kults in der Welt". (33) Murray stellt historisches Beweismaterial zusammen, um ihre These zu unterstützen, daß Johannas Ankläger von ihrer Verbindung mit der Alten Religion wußten. Sie weist auf den unglaublichen Briefwechsel nach der Hinrichtung hin, der beweist, das Johanna keine gewöhnliche Ketzerin war.

„Nach der Hinrichtung erhielten die Richter und ihre Ratgeber Amnestiebriefe vom Großen Rat, der englische Kanzler sandte Briefe an den Kaiser, an die Könige und Fürsten der Christenheit, an alle Adligen und Städte Frankreichs mit der Erklärung, daß König Heinrich und seine Ratgeber Johanna aus Eifer für den christlichen Glauben getötet hätten, und die Universität von Paris schickte ähnliche Briefe an den Papst, den Kaiser und das Kardinalskollegium." (34)

Murrays Forschungen ergaben außerdem, daß die Überzeugung weitverbreitet war, daß Johanna die Inkarnation einer Gottheit sei. Es war nämlich einer der Glaubenssätze der Alten Religion, daß die Gottheit als Frau, als Mann oder als Tier erscheinen könne. Einem solchen Gott begegnet man in Italien, Südfrankreich und Mittelengland, und er wird gewöhnlich Janus oder Dianus genannt. Die weibliche Form des Namens, Diana, kommt in ganz Westeuropa vor. Es ist der Name der Göttin oder Anführerin der sogenannten Hexen. Darum nennt man die Alte Religion auch Dianakult. (35) Die Tatsache, daß die Franzosen keinen Finger für Johannas Rettung rührten, mag sich – wenn überhaupt – aus ihrer Überzeugung erklären, daß sie als Inkarnation einer Gottheit dazu verurteilt war, als Opfer für die Menschen zu leiden.

Johannas Gerichtsverfahren kann also als Teil des Krieges angesehen werden zwischen Christentum und Alter Religion oder ritueller Zauberei – einer uralten Religion aus vorchristlicher Zeit, die *nicht* mit der „Schwarzen Magie" verwechselt werden darf. (36) Christliche Autoren wollten natürlich gern Johanna als wahre Christin für sich in Anspruch nehmen. Nach Murrays Meinung wurden sie aber durch Johannas „Stimmen" irregeführt, denen Johanna die Namen von Heiligen gab. „Die argwöhnischen Fragen, mit denen sie überschüttet wurde, zeigen jedoch, daß die Richter Zweifel an der Identität dieser Personen hegten", daß nämlich die „Stimmen" von Menschen stammten, die einer anderen Religion als dem Christentum angehörten. (37) Ich möchte noch auf eine andere Einzelheit hinweisen, die bedeutsam sein mag. Johanna wurde immer wieder gefragt, ob sie ihre Briefe mit „Jesus Maria" und einem Kreuz unterschrieben habe. Am 1. März

1431 gab sie die interessante Antwort: „Einige Briefe ja, andere nicht!“ Und sie fügte hinzu: „Manchmal habe ich das Kreuz gebraucht, um die zu warnen, die verstanden, was es bedeutet: das *nicht* zu tun, was ich in dem Brief geschrieben hatte.“ (38) Warum aber wurde ein christliches Symbol gewählt, um diese negative Botschaft zu vermitteln?

Das Problem, das Johannas Ankläger aus ihrem Beharren auf männlicher Kleidung machten, ist bezeichnend. Die Richter legten darauf den größten Wert. „Obwohl Johanna widerrufen hatte und in die Kirche aufgenommen worden war, wurde sie von dem Augenblick an, als sie wieder männliche Kleidung anzog, nur deswegen verurteilt.“ (39) Murray legt dar, daß die bloße Tatsache von Johannas Rückkehr zu männlichen Kleidungsstücken das Signal für ihren Tod ohne weiteres Gerichtsverfahren war, und sie meint, daß für sie als Anhängerin des Dianakults die männliche Kleidung ein äußeres Zeichen ihres Glaubens gewesen sei, in den sie zurückfiel.

Es ist möglich, daß zukünftige Historiker, angestachelt durch die Arbeiten von Wissenschaftlerinnen wie Murray darauf brennen werden, die Wahrheit über Johanna und die Alte Religiôn herauszubekommen, anstatt sie im Rahmen des Christentums zu begraben. Vielleicht werden sie noch mehr Beweise finden, die diese Interpretation von Johannas Leben und Sterben unterstützen. Jedoch, abgesehen von dieser noch nicht ganz geklärten Frage, ist es klar, daß die Beziehung zwischen ihrer Rückkehr zu Männerkleidung (einer „Todsünde“) und ihrer Hinrichtung etwas tief Bedeutsames hat. Phyllis Chesler weist darauf hin, daß Johanna gänzlich aus dem Bereich patriarchaler Kultur auszubrechen begann.

„Und muß dafür mit dem Leben bezahlen, was eben jene Frauen wieder erfahren, die wahnsinnig genug sind, ebenfalls aus unserer Kultur ausbrechen zu wollen – aber nicht dafür gekreuzigt werden möchten.“ (40)

Der wesentliche Grund für Johannas Tod bestand darin, daß sie gewissermaßen eine Flucht aus dem Patriarchat signalisierte.

In mancher Weise war es eine zweideutige Flucht. Zu Johannas Schicksal gehörte das Opfer „der Jungfrau“. Dies ist ein stolzer Titel, denn die Jungfrau hatte traditionell in der Alten Religion eine hohe Position in der Versammlung der dreizehn Hexen inne. Jedoch wurde, wie Chesler sagt, Johannas Opfer für die Zwecke einer männlichen Erneuerung ausgenutzt.

„Im Falle der Madonna wird diese Erneuerung durch die klassische patriarchalisch-inzestuöse Schändung bewirkt – im Falle Johannas zuerst durch militärische Siege und dann durch patriarchale Kreuzigung, Schuld und Sühne.“ (41)

Die letzte Beleidigung, die Chesler nicht hervorhebt, war die Tatsache, daß die Kirche sie zu einer Heiligen machte, nachdem sie sie umgebracht hatte. Es sollte beachtet werden, daß sie auf die grauenhafteste Weise getötet wurde – lebendig verbrannt –, wohingegen ihrem Hauptmann Gilles de Rais die Gnade der Strangulation vor der Verbrennung zuteil wurde.

Als Antikirche bestätigt die Frauenrevolution Johannas Flucht aus dem Patriarchat. Die Frauenbewegung sagt „nein" zu allem, was Johannas Schicksal an Zweideutigkeit auferlegt war oder für andere Zwecke dienstbar gemacht wurde. Und vor allem sagt sie „nein" zu der ihr auferlegten „Heiligkeit" und „ja" zu ihrer wirklichen Heiligkeit – ihrer Transparenz für eine Macht des Seins, die ihr Leben zu einem Zeichen werden ließ und die das Hexenhafte zum Ausdruck brachte, das in unserem eigenen wahren Selbst brennt. Johannas potentielle Größe wurde durch die patriarchale Vorstellungskraft auf die jungfräuliche Kriegerin reduziert, die Männern hilft, die Ziele der Männer zu erreichen. Die Hexe, die in unserem Sein brennt, wird aber jene potentielle Größe herausbringen müssen, sie wird die Zweideutigkeit und Dienstbarkeit verwerfen und die Qualen und herabsetzenden Ehren ablehnen, die deren einzige Belohnung sind.

MÜTTER, TÖCHTER, FREUNDINNEN

Die Religion des Patriarchats – besonders die jüdisch-christliche Tradition und ihre abscheuliche Blüte, die Freud'sche Theorie – haben den Müttern ihre Töchter gestohlen und den Töchtern ihre Mütter. Chesler erinnert uns daran, daß Demeter die Göttin des Lebens, und Persephone, ihre jungfräuliche Tochter, über lange Zeit in genau festgelegten Zeremonien gefeiert wurden. „Aber irgendwie – niemand weiß mit Sicherheit warum – fanden diese Feiern zu Ehren der Mütter und Töchter ein Ende." (42) Christliche Frauen gehen zur Kirche und singen Lieder, in denen sie sich selbst als „Söhne Gottes" bezeichnen. Der Jungfrau Maria wurde nur ein Sohn zugestanden, aber keine Tochter. Die Mütter in unserem Kulturkreis werden dazu überredet, die Selbstverwirklichung ihrer Töchter zu unterbinden, und die Töchter lernen es, sie dafür zu hassen, anstatt den wahren Feind zu sehen. Wenn sie dies aber erkennen, treibt der Schmerz sie zu ihrem väterlichen Psychoanalytiker, der ihnen sagt, daß sie ihre Mütter dafür hassen müssen, daß sie sie nicht genügend zerstört haben, um den Schmerz ganz auszumerzen. Die Zerstörung ist jedoch nicht vollständig gewesen, und die Frauen beginnen jetzt von einer Zeit und einem Ort zu träumen, wo Mutter und Tochter einander mit

Stolz ansehen werden, wohl wissend, daß sie beide einmal Opfer waren, jetzt aber Schwestern und Freundinnen sind.

Zur Zeit der Jungfrau von Orleans scheint innerhalb des Dianakults die Verehrung einer männlichen Gottheit die einer weiblichen verdrängt zu haben. Murray meint, daß nur zu seltenen Gelegenheiten Gott in weiblicher Form erschien und daß im allgemeinen die Stellung der göttlichen Frau die einer „Vertrauten" oder Stellvertreterin des männlichen Gottes war. Aber diese Ambivalenz war wahrscheinlich eine späte Entwicklung, und es war durchaus möglich, in der wichtigsten weiblichen Gestalt des Kults die Reste einer Muttergöttin und ihrer autonomen Macht zu erkennen. (43) Die Alte Religion war nicht „rein", aber ihre Frauen konnten noch mächtige Gestalten sein. Sie waren noch nicht auf den Zustand der stumpfsinnigen Madonnen reduziert, die von den Künstlern des Christentums angehimmelt wurden. Das Neue Sein der Antikirche erhebt Mutter und Tochter gleichermaßen über das Bild der Madonna und über das ambivalente Bild der jungfräulichen Kriegerin hinaus. Die Gemeinsamkeit ergibt sich daraus, daß beide nicht in bestimmte Rollen eingehen, und sie kommt aus unserer Verzweiflung, die uns dazu brachte, uns an das Goldene Zeitalter zu erinnern und darauf zuzugehen. Diese Erinnerung und Vorfreude zugleich gibt unserer Randexistenz in Zeit und Raum Farbe, in der schon einige Frauen angefangen haben, wirklich zu leben.

DIE ANTIKIRCHE UND DIE TÖNE DES SCHWEIGENS

Die männliche Religion begrabt die Frauen in Gräbern des Schweigens, um ihr eigenes ewiges und trübes Klagelied auf eine Vergangenheit zu singen, die es niemals gab. Das den Frauen *auferlegte* Schweigen gehört mit in das Gefüge der männlichen Hierarchien. Wir müssen in diese auferlegte Stille hineinlauschen, um das Strömen der neuen Töne eines stillschweigenden Einvernehmens zu hören, welche die Stimme der Schwesterschaft als Antikirche sind.

Von Durkheim wissen wir, daß der Warramunga-Stamm in Australien den Frauen während langer Trauerzeiten (bis zu zwei Jahren) absolutes Schweigen auferlegte. Infolgedessen verständigten sich die Frauen durch Gesten. Einige zogen es vor, auch jahrelang nach der geforderten Schweigezeit nicht mehr zu sprechen. (44) Eine Frau soll sogar vierundzwanzig Jahre geschwiegen haben. Man fragt sich, ob sich die Fortsetzung des Schweigens nicht vielleicht daraus erklärt, daß die Frauen bessere Kommunikationsmittel entdeckt hatten, eine stille Untergrundsprache, die Männer nicht verstehen.

Paulus zeterte (dabei kommt es nicht darauf an, ob der Text von Paulus oder einem Pseudopaulus ist): „Einer Frau gestatte ich nicht, daß sie lehre ..., sondern sie sei stille.“ (1. Tim. 2,12) Der springende Punkt war offensichtlich, daß Frauen nicht „offiziell“ sprechen durften, eine Forderung, die immer noch vom römischen Katholizismus und orthodoxen Judentum erhoben und in etwas subtilerer Form vom reformierten Judentum und dem Protestantismus bestätigt wird. Denn die „heiligen“ Worte wurden ausschließlich von Männern geschrieben und können höchstens wiederholt und nachgesprochen werden. In Religionen, die an der Vergangenheit kleben – ob sie nun an die Bibel oder an die Tradition oder an beide gebunden sind –, kann keine Frau aus dem ihr auferlegten Schweigen ausbrechen.

In der modernen Zeit sind die Universität und das gedruckte weltliche Wort teilweise in das Territorium der heiligen Kirche und ihres heiligen Wortes eingedrungen. Aber auch hier wieder wurden die Frauen in auferlegtem Schweigen begraben, indem sie ganz einfach ausgeschlossen wurden oder höchstens die männlichen Worte nachsprechen durften. Wir wagen gar nicht, Worte der Frauen laut zu denken – jedenfalls nicht zu sehr. Wir wissen, wie das geahndet wird.

Infolgedessen wird es für viele schwer sein, die neuen Töne eines freien Schweigens zu verstehen. Diese Töne sind sehr vielseitig. Wir sprechen in Umrissen und Farben, bringen Strukturen zum Ausdruck, blinken einander in einem Strom von Verstehen das zu, was zu abgründig zu verstehen ist, nämlich die Geburt unseres eigenen Selbsts in Schwesterlichkeit. Robin Morgan malt das Schweigen folgendermaßen aus:

„Und ich werde immer weniger zu euch sprechen
und immer mehr und mehr in verrücktem Kauderwelsch, den ihr nicht verstehen könnt:
Hexengesänge, Gedichte, Altweibergebrabbel ...“ (45)

Diese vielgestaltige Kommunikation, die jetzt unter Frauen im modernen technologischen Dschungel Amerikas entsteht, ist nach den Begriffen unserer Kultur sprach-los, ebenso wie die Gesten der „primitiven“ Warramunga-Frauen ihren Männern ohne Sprache zu sein schienen. Eine Kommunikation auf vielen verschiedenen Ebenen ist natürlich nicht allen Männern unbekannt, aber nach den Regeln des Patriarchats wird stets so viel ausgesprochen wie nur möglich. Was bei den Frauen daran neu ist, ist das Einfließen unseres eigenen Seins, unsere Bestätigung eines Prozesses, der ein Entwicklungsprozeß über und gegen die Gräber ist, die fast, aber doch nie ganz, unser Feuer erstickt haben.

Wir Frauen beginnen, die Mängel der Sprache zu erkennen,

weil sie nicht die unsere ist. Sie spiegelt die von der männlichen Religion gesegneten Strukturen wider. Um auszudrücken, daß die Sprache der Frauen jetzt diese Grenze durchbricht, habe ich sie Schweigen genannt. Sie ist ein Schweigen in dem Sinne, als sie über unechtes Reden hinausgeht. Für diejenigen, die nur unechtes Reden kennen, ist sie bedeutungslos. „Logische Positivisten" haben behauptet, daß man nur die Fragen stellen kann, die von der Sprache klar formuliert werden können. Das Verlassen dieses vorgefertigten Gehäuses bedeutet angeblich Pseudo-Theoreme zu benützen, um das Undenkbare, das Sinnlose zu sagen. Was die logischen Positivisten aber nicht erwähnen, ist, daß das vor-gefertigte Gehäuse patriarchal ist, was bedeutet, daß unsere anti-patriarchalen Fragen a priori Pseudo-Fragen sind. Andere Akademiker und Nicht-Akademiker, die sich nicht zu den logischen Positivisten zählen, sind derselben Ansicht. Für Menschen, die ihre Gedanken und Sprache in einen patriarchalen Raum und Zeitraum der Vergangenheit pressen, sind die neuen Töne unhörbar. Eine Welt, die an die sexistische Sprache gebunden ist, ist ihnen gegenüber taub.

Suzanne Langer hat sich mit den Einschränkungen des *Redens* auseinandergesetzt, die der Komplexität aussprechbarer Ideen Grenzen setzen. Sie sah darin einen inhärenten Mangel der Sprache, die nur ein armseliges Ausdrucksmittel für Gefühle, ständig wechselnde Muster, zweideutige und komplizierte innere Erfahrungen, das Wechselspiel von Gedanken und Gefühlen, Erinnerungen und wiederholten Erinnerungen ist. Sie meinte, die schönen Künste kompensierten diesen eingebauten Mangel der Sprache. (46) Aber ich möchte darauf hinweisen, daß Dichtung und Kunst *individuelle* Ausdrucksformen ontologischer Vernunft gewesen sind – wenngleich zugegeben werden muß, das große Kunst in vielen Menschen eine Resonanz erweckt. Dichtung und Kunst bleiben aber im großen und ganzen im Rahmen des Patriarchats, das ihnen das gepflegte Etikett „schöne Künste" gegeben und sie in Museen und Universitäten begraben hat. So in Schranken gehalten, haben sie keine planetarische Rebellion ausgelöst. Tatsächlich drücken Dichtung und Kunst in unserer Kultur zumeist patriarchale Gefühle aus. (Man betrachte nur die schlappen, unathletischen Körper der Renaissance-Madonnen und lese die kränklichen Ergüsse von Weiberfeindschaft bei Milton, Kipling und Claudel.) Im Gegensatz dazu sind die neuen Töne des Schweigens, die in dem Netz der Kommunikation an den Grenzen aufklingen, die Morgendämmerung eines gemeinschaftlich Neuen Seins. Sie sind weder „öffentlich" noch „privat", weder „objektiv" noch „subjektiv". Sie drücken ein schweigendes Einvernehmen zwischen Subjekten aus, dessen Schwingungen zu hoch sind für das patriarchale Hörvermögen. Sie haben Ultraschall-Charakter.

Ich habe schon darauf hingewiesen, daß die Verschmelzung von Denken und Fühlen, von Persönlichem und Politischem im neuen Raum, die von der zweiten Welle des Feminismus geschaffen wird, ein weit verbreitetes spirituelles Phänomen ist. Es bringt den Konflikt mit der sexistischen Religion als solcher mit sich, aber es kündigt auch Transzendenz an, nicht nur für den Sexismus, sondern auch für den Konflikt. Dies ist teilweise darauf zurückzuführen, daß in den Frauen, die ich „spirituell Ausgebürgerte" genannt habe, ein Elan zur Transzendenz erkennbar ist, der möglicherweise dem Einfluß der Religion auf ihr Leben zuzuschreiben ist. Dieser Einfluß hat sich sowohl direkt als auch indirekt ausgewirkt, d. h. entweder durch direkte Teilnahme am kirchlichen Leben oder durch das allgemeine kulturelle Klima, das weitgehend durch das jüdisch-christliche Erbe geprägt worden ist.

Eine nur negative Bewertung der Auswirkungen der Religion wäre falsch. Man kann nicht leugnen, daß viele Menschen, Frauen und Männer, mit Hilfe der Religion eine Art von Autonomie, Nächstenliebe und Frieden gefunden haben. Ich habe aber schon gezeigt, daß diese Eigenschaften, und besonders dieser Friede, zu einem zu hohen Preis erworben wurden, d. h., indem man Ungerechtigkeiten überging, anstatt sie aufzuarbeiten. Es fehlt ganz deutlich etwas an einer Harmonie, die auf Kosten der Einsicht erkauft wird und in der man Probleme löst, indem man sie ignoriert. Aber es gehört zum Wesen des Menschen, daß er nur über eine Teileinsicht verfügt, und es wäre töricht und gefühllos, wenn man denen, deren religiöse Erziehung sie für die negativen Seiten unempfindlich gemacht hat, alle Echtheit ihrer tiefen Erfahrung, ihrer Werte und ihres Engagements abstreiten wollte. Diejenigen, welche die Kirche wegen der negativen Elemente verlassen haben – oder genauer, *von der Kirche verlassen worden sind* –, haben sich oft eine fundamentale spirituelle Einsicht bewahrt, auch wenn sie selbst sie nur zögernd oder gar nicht als „religiös" bezeichnen würden. (47) Auf jeden Fall gibt es unter diesen spirituell im Exil Lebenden eine bemerkenswerte Radikalisierung des Bewußtseins, das sich oft in der Weigerung äußert, bei begrenzten Zielen und besonderen Problemen stehenzubleiben, so wichtig und rechtsgültig sie auch sein mögen – wie die Legalisierung der Abtreibung oder das Equal Rights Amendment –, und dauernd die tieferen Implikationen der Befreiung zu verstehen sucht.

Dieses tief radikalisierte Bewußtsein ist aber durchaus nicht nur denen zu eigen, die einmal eine persönliche Beziehung zu den Kirchen hatten. Es ist eine der sich entwickelnden Dimensionen der Schwesterschaft – eine Dynamik, die zu einer Vergeistigung des Bewußtseins und dessen gemeinschaftlicher Inkarnation hindrängt. Diese Wirklichkeit eine Antikirche zu nennen, ist gut, aber wir sollten nicht bei diesem Namen stehenbleiben. Sonst würden wir in eine Ausdrucksweise verfallen, die uns eine „Opposition des Gegenübers" sein läßt. Wie aber radikale Frauen wissen, ist ein „Gegenüber" empfänglich für Verführungen, für Angebote zur Mitarbeit. Dies wurde bei vielen Anlässen deutlich, als Frauen eingeladen wurden, zu offensichtlich nicht-feministischen Versammlungen zu sprechen oder an Podiumsdiskussionen teilzunehmen, die „wohlausgewogen waren, um beide extremen Standpunkte zu vertreten" (ausgehend von der Annahme, daß die Wahrheit irgendwo dazwischen liegen müßte). „Gegenüber" sind empfänglich für Verführung, nicht, weil sie als radikal, sondern weil sie als dem Gegenspieler „ähnlich", derselben Kategorie zugehörig betrachtet werden. Diese Erkenntnis bedeutet nicht, daß wir auf unsere Identität als Antikirche verzichten, noch, auf pragmatischer Ebene, daß wir solche Angebote eines Forums immer abschlagen müßten. Es bedeutet aber, daß wir auf der Hut sein müssen und daß wir etwas erreichen müssen, das über Opposition *hinausgeht.*

Kapitel Sechs

SCHWESTERSCHAFT ALS KOSMISCHER BUND

Meine Freundinnen, wissen wir, weshalb wir zusammengekommen sind? Sind wir uns dessen bewußt, daß wir auf nichts Geringeres abzielen als auf den totalen Umsturz der gegenwärtigen Gesellschaftsordnung, einen Umsturz des ganzen bestehenden Sozialvertrags?

– ELIZABETH OAKES SMITH, 1852

Tiger, Tiger, hell entfacht
In den Waldungen der Nacht,
Welches Gottes Aug und Hand
Mut für dein entsetzlich Gleichmaß fand?

– WILLIAM BLAKE

Ich war versucht, dieses Kapitel „Schwesterschaft als kosmische *Kirche*" zu nennen, um diejenigen Elemente unserer Bewegung zum Ausdruck zu bringen, die in dialektischer Spannung zu ihrer Seinsweise als Antikirche stehen. Aber die negativen Reaktionen der Feministinnen auf diesen Begriff sind Warnung genug. Betty Friedan verlieh diesem Gefühl mit der einfachen Bemerkung Ausdruck: „Die Kirche ist unser Feind." Das Wort „Kirche" ist in spezifisch christlicher Weise mit einem archaischen Erbe befrachtet, das wahrscheinlich niemals abgeschüttelt werden kann. Aber gewisse Aufgaben, welche die Kirche zu erfüllen behauptete und die sie vor allem wegen ihres Sexismus nie wahrnehmen konnte, werden jetzt im neuen Raum des Feminismus mehr als erfüllt. Oder, um genauer zu sein, es entsteht etwas *jenseits* des christlichen Bereichs. Die Formulierung der kirchlichen Ansprüche ist immer blutleer gewesen, abgefaßt in einer Sprache, welche die Grenzen der patriarchalen Vorstellungskraft widerspiegelt und verewigt. Und selbst das, was die Kirche an solch kümmerlichen Ansprüchen verwirklichte, fällt weit hinter das zurück, was ihre Reklame versprach. Um jedoch unsere neue Sprache – unsere Töne des Schweigens – verständlicher zu machen, mag es nützlich sein, einige gängige Vorstellungen von der „Kirche" näher zu betrachten. Wenn wir mit ihrer Hilfe Analogien ausdrücken, können wir vielleicht klarer erkennen, daß die Schwesterschaft *jenseits* der „Kirche" steht.

EIN ABGESONDERTER RAUM

Die Kirche wurde oft als ein von der übrigen Welt abgesonderter Raum betrachtet, weil sie für die Menschen eine besondere Bedeutung hat und ihnen als Zufluchtsort und Heiligtum dient. Noch heute empfinden viele das Innere einer Kirche als einen „heiligen Raum", wie Eliade es beschrieben hat. (1) Selbst der betont nicht-religiöse Mensch in unserer Kultur neigt dazu, bestimmte Orte seiner privaten Welt für „heilig" zu halten, meist Orte, an die sich glückliche Erinnerungen knüpfen. Oft sind sie mit einem bestimmten Ritual verbunden, einem abergläubischen Sinn für das Besondere eines „heiligen Schreins", der nichts mit individueller oder gemeinschaftlicher Erkenntnis oder Entwicklung zu tun hat. Eine Kirche also, die als abgesonderter Raum konstruiert ist – ob der Begriff nun ein Gebäude, eine Institution oder ein ideologisches „heiliges Schutzdach" bedeutet –, dient leicht als Zuflucht vor dem Abgrund. Sie wird dann zu einem Ort, wo Netze einer gefälschten Transzendenz gesponnen werden.

Doch das Bild eines abgesonderten Raumes ist nicht wertlos. Ich wies bereits darauf hin, daß unsere Revolution einen Raum schafft – vor allem ein Gebiet des Geistes –, in dem die Frau sie selbst sein kann, ohne die Verzerrung von Geist, Willen, Gefühl und Vorstellungskraft, welche die sexistische Gesellschaft von ihr fordert. Dabei ist wichtig, festzustellen, daß dieser Raum nicht in der Flucht vor dem Abgrund gefunden wird, sondern im Bemühen, sich ihm zu stellen, während in unserem Geist die verinnerlichten vorgefertigten Denkmodelle und Gesetze des Patriarchats zerbröckeln. Somit ist dieser Raum nicht abgesondert von der Wirklichkeit, sondern nur von der künstlichen Unwirklichkeit der Entfremdung. Dieser in der tiefgehenden Konfrontation von Sein und Nicht-Sein entdeckte Raum der Befreiung ist heilig.

Die Entdeckung eines heiligen Raumes bringt immer die Möglichkeit des Verfalls in Eskapismus oder seiner Verabsolutierung in eine besondere Form mit sich. Die wahre Gefahr liegt jedoch darin, daß sich Frauen von den *Beschuldigungen* des Eskapismus und der Eingleisigkeit unterkriegen lassen, die von jenen erhoben werden, die blind sind für die transzendentalen Dimensionen des Feminismus. Die Reduzierung der Frauenbefreiung auf Flucht vor der Wirklichkeit „wegen persönlicher Probleme" ist immer noch eine mächtige Waffe, besonders wenn sie sich des psychologischen Jargons bedient. Der Vorwurf, die Bewegung zu verabsolutieren, trifft Frauen, und wir sind nur zu sehr gewohnt, auf die Stimmen der Entfremdung zu hören. Aber eins muß hierbei im Auge behalten werden: Die Beschuldigung ist eine typische *Umkehr* des wirklichen Problems, nämlich der dauernden Versuchung, sich der

Universalität des sexistischen Kastensystems und den furchterregenden Forderungen eines Lebens im neuen Raum *nicht* zu stellen.

Da der neue Raum sich von der Unwirklichkeit der sexistischen Entfremdung absondert, und da wir nur insofern *in* ihm sind, als wir uns mit dieser nicht-realen Welt konfrontieren, ist dieser Raum nicht statisch, sondern dauernd in Bewegung. Wie ich schon sagte, liegt sein Zentrum an den *Grenzen* des patriarchalen Raums, d. h., daß er nicht darin *eingeschlossen* ist. R. D. Laing schrieb etwas, das dies verdeutlichen kann:

„Die Wahrheit, die ich zu erfassen versuchte, liegt schon in dem Greifen, das sie zu erfassen versucht ... Das Leben, das ich zu ergreifen versuche, ist schon in dem Ich, das es zu ergreifen versucht." (2)

Unser Raum ist die Lebensquelle, nicht der „Topf" für einen erdachten Deckel des Lebens. Aber während Laing über einen individuellen Sprung oder eine Reise durch den inneren Raum schreibt, welche die Gesellschaft „Wahnsinn" nennen würde, sind wir auf einer Reise, die nicht nur ganz individuell, sondern letzten Endes auch eine gemeinschaftliche ist. Die besondere Gemeinsamkeit ergibt sich aus der Entdeckung des „Ichs", welches „das Leben zu ergreifen versucht". Laing bleibt jedoch, obwohl er die zerstörende Wirkung der sozialen Verhältnisse sieht, gewissermaßen bei einem intrapsychischen Standpunkt stehen. Das Problem bleibt, daß selbst, wenn viele Personen „geheilt" werden, dies allein noch nicht genügt. Wie Phyllis Chesler bemerkt, wird er sich in dem ganzen Buch *Sanity, Madness and the Family* der „universalen und objektiven Unterdrückung der Frau und deren Zusammenhang mit dem Wahnsinn der Frau nicht bewußt". (3)

Unser abgesonderter Raum bedeutet wohl individuelle Freiheit, aber sie wird erst möglich in der Erkenntnis und Widerlegung der Strukturen objektiver Unterdrückung. Wie schon gesagt, richtet sich unser Kampf nicht nach den Bedingungen des Feindes. Es geht um eine gemeinsame Selbstverwirklichung, deren notwendige Bedingung die Ablehnung der Strukturen der Zerstörung ist.

Das Zentrum unseres Raumes ist immer in Bewegung – im Gegensatz zu „toten" Zentren – weil wir selbst dieses Zentrum sind und weil wir in Bewegung sind, im „Werden", in einem „noosphärischen Netz", von dem noch nicht einmal Teilhard de Chardin oder andere Propheten des männlichen Futurismus zu träumen wagten. Dieses Zentrum ist der archimedische Hebelpunkt, der Ansatzpunkt, von dem aus es vielleicht möglich ist, die Welt zu bewegen, falls genügend Frauen ihn entdecken und den Mut nicht verlieren.

Da dieses Zentrum ständig in Bewegung ist, kann der Raum der Frauenrevolution als *Exodusgemeinde* bezeichnet werden. Auch die Kirche wurde einmal so genannt, aber sowohl die Formulierung als auch die soziale und psychische Verwirklichung dieser Metapher wurden begrenzt und beschränkten die Sehnsucht der Menschen. Die Kirche als Exodusgemeinde schritt angeblich aus der Knechtschaft in die Freiheit aufgrund einer Verheißung, die Jahwe den Vätern des Gottesvolkes gegeben hatte. Die Wanderung war jedoch nicht gerade spektakulär, was zum großen Teil daher rührt, daß Verheißungen von oben etwas Künstliches an sich haben. Aber, wie im Falle des abgesonderten Raumes, das Bild hat einen Wert, wenn es aus seinem lähmenden Kontext befreit wird und unsere eigenen Einsichten ausstrahlen darf. Das bewegliche Zentrum, das die Energiequelle der neuen Schwesterschaft als Exodusgemeinde ist, liegt in der Verheißung in uns selbst. Es ist die Verheißung, die von unseren Vormüttern ausgeht, deren Geschichte wir zu entdecken beginnen, und von unseren Schwestern, die ihrer Stimme beraubt waren. Unsere Reise ist die Frucht dieser Verheißung – eine Reise in die Individualisierung und Teilnahme, die das falsche Selbst und die sexistische Gesellschaft hinter sich läßt. Da wir jedoch den Planeten nicht physisch verlassen können (und außerirdische Raumfahrten, von der herrschenden Gesellschaft programmiert, doch nur super-sexistisch wären, vielleicht mit der Annehmlichkeit von Raumstewardessen), muß unsere Abreise der Situation gemäß sein. Durch die Weigerung, uns von den Mythen der Gesellschaft verblenden zu lassen, können wir uns in gewissem Ausmaß geistig entfernen. Auch physisch und sozial können wir uns zu einem gewissen Grade distanzieren, aber ein einfacher Rückzug verändert die allgemeine Situation nicht. Der adäquate Exodus erfordert Kommunikation, Gemeinschaft und Schöpfung. Der wahrhaft bewegliche Raum ist nicht bloß unorthodox und reformerisch, sondern er geht auch über das Orthodoxe und Unorthodoxe hinaus und entdeckt und schafft das wirklich Neue.

Denen, die im patriarchalen Raum und vielleicht speziell in seiner Religion angesiedelt sind, mag es so scheinen, als ob die radikalen Feministinnen ein „Versprechen" gebrochen hätten, da sie die zu hoch gesteckten Erwartungen nicht erfüllt haben. Tatsächlich aber ist es so, daß wir, wenn wir nach unseren Verheißungen leben, die Gebrochenheit der menschlichen Existenz zerbrechen, die durch die Konstruktion der Entfremdung verursacht wurde. Oder anders ausgedrückt, wir brechen den Damm der Geschlechterklischees, der den Fluß des Seins aufhält und Männer und

Frauen daran hindert, integrierte, androgyne Persönlichkeiten zu werden. Wenn wir die Gebrochenheit in unser Bewußtsein eindringen lassen, bringen wir die glühende Verheißung in uns ans Licht, die treibende Kraft, die auf das „entsetzliche Gleichmaß" abzielt, das Blake sah und das unsere Kultur in „Waldungen der Nacht" verborgen hält. Es bringt uns auch in Berührung mit dem „Zustrom des unerschöpflichen Umgreifenden", über das der Philosoph Jaspers geschrieben hat und ohne das „die Sprachhülsen eines Gewesenen durcheinanderwirbeln und in äußerlichen Ordnungen jeweils einen Schein von Bestand auftreten lassen in der Endlosigkeit des beliebigen Anderswerdens". (4)

Die Morgendämmerung dieser inneren Verheißung, diese Ströme der Wasser des Lebens, die von unserer Kultur eingedämmt und verdammt worden sind, geben uns, da sie uns mit uns selbst und mit dem „Umgreifenden" in Berührung bringen, die tiefstmögliche Gemeinschaft. Sie ist die Gemeinschaft, die wir eher entdecken denn „bilden", wenn wir andere treffen, die auf derselben Reise sind. Da entsteht dann ein „Bund" zwischen uns, *nicht* im Sinne einer Übereinkunft, die getroffen und ausformuliert wird, sondern in dem Sinne einer tiefgehenden *Übereinstimmung, die gefunden wird*. Das Wort „Bund" drückt also nicht ganz die Wirklichkeit aus, da es einer Sprache angehört, die spaltet, abtrennt, teilt und wieder zusammenzukleistern versucht. Wenn wir jedoch die Grenzen unserer überkommenen Sprachlosigkeit überwinden, können wir uns des Tons bedienen, um damit mehr zu signalisieren. Der Bund ist die tiefe *Übereinstimmung* des Menschen mit sich selbst und mit anderen, die in zunehmender Harmonie mit einer Umgebung leben, die jenseits, unter und um die für uns nicht-reale Umgebung der patriarchalen Spaltungen und Barrieren herum existiert. In Ermangelung eines besseren Wortes mag sie „Kosmos" genannt werden – und die Harmonie hat ihre Quelle in der Teilnahme an einem Sein, das mit den tiefsten Kräften dieses Kosmos in Verbindung steht. Aus dieser Berührung entsteht eine neue Sprache. „Bund" (engl./amer. covenant) hat immer etwas mit Sprache zu tun gehabt. Schwesterschaft als kosmischer Bund bedeutet, daß der Kosmos neu benannt wird.

„Covenant" bedeutet im amerikanischen Gewohnheitsrecht auch das Vorgehen bei der Wiedergutmachung im Falle eines Vertragsbruchs. Das Vorgehen der Frauen bei der Wiedergutmachung beginnt mit einer Erklärung. Es ist kein Scherz, wenn Frauen behaupten, daß sie nur dreimal zu sich selbst zu sagen brauchen: „Ich bin eine Hexe; ich bin eine Hexe; ich bin eine Hexe!" Dies ist genauso, als ob sie ein unaussprechliches Wort ausspráchen. Es ist der Exorzismus des verinnerlichten Dämons, der unser Ich spaltet. Es ist dasselbe, wie wenn eine Frau sagt: „Ich bin, ich bin, ich bin." Mit dieser Erklärung tritt sie der neuen Verbindung der Hexen bei und entdeckt „den Bund".

Das bewegliche Zentrum des neuen Raums der Frauen befindet sich im Grenzbereich des toten Kreislaufs von Archetypen und Wiederholungen. Religionsgeschichtler haben dasselbe auch für das Christentum beansprucht. Eliade z. B. behauptet:

„Das christliche Denken tendierte also dazu, endgültig die alten Themen der ewigen Wiederholung zu überwinden, ebenso wie es Anstrengungen unternommen hatte, alle anderen archaischen Perspektiven hinter sich zu lassen, indem es entdeckte, wie wichtig die religiöse Erfahrung des „Glaubens" und die Erfahrung vom Wert der menschlichen Persönlichkeit seien." (6)

Die einzigen Wörter, die diese Aussage nicht völlig unsinnig erscheinen lassen, sind „zielte darauf ab" und „versuchte". Eliade sieht die Lage durch eine männliche Brille. Er schreibt weiterhin, daß das Christentum die Religion des „gefallenen Menschen" (man) sei, „und zwar insofern, als der moderne Mensch unrettbar der Geschichte und der Fortentwicklung angehört und als die Geschichte und die Fortentwicklung einen Fall bedeuten". (7) Für Eliade bedeutet dieser „Sündenfall" das endgültige Verlassen des Paradieses der Archetypen und Wiederholungen. Aber hat es wirklich ein Verlassen dieses „Paradieses" gegeben? Die Erfahrung der Feministinnen hat klargemacht, daß die Frauen sich in diesem „Eden" endloser Kreisläufe gefangen fühlen und daß das Christentum die Dinge in ewig gleicher Weise aufrechterhält. Der Dichter William Blake beschreibt dieses Paradies sehr gut:

„In Eden schlafen die Frauen des Winters in sanften
seidenen Schleiern,
Von ihren eigenen Händen gewebt, sie im dunklen Grab
zu verhüllen.
Aber unsterblich leben Männer erneuert durch weibliche
Tode."

Im Christentum leben Männer immer noch erneuert durch „weibliche Tode", und diese Erneuerung auf Kosten der Frauen mag sehr wohl für die, die davon profitieren, eine Verblendung durch Geschichte und „Fortentwicklung" gewesen sein. Wie ich schon sagte, liegt die Hoffnung in dem kommenden Sündenfall, der sich in dem Zweiten Kommen der Frauen vollzieht. Diejenigen, deren Leben sich durch den Tod der Frauen immer wieder erneuert hat, haben allen Grund, diese Wiederkehr auf die lange Bank zu schieben.

Die Kirche wird von einigen als eine im wesentlichen *charismatische Gemeinschaft* angesehen, in der Gaben wie Heilen und Weissagen erfahren werden. Leider haben die Apologeten aber nicht gemerkt, daß das Heilen im Rahmen der Kirche weitgehend eben wegen der Zerstörung durch die institutionelle Religion notwendig geworden ist. Die institutionalisierte „geistliche" Heilung soll durch das Sakrament der Beichte, pastoralen Rat und die weltlichen Ersatzmittel – Psychologie und Psychiatrie – erfolgen. Die priesterliche oder quasi-priesterliche Kaste, die sich dieser Werkzeuge bedient, spricht mit Autorität und Prestige und führt die Frauen zur Einsicht, wie töricht es ist, wenn sie gegen das Schicksal rebellieren, das ihnen von „Gott" und/oder der Anatomie auferlegt worden ist. Ausnahmen in der religiösen oder ärztlichen „priesterlichen" Kaste, die ihre Stellung tatsächlich dazu benutzen, Menschen frei zu machen, sind Abweichler, die sich nicht nach der spezifischen Rolle richten, und sie bezahlen dafür.

Die institutionell bewirkte Heilung geht nicht an die eigentlichen Ursachen der Krankheit heran. Sie ist keine vorbeugende Medizin. Vielmehr wird ein elitäres System aufrechterhalten, das von der Krankheit der Seele, des Geistes und des Körpers lebt. Die verzögerte und teilweise Heilung läßt einige Privilegierte die Zügel in der Hand behalten, sie verewigt die Zweiteilung zwischen „Behandelndem" und „Patienten" und macht deutlich, daß in unserer Gesellschaft die Macht von wirklicher Liebe geschieden ist. Diese zweigeteilte Lage ist auch in dem römisch-katholischen Dogma von der Schlüsselgewalt symbolisiert, das dem Priester im Sakrament der Beichte magische Macht zuschreibt – die „Macht, zu lösen und zu binden". Eine Analogie dazu findet sich in psychiatrischen Anstalten, in denen die Psychiater, die Mitarbeiter und Kaplane sich deutlich dadurch von den Patienten unterscheiden, daß sie die Schlüssel haben, die Patienten aber nicht.

Das Schuldgefühl, das viele der scheinbaren Nutznießer der „Heilung" quält, wird großenteils von der Religion selbst verursacht, besonders im Falle ihrer weiblichen Opfer. Diese institutionalisierte Einpflanzung von „Schuld" und „Heilung" bringt einen endlosen Kreislauf von Loslösung und Wiederkehr mit sich. Die religiös-charismatischen Heilungen haben Anteil an diesem Kreislauf. Sie sind z. T. erforderlich wegen der psychosomatischen Erkrankungen, die von einer Gesellschaft verursacht werden, welche die Religion rechtfertigt. Ihre Heilungen sind bestenfalls für einzelne gut. Sie erreichen aber die objektiven Gesellschaftsformen nicht, die immer weiter zerstörend wirken.

Jedoch hat der Gedanke des Heilens einen Wert, wenn wir das

Wort benutzen, um etwas auszudrücken, das über seine gewöhnliche Bedeutung hinausgeht. Die Feministinnen entdecken jetzt eine charismatische Heilung, die nicht nur nicht-institutionell, sondern auch ausgesprochen gegen die Institutionen gerichtet ist, weil sie das angeblich „Kranke" oft als Zeichen einer beginnenden Gesundheit erkennen. Das bedeutet, daß eine Gegenmacht gegen die Fallstricke der Seelenärzte der Gesellschaft aufgestellt wird. Das ist möglich, weil das Zentrum unseres neuen Raumes nicht innerhalb des „Paradieses" von Urbildern und Wiederholungen liegt, sondern weil wir es in der Konfrontation mit dem Abgrund des Nicht-Seins entdeckt haben und es von der Welle einer immer stärker werdenden Teilnahme am Sein getragen wird. Phyllis Chesler drückt sich psychologischer aus, wenn sie sagt, daß die Frauen, deren ursprüngliche Identität in dem lag, was einigen Männern gefiel, „jetzt diese Ich-Identifikation ... auf das verlagern (müssen), was für ihr eigenes Überleben als starkes Individuum nötig ist ... Eine solche Veränderung der weiblichen Egostruktur ... erfordert den leidenschaftlichen Wunsch, die Macht zu erlangen, derer man bedarf, um sich selbst verwirklichen zu können – eine Macht, die immer auf der direkten Kontrolle über bestimmte Bereiche der Realität beruht." Wenn Frauen dazu übergehen, nicht nur ihr eigenes Ich zu stärken, sondern auch einander zu unterstützen, so sollten sie es aber niemals bis „zum Punkt der Selbstaufopferung" treiben. (8)

Diejenigen, welche die Kirche als eine charismatische Gemeinde ansehen, haben auch besonders die Rolle der Weissagung betont. Es versteht sich von selbst, daß die offizielle Priesterschaft und Hierarchie den Irrglauben aufrechterhält, daß das, was ist, gut sei, wohingegen es die Aufgabe des Propheten ist, darüber hinauszuweisen auf etwas, das noch nie war, das aber werden kann. In der jüdisch-christlichen Tradition sind jedoch die meisten anerkannten Propheten Männer gewesen, und ihre Kritik hat sich nie gegen das Patriarchat als solches gerichtet. Sie waren einzelne „Rufer in der Wüste", aber ihre Rufe haben uns nicht aus der Wüste des Sexismus geführt. Tatsächlich war die Metaphorik der alttestamentarischen Propheten sehr sexistisch. Sie neigten in geradezu ermüdender Weise dazu, Israel mit einer Hure zu vergleichen. Jesaja sprach von Zion als von einer Hure (Jes. 1,21). Jeremia sagte zu Israel, daß „sie" sich hingelegt habe wie eine Dirne und Jahwe um falscher Götter willen verlassen habe (Jer. 2,20). Hesekiel beschimpfte Israel wiederholt als Prostituierte und Hure (Kap. 16), fügte aber noch andere interessante Metaphern hinzu:

„Und des Herrn Wort geschah zu mir: Du Menschenkind, als das Haus Israel in seinem Lande wohnte und es unrein machte mit seinem Wandel und Tun, daß ihr Wandel vor mir war wie die Unreinheit einer Frau, wenn sie ihre Tage hat, da schüttete ich meinen Grimm über sie aus um des Blutes willen, das sie im Lande vergossen, und weil sie es unrein gemacht hatten durch ihre Götzen." (Hes. 36,16-18)

Es kam den Propheten gar nicht in den Sinn, Israel als einen Vergewaltiger anzuprangern – was in bezug auf Israels Verhalten eine richtigere Beschreibung gewesen wäre. Als Erweiterung Jahwes, als „sein" Werkzeug, vergewaltigte Israel „gerechterweise" die Feinde des „wahren Gottes". Da die Propheten jedoch „sie" (Israel) als Jahwes Braut ansahen, konnten sie Israels Verhalten schlecht unter anderen Gesichtspunkten betrachten. Es ist bezeichnend, daß Jahwes „Wut" und sein Sinn für die Unreinheit gewalttätigen Blutvergießens auf die Menstruation der Frau projiziert wurde.

Selbst wenn wir die aufschlußreichen Beispiele der sexistischen Metaphern beiseitelassen, fällt auf, daß die Propheten der großen Religionen die geschlechtsspezifische Unterdrückung nicht nachhaltig angegriffen haben. Weber wies darauf hin, daß die Tatsache, daß ein Prophet, wie z. B. Buddha, gern geistreiche Frauen zu seinen Füßen sitzen sah (die er, wie Pythagoras, als Propagandistinnen ausnützte), nicht notwendigerweise zu einer Wertschätzung des ganzen weiblichen Geschlechts führte.

„Das individuelle Weib ist dann ‚heilig', die Gattung Gefäß der Sünde." (9)

Auch wenn fast alle Propheten ein ungezwungenes Verhältnis zu Frauen hatten, übertrug sich diese Haltung, nach dem ersten Stadium der Gemeindebildung, doch nicht auf ihre spätere Anhängerschaft. Es ist immer so gewesen, daß

„... mit Veralltäglichung und Reglementierung der Gemeindeverhältnisse stets ein Rückschlag gegen die nun als ordnungswidrig und krankhaft empfundenen pneumatischen Erscheinungen bei den Frauen ein(tritt)". (10)

Kein Prophet der patriarchalen Religionen hat eine Befreiungsbotschaft gebracht, der es gelungen wäre, den sklerotischen Prozeß bei ihren Anhängern zu überwinden.

Wir können beobachten, daß sich bei den heutigen Propheten sogenannter revolutionärer Bewegungen dasselbe Syndrom einstellt, das Weber bei Buddha und Pythagoras feststellte. Ich erwähnte schon in einem früheren Kapitel, daß die Propheten der heutigen Friedensbewegungen in Amerika, wie z. B. die Berrigans, Frauen unter ihren Jüngern und Propagandisten haben und doch nicht merken, daß der Sexismus die Ursache der völkermordenden und kriegerischen Tendenzen der Strukturen ist, gegen die sie sich wenden. Es gibt keinerlei Anzeichen dafür, daß die neue Welt, die sie ins Leben rufen wollen, falls sie es können, wesentlich weniger sexistisch und folglich weniger kriegerisch wäre. So war auch in der amerikanischen Befreiungsbewegung für die Schwarzen der archetypische Prophet, Martin Luther King, an der Frage der Unterdrückung der Frauen offensichtlich desinteressiert. Seine Frau, Coretta King, soll gesagt haben, daß ihr Mann sein Leben lang eine ambivalente Stellung zur Rolle der Frau eingenommen habe. Dr. Pauli Murray, eine Feministin und Verfechterin der Bürgerrechte, weist darauf hin, daß die *Southern Christian Leadership Conference,* deren Vorsitzender Dr. King war, fast ganz von Männern beherrscht wurde. Frauen waren in diesem Führungsgremium praktisch nicht zu sehen. (11) Auch bei der jüngeren Generation schwarzer Radikaler war es wieder so, daß bekannte Propheten, wie z. B. Malcolm X, die aus der streng patriarchalen Tradition der Schwarzen Moslems kamen, dem Sexismus gleichgültig gegenüberstanden und ihn in der Tat beibehielten. Unter den Schwestern dieser schwarzen Führer sind Frauen gewesen, die auf die Verbindung von Rassismus und Sexismus aufmerksam gemacht haben. Diese Frauen haben einen unterschiedlichen Hintergrund: Da ist die Gelehrte, Aktivistin, Rechtsanwältin und Dichterin Pauli Murray. Da ist die revolutionäre Marxistin Angela Davis. Und da ist die radikale Feministin Florynce Kennedy. Aber schwarze Feministinnen sind „Ruferinnen in der Wüste".

Die Wörter „Prophezeiung", „Prophet" und „prophetisch" können also die volle Bedeutung des gemeinschaftlichen Phänomens der Schwesterschaft nicht vermitteln. Aber die Wörter können uns nützen, wenn wir mit ihnen mehr aussagen, als es innerhalb der Grenzen des überkommenen Sprachgebrauchs bisher möglich war. Zuerst einmal: „Den Propheten spezifisch ist, daß sie ihre Mission nicht kraft menschlichen Auftrags übernehmen, sondern usurpieren." (12) Die Frauenrevolution lebt aus ähnlichen Antriebskräften, da Frauen von politischer Macht ausgeschlossen sind. Jedoch ist das, was wir jetzt „ergreifen" und „an uns reißen" etwas, das uns rechtmäßig und ontologisch gehört – nämlich unsere eigene Identität, die uns geraubt wurde, und die Macht, sie zu externalisieren, indem wir die Wirklichkeit neu benennen. Dies ist keine rein individuelle charismatische Begabung, sondern ein gemeinschaftliches Erwachen.

Zweitens: Propheten sind immer Menschen gewesen, die zu einer besseren kulturellen Ordnung vorstießen und diesen Durchbruch für moralisch legitim erklärten. (13) Das kann man auch von der feministischen Revolution sagen. Aber in den Prophetien der großen Religionen zielte der Durchbruch immer auf eine kulturelle Ordnung ab, welche die zerstörerischen Strukturen noch enthielt und „segnete", da sie sexistisch-hierarchisch war. Die Dynamik des feministischen Durchbruchs enthält diese sich selbst widersprechende, zerstörerische Kraft nicht, da sie in totalem Widerspruch zu dieser Hierarchie steht. Er kann von daher nicht in die Kategorie der Prophetie eingereiht werden. Für Weber ist das entscheidende Kriterium für Prophetie, ob sie zu einem *Bruch* mit der etablierten Ordnung aufruft oder nicht. Aber *keiner* der großen Propheten rief unzweideutig zu einer Ablehnung der sexistischen Ordnung auf, und in allen Fällen erfüllten ihre Anhänger die Anforderungen dieser Gesellschaftsordnung. Da diese unzweideutige Aufforderung immer fehlte, waren Verfall oder Verknöcherung der Prophetien nach Webers Ansicht fast unvermeidlich. (14) Er hat festgestellt, daß die Priesterschaft den Patriarchalismus immer gestützt hat, wohingegen die Prophetie die patriarchalen Verbände sprengt. (15) Jedoch sind solche Tendenzen nie radikal feministisch gewesen, selbst nicht in ihrem seherischen Anfangsstadium. Darum kann es auch kaum überraschen, daß sie sich nicht halten konnten.

Wenn wir das Wort „Prophet" benutzen und darüber hinausgehen, ist es drittens wichtig, daß die Propheten meistens „irgendeine moralische Autorität beschworen haben, einen Imperativ, der direkt zu der Frage nach der Auffassung von Sinn und Ordnung führte". (16) Die hier benutzte Ausdrucksweise ist für die Prophetie des Feminismus unzureichend. Der Gebrauch des Begriffs „Autorität" z. B. vermittelt die Vorstellung von einer Legitimation, die von oben kommt. Auch das Reden über „die Auffassung von Sinn und Ordnung" ist blutleer. Es bringt den Prozeß des Erwachens, der emotionalen und imaginativen Regeneration, den wir erleben, nicht zum Ausdruck. Aber es sagt – wenn auch ungeschickt – doch etwas über die Überzeugungskraft aus, die sich selbst in der Gemeinschaft des Feminismus mitteilt und die nicht nur nach neuen Vorstellungen verlangt, sondern auch nach neuen Bildern und neuen Namen für die „Welt", die uns gegeben ist.

Der vierte nützliche, wenn auch inadäquate Aspekt der prophetischen Sprache ist – wieder nach Webers Analyse – die Unterscheidung zwischen dem „ethischen Typ" des Propheten und dem „exemplarischen Typ". Der Begriff des „ethischen Typs" ist so vollständig unanwendbar auf die prophetische Macht des Feminismus, daß er nur zur Illustration dessen benutzt werden kann, was der kosmische Bund des Feminismus *nicht* ist. Nach Talcott Parsons Interpretation von Webers Begriff versteht sich der ethische Prophet als ein *Werkzeug* des göttlichen Willens, das die *Mission* hat, anderen Menschen eine Botschaft zu verkündigen, die jenen Willen zum Ausdruck bringt. Ein solcher Prophet braucht nicht persönlich geweiht zu sein. Er legitimiert „seine" Lehren – nach Parsons Erklärung –, indem er sich auf einen oder mehrere

Götter bezieht, die *außerhalb* oder *über* der Welt stehen und von dort die Gesetze für die Welt erlassen. (17) Die hier benutzte Sprache („Werkzeug", „Mission") ist, beabsichtigt oder nicht, phallisch. Die ganze Metapher ist hierarchisch. Sie ist das Bild eines archetypischen Mannes, der, als eine Erweiterung seines archetypischen männlichen Gottes, seinen Willen anderen aufdrängt, während er selbst fernbleibt und an ihren Erfahrungen und Sorgen nicht teilnimmt. Diese Art von Prophet und Gottheit herrschte im Judentum, Islam und Christentum vor. Der Prophet dieses Typs erzeugt Hierarchie. Er erlegt anderen Forderungen auf und sagt ihnen, daß es ihre Pflicht sei, seinen Lehren zu gehorchen. Seine Botschaft und sein Bild vermischen sich mit dem des Priesters, dem alten und unnachgiebigen Feind der Frauen. Er (und es muß ein „er" sein) kann außerhalb des Kreislaufs von Trennung und Wiederkehr nicht prophezeien.

Im Gegensatz dazu versteht sich der „exemplarische Typ" eines Propheten als ein Gefäß, das sich persönlich mit dem Göttlichen identifiziert. Der exemplarische Prophet hat teil an einer immanenten, pantheistischen Gottheit und lädt andere ein, daran teilzuhaben. (18) Es ist klar, daß dieses Bild eines Propheten der feministischen Art der Weissagung mehr entspricht. Aber man muß auch seine Mängel sehen, die durch Webers Analyse deutlich werden. Denn selbst ein Prophet dieses Typs wird immer als ein „rein *persönlicher* Charismaträger" verstanden. (19)

Die ethischen Propheten (die im Judentum, Christentum und Islam vorherrschen) haben mit ihren Lehren den Boden für eine diesseitige und sexistische Pseudo-Transzendenz bereitet, deren Ehrgeiz darin Befriedigung findet, Raketen zum Mond oder Mars zu schießen, auf daß diese „Himmelskörper" nationale Kolonien werden. Die exemplarischen Propheten (die in Indien vorherrschen und gelegentlich auch in China und im Nahen Osten vorkommen) sind auf Flucht – nach innen oder nach oben – vor dem Geschwätz und der Unwirklichkeit des allgemeinen Bewußtseins gerichtet. Diese Flucht ist berechtigt, insofern als sie eine Flucht aus der *Unwirklichkeit* ist. Aber sie ist nicht das gemeinschaftliche Selbsterlebnis, zu dem wir berufen sind, und das ich die *schöpferische politische Ontophanie* der Frauen genannt habe. Exemplarische Propheten haben, im Rahmen des Patriarchats, einzelne aufgefordert, sich von der Qual zu befreien, aber dies hat keine schöpferische Veränderung der Geschichte bewirkt, da ihm keine Konfrontation mit dem Nicht-Sein zugrundelag. Millionen von Frauen sterben immer noch – geistig oder körperlich – an den Folgen sexistischer Brutalität, während die wenigen Auserwählten nach dem Nirwana streben.

Aber die Unterscheidung zwischen ethischen und exemplarischen Propheten ist nützlich, da sie uns klarmacht, was *unsere* Prophezeiungen *nicht* sind. Sie hilft uns, allen linguistischen Scheuklappen zum Trotz, den Umfang des feministischen Revolutionspotentials zu ermessen. Es wäre leicht, bei einer flachen „Übertragung" des ethischen Modells oder bei einer unschöpferischen und unwirklichen „inneren Freiheit" stehenzubleiben, die sich gar nicht erst mit der Problematik der objektiven Strukturen auseinandersetzt. Der kosmische Bund der Schwesterschaft geht aber über die patriarchale Prophetie hinaus, insofern, als sie jenseits dieser Spaltung stattfindet und sein Mut zur Teilnahme in der Macht des Seins verwurzelt ist.

Die „Gabe des Redens in Zungen" ist ein weiteres Beispiel dafür, daß es dem religiösen Charisma nicht gelingt, entfremdende Strukturen aus der Welt zu schaffen. „Reden in Zungen" kann als eine Manifestation der Auflehnung der menschlichen Psyche gegen die Ohnmacht der Sprache aufgefaßt werden. Aber dieses Charisma hat immer nur einzelnen in Elitegruppen vorübergehend Erleichterung verschafft. Sehr oft sind gerade diese Menschen streng konservativ und sexistisch in ihrem Festhalten an der „wirklichen" Sprache gewesen, wenn sie nicht gerade ihre charismatischen Eingebungen hatten. Dieses Phänomen ist typisch für die Pfingstbewegung, sowohl bei den Katholiken als auch bei den Protestanten. Die heutigen katholischen Anhänger der Bewegung z. B. fordern den autoritären römischen Katholizismus nicht heraus, sondern unterstützen ihn. Anscheinend merken sie nicht, daß die Erleichterung, die sie in ihren kleinen Gruppen beim „Reden in Zungen" finden, ein Linderungsmittel gegen den übermächtigen Druck der symbolischen und linguistischen Formen der Institutionen ist, denen sie dienen. Im Gegenteil, oft kommen sie erfrischt aus solchen Zusammenkünften heraus und verteidigen gerade die Starrheit, von der sie sich vorübergehend befreit haben – und sie verteidigen sie nicht nur, sondern „bekehren" auch andere zu einer sakramentalen Religion, die Frauen zermalmt und Männer korrumpiert. (20) Daß die katholische Pfingstbewegung sich für die Zwecke der Kirche einspannen läßt, wird daran deutlich, daß die Kirche sie billigt. (21)

Im Charisma des „Redens in Zungen" zeigt sich, wie nötig ein Ausbrechen aus der eisernen Umklammerung der sprachlichen Formen ist, die uns erwürgen. Das neue Hören und Benennen der Frauen ist eine kosmische Umwälzung im Gegensatz zu diesem Charisma, das ein kontrollierbares und manipulierbares Protestgeplätscher ist. Wenn die Feministinnen die Dinge jetzt neu benennen, so suchen sie absichtlich die Konfrontation mit der überkommenen Sprache. Sie überwinden die Spaltung zwischen den irrationalen Tönen des „Redens in Zungen" und den bloß rationalen

Wortspielereien einer linguistischen Analyse, denn sie wollen aus dem betäubenden Lärm der sexistischen Sprache ausbrechen, der uns daran gehindert hat, unser eigenes Wort zu verstehen.

Krankenheilungen, Prophetie und andere Charismata, wie z. B. „Reden in Zungen", haben also nicht eindeutig gewirkt; sie geben nur teilweise und vorübergehend Erleichterung, aber keine Befreiung. Sie dienen den von Männern gemachten Systemen der Unterdrückung. Wenn sie institutionalisiert und routinemäßig ausgeführt werden, werden sie dafür benutzt, „Gott selbst" in den Dienst der entfremdeten Strukturen zu zwingen. Wenn mit ihren Worten das „Werden" der Frauen beschrieben wird, dann möglichst nur in einem Zusammenhang, der deutlich macht, daß man nur in Analogien spricht, d. h. daß diese Worte weit hinter der Wirklichkeit zurückbleiben. Oder – um einen Gedanken mittelalterlicher Philosophen in etwas abgewandelter Form zu bringen – wir können sagen, daß wir bei unserem Reden in Analogien Begriffe zur Beschreibung von Phänomenen benutzen, die sich mehr voneinander unterscheiden als sie sich ähneln. Diese Analogien sind, mangels besserer Möglichkeiten, die Versuche unseres Geistes, das wirklich Neue auszusagen.

DIE SICH MITTEILENDE GEMEINDE

Die Kirche hat sich selbst immer als eine Gemeinde mit einer „Mission" verstanden. Wie Moltmann sagte, „führt die Verheißung (promissio) notwendig zur Mission (missio)". (22) Dieser Gedankengang ist folgerichtig, wenn auch nicht in dem von Moltmann beabsichtigten Sinne. Eine Verheißung, die den Vorvätern von einer anthromorphen Gottheit gegeben wurde, führt zur Mission – zu einer Ausbreitung des Befehls. In der Geschichte der Christenheit bestand die Mission oft in blutigen Eroberungen „für Christus". Wir brauchen nur an die „Bekehrung" der europäischen „Barbaren" oder an die Kreuzzüge zu denken, um uns an den Eroberungsdrang des christlichen Missionsverständnisses zu erinnern. Selbst die friedlichen Missionare, die zu den „Heiden" gingen, fühlten sich gerechtfertigt, fragwürdige Praktiken anzuwenden, um andere zum „wahren" Glauben zu bringen, und indem sie dies taten, verbündeten sie sich „gerechterweise" mit dem Wirtschaftsimperialismus. Die Metaphern und das Vorgehen der Mission sind also phallisch. Wir brauchen nur an einen amerikanischen Ausdruck aus der Militärsprache zu denken – „bombing mission" – um zu sehen, in welche Richtung das Wort weist (nach außen, drängend, von einem Kern aus nach vielen Seiten explodierend). Außerdem vermittelt das Beispiel einen Eindruck von der Gewaltsamkeit, mit der die Geschichte das Wort belastet hat. Mission ist also kein Sich-Mitteilen, sondern ein Zwang, den man ausübt – körperlich oder seelisch.

Da die Verheißung, die der Ursprung der Schwesterschaft ist, im Sein der Frauen liegt, und da der kosmische Bund, der auf dieser Verheißung beruht, eine entdeckte Übereinstimmung ist, kann man die Mitteilungsweise dieser Gemeinschaft nicht als Mission bezeichnen. Zwar ist der Aspekt der „Sendung" an diesem Begriff zutreffend, aber er bezeichnet nur eine ziemlich äußerliche Seite, und die einseitige Betonung dieses Aspekts macht das Wort „Mission" falsch. Die Kommunikation, um die es uns geht, besteht nicht darin, daß wir der Psyche anderer eine objektivierte Botschaft, uns selbst, oder irgendein bestimmtes Denkmodell aufzwingen wollen. Soweit es sich überhaupt um „Sendung" handelt, ist sie gegenseitig – eine gegenseitige Durchdringung mit Erkenntnissen, die aus der Entdeckung der gemeinsamen Teilnahme am Sein, am Kosmos, kommt. Es ist, wie zwei Frauen bemerkten, ein Prozeß der „Kosmose". (23)

Die Ausweitung des neuen Raumes des weiblichen Bewußtseins ist also keine imperialistische Ausdehnung, die das Territorium anderer zurückdrängt. Vielmehr ist der neue Raum da, wo das Sein in der Konfrontation mit dem Nicht-Sein entdeckt wird, und er ist eine Einladung an die anderen, den patriarchalen Raum entfremdeter Identität zu verlassen – den heiligen Kreislauf ewiger Wiederkehr – und in einen neuen Raum einzutreten. Die römische Kirche hat oft diejenigen „exkommuniziert", die von ihren Dogmen abwichen. Eine Frau hat einmal gesagt, daß die Gemeinde der Schwesterschaft, die keine Hierarchie und keine Dogmen hat, sich gerade entgegengesetzt verhält, d. h. sie weitet sich durch „Inkommunikation" aus. (24) Diejenigen, die den Bund entdecken, *finden sich selbst* in dem neuen Raum. Das alte Territorium wird also nicht beeinträchtigt; wir wollen ja gar nicht in das Nicht-Sein eindringen. Vielmehr wird es von denen hinter sich gelassen, die der inneren Verheißung folgen, der Verheißung eines integrierten, verwandelten, androgynen Seins.

DER KOSMISCHE BUND UND DIE BEFREIUNG DER MÄNNER

Offensichtlich wird der Bund aber nicht nur von Frauen, sondern auch von Männern entdeckt, die imstande sind, die neuen Worte der Frauen zu hören und sie als eine Einladung aufzufassen, aus dem archetypischen Kreislauf auszubrechen und sich dem Nicht-Sein zu stellen. Bevor wir aber die Analyse einer echten Erwiderung anstellen, sollten wir uns klarmachen, daß Männer Methoden haben, die neue Sprache der Frauen nicht zu hören, während sie anscheinend zuhören.

Zunächst einmal ist klar, daß Männer aus verschiedenen destruktiven und/oder oberflächlichen Gründen mit Frauen in einen „Dialog" über das Thema eintreten wollen. Dazu gehören Sadismus, Neugier, der Wunsch nach emotionalem, sexuellem oder intellektuellem Kitzel, der Wunsch, „den Feind kennenzulernen" oder – auf weniger grobe Art – der Wunsch, „fair" zu sein, indem „man auch die andere Seite anhört". Das letztere Motiv kommt oft bei liberalen Intellektuellen vor; wie oberflächlich es aber gemeint ist, wird an den Bedingungen deutlich, unter denen der Dialog gehalten wird. Es ist z. B. nicht ungewöhnlich, daß eine Frau aufgefordert wird, zu fünfzehn oder zwanzig männlichen Kollegen über das Thema zu sprechen, ohne daß andere Frauen dabei sind – oder höchstens in Gegenwart von einigen „angepaßten" und schüchternen Frauen. Unter solchen „Dialog"-Umständen gerät sie mit Sicherheit in eine Lage, in der sie „nicht gewinnen kann". Wenn sie Vernunft und Überzeugungskraft beweist, wird man sie als „irritierend" bezeichnen. Wenn sie kluge Kompromisse macht, um „die Tür offenzuhalten", und dabei sich und ihre Schwestern verkauft, geht man vielleicht sanft mit ihr um, aber ihre Position, oder vielmehr ihre Nicht-Position, wird von anderen Trivialitäten, um die man sich leichter kümmern kann, geschwächt.

Zweitens müssen wir im Auge behalten, daß eine rein verstandesmäßige Erfassung der Unterdrückung der Frauen sich meistens so auswirkt, daß das rein technische Verständnis vom ontologischen Verständnis getrennt bleibt. Das heißt, die „Informationen" oder „das Wissen über" die Frauenbefreiung werden in den Dienst der herrschenden Hierarchien gestellt. Manchmal sind Frauen, denen das feministische Bewußtsein noch neu ist, überrascht, daß sie scheinbar bei Männern mehr Verständnis finden als bei Frauen. Es wäre wichtig, sich zu fragen, warum das so ist. Die Männer haben im allgemeinen mehr Gelegenheiten gehabt, das Wirken der Machtstrukturen zu durchschauen, da sie viel tiefer drinstecken als Frauen. Die Ahnungslosigkeit und Naivität, die Frauen auferlegt wurden, hindern sie solange an der Einsicht, bis der Zorn ihnen die Kraft zur Befreiung gibt. Im Gegensatz dazu können Männer, die mit politischer Macht vertraut sind, spielend Analogien finden, wenn sie dem Gedanken der Frauenunterdrückung zuerst begegnen. Dies ist ein „Wissen über" die Lage der Frauen, das leicht ausgebeutet werden kann. Männliche Vorgesetzte können das Wissen ausnutzen, um zu berechnen, wieviel man der Toleranz der Frauen wohl zumuten und wieweit man das neue Bewußtsein ausbeuten kann, ob nun direkt für wirtschaftlichen Profit (z. B. bei Universitäten, Verlagen und Massenmedien) oder um einer Institution ein „liberales" Image zu geben. Man gewährt dann Frauen geringfügige Anerkennung, ohne aber im wesentlichen etwas zu ändern. Frauen, denen das feministische Bewußtsein nicht mehr ganz neu ist, lernen es bald, die Diskrepanzen zwischen den Äußerungen eines intellektuellen Verständnisses und dem konkreten Verhalten vieler liberaler Männer den Frauen gegenüber zu durchschauen, die ihnen dienen und ihren Status heben, wie z. B. Ehefrauen und Sekretärinnen.

Drittens muß man sich daran erinnern, daß selbst das Verständnis eines Mannes, das über Wortspiele und Manipulationen hinausgeht zu echter Anteilnahme, oft auf bestimmte Fragen oder Bereiche begrenzt ist, die für die Männer selbst, ebenso wie für die Frauen, vorteilhaft sind, aber von ihnen keine Aufgabe von Privilegien erfordern. Ich habe schon darauf hingewiesen, daß viele Männer für Fragen der Geburtenkontrolle und Abtreibung echte Anteilnahme zeigen, ohne zu erkennen, daß es beim Feminismus um sehr viel mehr geht. Andere haben den Feminismus aus selbstsüchtigen Motiven mit der „Sexualrevolution" gleichgesetzt. Einige schwule Männer haben ihn mit der Revolution der Homosexuellen in Verbindung gebracht und ihn als Verbündeten betrachtet, sind dem Gedanken des Feminismus aber nicht weiter nachgegangen. In all diesen Fällen ist ein teilweises Verständnis da, aber nicht die Tiefe der *Übereinstimmung*, die den Bund ausmacht.

Dr. Louis Cutrona, ein Bostoner Psychologe, der führend an der Männerbefreiung beteiligt ist, hat sich enttäuscht über die Kurzsichtigkeit der Männer in ihren Befreiungsgruppen geäußert. Aus seiner Erfahrung mit solchen Gruppen weiß er, daß sie alle die festgelegten Geschlechterrollen schlecht finden, insofern als sie Männer unterdrücken. Denn sie zwingen sie, Gefühle zu verdrängen, nie zu weinen, immer aggressiv zu sein, die Initiative zu ergreifen und pathologisch damit beschäftigt zu sein, etwas „darzustellen". Als jedoch die Frage aufgeworfen wurde, ob man dann nicht auch auf die *Vorteile* der Geschlechterrollen verzichten sollte, waren nur sehr wenige bereit oder in der Lage, das Problem überhaupt zu sehen. Sie meinten, sie täten ihren Frauen einen Gefallen, wenn sie ihnen bei der Hausarbeit „helfen", und sahen nicht, daß sie in gleicher Weise dafür verantwortlich sind. (25)

Auf ideologischer Ebene haben männliche Feministen unserer Zeit, von John Stuart Mill bis zu Theodore Roszak, oft sehr viel Verständnis gezeigt, aber ihre Analysen sind nie wirklich ontologisch gewesen. Sie haben die Dimensionen des Kampfes nicht auf der Ebene von Sein oder Nicht-Sein untersucht. Ich glaube, dies ist der eigentliche Grund für die Widersprüchlichkeiten oder Unzulänglichkeiten, die radikale Frauen auch in den hervorragendsten Arbeiten so irritiert. Roszak z. B. enttäuscht die Leserinnen am Ende seiner sonst so ausgezeichneten historischen Analyse, indem er die Tatsache, daß Frauen Karate erlernen, mißdeutet und impliziert, sie wollten, wie so viele Männer „Rohlinge und Schweinehunde" werden. Er schreibt über die Bewegung:

„Vielleicht wird es ihre historische Aufgabe sein, die Geschlechterrollenklischees auf Kosten der mitempfindenden Tugenden zu erschüttern, indem sie uns alle, Männer und Frauen, mit der noch zu lösenden edleren Aufgabe zurücklassen, Gandhis Hoffnung zu erfüllen, nämlich auf alle Macht zu verzichten, außer auf die der Liebe ..." (26)

Roszak erkennt offensichtlich die Verbindung zwischen dem Karatelernen der Frauen und der Überwindung der Zweiteilung von Macht und Liebe nicht. Solange „Liebe" dem einen Geschlecht zugeteilt wird und Macht dem anderen, kann die ontologische Einheit von Liebe, Macht und Gerechtigkeit – Gandhis Traum – nicht verwirklicht werden. Wir lernen Karate, nicht um gewalttätig zu werden, sondern um Gewalt zu verhindern. Denn es soll keine Opfer mehr in einer Welt der Vergewaltiger geben, die immer eine Kaste von Menschen braucht, die zu Opfern erzogen werden. Erst wenn es solche Opfer nicht mehr gibt, können Männer befreit werden. Aber vielleicht ist es dies, was selbst männliche Feministen auf die Dauer fürchten, denn wie Marcuse in einem anderen Kontext über unsere Gesellschaft sagt, ist „das wahre Schreckgespenst die Befreiung". (27)

Frauen und Männer leben in verschiedenen Welten. Und obwohl sie in einer tiefen emotionalen, physischen, wirtschaftlichen und gesellschaftlichen Beziehung miteinander stehen, ist da eine Wand zwischen ihnen, für jene sichtbar, denen es *fast gelang*, eine echte interplanetarische Kommunikation mit dem anderen Geschlecht zu erreichen. Die Vorbedingung dazu ist die Kommunikation innerhalb des geteilten Selbst, die Entdeckung des verlorenen Selbst. Ein adäquates Zusammentreffen der beiden Welten kann also nicht als eine einfache Beziehung zwischen zwei gleichwertigen Vertretern der beiden Menschheitshälften gedacht werden, da eine halbe Person niemals der objektivierten anderen Hälfte begegnen kann. Die angemessene „Kosmose" erfordert ein Niederbrechen der Wände in der männlichen Psyche ebenso wie in der weiblichen. Sie wird sowohl bei Männern als auch bei Frauen den Wunsch voraussetzen, androgyn zu werden, d. h. sie selbst zu werden. Immer wenn es Männern gelingt, die Verheißung der Selbstfindung in sich selbst zu erkennen, die Verheißung einer Übereinstimmung mit sich selbst, stehen sie an der Schwelle des neuen Raumes. Dann entdecken sie den Bund. Wenn sie vor der guten Nachricht nicht zurückschrecken, weil diese den Verlust unverdienter Privilegien oder den Aufbruch zu einer langen und gefährlichen Reise in ein unerforschtes Territorium bedeutet, könnte es ihnen gelingen, menschlich zu werden.

Nach einer Vorlesung oder Diskussion haben Männer oft gefragt: „Was kann ich tun, um der Bewegung beizutreten?" Sie können sicher sein, daß sie nichts unterschreiben müssen, keine Karte, keinen Vertrag. Da unser Bund auf einer Übereinstimmung beruht, die gefunden und nicht gemacht wird, gehören Männer, die „Gnade" genug hatten, in den neuen Raum gefallen zu sein und sich in Übereinstimmung damit befinden, wirklich zu dem Bund. Die einzige Möglichkeit, wieder herauszufallen, ist Stillstand. Wie Männer ihre neuentdeckte Verheißung externalisieren, wird von den konkreten Umständen abhängen. Es gibt keine See- oder Landkarten für diese Reise nach innen, zurück und vorwärts in ein androgynes Sein. Es gibt aber Gewißheiten: Wenn ich lebendig werde, weiß ich, daß ich lebendig werde. Der kosmische Bund läßt mich in Harmonie mit mir selbst, der Welt und Gott leben.

Für Männer bedeutete „Leben" in der Vergangenheit – und die meisten leben eher in der Vergangenheit als im Jetzt –, daß sie auf Kosten der Körper und des Geistes der Frauen lebten und Energie aus ihrem Tod sogen. Wie Drakula lebte der in seiner Männlichkeit überzogene Mann von dem Blut der Frau. Vielleicht ist dies der Grund, warum die patriarchale Überlieferung einen solchen Horror vor weiblichem Blut hat. Die Priester des Patriarchats haben den Leib gegessen und das Blut des Opferlamms in ihren Messen getrunken, aber sie wollten nie wissen, *wer* in Wirklichkeit das Opfer war, von dessen Blut sich ihr Parasitendasein nährte.

Die unersättliche Begierde der Männer nach weiblichem Blut hat zu einer dauernden Bluttransfusion durch die Jahrtausende geführt – das Blut floß immer nur in der einen Richtung, in die Venen und Arterien des blutdürstigen Ungeheuers, der Männlichen Maschine, die ihr obszönes Leben jetzt nur noch durch Völkermord fortsetzen kann. Wenn diese Maschine träumt, so träumt sie von einer Zukunft mit Millionen von Toten. Der totale Vampir braucht nicht einmal mehr von Blut zu sprechen, das ja schließlich überall zu sehen und meßbar ist. Statt dessen trinkt er Blut in Mengen, die nur noch durch die höchste Mathematik kalkulierbar sind. Der Vampir selbst hat sein Leben einem Drakula seiner eigenen Schöpfung übergeben, dem Großen Computer, der das Leben des Planeten bis in den bodenlosen grauen Abgrund blutloser Abstraktionen aussaugt.

Um das Gegenteil dieses einbahnigen Lebensflusses (in den von der männlichen Hierarchie produzierten Entzugsprozessen) zu verstehen, können wir vielleicht mit dem chemischen Beispiel der Osmose beginnen. Sie ist eine gegenseitige Durchdringung, die durch eine halbdurchlässige Membran erfolgt, die zwei mischbare Lösungen trennt und ihre Konzentrationen ausgleicht. Die Befreiung der Männer wie der Frauen erfordert das Niederbrechen des Hindernisses, das den Fluß des Lebens im geteilten Selbst hemmt, der Mauer, die Entgegengesetztes voneinander trennt. Aber wir dürfen nicht vergessen, daß unsere Situationen nicht gleich sind. Es ist die weibliche Begabung, die uns selbst und der ganzen Gattung verlorengegangen ist. Es sind die Männer, welche die Lebenskraft der Frauen ausgesogen haben. Der Ausgleich der „Konzentrationen" wird also nicht ein unmittelbares „Geben und Nehmen" sein, als ob die, die ihres eigenen Lebens beraubt worden sind, auf „einer 50/50-Basis geben müßten". Da das, was Männer zu geben haben, weitgehend den Frauen entzogen wurde, kann man sich den „Ausgleich der Konzentrationen" kaum als von gleichem, nur entgegengesetztem gesellschaftlichen Rang vorstellen. Was auf der Ebene gesellschaftlichen Verhaltens bestehen muß, ist eine *schöpferische Gerechtigkeit*. Es ist nicht einfach eine Transaktion notwendig, sondern eine Wiedergutmachung. (28) Es ist absurd, wenn Männer ihren Verzicht auf gestohlene Privilegien als Wohltätigkeit ansehen. Auch der empörte Protest von Männern ist absurd, wenn Frauen davon sprechen, daß sie ihnen die Macht und das Sein wieder abringen wollen, die ihnen gestohlen wurden.

Die erforderliche Osmose innerhalb der männlichen und der weiblichen Psyche, die dann in einer neuen Gesellschaft externalisiert werden muß, ist ein gewaltiger harmonischer Umordnungsprozeß eines freigesetzten Energiestromes – eine „Kosmose". Die Quelle der Energie ist die Teilnahme der Frauen an der Macht des Seins, wenn wir unsere eigene neue Sprache hören und öffentlich sprechen. Die Zeit ist noch nicht gekommen für einen „Dialog" mit denen, welche die Macht des Sprechens an sich gerissen und die ganze Sprache verfälscht haben, indem sie einen Teil für das Ganze ausgaben. Vielmehr ist es Zeit für die Männer, zuzuhören und zu verstehen in dem Wissen, daß sie nur so ihre eigene Verheißung finden können. Sie müssen endlich den Weg zu einer angemesseneren Ausdrucksweise entdecken. Vielleicht werden nur wenige Männer zuhören wollen, aber die, die es nicht wollen, haben ihr eigenes Nicht-Sein gewählt. Wie ein wohlbekannter Prophet einmal sagte: „Wer Ohren hat, zu hören, ‚der' höre!"

ERDE, LUFT, FEUER, WASSER: DIE ÖKOLOGIE UND DER KOSMISCHE BUND

George Wald hat einmal gesagt, daß wir etwas aus der Geschichte der Dinosaurier lernen könnten, die im Verhältnis zu ihrer Größe sehr kleine Gehirne hatten. Da das Verhältnis des Gehirns zur Muskelkraft sehr gering war, starben sie aus. Während im einzelnen Menschen das Verhältnis vom Gehirn zu den Muskeln hoch ist, hat die Technologie das Verhältnis umgekehrt, so daß wir wieder in die Lage der Dinosaurier zurückfallen. Autos – nicht die Leute in ihnen (denn wir wissen, daß die Leute sie nicht ganz in ihrer Gewalt haben) – töten mehr als 50 000 Amerikaner im Jahr. Noch viel schrecklicher, sagt Wald, ist der Mißbrauch mit der Entdeckung der Kernreaktionen – der Umwandlung von Wasserstoff in Helium –, was bedeutet, daß wir bald selbst Sonnenlicht herstellen können. Diese Entdeckung wird aber hauptsächlich für Waffen verwendet, die unser aller Leben und das Leben auf diesem Planeten bedrohen. Die Fahrten zum Mond sind für hochwissenschaftliche Zwecke unwichtig gewesen, aber man erwartet, daß sie für die zukünftige Waffenentwicklung nützlich sind. Wir hätten uns unsere selbstzerstörerischen Kraftanstrengungen lieber sparen sollen:

„Da ist unsere westliche Kultur am Werk, unsere westliche Kultur mit ihrer schönen jüdisch-christlichen Ethik. Es ist unsere Kultur allein unter allen anderen dieser Erde, die so ausgerichtet ist und welche die Technologie des Tötens und der Zerstörung viel weiter entwickelt hat, als irgendeine andere Kultur dieser Erde es sich je hat träumen lassen.“ (29)

Einige Punkte müssen der einsichtigen Aussage von George Wald noch hinzugefügt werden: Diese „schöne jüdisch-christliche Ethik“ der Missionen – Missionen, „Heiden“ über ihre toten Leiber hinweg zu bekehren, Missionen zum Mond, Missionen, Wasserstoffbomben abzuwerfen und das Leben auf dem Planeten endgültig zu beenden – ist der Höhepunkt der männlich-weiblichen Schizophrenie, welche die Rasse dazu bringt, sich selbst zu Tode zu vergewaltigen. Das Gehirn, das von der rohen Kraft überschattet wird, besteht doch im wesentlichen nicht aus technischem Verstand, sondern aus ontologischer Vernunft, dem Bereich, wo Macht, Gerechtigkeit und Liebe sich in Harmonie begegnen. Der kosmische Bund ist die Entdeckung dieser Harmonie.

Vorausschauende Denkerinnen haben darauf hingewiesen, daß das moralische Gebot, das Leben zu achten, früher quantitativ aufgefaßt wurde, jetzt aber in bezug auf die *Qualität* des Lebens verstanden werden muß. (30) Das zieht offensichtlich Folgen nach sich, wie z. B. die Notwendigkeit der Bevölkerungskontrolle und das Aufhören der Rohstoffverschwendung und Umweltverschmutzung. Solche notwendigen Forderungen versteht der Geist des *Machismus* nicht. Marcuse benutzt den Begriff des Obszönen, um das Verhalten des „Überflußmonsters" zu beschreiben. Er sagt: „Diese Gesellschaft ist insofern obszön, als sie einen erstikkenden Überfluß an Waren produziert und schamlos zur Schau stellt, während sie draußen ihre Opfer der Lebenschancen beraubt ... in ihren Gebeten, ihrer Ignoranz und in der Weisheit ihrer gehüteten Intellektuellen". (31) Natürlich tut die Überflußgesellschaft indessen so, als ob sie die Lebensqualität *verbessere*, indem sie das, was wirklich geschieht, mit ihren üblichen Mitteln verschleiert, die ich „Umkehrung" genannt habe.

Marcuse bemerkt, daß das Establishment den Begriff „Oszönität" mißbraucht, indem es ihn nicht auf die eigene Unmoral anwendet, sondern auf das Verhalten anderer:

„Nicht das Bild einer nackten Frau, die ihre Schamhaare entblößt, ist obszön, sondern das eines Generals in vollem Wichs, der seine in einem Aggressionskrieg verdienten Orden zur Schau stellt; obszön ist nicht das Ritual der Hippies, sondern die Beteuerung eines hohen kirchlichen Würdenträgers, daß der Krieg um des Friedens willen nötig sei." (32)

Marcuses Beobachtung ist scharfsinnig, und er fordert mit Recht eine „linguistische Therapie", welche die Wörter von ihrer fast völligen Verdrehung durch das „Establishment" befreit. Ich muß jedoch darauf hinweisen, daß die Therapie niemals radikal genug ist, wenn die grundlegende Obszönität nur im Kapitalismus und nicht im Sexismus gesehen wird. Das Wort „obszön" selbst, so wie es vom „Establishment" gebraucht wird, weist auf den Ort der wesentlichen Perversion und Opferung hin. Marcuses eigene gute Gegenüberstellung von der nackten Frau und dem „General in vollem Wichs" macht die grundlegende Umkehrung in der phallischen Moral deutlich, die sowohl in sozialistischen als auch in kapitalistischen Gesellschaften erkennbar ist. Eine solche Gesellschaftskritik geht aber nicht weit genug. Sie benutzt aufschlußreiche Beispiele von den sexistischen Verzerrungen der mächtigen Elite im Verhalten, Vorstellungsvermögen und Sprachgebrauch und meint doch, die Quelle dieser Verzerrungen liege im Kapitalismus und ihre Überwindung im Sozialismus.

Ein anderer Satz aus demselben Aufsatz von Marcuse ist symptomatisch für diese Kurzsichtigkeit. Er schreibt:

„Wir haben es hier mit dem Widerspruch zu tun, daß die Befreiung der Sexualität die repressive und aggressive Gewalt der *Überflußgesellschaft* mit einer triebmäßigen Basis versieht." (Hervorhebung von mir) (33)

Es sollte betont werden – und der Feminismus tut das –, daß

die sogenannte Befreiung der Sexualität „die repressive und aggressive Gewalt" der *sexistischen Gesellschaft* „mit einer triebmäßigen Basis versieht". Denn es handelt sich gewiß nicht um eine echte Befreiung der Sexualität, wenn die Obszönität der Generäle verdrängt und auf nackte Frauen projiziert wird. Und die wesentliche Erkrankung liegt *nicht* in dem Überfluß an sich. Die Aufhebung der Tabus im Bereich der genitalen Sexualität trägt nichts zur Befreiung von Geschlechterrollen bei. Marcuse sagt selbst, daß die Lockerung der Tabus „die ‚freien' Individuen libidinös an die institutionalisierten Väter bindet." (34)

Solche Einsichten in die sexistische Natur der unterdrückenden Gesellschaft, auf seltsame Weise gepaart mit einem Mangel an *direkter* und *grundlegender* Kritik an der geschlechtsspezifischen Unterdrückung, ist nicht nur für Intellektuelle wie Marcuse typisch, sondern auch für die „populäreren" Arten der Gesellschaftskritik. Filme wie *Der Pate, Die oberen Zehntausend* und *Beim Sterben ist jeder der Erste* können als glänzende Darstellungen der gesellschaftlichen Krankheit angesehen werden, die der Patriarchalismus ist. Man könnte die Autoren und Produzenten fast für engagierte Feministen halten. Aber diese Filme mit ihren erstaunlich aufschlußreichen Nebeneinanderstellungen von Sex und Gewalt und ihrer Ausbeutung phallischer Symbolik sind nicht absichtlich in den Dienst des Feminismus gestellt worden. Vielleicht könnte man ein solches „Verständnis" der geschlechtlichen Entfremdung „unterschwellig beabsichtigt" nennen. Die Erkenntnis des wirklichen Feindes liegt so dicht unter der Oberfläche des Bewußtseins der Autoren und Produzenten, daß einige Feministinnen das Lesen solcher Bücher und das Ansehen solcher Filme fast unerträglich finden. Es scheint so, als „wüßten sie nicht, was sie sagen". Es ist klar, daß Frauen dann öffentlich sagen müssen, wer oder was uns alle zerstört. Die „unterschwellig beabsichtigten" Enthüllungen männlicher Kritiker zeigen, daß eine Empfänglichkeit für dieses Wissen möglicherweise schon da ist – daß die Fähigkeit, zu hören, dem Bewußtsein näher ist, als wir gedacht hatten. Die Zeit, zu sprechen, ist für uns gekommen.

Wenn Marcuse über die „neue Sensibilität" schreibt, träumt er von neuen Menschen, die sich von den „falschen Vätern" losgesagt haben, die Auschwitz errichteten und Vietnam, die Ghettos und die monumentalen Tempel der großen Konzerne. Er sagt, daß sie „die Kette" zerbrochen haben werden, „die Väter und Söhne von Generation zu Generation verband". (35) Dies ist aber genau der springende Punkt: Woraus besteht diese Kette, die Väter und Söhne aneinanderband und die zu Auschwitz, Vietnam, den Konzernen, den kirchlichen und weltlichen Inquisitionen, der unsagbaren Leere der verbrauchenden und verbrauchten Geschöpfe geführt hat, deren Seelen in dem Trachten nach unweigerlich Veraltendem verlorengehen? Es ist die Kette, die ihr Bestehen nur der Verdrängung der Frauen ins Nicht-Sein verdankt. Die Stärke der Kette ist die Energie, die aus den Körpern und dem Geist der Frauen gezapft wurde – der Mütter und Töchter, deren Lebensblut durch das patriarchale System ausgesogen wurde. Diese Kette aber wird zerbrechen, wenn wir Frauen unsere eigene Lebenskraft zurückziehen.

Die Kraft, unser eigenes Leben wiederzugewinnen, kommt aus der Entdeckung des kosmischen Bundes, der tiefen Harmonie in der Gemeinschaft des Seins, an dem wir teilhaben. Die falsche Harmonie, die uns von der Kette der Väter und Söhne aufgezwungen wurde und die in unserer verfallenden Umwelt vorherrscht, zeigt sich in vielfacher Weise. Z. B. im wirtschaftlichen Bereich erscheint sie als falsche Übereinstimmung auf der Basis der falschen Zweiteilung von Angebot und Nachfrage. In Amerika erzeugt die herrschende Oberschicht ein falsches Bewußtsein in der Allgemeinheit, deren Entfremdung so vollständig ist, daß sie ihr eigentliches Leben an die Waren verliert, für die zu leben und die zu verschlingen sie erzogen wird. Hier wird der Mythos von der ewigen Wiederkehr auf das Reich der Wirtschaft übertragen. Es bedeutet, daß die Menschen in einem endlosen Kreislauf von sinnlosen Begierden leben, die niemals erfüllt werden und das menschliche Sein in den unersättlichen Abgrund des Nicht-Seins stürzen.

Im Gegensatz zu dieser zur Hölle führenden „Harmonie" finden wir die Übereinstimmung des kosmischen Bundes dann, wenn wir uns von den ewigen Vergewaltigungen, von der uns auferlegten künstlichen Umgebung lossagen. Die Macht der Vorstellungskraft ist ohne Ketten, und wir sehen, hören, fühlen und atmen auf eine neue Weise. Unsere Wahrnehmungskraft reicht über das Häßliche und Schöne der großen Kette des Nicht-Seins hinaus.

In der Ablehnung unserer eigenen Objektivierung finden diejenigen, die den Bund entdecken, etwas, das Buber die Ich-Du-Beziehung genannt hat. Dies ereignet sich zuerst da, wo Frauen Schwestern sind; und, wie wir gesehen haben, in dieser Entdekkung steckt eine Dynamik, die uns des „Verbs" bewußt werden läßt, das unendlich persönlich ist, nicht vergegenständlicht gedacht werden kann und sowohl Gegenwart als auch Zukunft in den Tiefen unserer gegenwärtig-zukünftigen Ich-Du-Beziehungen ist. Das „Verb" ist das Ewige Du. Die Ablehnung der Objektivierung greift auch auf die Befreiung der Männer über und eröffnet eine neue Möglichkeit der Ich-Du-Beziehungen zwischen Frauen und Männern und auch unter Männern. Die große Verweigerung der Vergewaltigungsmentalität bedeutet, daß wir uns weigern, Erde, Luft, Feuer und Wasser zu vergewaltigen, d. h. ihre Macht zu objektivieren und zu mißbrauchen.

Mehr noch, es bedeutet, daß der Bund auch unsere Schwester, die Erde, umfaßt und alle ihre nichtmenschlichen Bewohnerinnen und Elemente. Er schließt auch unsere Schwestern, den Mond, die Sonne, die Planeten und die fernsten Sterne der Milchstraßen mit ein. Denn da sie *sind*, sind sie unsere Schwestern in der Gemeinschaft des Seins. Es ist die Frage, wie wir von unserer Beziehung zu diesen nichtmenschlichen Schwestern sprechen sollen, die ihre eigene Aussage machen, jedoch in einer nichtmenschlichen Weise. Paul Santmire meint, daß wir, um von unserer Beziehung zur Natur zu sprechen, Bubers Formulierung der Ich-Du- und Ich-Es-Beziehung modifizieren und von einer „dritten Art" der Beziehung spechen sollten, die man eine „Ich-Ens-Beziehung", die Beziehung des Ichs zum Seienden nennen könnte. (36) Diese Ich-Ens-Beziehung, schreibt Santmire, ist innig, fließend und gegenwärtig. Das „Ens" wird durch seine eigene Gegebenheit charakterisiert. Es wird nicht als ein Objekt betrachtet, das man benutzen kann, sondern es wird in seinem eigenen Glanz gesehen, der Staunen auslöst. Darum paßt es nicht in eine utilitaristische Weltauffassung. Das „Ens" ist nicht nur etwas Gegebenes, es zeigt auch eine geheimnisvolle Aktivität und Schönheit. Das Ich ist in dieser Beziehung das Staunende, und wir können sowohl Grauen als auch Entzücken erfahren. Wir spüren bei dieser Beziehung die Gegenwart der Gottheit, wir fühlen die Tiefendimension. (37)

Aber die Ich-Ens-Beziehung, die Santmire mit großem Einfühlungsvermögen und großer Klarheit beschrieben hat, ist in der sexistischen Kultur nicht das „normale" Verhältnis zur Natur. Es kommt nur in der flüchtigen Phantasie von Dichtern, Wahnsinnigen und Liebenden vor, die wieder in das „Normale" zurückgeholt werden müssen, das utilitaristisch ist. Aber der kosmische Bund der Schwesterschaft *hat* das Potential, das außergewöhnliche poetische Naturverständnis zu einer gewöhnlichen und „normalen" Beziehung zu machen, indem er unsere vergewaltigende Kultur zu einer Kultur der Wechselbeziehungen mit der Schönheit der Erde, der anderen Planeten, der Sterne macht. Aus dem „Werden" der Frauen in der Konfrontation mit dem Nicht-Sein kann eine immer bewußtere Teilnahme an der Gemeinschaft des Seins erwachsen. Das heißt, daß wir die Erde und ihre Schwesterplaneten als etwas ansehen, das *mit* uns, nicht *für* uns, da ist. Man vergewaltigt eine Schwester nicht.

Kapitel Sieben

DIE LETZTE URSACHE: DIE URSACHE DER URSACHEN

Die letzte Ursache ist die Ursache der Ursachen, weil sie die Ursache für die Kausalität aller anderen Ursachen ist.

– SCHOLASTISCHES AXIOM

Wenn die Verletzung von Tabus die sexuelle Sphäre transzendiert und zu Weigerung und Rebellion führt, wird das Schuldgefühl nicht gemindert und unterdrückt, sondern vielmehr übertragen: nicht wir, sondern die Väter sind schuldig.

– HERBERT MARCUSE

Die wirkliche Befreiung besteht nicht in ungehemmter genitaler Aktivität („der sexuellen Revolution"), sondern in freiem und herausforderndem Denken, Wollen, Vorstellen, Sprechen, Schaffen und Tun. Sie ist das Sein.

– MARY DALY

Denn Ungehorsam ist Sünde wie Zauberei.

– 1. SAM. 15,23

Die Zeit für einzelne Scharmützel ist vorbei. Dieses Mal gehen wir den ganzen Weg.

– REDSTOCKINGS MANIFESTO

Du bist eine Hexe, wenn du dreimal laut sagst: „Ich bin eine Hexe" und darüber nachdenkst. *Du bist eine Hexe, wenn du weiblich, ungezähmt, zornig, fröhlich und unsterblich bist.*

– NEW YORKER HEXENBUND

Ich holte tief Atem und lauschte
auf die alte Prahlerei meines Herzens.
Ich bin, ich bin, ich bin.

– SYLVIA PLATH

Eine am Ende des Saales rief:
Gefährtinnen, laßt uns der Frauen gedenken,
die für die Freiheit gestorben sind. Und dann stimmten
wir den Trauermarsch an, eine langsame Weise,
wehmütig und dennoch triumphierend.

– MONIQUE WITTIG

Mögen wir begreifen, daß wir nicht aufzuhalten sind.
Möge ich lernen, wie überleben, bis mein Teil
getan ist.
Möge ich erfassen: Ich
bin ein
Monster. Ich bin
ein
Monster.
Ich bin ein Monster.
Und ich bin stolz.

– *ROBIN MORGAN*

In einem Augenblick der Erleuchtung hat eine radikale Feministin einmal ausgerufen: „Wir sind die letzte Ursache!" (1) Ich glaube, sie hatte recht. Deshalb die folgende philosophische Analyse:

DIE LETZTE URSACHE UND DIE ZUKUNFT

Als Aristoteles über die „letzte Ursache" schrieb, meinte er mit „Ursache" das, was eine Wirkung hervorbringt. Scholastische Philosophen folgten der aristotelischen Theorie von den „vier Ursachen", um Veränderungen zu erklären. Nach dieser Theorie ist die materielle Ursache das, woraus etwas gemacht wird (wie Holz zu einem Tisch). Die formale Ursache ist das, was seine Beschaffenheit bestimmt (wie die Form des Holzes, die den Tisch ausmacht und nicht einen Stuhl oder irgend etwas anderes). Die bewirkende Ursache ist der Handelnde, der die Wirkung durch sein Handeln hervorbringt (wie der Tischler, der den Tisch herstellt). Die letzte Ursache ist der Zweck, der den ganzen Prozeß in Gang gesetzt hat (wie das Ziel, einen Gegenstand zu haben, auf den man Bücher, Papiere und andere Dinge legen kann). Die letzte Ursache ist infolgedessen die erste Ursache, weil sie den Handelnden dazu veranlaßt, etwas zu tun und eine neue Form hervorzubringen.

Das Beispiel, das ich gebracht habe, ist offensichtlich sehr einfach. Die Lehre von den vier Ursachen hatte aber für die antiken und mittelalterlichen Philosophen viele Bedeutungs- und Interpretationsebenen. Man braucht nur nach den „vier Ursachen" für das Holz zu fragen, um einen kleinen Eindruck von den damit verbundenen Schwierigkeiten zu gewinnen. Doch die Theorie gab jahrhundertelang einen Rahmen für das Denken über Probleme der Umwandlung und des „Werdens" ab. (2)

Wir sollten uns vor Augen halten, daß die Theorie der vier Ursachen in einer Gesellschaft entwickelt wurde, die eine statische

Weltanschauung hatte, der jeglicher Sinn für Evolution abging. In der Philosophie des Aristoteles besteht die Aufgabe der bewirkenden Ursache oder des Handelnden darin, daß er ein Potential, das es schon gibt, verwirklicht. Zum Beispiel bringt das Feuer als wirkende Kraft kaltes Wasser, das die Möglichkeit hat, heißes Wasser zu werden, in den Zustand, wirklich heiß zu sein. Im Kontext dieser Denkweise gibt es buchstäblich nichts Neues unter der Sonne. Wie mittelalterliche Philosophen es später ausdrückten: *Nemo dat quod non habetur.* Das heißt, keiner (kein Urheber) gibt etwas, was nicht in irgendeiner Weise schon vorhanden ist. Die „neue Form" ist schon da. Sie ist tatsächlich in der bewirkenden Kraft (wie die Hitze im Feuer) und potentiell in dem passiven Teil vorhanden (wie die Fähigkeit in dem Wasser, heiß zu werden). Es gibt keinen qualitativen Sprung in die Zukunft. Alles ist vorhersehbar.

Ein solch statisches und zyklisches Verständnis des Wandels war in einer nachahmenden Kultur einleuchtend, in der man seine Großeltern und Eltern als Vorbilder und seine eigene Zukunft in ihrem Leben schon dargestellt sah. Wie Margaret Mead zeigte, leben wir nicht mehr in einer solchen Gesellschaft. (3) Ich glaube, daß unsere gegenwärtige Situation es uns ermöglicht, die „letzte Ursache" in einem völlig anderen Zusammenhang zu sehen. In dem Gedanken lag ein beginnender Futurismus, der aber durch den begrifflichen Zusammenhang, in dem er stand, aufgehoben wurde und der die herrschenden gesellschaftlichen Verhältnisse widerspiegelte.

Nach der Auffassung von Aristoteles regt die letzte Ursache (oder das letzte Ziel) den Handelnden zum Tun an, weil sie als gut verstanden wird. Sie verursacht durch Anziehung. Diese Idee des Guten als Anziehungskraft, die Aristoteles von seinem Lehrer Plato übernahm, scheint auf die Zukunftsvision einer Welt hinzuweisen, die in Bewegung ist. Sie wirkte sich aber nicht so aus. Die Griechen setzten den Begriff „des Guten" mit der Vorstellung des Parmenides vom „wahren Seienden" gleich, das unwandelbar und schon gegenwärtig ist. Folglich ist das Ziel eines jeden Handelns schon da. Die Zukunft ist im wesentlichen geschlossen.

In der mittelalterlichen philosophischen Synthese von Thomas von Aquin waren das Gute und das wahre Seiende eins – den Unterschied gab es nur im menschlichen Denken. (4) Deshalb blieb sein Denken dem gleichen nicht-evolutionären Kreislauf verhaftet. Thomas von Aquin machte aber eine wichtige Unterscheidung, nämlich die zwischen dem was Menschen bewirken und Gottes Kausalität. Er glaubte, daß ein endliches Wesen nur an schon Vorhandenem etwas bewirken kann, indem es dieses nach dessen Möglichkeiten verändert. Das bedeutet, daß es im wesentlichen das gleiche „wird“, wie anderes schon Vorhandenes. Im Gegensatz dazu, sagte er, ist Gott die Erste Ursache, die Ursache alles Seienden, denn Gott ruft aus dem Nichts Geschöpfe ins Leben und erhält sie. (5) Wir könnten einen beginnenden Futurismus aus dieser Unterscheidung herauslesen, da die göttliche Kausalität *nicht* durch schon Vorhandenes bestimmt wird. Aber in Wirklichkeit wurde auch hier keine offene Zukunft gesehen, da Gott als ein *unveränderliches* Wesen verstanden wurde, aus dem alle Geschöpfe hervorgehen und zu dem sie zurückkehren. (6)

Die heutige christliche Theologie hat augenscheinlich versucht, die Zukunft mit ins Bild zu bringen. Das Ergebnis war ein bemerkenswerter Mißerfolg. Das Problem wird in dem Werk Wolfhart Pannenbergs deutlich, eines prominenten Vertreters der Theologie der Hoffnung. Pannenberg wirft uns in einen Zustand wirklicher Hoffnungslosigkeit durch seine Fixierung auf die Gestalt Jesu. Er stellt das „Zur-Erscheinung-Kommen Gottes in Jesus“ in Gegensatz zu den „Epiphanien von Göttern in menschlicher oder tierischer Gestalt“ und behauptet, daß „die jeweilige Erscheinungsform, auswechselbar wie sie ist, außerhalb des Wesens der Gottheit“ bleibt. Und er fährt fort:

„Im Auftreten Jesu hingegen kommt der Gott Israels, die Zukunft seiner Herrschaft, endgültig zur Erscheinung, einmal und in dieser Einmaligkeit endgültig und für alle Zeit, eben darum nur dieses eine Mal.“ (7)

Dies ist in der Tat eine Theologie der Hoffnungslosigkeit. Pannenberg bekräftigt seine Interpretation am Ende desselben Essays noch einmal, wenn er schreibt:

„Erst in der Wiederholung (die das Neue nicht ausschließt) wäre dann die Ankunft des Zukünftigen in dem Sinne zu Ende gedacht, daß in ihr die Zukunft angekommen *ist* in einer *ständigen* Gegenwart.“ (Hervorhebung von Pannenberg) (8)

Wir müssen uns fragen, was für eine Zukunft das sein mag. Jedenfalls sagt uns die symbolische Botschaft, daß die Aussichten trübe sind und daß diese Perspektive noch viel lähmender ist als die der Griechen. Es ist besonders deprimierend, wenn auch logisch, daß dieser Theologe die Epiphanien der Götter (Plural!) sowohl in *menschlicher* als auch in tierischer Gestalt als „außerhalb“ des Wesens der Gottheit betrachtet, anscheinend weil sie *auswechselbar* sind. Das heißt, dies ist keine Vision von der universalen Gegenwart des „Verbs“, welches das Sein ist und *nicht* ein für allemal offenbart wurde, sondern zu jeder Zeit in einer sich dauernd weiter entfaltenden (nicht bloß wiederholten) Offenbarung offenbar werden kann. Echte *Hierophanien* (Manifestationen des Heiligen) sind nicht „austauschbar“. Vielmehr sind sie vielfältige und einzigartige Manifestationen des Seins. Daß sie viele und immer wieder neu und nicht ein für allemal offenbar geworden sind, liegt gerade daran, daß sie *nicht außerhalb des Wesens der Gottheit* sind. Die Mannigfaltigkeit und Neuheit echter Hierophanien – echt insofern, als sie Manifestationen des Seins sind, d. h. Ontophanien – sind möglich, weil sie *am Sein teilhaben.* Das Sein umfaßt und verschlingt mit heilender Kraft die falsche Zweiteilung „wahren Seienden" und des „Werdens" und enthüllt ihre Unwirklichkeit.

Der übliche Mechanismus der Umkehrung scheint also in der jüngsten Woge des christlichen „Futurismus" wirksam geworden zu sein, der die Zukunft der Bibliolatrie abtötet. Die Herren haben zu viel protestiert, ihre Sprache verrät sie. (9) Die Griechen, denen in ziemlich unfairer Weise die Schuld für die Schwäche des Christentums gegeben wird, steuerten tatsächlich einige sehr gute Erkenntnisse bei, nicht zuletzt die Idee von der „letzten Ursache". Wenn wir uns von der irreführenden parmenidischen Zweiteilung von Werden und Seienden befreien können, sind wir vielleicht imstande, endlich die wirkliche Macht der letzten Ursache zu verstehen. Das erfordert natürlich eine Herauslösung des Gedankens aus seinem Zusammenhang.

Aber wie können wir die Neigungen zur Zweiteilung in unserer Kultur überwinden, die der Spaltung zwischen Seiendem und Werden Glaubwürdigkeit verleihen? Es ist klar, daß wir erst einmal versuchen müssen, die Dichotomien in uns selbst zu überwinden. Ich sagte bereits, daß dies einen dauernd voranschreitenden aktiven Mut erfordert, und daß androgyne Ganzheit die wesentliche Heilung ist, die wir suchen. Aber in welcher Beziehung steht dies insbesondere zu der Unterscheidung unserer kulturellen Tradition zwischen Werden und dem „wahren Seienden"? Ich schlage vor, daß wir dieses Problem einmal mit ganz anderen Augen betrachten und die begriffliche Unterscheidung in dem gesellschaftlichen Zusammenhang sehen, aus dem sie hervorging, denn Philosophien spiegeln die althergebrachten Interessen der Kulturen wider, aus denen sie kommen. Wir müssen unsere Vorstellungskraft freimachen, damit wir in der ganzen Frage nicht länger von den gewohnten (lies: patriarchalen) Auffassungen abhängen. Es wird einen Bruch erfordern und ein Hören der alten Begriffe mit ganz neuen Ohren.

Wenn die männliche intellektuelle Oberschicht auf eine Spaltung von Seiendem und Werden festgelegt ist, so erklärt sich dies höchstwahrscheinlich aus ihrer Situation, die von einem statischen, hierarchisch kulturellen Klima profitiert und die sich von einer völligen Offenheit für die Zukunft bedroht fühlen würde. Das „Werden" wird unter die Herrschaft eines „Seienden" gebracht, das dem Bewußtsein der Privilegierten die „Dinge, so wie sie sind", darstellt, weil sie es so wollen. Es würde ihren Interessen entgegenwirken, wenn das „Werden" die Grenzen des objektivierten „Seienden" sprengte. Die marxistische Kritik an der christlichen Hierarchie und Unterdrückung, wenn sie auch nicht tief genug ging, konnte doch (zusammen mit anderen Einflüssen) die Theologen dazu bringen, eiligst auf den Musikwagen des Futurismus aufzuspringen und einen Sündenbock für die Krankheit des Christentums zu finden. Nachdem sie den „griechischen Einfluß" für die christliche Unterwürfigkeit gegenüber unterdrückenden Mächten verantwortlich machen konnten, bieten sie uns jetzt die „Zukunft" eines Zusammenschlusses mit Jahwe & Sohn an. Frauen, die endgültig zur Erkenntnis gekommen sind, daß sie *per definitionem* vom Management in dieser „Handelsgesellschaft" ausgeschlossen sind, können hier eine fortgeschrittene Arterienverkalkung erkennen, die eigentlich das „Sein" und das „Nicht-Sein" verbinden sollte. Den institutionellen Vätern gehört noch immer die Schau im Namen der „Zukunft", die nur ein anderes Wort für die Vergangenheit ist.

Bachofen wies darauf hin, daß das patriarchale Prinzip ein Prinzip der Begrenzungen ist, und sich als Prinzip der Hierarchien nach der Zerstörung des ursprünglichen Matriarchats, dessen Kennzeichen die Offenheit für andere war, durchsetzte. Ich füge hinzu, daß, solange dieses System herrscht, die Entwicklung des Menschen behindert wird durch das objektivierte „Seiende", das eine teuflische Verzerrung des eigentlichen „Seins" ist. Die Frauen haben die Macht, den Kanal zu öffnen, so daß Seiendes und Werden ihre eigentliche Einheit wiederfinden. Wir können dies tun, indem wir sind. Aber die Zeit ist kurz. Die älteren und jüngeren Direktoren der weltlichen Firmen, die die natürlichen Abkömmlinge und Verbündeten von Jahwe & Sohn sind, programmieren uns bereits aus allen zukünftig wichtigen Rollen hinaus. Der frauenmordende-und-darum-völkermordende Wahnsinn des Patriarchats ist bereits dem Heiligen Vater Computer übertragen worden, der den päpstlichen Thron einer weltlichen Christenheit geerbt hat, welche die Welt zu verschlingen trachtet. Die Handelsgesellschaft von Gott, dem Vater, hat heimlich mit den irdischen Stadtvätern fusioniert (sie wird aber bald einem Antitrustverfahren unterworfen). Zusammen haben sie nächtliche Emissionen über die Atmosphäre der Erde hinausgeschickt und Zeichen und Wunder am Himmel vollbracht, die den näheren Weltraum in einen himmlischen Abfallplatz verwandelt haben. Das Himmelreich ist also nah. Bevor es zu spät ist, laßt es gesagt sein, daß der Himmel kein Reich ist! Laßt es uns durch das Wort unseres Lebens sagen.

„DIE LETZTE URSACHE“ IN DER NEUEREN UND ZEITGENÖSSISCHEN PHILOSOPHIE

In der Geschichte der neueren Philosophie, die unserem Jahrhundert vorausging, war die letzte Ursache in einen ziemlich schlechten Ruf geraten. Ich werde die wichtigsten Punkte ihrer unglücklichen Geschichte kurz skizzieren, um dann zu analysieren, was daran falsch und was richtig war.

Francis Bacon sah die letzte Ursache als eine „sterile Jungfrau“ in der Philosophie an, „unfruchtbar“ für Naturforschungen und ohne eigentlichen Nutzen, es sei denn für den Bereich des menschlichen Handelns. Auf diese Weise versuchte er, den tödlichen Ansatz zu umgehen, diesen Begriff als erklärendes Prinzip zu benutzen. Jedoch billigte er ihm eine ungestörte Existenz irgendwo im Reich der Sakraltheologie in Form eines göttlichen Planes zu, der sich in der Heiligen Schrift offenbarte. Dies befreite die Philosophie innerhalb ihres eigenen Territoriums von seiner Tyrannei, stellte aber die Denkweise der Christen nicht eigentlich in Frage.

Descartes dachte, daß Gott der Welt ein Ziel gesetzt habe und darum eine letzte Kausalität ausübe, aber er sagte auch, daß die unendliche Tiefe der göttlichen Absicht für uns unergründlich sei und verbannte solche Gedanken aus den Naturforschungen. Auch dies focht nicht die Ansprüche jener an, die glaubten, sie hätten die „göttliche Offenbarung“ in der Bibel. Es verlieh der Philosophie eine Art von Autonomie und verhalf ihr dazu, sich von der Herrschaft der Sakraltheologie loszureißen. Es trug dazu bei, die Philosophie zu befreien, aber nicht die Menschen, die immer noch völlig unter dem Bann der christlichen Lehre standen.

Spinoza entfernte die letzte Ursache nicht nur aus der Naturphilosophie, sondern aus der *ganzen* philosophischen Forschung. Dies war eine logische Konsequenz seines Pantheismus und seiner Vorstellung von der letzten Ursache als einer Vollkommenheit, die erreicht werden soll. Da die modale Welt (die endlichen Dinge) Gott nicht „erreichen“ kann, wäre es ein Widerspruch, in diesem Sinne von Kausalität zu reden. Spinoza war in dieser Frage radikaler als Descartes. Die „letzte Ursache“, die er aus der philosophischen Forschung verdrängte, verdiente es nicht anders. Gleichzeitig aber wurden aus der Betrachtung auch Einsichten in das Werden des Menschen ausgeschlossen, die durch passendere Vorstellungen von der letzten Ursache zugänglich werden können.

Leibniz versuchte vergeblich, die letzte Ursache zu rehabilitieren, um seine mechanische Naturauffassung zu ergänzen. Für ihn handeln Seele und Geist gemäß den Gesetzen der letzten Ursache. Es gibt bewußte Wünsche und gewählte Ziele. Er meinte, es gebe eine feststehende Harmonie zwischen den Bereichen der Mechanik und der Teleologie. Im Zusammenhang von „Natur" und wirksamen Kräften entsteht eine soziale Gemeinschaft – eine teleologische Ordnung. Sie konstituiert die „Stadt Gottes". Jedoch blieb Leibniz' Finalismus, wie Bergson später sagte, in Raumbegriffen befangen, und dieses räumliche Modell war nicht-evolutionär. Nach Leibniz' Lehre hat Gott den bestmöglichen Plan für die Welt ausgewählt. Da „Er" vollkommen ist, hätte „Er" sich aber auch wohl kaum anders entscheiden können. Innerhalb dieses philosophischen Rahmens gab es praktisch keinen Raum für wirkliche Freiheit oder eine wirkliche Zukunft.

Kant benutzte die Technologie, um die Sinneswahrnehmungen zu verstehen, aber er nahm nicht an, daß es einen philosophischen Beweis für das Wirken eines echten Zweckes in der Natur gebe. Er meinte, der Geist gehe von der *Annahme* einer Zweckmäßigkeit aus, eine metaphysische Sicherheit dafür aber sei unmöglich. In Kants Moralphilosophie zeigt sich die Zweckmäßigkeit in verantwortlichem menschlichen Verhalten. Dies wird jedoch nicht ontologisch verstanden.

Schellings System ließ Platz für die Zweckmäßigkeit nicht nur als ordnendes Prinzip für den Geist, sondern auch als bestimmendes Prinzip, das sich in der Natur auswirkt. Finalität in der Natur ist jedoch nicht durch Induktion zu gewinnen, sondern sie ergibt sich als deduktive Folgerung aus Schellings Lehre vom Absoluten. Die Natur ist nicht nur das Feld für unsere moralischen Anstrengungen, sondern auch für die Bemühungen des absoluten Geistes. Dies ist eine interessante Spekulation, aber ihr Ausgangspunkt ist nicht gerade das gemeinsame Bewußtsein von Unterdrückung, und deshalb ist auch diese Vision einer offenen Zukunft für uns nicht verheißungsvoll.

Der Positivist August Comte lehnte metaphysische Argumente für eine letzte Ursache im Sinne eines transzendenten Seins ab. Aber er betrachtete „Menschlichkeit" als die letzte Ursache. John Stuart Mill neigte zu einer Art Technologie oder letzter Kausalität, aber nur auf psychologischer Ebene, was dann in das Reich der Normen übertragen wurde. Seine Abhandlungen waren nicht ontologisch.

Ich meine, daß die Ablehnung einer *ontologischen* letzten Kausalität – eine Ablehnung, die sich in verschiedener Weise gezeigt hat – oft wirklich eine Art metaphysischer Rebellion gewesen ist, selbst von seiten der Philosophen, welche die Metaphysik am meisten verachteten. Es war der Versuch, die Tyrannei des angeblich „supranaturalen Zwecks" zu stürzen, der die Dynamik des Denkens und Handelns zu blockieren schien. Aber dieser „Block" war oft nur die oberflächliche und verdinglichte Vorstellung von einer letzten Ursache. Wenn diejenigen, die diese Vorstellung ablehnten, sich der dynamischen Kräfte des Seins nicht tief bewußt waren, d. h. der ontologischen Kraft einer letzten Kausalität, so ist der verdinglichte Block noch nicht ganz verschwunden. Auf verschiedenste Weise tauchte er immer wieder auf. Einige bekennende Christen schlossen ihn zwar von der Philosophie aus, ließen ihn aber im Bereich des „Glaubens" noch zu als das, was man den „göttlichen Block" – alias den göttlichen Plan, wie er in der Heiligen Schrift offenbart wurde – nennen könnte. Bei den Nicht-Religiösen blieb er unter dem Namen der Humanität oder des universalen Glücks oder irgendeiner dogmatischen Gesellschafts- oder Sprachtheorie erhalten. Ich meine, daß sowohl die Weigerung, die ontologische Macht einer letzten Kausalität anzuerkennen, als auch das blinde Festhalten an dem Letzten Block (göttlich oder von Menschen gemacht) im wesentlichen aus derselben Quelle kommen: aus der Unfähigkeit, dem Nicht-Sein in den Strukturen der Entfremdung entgegenzutreten und das Sein in einer schöpferischen und teilnehmenden Weise zu bekräftigen.

Auf einigen philosophischen Kampfplätzen des zwanzigsten Jahrhunderts hat der Letzte Block an Grund verloren. Bergsons Philosophie beispielsweise versuchte, ihn zu überwinden. Bergson war davon überzeugt, daß die Welle der Evolution immer mehr Leben in seine rein gedankliche Erfassung bringen werde, so daß ein intuitives Bewußtsein schließlich das „Ziel" des Evolutionsprozesses sein würde. Er machte klar, daß er Leibniz Finalismus ablehnte, der sich auf eine räumliche Wirklichkeitsvorstellung gründete. (10) Wie Whitehead sagte, ist es jedoch bedauerlich, daß Bergson so weit ging, die räumliche Sicht als eine Unart anzusehen, die für ein intellektuelles Naturverständnis unumgänglich sei. (11) Infolge dieser Überzeugung sprach Bergson sich für eine Art Anti-Intellektualismus aus und meinte, mit theoretischen Begriffen könne man Intuition weder zum Ausdruck bringen, noch entfalten. Im Gegensatz zu dieser Ansicht meinte Whitehead, die Unzulänglichkeiten der begrifflichen Sprache könnten verringert, wenn auch nicht ganz eliminiert werden. Die Geschichte der westlichen Philosophie scheint zwar Bergsons Schlußfolgerung zu unterstützen, daß die Verzerrungen der „räumlichen Auffassung des Universums" in der Philosophie unvermeidlich seien, ich möchte aber darauf hinweisen, daß diese Philosophie eben von einer männlichen intellektuellen Elite geschaffen wurde, welche die konservativen und dichotomischen Tendenzen unserer Kultur zum Ausdruck bringt. Bergson zeigte, daß er selbst von diesen Tendenzen nicht frei war, als er sich gegen den Gebrauch theoretischer Begriffe bei der Entwicklungsanalyse aussprach und statt dessen eine dichterische Bildersprache wählte. Ich glaube nicht, daß die radikalen Frauen, die versuchen, ihre intuitive Seinserfahrung zum Ausdruck zu bringen, ihm darin folgen können. Wir müssen dieses „entweder – oder" ablehnen und Begriffe wie auch Bilder für unsere Entwicklung finden, die aus den schalen männlichen Raumvorstellungen ausbrechen.

Whitehead mit seiner Prozeßphilosophie und einige seiner Geisteskinder ahnen schon das entstehende Bewußtsein der Frauen voraus. Es ist nicht meine Absicht, hier die Grundzüge von Whiteheads Philosophie zu skizzieren (das ist schon viele Male von seinen Kritikern und Bewunderern getan worden) und in einen feministischen „Dialog" mit ihr einzutreten. Ich will nur einige Aspekte seiner Gedanken aufzeigen, die hoffnungsvolle Anzeichen dafür sind, daß schöpferisches androgynes Theoretisieren hier gewissermaßen bereits stattfindet, auch wenn uns die besondere Relevanz seines Denkens über sexistische Unterdrückung nicht gerade aus jeder Seite, wenn überhaupt aus irgendeiner, entgegenspringt. Ich würde sagen, daß Whitehead seine grundlegenden Gedanken in einer Weise darstellt, die zwar alle klassischen Dualismen überwinden soll, so wie sie gewöhnlich verstanden werden, daß er sie aber in einem anderen Sinne bestätigt. (12) In seiner Sicht ist die Zukunft offen. Dementsprechend ist Whiteheads Gott nicht ein Schöpfergott, d. h. er ist nicht bloß *vor* der Schöpfung da, sondern er ist *in* der Schöpfung. (13) Außerdem ist es für ihn „der Zweck der Philosophie, die Mystik rational zu erklären". (14) Das heißt, er entscheidet sich weder für ein oberflächliches objektives Bewußtsein, noch gibt er die Intellektualität auf, sondern er sucht eine Einheit, die ich doch lieber eine Verschmelzung von praktischer und ontologischer Vernunft nennen möchte. Ich könnte hinzufügen, daß Whiteheads Weigerung, zielbewußte Menschen von dem abzutrennen, was man manchmal als die ziellose Natur betrachtet hat, ermutigend ist. Die Tatsache, daß die Ästhetik in seiner Teleologie eine wichtige Rolle spielt, ist ein hoffnungsvolles Zeichen. Wir dürfen hoffen, daß diese Denkungsart den Zug zu einer sensibleren und weniger ausbeuterischen Haltung zur „Natur", zu einem größeren Eins-sein mit ihr, widerspiegelt und unterstützt.

Die Neigung der Prozeßphilosophie, das Sein durch das Werden zu definieren, ist ein ermutigendes Zeichen. Charles Hartshorne schreibt, „zu sein heißt, für alle zukünftigen Gegebenheiten zur Verfügung zu stehen". (15) In seinem Denken ist Entwicklung eine schöpferische Synthese. Bei dieser Art Perspektive ist die Gefahr minimal, blockierenden Vorstellungen von einer letzten Kausalität zu verfallen. Wie Hartshorne sagte, „ein letzter und unerbittlicher Zweck, vorausgesetzt, er bedeutet etwas, würde den geringeren Individuen – den Geschöpfen – die Individualität, eigene Aktivität und somit Realität absprechen". (16)

Aber wir mögen uns fragen, ob dieses Begreifen der gesellschaftlichen Wirklichkeit noch relevant ist, besonders wenn es um die objektivierten Strukturen der Entfremdung geht. Ich habe schon betont, daß es die wesentliche Aufgabe des Feminismus ist, *nicht* nach fertigen Theorien Ausschau zu halten, um sie dann für unsere (kleine?) „Frage“ oder unser „Problem“ anwendbar zu machen. Das käme einer extremen Selbstverachtung gleich, besonders wenn wir uns vor Augen halten, daß der Feminismus kosmische Dimensionen hat. Es ist etwas Verführerisches an den Philosophien (mehr noch als an den Theologien), die eine nicht völlig verzerrende Sprache benutzen, aber nicht ausdrücklich den patriarchalen Raum verlassen. Daß die Zukunftsphilosophen nicht direkt über das Problem des Sexismus sprechen, sollte uns eine Warnung sein. Die Anhänger Whiteheads sind imstande, den „Prozeß“, den die weibliche Hälfte der Gattung bei ihrem Kampf um ihr „Werden“ durchmacht, außer acht zu lassen. Das wesentliche für uns ist aber, unsere *eigenen* Worte zu hören und stets unserer *eigenen* Erfahrung Priorität zu geben und niemals einer vorgefertigten Theorie *Macht* über uns einzuräumen. Dann werden wir frei sein, der alten philosophischen Sprache zu lauschen (und alle Philosophie, die den Sexismus nicht ausdrücklich ablehnt, ist alt, gleichgültig, wie neu sie zu sein scheint). Wenn einiges von dieser Sprache es wert ist, im Zusammenhang mit dem „Werden“ der Frauen gehört zu werden, brauchen wir unsere Ohren nicht zu verschließen. Aber wenn wir uns entscheiden, dieselben Laute zu sprechen, so werden sie formal und existentiell neue Worte sein, denn der neue Zusammenhang macht sie dazu. Unser Entwicklungsprozeß ist *unser* Entwicklungsprozeß.

DIE URSACHE DER URSACHEN

Nach dem Verständnis von Aristoteles und den mittelalterlichen Philosophen ist die letzte Ursache das Ziel, das als gut und als die treibende Kraft zum Handeln gedacht wird. Auch in der „nichtrationalen“ Natur ist das Ziel schon vorwegnehmend als „Entelechie“ gegenwärtig. Das heißt, die Natur hat ihr Ziel, das noch nicht erreicht worden ist, aber sich entfaltet, in sich selbst. Ich habe schon darauf hingewiesen, daß die darin enthaltene Offenheit für die Zukunft gebremst und gebrochen wird durch einen gedanklichen Zusammenhang, der wirkliche Neuheit leugnet: Pflanzen, Tiere und Menschen entfalten sich nur, um im wesentlichen dasselbe zu werden wie ihre Eltern; ein qualitativer Sprung wird nicht erwartet. Um ein altes Axiom zu paraphrasieren: Was auch immer ist, das war.

Aber wenn wir das Gute, die letzte Ursache, *nicht* für identisch halten mit dem statischen, zeitlosen Sein des Parmenides, und *nicht* mit den Absichten der institutionellen Väter und ihres Himmlischen Vaters, sondern es vielmehr mit dem Sein gleichsetzen, an dem wir aktiv teilnehmen durch einen qualitativen mutigen Sprung im Angesicht des Patriarchats, wird das magische Halsband, das uns würgte, zerrissen.

Der Kreislauf der ewigen Wiederkehr, der die mit inbegriffene Offenheit für die Zukunft im griechischen Denken neutralisierte und die angebliche Zukunftsausrichtung der christlichen Symbole darstellt, kann durchbrochen werden, wenn wir Frauen die Ketten des Nicht-Seins zerbrechen, indem wir „sind". In diesem Sinne kann unsere Sache als die „letzte Ursache" wirksam werden. Das heißt, da sie das Verlangen verkörpert, aus dem Kreislauf auszubrechen, und dieses Verlangen weitergegeben wird, werden Frauen und folglich auch Männer wachgerüttelt, damit sie sie selbst werden. Die letzte Ursache ist der Anfang, nicht das Ende des „Werdens". Sie ist die erste Ursache, da sie die Motivation zum Handeln liefert. Die feministische Bewegung ist potentiell die Quelle einer wirklichen Bewegung in anderen revolutionären Bewegungen (wie der Schwarzen Befreiungs- und der Friedensbewegung), denn sie ist der Katalysator, der Frauen und Männer in die Lage versetzt, aus dem Gefängnis der selbstzerstörerischen Zweiteilung auszubrechen, die von den institutionellen Vätern verewigt werden. Der radikale Feminismus kann diesen Durchbruch eben deswegen zustandebringen, weil er das intuitive Erfassen einer androgynen Seinsweise bewirkt. Nur der radikale Feminismus kann als „letzte Ursache" wirksam werden, weil er als einzige revolutionäre Bewegung das menschliche Bewußtsein für den Wunsch nach einer nicht-hierarchischen und nicht-unterdrückenden Gesellschaft weckt und den Sexismus als das grundlegende Modell und die Quelle der Unterdrückung enthüllt. Ohne die Macht dieser Vision, die Frauen und Männer fasziniert, so daß sie das ganze Aufgebot falscher Dualismen zu überwinden gewillt sind, wird es keine wirkliche Veränderung geben. Die Befreiungs-„bewegungen", die den Sexismus nicht angreifen, können selbst nur Illusionen des Fortschritts und endlose, beliebige Variationen innerhalb desselben vergreisenden Systems spinnen.

Wir müssen der Vorstellungskraft einen Stoß geben und an müden Worten rütteln, um zu erkennen, daß der Feminismus die letzte und darum die erste Ursache ist und daß *diese* Bewegung eine *Bewegung ist*. Diese Vergegenwärtigung ist schon der erste qualitative Sprung in das Sein. Für die Philosophen des alten Systems ist „die letzte Ursache" der technische Verstand, sie ist des Vaters Plan, ein endloser Strom von Photokopien der Vergangenheit.

Aber die letzte Ursache, *die Bewegung ist*, liegt in unserem erfinderischen-zerebralen-emotionalen-tätigen-schöpferischen Sein.

WIR WEICHEN AM „OMEGAPUNKT“ AB. GEGEN TEILHARD DE CHARDIN.

In seinem Aufsatz „Die große Entscheidung“ stellt Teilhard de Chardin verschiedene, dichotomische Alternativen auf, zwischen denen wir angeblich für die Bestimmung der weiteren „Zukunft des Menschen“ (l'homme) wählen müssen. (17) Dabei möchte ich eiligst darauf hinweisen, daß, wenn Teilhard „Mensch“ sagt, er den „Mann“ meint. Als glühender Verehrer des „Ewig-Weiblichen“ hat er uns in seinen Schriften zahlreiche Beispiele von der nicht-verwirklichten, unwirklichen Stellung vermacht, die er bei der weiblichen Hälfte der Gattung bewunderte. Laßt uns einräumen und bedauern, daß er wahrscheinlich im Kreise seiner Jüngerinnen keine Frau fand, welche die nötige geistige Kraft hatte, sein im wesentlichen stereotypes Denken umzukrempeln. Das Niveau des feministischen Bewußtseins war vor einigen Jahrzehnten unter Französinnen nicht gerade astronomisch hoch, und es ist sicher, daß Simone de Beauvoir dem Kreis nicht angehörte. Die Feministinnen spüren, daß bei Teilhard die gattungsmäßige Bezeichnung „Mensch“ und die besondere Bedeutung „Mann“ miteinander verschmelzen. Das ist anscheinend auch bei einigen seiner männlichen Bewunderer so, die Loblieder über das Thema der „Frauen bei Teilhard“ geschrieben haben. (18) Kurz, Teilhard unterstützte „eine gewisse Emanzipation“, fürchtete aber, daß sie die Frauen „vermännliche“.

Die erste Alternative, der wir nach Teilhard gegenüberstehen, ist die von Sein und Nicht-Sein. Offensichtlich möchte er, daß wir das Sein wählen. Obwohl dies auf verbaler Ebene keine falsche Dichotomie oder „falsche“ Wahl ist, bleibt sie doch im Bereich steriler Abstraktionen, da sie das „Werden“ der Frauen, das allein die Entwicklung der Gattung auf ein psychisch androgynes Sein lenken kann, nicht ernsthaft mit in Betracht zieht.

Die zweite Dichotomie ist: entweder Engagement in der Welt oder Rückzug. Es ist klar, daß Teilhard uns zum Engagement rät. Diese Zweiteilung ist aber nur recht oberflächlicher Art, denn wie ich zu zeigen versucht habe, schafft gerade der „Rückzug“ in eine räumliche und zeitliche Randexistenz ein höchst radikales Engagement und eine Teilnahme an der kosmischen Gemeinschaft.

Als dritte Wahl stellt er sich die zwischen Einheit und Pluralität vor, d. h. zwischen „Konvergenz“ und „Divergenz“. Diese Zweiteilung ist aufschlußreich. Teilhard entscheidet sich für Konvergenz und versucht, die Theorie aufzustellen, daß sich die Welt auf ein Zentrum zusammenzieht. Er meint ganz ungeniert, daß die totalitären Regime in dieser Hinsicht im wesentlichen auf dem richtigen Wege seien. (19) Er behauptet, daß eine konvergierende Welt, „welche Opfer von Freiheit sie auch zu verlangen scheint, die einzige (ist), die die Würde und die Hoffnung des Seins rettet.“ (20) Die Entscheidung für Konvergenz, die, wie er meint, dazu bestimmt ist, die gemeinsame Entscheidung der „Massen der Menschheit“ zu werden, ist die „große Entscheidung“.

Teilhards Zweiteilung von Konvergenz und Divergenz ist nicht sehr befriedigend. Die hinter den Begriffen stehenden Vorstellungen sind eindeutig räumlich. Konvergenz ist das Zusammenziehen auf ein Zentrum, während Divergenz ein „fächerartiges Ausbreiten“ ist. Auf diese Weise kann man den Dualismus von Monismus und Pluralismus zum Ausdruck bringen, seine vielfachen Bedeutungen bleiben aber ungeklärt. Ich meine, wenn man angemessen von „Konvergenz“ sprechen will, so muß in dem Begriff ein grundlegendes Element des Zusammenkommens und der Harmonie der einzelnen Wesenszüge *innerhalb der menschlichen Psyche* enthalten sein, die auseinandergespalten und durch die Gewöhnung an Geschlechterrollen objektiviert worden sind. *Diese* fundamentale Konvergenz oder Einheit oder Individuation wird eine Steigerung des menschlichen Potentials bei der Teilnahme an der Gesellschaft durch einzigartige, verschiedenartige Individuen bedeuten. Sie bedeutet dann „Divergenz“.

Teilhard meint, sowohl der Marxismus als auch das Christentum böten Wahlmöglichkeiten in Richtung auf Konvergenz an. Aber im Gegensatz zu der „Vergreisung“ der utopischen klassenlosen Gesellschaft spricht das Christentum von der Möglichkeit eines „Paroxysmus“, von einem Durchbrechen der Bande von Raum und Zeit, um das unveränderliche liebende Zentrum aller Evolution, das Omega, den „kosmischen Christus“, zu erreichen. Teilhards Sprache ist aufschlußreich. Er besteht darauf, daß Christus mit dem „Omega“ identisch sei und schreibt:

„Um diesen *grundlegenden Satz aufzuzeigen*, genügt es, auf die lange Reihe johanneischer und vor allem paulinischer Texte zu verweisen, in denen in großartigen Worten das *physische Supremat* Christi über das Universum ausgesagt wird.“ (Hervorhebungen von mir) (21)

Einem undogmatischen Geist mag es merkwürdig erscheinen, daß Teilhard es für möglich hielt, die Wahrheit einer Sache bloß dadurch zu „beweisen“, daß sie in der Bibel verkündigt wird. Und darin läßt sich auch wohl kaum das geistige Produkt eines Evolutionswissenschaftlers und -philosophen erkennen. Sein Reden über Christus stimmt aber mit dem dogmatischen autoritären Ton der ganzen „Lehrmeinung" dieses bekannten Jesuitenphilosophen überein.

Teilhard neigt dazu, das Sein abzuspalten und zu vergegenständlichen,

„... weil die Arbeit der Welt darin besteht, nicht in sich selbst irgendeine höchste Wirklichkeit hervorzubringen, sondern sich durch Vereinigung in einem *präexistenten Sein* zu vollenden." (Hervorhebung von mir) (22)

Sein „Omega" ist eine statische, räumliche Vorstellung, und indem er sie benutzt, begreift er auch die Zeit räumlich. Er *sieht* das Omega als die Spitze der konischen Zeit, als einen *Punkt*, als den *abschließenden Wulst* am Baum des Lebens, als den *Nordpol*.

Kurz, Teilhards „Omegapunkt" erweckt Platzangst. Er ist eine Rückkehr zu dem abstoßenden Bild vom mystischen Leibe Christi. Er ist das „wahre Seiende", das mit seinen eisernen Zähnen das „Werden" umklammert. Seine Christolatrie schränkt seinen Traum von einer „Kosmogenese" ein und verschließt die Tür zur Zukunft. „Alles, was aufsteigt, muß konvergieren"? Vielleicht. Aber wenn das Konvergenz ist, wer will dann noch einen „Aufstieg" (erection)? Teilhard benutzt ständig das Bild des Aufstiegs, aber wenn wir mit ihm aufwärts schweben, merken wir, daß wir dazu bestimmt sind, gegen ein verdinglichtes Etwas zu rempeln. Den Seher beschreibend, sagt er:

„Aufschauend zu einem Raum, der schon bereit ist für eine neue Schöpfung, widmet er sich ... einem Fortschritt, der diejenigen mitreißt oder aber beiseitefegt, die nicht hören wollen. Sein ganzes Sein ist von religiöser Inbrunst ergriffen und er sieht auf Christus, der schon aufgestiegen, aber noch unvorstellbar groß ist." (23)

Begeistert von einem dynamischen intuitiven Erkennen des Seins, brauchen oder wünschen die Frauen, die jetzt aufwachen, wohl kaum einen Paroxysmus zu einem tödlichen „Omegapunkt". Die Teilnahme am Sein ist die letzte Ursache, und weil sie „das Ziel" ist, können wir uns auf eine endlose Divergenz freuen. Sie macht uns zu Bürgerinnen der Zukunft, von der aus wir schon jetzt auf eine Vergangenheit zurückblicken können. Nach den organischen Raum-Zeit-Vorstellungen ist unsere Bewegung nicht linear. Wenn, wie Nietzsche sagte, Gott tot ist, „gibt es dann noch irgendein Auf und Nieder?" Nein, anders: In dem Maße, in dem Gott-Vater tot ist, von der Lebendigen Letzten Ursache beiseitegefegt, geht unsere Bewegung in alle Richtungen: rückwärts, vorwärts, nach innen, zur Seite, so wie es das Leben selbst tut.

SCHLUSS: DAS ENDE DES SPIEGELGEFECHTS

In einem Interview vom Dezember 1972 hat der biblisch orientierte Dan Berrigan einmal ahnungslos die Gründe beschrieben, die dazu führen, daß die Friedensbewegung veraltet:

„Das Seminar (Union Theological Seminary in New York) ist wie ein Laufställchen. Ich sehe in den Aufzügen und Fluren Schilder über das Zusammenharken von Blättern, Sherry-Parties, *Frauenbefreiung* (Hervorhebung von mir) usw., aber niemals irgend etwas über den Krieg. Er ist vergessen. Es gibt praktisch keinen kirchlichen Widerstand mehr gegen den Krieg. Aber ich kann ihn nicht vergessen." (24)

Berrigans Engagement und Mut sind unbestreitbar. Aber ... „Das Zusammenharken von Blättern, Sherry-Parties, Frauenbefreiung ..." Wann werden sie endlich verstehen? Es ist die Vergewaltigungsmentalität, die den Rassismus erzeugte. Es ist der Frauenmord, der zum Völkermord führt.

Im November 1972 wählte das amerikanische Volk Richard Nixon mit überwältigender Mehrheit. Im Dezember 1972 gab es die schwersten Bombenangriffe auf Hanoi seit dem Ausbruch des Vietnam-Krieges. Wann werden sie verstehen? Kann es sein, daß wir anfangen, Zeugen der „Fülle des Evangeliums" zu werden? Der auserwählte Eine weist uns auf den „Omegapunkt" hin. Es ist eine Zeit des Krieges zwischen „Fürstentümern und Gewalten."

Am 20. Dezember 1972 wurde im Fernsehen die Nachricht gesendet, daß Phil Berrigan aus dem Gefängnis entlassen sei. Bei einer Zusammenkunft von Familienangehörigen und Freunden wurde die Messe gefeiert. Während der Messe wurde Pete Seegers Lied „Turn, turn" gesungen. Die Worte, die über das nationale Fernsehen kamen, waren „To everything, turn, turn ... A time to kill, a time to heal ..." Das Lied hat seinen Ursprung natürlich in der Bibel (Pred. 3,1-8). Das Kapitel beginnt: „Ein jegliches hat seine Zeit, und alles Vorhaben unter dem Himmel hat seine Stunde." Unter den gebilligten Dichotomien, die in dieser Weisheitsliteratur aufgezählt werden, sind:

„töten hat seine Zeit,
heilen hat seine Zeit,
abbrechen hat seine Zeit,
bauen hat seine Zeit ...
lieben hat seine Zeit,
hassen hat seine Zeit,
Krieg hat seine Zeit,
Frieden hat seine Zeit ...".

Und so dreht sich alles ewig im Kreise. Wann werden sie verstehen? George Wald hat geschrieben:

„Man muß sich jetzt fragen, ob es so hoch überlegene technische Zivilisationen noch woanders in der Welt gibt, oder ob es vielleicht nur für eine bestimmte Zeit solche Geschöpfe gibt, die dann später, vielleicht nicht sehr viel später, wieder verschwinden? Das Problem beschäftigt uns jetzt sehr." (25)

Eine Antwort darauf ist diese: Wenn sie menschliche Wesen sind, die in den tiefsten Tiefen ihrer Seelen durch eine entfremdende Gegenüberstellung von Gegensätzlichem gespalten sind und wenn sie *dieses* Problem nicht lösen, werden sie sicherlich aussterben.

Unser Planet wird von halb-verrückten Geschöpfen bewohnt, aber in ihrem Wahnsinn ist Logik. Virginia Woolf, die daran zugrunde ging, daß sie sowohl außergewöhnlich klug als auch weiblich war, schrieb, daß Frauen von der Gesellschaft dazu verdammt werden, als Spiegel zu fungieren, die das Bild der Männer in doppelter Größe zurückwerfen. Wenn wir dieses grundlegende Prinzip verstehen, begreifen wir auch, welche Kräfte in unserer Spiegel-Gesellschaft wirksam sind. Untersuchen wir noch einmal die Sprache dieser Geschöpfe.

Jene Sprache hat jahrtausendelang die Tatsache bestätigt, daß Eva von Adam geboren wurde, dem ersten unverheirateten schwangeren Mann der Geschichte, der mutig das Gebären im Narkoseschlaf einer Abtreibung vorzog und folglich eine Kind-Braut bekam. Ein sorgfältiges Studium der Dokumente, die solche Leistungen von Adam und seinen Söhnen berichten, bereiteten der höchsten aller hohen Religionen den Weg, und ihre Priester nahmen sich Adam zum Vorbild und Lehrer. Sie erfanden ein System von Sakramenten, das im Heiligen Haus der Spiegel prächtig funktionierte. Sie nahmen gnädig die beschwerliche Macht des Gebärens von den Frauen, indem sie sie „Taufe" nannten. So hoben sie die niedrige körperliche Funktion der Geburt, die unzulänglich und sogar widerwillig von den Frauen erfüllt wurde, auf eine höhere und geistigere Ebene. Da sie die Unfähigkeit der Frauen, selbst die ihnen vom göttlichen Plan zugewiesenen, so einfachen „weiblichen" Aufgaben zu erfüllen, erkannten, erhoben die Spiegel-Priester diese Funktionen auf die übernatürliche Ebene, auf der allein sie kompetent waren. Speisung wurde erhöht zur Heiligen Kommunion. Waschen bekam Würde in der Taufe und Buße. Stärkung wurde als Konfirmation bekannt, und das Trösten, das den Frauen aufgrund ihrer ungefestigten Natur so unzureichend gelang, wurde auf eine geistige Ebene gehoben und Letzte Ölung genannt. Um die offensichtliche Tatsache zu betonen, daß alle Frauen wesensmäßig disqualifiziert sind, dem Heiligen Männerklub beizutreten, machten die Spiegel-Priester es sich zur Regel, daß ihre Mitglieder Röcke tragen sollten. Um die Sache noch klarer zu machen, behielten sie sich besondere Gelegenheiten vor, an denen zusätzliche Männerklub-Gewänder getragen wurden. Zu solchen Ausrüstungen gehörten zarte weiße Spitzenüberwürfe und Modewaren von vorgeschriebener Form und Farbe. Die Führer mußten Seidenstrümpfe tragen, spitze Hüte, karmesinrote Kleider und Hermelincapes, um damit ihre Gleichgültigkeit gegenüber materiellen Dingen und ihre Hingabe an die Ausübung ihres geistlichen Amtes hervorzuheben. So wurden sie die hochverehrten Vorbilder eines geistigen Transsexualismus.

Diese gesalbten Männlichen Mütter, die natürlich Väter genannt wurden, fühlten mütterliche Besorgnis für die Frauen, die ihrer geistlichen Fürsorge anvertraut waren. Obwohl Frauen offensichtlich von Natur aus inkompetent und anfällig für geistige und gefühlsmäßige Verwirrung sind, verlangt der göttliche Plan sie als Gefäße für die Samen der Männer, damit Männer geboren und dann übernatürlich (richtig) wiedergeboren werden können als Bürger des Himmelreichs. Darum ermutigten die Priester in ihrer Güte die Frauen, sich dankbar in ihre einzigartige Rolle als Behälter für die Söhne der Söhne des Sohnes Gottes zu fügen. Aufrichtig bewegt von der Inbrunst ihrer eigenen Worte, erzogen die Priester die Frauen dazu, dieses Privileg mit ehrfurchtsvoller Demut anzunehmen.

Seit der protestantischen Reformation ist die geistliche Spiegel-Erziehung in einigen Räumen des „Hauses der Spiegel“ modernisiert worden. Die reformierten Männlichen Mütter fühlten allmählich, daß ihre Männlichkeit durch das dauernde Tragen von Kleidern überstrapaziert wurde, und sie entschlossen sich sogar dazu, einen angemessenen Prozentsatz von Frauen (bis zu 1/2 Prozent) in ihre Mitgliedschaft aufzunehmen, was deutlich machte, daß die Zeit für männlichen Snobismus vorüber und die Zeit der Demokratie gekommen war. Sie merkten nun auch, daß sie ebenso übernatürlich sein konnten, ohne durch ein steifes sakramentales System eingeengt zu sein. Sie konnten geistlich gebären, heilen und trösten und mütterlichen Rat geben. Darum setzten sie die Spiegel-Tradition von Mutter Adam fort, während sie gleichzeitig einen glatten Übergang in das moderne Zeitalter fanden.

So wurde die westliche Kultur von ihren Übernatürlichen Müttern, genannt Vätern, elegant darauf vorbereitet, alle Dinge übernatürlich zu sehen, d. h. die Welt rückschauend klar zu erkennen. In der Tat ist unsere Erziehung so ausgezeichnet gewesen, daß diese Denkweise fast jeder zur zweiten Natur geworden ist. Unsere Kultur, die keine geistige Führung mehr braucht, ist mündig geworden. Das wird jeder deutlich, die zuhört, wenn sie spricht. Ihre Staatsmänner bestätigen klarsichtig, daß dies „die freie Welt“ ist. Ihre Nachrichtensprecher berichten mit großer Genauigkeit, daß in der entmilitarisierten Zone gekämpft worden ist, daß mehrere Menschen bei einer gewaltlosen Demonstration getötet wurden und daß „unsere Nation“ kämpft, um Südostasien den Frieden zu bringen. Ihre Psychiater verkünden, daß die ganze Gesellschaft eine Heilanstalt ist und begrüßen diese Tatsache als ein verheißungsvolles Omen für das zunehmende Wohlergehen ihres Berufsstandes.

In der Spiegel-Gesellschaft spielen Frauen, d. h. die Vergrößerungsspiegel, eine entscheidende Rolle. Aber die Männer haben gemerkt, daß es nicht gut wäre, wenn die Frauen dieses wüßten, denn dann würden sie vielleicht aufhören, in die Spielzeugspiegel zu gucken, die unaufhörlich zu gebrauchen sie gelehrt wurden. Sie könnten dann vielleicht anfangen, nach innen und außen, nach rückwärts und vorwärts zu schauen. Anstatt sich mit der Eitelkeit von Wellensittichen zu begnügen, könnten sie der Sünde des Stolzes verfallen und sich weigern, noch weiterhin Vergrößerungsspiegel zu sein.

Die Frauen würden in der erschreckenden und anregenden Erfahrung des „Werdens“ – statt des Widerspiegelns – entdecken, daß sie auch von den Bewegkräften der Spiegel-Welt beeinflußt werden. Da sie es nur gelernt haben, Spiegel zu sein, würden sie in sich selbst Abbilder der Krankheit ihrer Herren finden. Sie würden merken, daß sie dieselben Dinge tun und in derselben Weise kämpfen. Wenn sie in ihrem Inneren etwas suchten, würden sie verwirrt sein von der anscheinend endlosen Halle der Spiegel. Was sollen sie nachahmen? Welches Vorbild imitieren? Wohin schauen? Was soll ein bloßer Spiegel tun? Aber warte – wie könnte ein bloßer Spiegel überhaupt eine solche Frage stellen? Die Frage selbst ist der Beginn einer Antwort, die sich ständig entfaltet. Die Frage-Antwort ist ein „Verb“, und wenn die Frau sich in den Strom dieses „Verbs“ – des VERBS – begibt, weiß sie, daß sie kein Spiegel mehr ist. Wenn sie es einmal erfahren hat, weiß sie es so sicher, daß sie es niemals ganz vergessen kann. Sie weiß es so sicher, daß sie es ihren Schwestern sagen muß. Wie aber, wenn immer mehr ihrer Schwestern anfangen sollten, zu hören, zu sehen und zu sprechen?

Dies würde eine Katastrophe bedeuten. Es würde die ganze Gesellschaft rücklings in die Zukunft werfen. Ohne Vergrößerungsspiegel überall würden Männer nach innen und nach außen sehen müssen. Sie würden anfangen, in sich selbst hineinzusehen und sich zu fragen, was denn an ihnen verkehrt ist. Sie würden nach außen schauen müssen, weil sie ohne Spiegel beginnen, Eindrücke von den realen Dingen zu empfangen. Sie würden sogar die Frauen anschauen müssen statt der Spiegelbilder. Dies würde verwirrend sein, und sie wären gezwungen, wieder in sich selbst hineinzusehen, nur um die qualvolle Erfahrung zu machen, daß *dort* die Ewige Frau, der perfekte Wellensittich ist. Verzweifelt wieder nach draußen schauend, würden sie merken, daß *da draußen* der Wellensittich nicht mehr ist. Zurück nach drinnen stürzend, würden sie wiederum andere Schreckgespenster antreffen. All die anderen „Anderen" – die ganze Menge – sind da drinnen: die faulen Neger, die dreckigen Chicanos, die habgierigen Juden, die Tunten und kessen Väter, die ganze Masse der Kommunisten und rückständigen Bevölkerung der Dritten Welt. Wenn sie dann wieder nach draußen sähen, würden die spiegellosen Männer gezwungen sein, Menschen zu sehen! Wohin sollen sie gehen? Eine Krise, die zum „Omegapunkt" führt? Aber ohne den Vergrößerungsspiegel ist selbst diese letzte Zuflucht verschwunden. Wie kann man Erleichterung finden? Mehr Bombenflugzeuge losschicken? Aber nein! Es ist sinnlos, den Feind zu töten, nachdem man herausgefunden hat, daß man selbst der Feind ist.

Aber die Spiegel-Gesellschaft ist noch da, entschlossen, sich selbst ins Verderben zu stürzen. Sie wird immer noch von Gott-Vater regiert, der, wenn er sein vergrößertes Spiegelbild betrachtet, an seine überlegene Größe glaubt. Ich sagte „glaubt", weil das Spiegelbild jetzt gelegentlich kleiner erscheint, und er deshalb einen erneuten Akt des Glaubens an sich selbst vollbringen muß.

Wir sind in diesem seinem Eden viel zu lange eingesperrt gewesen. Wenn wir noch viel länger darin bleiben, *wird* das Leben von diesem Planeten verschwinden. Der Preis für die Freiheit, aus dem Eden herauszufallen, wird eine spiegelzerbrechende Erfahrung sein. Die Freiheit, das „Werden" und das Überleben unserer Gattung wird eine dauernde gemeinschaftliche Anstrengung zu „sein" erfordern. Das bedeutet, daß wir die große Kette des Seins in Schwesterlichkeit schmieden müssen, die sich um das Nicht-Sein legen und es zum Schrumpfen zwingen kann. Der Preis für einen Fehlschlag ist das Nichts.

Ist dies der Krieg, der die Kriege beenden soll? Die Macht der Schwesterlichkeit ist keine Kriegsmacht. Es gibt Konflikte, und es wird sie immer geben, aber die letzte Ursache wirkt nicht durch Konflikte, sondern durch Anziehung. Nicht durch die Anziehung eines großen Magneten, der überall ist, sondern durch die schöpferische Anziehungskraft des Guten, welches das sich selbst mitteilende Sein und das „Verb" ist, aus dem, in dem und mit dem alle wahren Bewegungen sich entfalten.

ANMERKUNGEN

Vorwort

(1) Gespräch mit Jean MacRae, Boston, Oktober 1972

Einleitung

(1) Siehe Mary Daly: THE CHURCH AND THE SECOND SEX. New York 1968; dt.: KIRCHE, FRAU UND SEXUS. Freiburg 1970. Unter meinen Artikeln, s. „After the Death of God the Father" in: COMMONWEAL XCIV, 12. März 1971, S. 7-11; „The Courage to See" in: THE CHRISTIAN CENTURY, LXXXVIII, 22. September 1971, S. 1108-11; „Abortion and Sexual Caste" in: COMMONWEAL XCV, 4. Februar 1972, S. 415-19; „The Spiritual Revolution: Women's Liberation as Theological Reeducation" in: ANDOVER NEWTON QUARTERLY XIII, März 1972, S. 163-76; „The Women's Movement: An Exodus Community" in: RELIGIOUS EDUCATION LXVII, September/Oktober 1972, S. 327-35; „A Call for the Castration of Sexist Religion" in: THE UNITARIAN UNIVERSALIST CHRISTIAN XXVII, Herbst/Winter 1972, S. 23-37. Ein weiterer Artikel von Mary Daly: „Der qualitative Sprung über die patriarchale Religion" findet sich in FRAUENOFFENSIVE Journal Nr. 9, Januar 1978.

(2) Gerald D. Berreman: „Caste in India and the United States" in: AMERICAN JOURNAL OF SOCIOLOGY LXVI, 1960-61, S. 120-27. In demselben Band siehe Berremans „Rejoinder", S. 511-12. Siehe auch Helen Mayer Hacker, „Women as a Minority Group" in: SOCIAL FORCES XXX, 1951-52, S. 60-69.

(3) Siehe Gordon Zahn: „Letter to the Editor" in: COMMONWEAL XCV, 18. Februar 1972, S. 470-71. Professor Zahn wendet sich entschieden gegen den Begriff „Kaste", da dieser Begriff die Mann-Frau Situation unzureichend beschreibt; er spricht aber in demselben Abschnitt von der legalisierten Abtreibung als von der „Unterdrückung" eines „Menschen" (human being).

(4) Jo Freeman: „The Legal Basis of the Sexual Caste System" in: VALPARAISO UNIVERSITY LAW REVIEW V, Symposium Issue 1971, S. 203-36.

(5) Siehe Daly: KIRCHE, FRAU UND SEXUS. Ein früheres wissenschaftliches Werk von beachtlichen Verdiensten ist D. S. Bailey: SEXUAL RELATION IN CHRISTIAN THOUGHT. New York 1959. Reich an historischem Material ist auch Elizabeth Gould Davis: AM ANFANG WAR DIE FRAU. München 1977; org. THE FIRST SEX. New York 1971; siehe Rosemary Radford Ruether: (Hg.) IMAGES OF WOMEN IN THE JEWISH AND CHRISTIAN TRADITIONS. New York 1973. Dr. Ruether hat eine Reihe von Artikeln über Sexismus und Religion geschrieben, u. a. „Male Chauvinist Theology" in: CROSS CURRENTS XXI, Frühjahr 1971, S. 173-85, und „Women's Liberation in Historical and Theological Perspective" in: WOMEN'S LIBERATION AND THE CHURCH. Hg. von Sarah Bentley Doeley, New York 1970, S. 26-36. Siehe auch Sister Albertus Magnus McGrath, O.P.: WHAT A MODERN CATHOLIC BELIEVES ABOUT WOMEN. Chicago 1972. Siehe Emily C. Hewitt und Suzanne R. Hiatt: WOMEN PRIESTS: YES OR NO? New York 1973.

(6) Berichtet im Bostoner GLOBE, 10. Dezember 1972, S. 14.

(7) S. Robin Scroggs: „Paul and the Eschatological Woman" in: JOUR-

NAL OF THE AMERICAN ACADEMY OF RELIGION XL, September 1972, S. 283-303. Eine kürzere und einfachere Version des Artikels findet sich in „Paul: Chauvinist or Liberationist?" in: THE CHRISTIAN CENTURY LXXXIX, 15. März 1972, S. 307-09. Obwohl Professor Scroggs feinfühlig versucht, Paulus' eigene Ansichten von den pseudoepigraphischen Schriften zu unterscheiden, die ihm zugeschrieben werden, glaube ich nicht, daß er sich mit den Fragen auseinandersetzt, die die Frauenbefreiung aufwirft.

(8) Karl Barth ist natürlich wegen dieser theologischen Auffassung bekannt, die implizit die Voraussetzungen des Patriarchats für heilig hält.

(9) Männliche Autoren, die behaupten, sie könnten sich zutreffend „über Frauen" äußern, verraten allein schon durch diesen Ausdruck das Niveau ihres Verständnisses. Das neue Bewußtsein der Frauen ist kein bloßes „Wissen über" etwas, sondern eine emotionale, intellektuelle und willensmäßige Wiedergeburt. Ein Beispiel für diesen unglaubwürdigen männlichen Ausspruch ist Donald McDonalds Schrift „The Liberation of Women" in: THE CENTER MAGAZINE V, Mai/Juni 1972, S. 25-42.

(10) Paul Tillich verfolgt eine Methode der Korrelation. Obwohl ich sie weniger inadäquat finde als die Methoden anderer systematischer Theologen dieses Jahrhunderts, bietet sie natürlich nicht die radikale Kritik der patriarchalen Religion, die nur von Frauen, von den ursprünglichen Außenseitern, kommen kann.

(11) S. Josiah Royce: THE WORLD AND THE INDIVIDUAL. 2 Bde., New York 1900 – 1901.

(12) S. Paulo Freire: PÄDAGOGIK DER UNTERDRÜCKTEN. Stuttgart u. Berlin, 3. Aufl. 1973. Freire schreibt scharfsinnig über die Namenlosigkeit der Unterdrückten, ohne auch nur einmal die prototypische Namenlosigkeit der Frauen zu erwähnen.

(13) Nelle Morton liefert eine tiefgehende und bewegende Analyse dessen in ihrem Artikel „The Rising Woman Consciousness in a Male Language Structure", ANDOVER NEWTON QUARTERLY XII, März 1972, S. 177-90.

(14) In diesem Sinne nannte ich den Auszug der Frauen aus der Harvard Memorial Church einen Exodus, zu dem ich in meiner Predigt vom 14. November 1971 aufrief. s. meinen Artikel „The Women's Movement: An Exodus Community", der die Predigt selbst und einige Briefe von Frauen enthält, die an dem Ereignis teilnahmen und über seine Bedeutung für sie selbst nachdachten.

(15) Der Exodus von Harvard und seine andauernden Nachwirkungen sind ein Beispiel für diesen Prozeß, ebenso wie die Übernahme eines Kurses an der Harvard Divinity School durch Studentinnen, die dagegen protestierten, daß der Kurs, der sich angeblich mit Befreiung befassen sollte, der Frauenbefreiung nicht Rechnung trug. s. Newsweek, Dezember 1971, S. 58. Der raffinierte Artikel „Pronoun Envy" entstellt und trivialisiert natürlich.

(16) Frauen, die an den sieben Tagen in Grailville, Loveland, Ohio (18.-25. Juni) dabeiwaren, beschreiben ihre Erfahrungen ungefähr mit diesen Begriffen. Eine Anzahl anregender Artikel unter dem Thema „Women Exploring Theology at Grailville" ist erhältlich bei Church Women United, 475 Riverside Drive, New York, N.Y. 10027.

Kapitel Eins. Nach dem Tod des Gottvaters

(1) Alice Rossi, „Sex Equality: The Beginning of Ideology" in: MASCULINE/FEMININE. Hg. von Betty Roszak und Theodore Roszak,

New York 1969, S. 173-86. Rossi weist darauf hin, wie unangemessen oft die Anpassung an männliche Modelle ist.

(2) S. Jean Piaget: STRUCTURALISM. New York 1970.

(3) Arnold Toynbee: DAS CHRISTENTUM UND DIE RELIGIONEN DER WELT. Gütersloh 1959, S. 25. Org.: CHRISTIANITY AMONG THE RELIGIONS OF THE WORLD. New York 1957.

(4) S. Robert N. Bellah: „Civil Religion in America", in: DAEDALUS XCVI, Winter 1967, S. 1-21. Bellah weist darauf hin, daß die Amtseinsetzung eines Präsidenten ein wichtiges zeremonielles Ereignis in der bürgerlichen amerikanischen Religion ist. Dabei wird der höchsten politischen Autorität eine religiöse Legitimation erteilt. Bei Nixons Amtseinführung 1973 soll Kardinal Cooke von New York den Ausdruck „himmlischer Vater" etwa siebenmal gebraucht haben (Gespräch mit Janice Raymond, die es zählte, am 20. Januar 1973).

(5) Rabbi Louis Finkelstein, in WHITE HOUSE SERMONS. Hg. von Ben Hibbs, New York 1972, S. 68. Diese Predigt wurde am 29. Juni 1969 gehalten. Ähnliche Gefühle wurden zum Ausdruck gebracht von Rev. John McLaughlin, S.J., „dem katholischen Billy Graham", s. NATIONAL CATHOLIC REPORTER, 6. Oktober 1972, S. 9.

(6) Charles Henderson: THE NIXON THEOLOGY. New York 1972; s. auch Hendersons Artikel „The Social Gospel according to 1) Richard Nixon 2) George McGovern" in: COMMONWEAL XCVI, 29. September 1972, S. 518-25.

(7) Dr. Paul S. Smith in: WHITE HOUSE SERMONS, S. 82-83.

(8) Zitiert in Henderson: THE NIXON THEOLOGY, S. 175.

(9) ebenda, S. 176

(10) Dies wird von John L. McKenzie, S.J. in THE TWO EDGED SWORD. New York 1956, S. 93-94 folgendermaßen erläutert: „Gott ist natürlich männlich, aber nicht in einem sexuellen Sinne ..."

(11) S. Mary Baker Eddy: SCIENCE AND HEALTH. Boston 1934. Eddy schrieb über das, was sie für den „geistlichen Sinn" des „Vaterunsers" hielt. Es beginnt: „Unser Vater-Mutter-Gott ..." (S. 16) In demselben Werk gebraucht sie das Bild von Gottes Mütterlichkeit mehrere Male. Ann Lees Gedanken sind von dem Soziologen Henri Desroches untersucht worden. Siehe z. B. THE AMERICAN SHAKERS: FROM NEO-CHRISTIANITY TO PRESOCIALISM. Amherst 1971.

(12) S. Karl Barth: KIRCHLICHE DOGMATIK. Zollikon, Zürich 1951; III/4, S. 136-260. Barth spricht unentwegt von der Unterordnung der Frau unter den Mann, die von Gott verordnet sei. Obwohl er das Verhältnis auf fast unendlich vielfältige Weise beschreibt und Redewendungen wie „gegenseitige Unterordnung" benutzt, warnt er uns davor, die „konkrete Unterordnung der Frau unter den Mann" zu übersehen (S. 196). Er schreibt: „Recht eigentlich die Sache der Frau, ihre Aufgabe und Funktion, ist die Verwirklichung der Menschlichkeit, in der ihr der Mann doch nur anregend, führend, erweckend vorangehen kann ... Sie müßte nicht Frau sein wollen, wenn sie ihn darin verdrängen und ersetzen ... wollte" (S. 190-91). Und für den Fall, daß dies noch nicht klar geworden ist, fügt er die rhetorische Frage hinzu: „Was hat sie für eine andere Wahl (als die Zweite zu sein), da sie außer dieser Folge, abseits von ihrem Ort, überhaupt nichts sein könnte?" (S. 191). Dies ist gerechtfertigt, da es nach Barth die göttliche Ordnung ist. s. auch Dietrich Bonhoeffer: WIDERSTAND UND ERGEBUNG. Briefe und Aufzeichnungen aus der Haft. Hg. von Eberhard Bethge, München/Hamburg 1964, S.

34: „In allem seid ihr frei bei der Gestaltung eures Hauses, nur in einem seid ihr gebunden: Die Frau sei dem Manne untertan, und der Mann liebe seine Frau." s. auch Reinhold Niebuhr: THE NATURE AND DESTINY OF MAN: A CHRISTIAN INTERPRETATION. Bd. 1, New York 1941, S. 282. Niebuhr schreibt: „Ein rationalistischer Feminismus neigt zweifellos dazu, die unerbittlichen Grenzen zu überschreiten, die von der Natur gesetzt sind. Andererseits wird jede voreilige Fixierung gewisser historischer Normen in bezug auf die Familie unweigerlich zu einer Verstärkung der männlichen Arroganz führen und zu einer Verzögerung *gerechtfertigter Bemühungen* seitens der Frauen, eine Freiheit zu erlangen, die mit der *primären Funktion der Mutterschaft* nicht unvereinbar ist." (Hervorhebung von mir.) Was Teilhard de Chardin betrifft, so sind seine Schriften voll von einem spiritualisierten Androzentrismus. Beispiele davon bringt Henri de Lubac, S.J. in THE ETERNAL FEMININE: A STUDY ON THE TEXT OF TEILHARD DE CHARDIN. New York 1971. Der Sexismus wird von de Lubac natürlich nicht erkannt. s. auch Andre A. Devaux: TEILHARD ET LA VOCATION DE LA FEMME. Paris 1963.

(13) Gregory Baum: MAN BECOMING. New York 1970, S. 195.

(14) Ich würde Gordon Kaufman darin zustimmen, daß Tillich selbst der Hypostasierung in seinem Reden von Gott nicht ganz entgeht. Das „Unbedingte" und der „Grund" sind fast vergegenständlicht. s. Gordon D. Kaufman: „On the Meaning of ‚God'", in: TRANSCENDENCE; hg. von Herbert W. Richardson und Donald R. Cutler, Boston 1969, S. 114-42.

(15) Paul Tillich: DER MUT ZUM SEIN. Stuttgart 1953, S. 32-64.

(16) S. Richardsons Aufsatz „Three Myths of Transcendence" in: TRANSCENDENCE, S. 98-113. Richardson geht in seinem neuen Buch NUN, WITCH, PLAYMATE. New York 1971, ausführlicher auf das Problem der Geschlechterrollen ein.

(17) S. James Cone: A BLACK THEOLOGY OF LIBERATION. Philadelphia 1970.

(18) Aufschlußreich für diesen Punkt einer positiven ontologischen Erfahrung ist das Werk von Abraham H. Maslow: TOWARD A PSYCHOLOGY OF BEING. Princeton, New Jersey, 1962.

(19) Dies wurde vor einigen Jahren in Michael Nowaks Buch THE EXPERIENCE OF NOTHINGNESS deutlich gemacht. In verschiedener Weise ist es auch in den Schriften und in der Musik der Gegenkultur ausgedrückt worden.

(20) Dieses Problem ist in dem Werk Wolfhart Pannenbergs akut. s. z. B. in THEOLOGIE UND REICH GOTTES, Gütersloh 1971. Es wird auch deutlich bei Jürgen Moltmann in der THEOLOGIE DER HOFFNUNG, München 1964. Diese Theologen handeln natürlich philosophische Fragen in einer intellektuellen und kultivierten Art und Weise ab, aber der Standpunkt ist so biblisch, daß er „Nichtgläubige" entfremdet.

(21) Unglücklicherweise meinte man in der christlichen theologischen Tradition, daß dieses „Ebenbild" unzweideutig nur in dem Manne zu erkennen sei. Während Augustinus den Mann als nach dem Bilde Gottes geschaffen sah, sagte er, daß die Frau nur da ein „Ebenbild" sein könne, wo die Geschlechtlichkeit ausgeschlossen sei, d. h. im Geist. (DE TRINITATE XII,7). Thomas von Aquin war etwas großzügiger; er gab zu, daß beide, Mann und Frau, das Ebenbild Gottes seien, fügte aber hinzu, daß in einem besonderen Sinne nur der Mann es sei, der „der Anfang und das Ende der Frau" ist, so wie

Gott der Anfang und das Ende jeglicher Kreatur ist. (SUMMA THEOLOGICA, I,93, 4 ad 1)

(22) Dietrich Bonhoeffer: WIDERSTAND UND ERGEBUNG, S. 155

(23) Peter Berger: THE SACRED CANOPY: ELEMENTS OF A SOCIOLOGICAL THEORY OF RELIGION. New York 1967, S. 53-80. Berger erkennt jedoch nicht, was vom Standpunkt des radikalen Feminismus gesehen damit verbunden ist.

(24) Peter Berger: A RUMOR OF ANGELS: MODERN SOCIETY AND THE REDISCOVERY OF THE SUPERNATURAL. New York 1970, S. 12. Unglücklicherweise geht Berger ziemlich weit in seiner „Liquidierung" der Werke von Theologen, deren Ansichten weniger orthodox sind als seine eigenen.

(25) May Weber: GRUNDRISS DER SOZIALÖKONOMIE. Kap. IV, Religionssoziologie. Tübingen, 3. Aufl. 1948, S. 326.

(26) ebenda, S. 346.

(27) Johann Baptist Metz: CREATIVE HOPE, in: New Theology No. 5, hg. von Martin E. Marty und Dean G. Peerman, New York 1968, S. 130-41. s. auch Metz: ZUR THEOLOGIE DER WELT. Mainz/München 1968.

(28) Jacques Maritain: COURT TRAITE DE L'EXISTENCE ET DE L'EXISTANT. Paris 1947. Obwohl er wohl kaum ein Feminist oder Sozialrevolutionär war, hatte Maritain ein außerordentlich feines Gespür für die Kraft dieser Intuition, die, wenn sie zu einem gesellschaftlichen Bewußtsein entwickelt würde, die Welt herausfordern könnte. S. auch DISTINGUER POUR UNIR OU LES DEGRES DU SAVOIR. Paris 1932.

(29) Paul Tillich: SYSTEMATISCHE THEOLOGIE. I. Evangelisches Verlagswerk Stuttgart, 1955, S. 90: „Wo immer die technische Vernunft herrscht, ist Religion Aberglaube und wird entweder törichterweise von der Vernunft unterstützt oder sinnvollerweise durch sie abgeschafft".

(30) Maritain bemerkt in COURT TRAITE DE L'EXISTENCE ET DE L'EXITANT: „Wenn einem Menschen (l'homme) die Intuition des Seins zu Bewußtsein gekommen ist, so ist er sich gleichzeitig der Intuition der Subjektivität bewußt ... Die Kraft einer solchen Wahrnehmung kann so groß sein, daß sie ihn (sic) zu jener heroischen Askese des Abgrunds und der Auslöschung treibt, in der er zur Ekstase in der wesentlichen Existenz des *Selbst* und gleichzeitig der ‚Gegenwart der Unermeßlichkeit' des göttlichen Selbst gelangt."

(31) Max Weber schreibt in GRUNDRISS DER SOZIALÖKONOMIK, KAP. IV, RELIGIONSSOZIOLOGIE: „Eine irgendwie nach Analogie des beseelten Menschen gedachte Macht kann ... in den Dienst des Menschen gezwungen werden." Das bedeutet: „Wer das Charisma dazu hat ... der ist stärker auch als ein Gott ..." (S. 239) Er weist auch darauf hin, daß ein solcher Gott bequemerweise für widrige Umstände verantwortlich gemacht werden kann. (S. 243)

(32) Gespräch mit Linda Barufaldi, Boston, August 1972. Buckminster Fuller spricht von Gott als einem „Verb".

(33) Es ist klar, daß aus einem solchen Erlebniszusammenhang so leicht keine Übereinstimmung mit einem Reden über Gott als der „letzten Grenze" oder dem „Begrenzenden" kommt.

(34) Einige Gedanken Sartres, die aus dieser Ablehnung hervorgehen, finden sich in Jean Paul Sartres DAS SEIN UND DAS NICHTS. Versuch einer phänomenologischen Ontologie. Reinbek 1952.

(35) Karl Jaspers und Rudolf Bultmann: DIE FRAGE DER ENTMYTHOLOGISIERUNG. München, S. 16.

(36) Johann Baptist Metz: ZUR THEOLOGIE DER WELT. S. 95.
(37) S. Mircea Eliade: DIE RELIGIONEN UND DAS HEILIGE. Salzburg 1954. s. Jay J. Kim, „Hierophany and History", in: JOURNAL OF THE AMERICAN ACADEMY OF RELIGION, September 1972, S. 334-48.
(38) Paul Tillich: SYSTEMATISCHE THEOLOGIE III, S. 355.
(39) ebenda, S. 354
(40) ebenda, S. 353
(41) Die NATIONAL ORGANIZATION FOR WOMEN, die WOMEN'S EQUITY ACTION LEAGUE und die SAINT JOAN'S INTERNATIONAL ALLIANCE (katholische Feministinnen) sind Organisationen mit zahlenden Mitgliedern. Sie üben wichtige Funktionen aus, aber die Bewegung, wie ich sie verstehe, läßt sich nicht auf eine Mitgliedschaft in solchen Organisationen beschränken. Sie ist viel ausgedehnter, komplexer und unermeßlicher als der Begriff einer Mitgliedschaft in irgendwelchen Organisationen.
(42) Janice Raymond, „Beyond Male Morality", ein Vortrag, der auf dem International Congress of Learned Societies in the Field of Religion, Los Angeles, (1. – 5. September 1972) gehalten wurde. Veröffentlicht in: PROCEEDINGS OF THE WORKING GROUP ON WOMEN AND RELIGION. 1972, hg. von Judith Plaskow Goldenberg, S. 83-93.
(43) Leslie Dewart gab zu bedenken, daß ein relativer Atheismus wahrscheinlich eher auf geistige Offenheit schließen läßt als absoluter Theismus; s. THE FUTURE OF BELIEF. New York 1966, S. 52-76.
(44) Roger Garaudy: FROM ANATHEMA TO DIALOGUE. New York 1966, S. 94.
(45) S. William James: THE WILL TO BELIEVE. New York, reprint 1956. s. auch A PLURALISTIC UNIVERSE. New York 1909.
(46) S. Alfred North Whitehead: PROCESS AND REALITY. New York 1929.
(47) Bekannte Quellen dafür sind Abhandlungen, die man Dionysius Areopagita zuschreibt. Dazu gehören DE DIVINIS NOMINIBUS und eine kurze Abhandlung DE MYSTICA THEOLOGICA. Thomas von Aquin benutzte die „drei Weisen" für die Ableitung göttlicher Attribute in seiner SUMMA THEOLOGICA.
(48) S. Huston Smith: „The Reach and the Grasp: Transcendence Today", in TRANSCENDENCE, a.a.O., S. 1-17.
(49) S. z. B. Thomas von Aquin: SUMMA THEOLOGICA I, Frage 6.
(50) Eine kurzgefaßte Diskussion darüber findet sich bei Etienne Gilson: HISTORY OF CHRISTIAN PHILOSOPHY IN THE MIDDLE AGES. New York 1955, S. 368-72. S. auch Jacques Maritain: DISTINGUER POUR UNIR OU LES DEGRES DU SAVOIR.
(51) Thomas von Aquin: SUMMA THEOLOGICA, I, 13,2.
(52) Martin Buber: „Ich und Du", in: DAS DIALOGISCHE PRINZIP. Heidelberg 1962, S. 10.
(53) Paul Tillich: SYSTEMATISCHE THEOLOGIE I, bes. S. 87-99.
(54) Gespräch mit Emily Culpepper, Boston, November 1972.
(55) ebenda.

Kapitel Zwei. Die Austreibung des Bösen aus Eva. Der Sündenfall in die Freiheit.

(1) Nicolas Berdyaev: THE BEGINNING AND THE END. Gloucester, Mass. 1952, S. 246. (Nach der amerikanischen Ausgabe ins Deutsche übertragen. Anm. d. Übers.)
(2) Schlagende Beispiele für diese strafende Haltung in den Abtreibungs-

paragraphen, s. bei Lawrence Lader: ABORTION II: MAKING THE REVOLUTION, Boston 1973.

(3) Dr. A. Hesnard: MORALE SANS PECHE. Paris 1954.

(4) Elizabeth Cady Stanton, Letter to the Editor, THE CRITIC (1896), zitiert in: UP FROM THE PEDESTAL. Hg. von Aileen S. Kraditor, Chicago 1968, S. 119.

(5) H. R. Hays: MYTHOS DER FRAU. DAS GEFÄHRLICHE GESCHLECHT. Düsseldorf 1969: orig. THE DANGEROUS SEX: THE MYTH OF FEMININE EVIL. New York 1964. Leider teilen nicht alle Wissenschaftlerinnen Hays Bereitwilligkeit, die Implikationen des Mythos vom weiblichen Bösen anzuerkennen. Die Bibelforscherin Phyllis Trible meint, daß der Mythos vom Sündenfall die Unterdrückung der Frauen nicht legitimiere. Dr. Trible versucht, durch eine neue Interpretation der Bibel nachzuweisen, daß „die hebräischen Schriften und die Frauenbefreiung sich begegnen und daß dieses Treffen nicht feindlich zu sein braucht". s. ihren Artikel „Depatriarchalizing in Biblical Tradition", JOURNAL OF THE AMERICAN ACADEMY OF RELIGION XLI (März 1973), S. 30-48. Es könnte interessant sein, über die wahrscheinliche Länge einer „entpatriarchalisierten Bibel" zu spekulieren. Vielleicht gäbe es da genug verwertbares Material, um ein interessantes Pamphlet zu füllen.

(6) Paulo Freire: PÄDAGOGIK DER UNTERDRÜCKTEN, S. 43.

(7) ebenda, S. 48.

(8) Berger: RUMOR OF ANGELS, S. 7.

(9) S. Vivian Gornick, „Why Women Fear Success", MS. MAGAZINE I, Frühjahr 1972, S. 50-53. Gornick berichtet hier über ein Interview mit Dr. Matina Horner, einer prominenten Psychologin, die umfangreiche Forschungsarbeiten durchgeführt hat, welche die herrschende Furcht der Frauen vor dem Erfolg zeigen. Nach Dr. Horners Ansicht handelt es sich nicht einfach um den Willen, zu versagen, sondern es liegt dem ein aktiver, ängstlicher Wunsch zugrunde, Erfolg zu vermeiden.

(10) Aussage von Mrs. Norma Folda, der Präsidentin des Nationalrats katholischer Frauen am 13. Mai 1970 in Washington, D.C. Die Aussage wurde vor dem ‚Subcommitee on Constitutional Amendments of the Commitee on the Judiciary: U.S. Senate" gemacht. Ein Teil daraus lautet: „Wir bekräftigen noch einmal unsere Ablehnung des vorgeschlagenen „Equal Rights" Amendment zur Verfassung der Vereinigten Staaten, da es die Natur der Frau bedroht, die sich nach Gottes Schöpfungsplan vom Mann unterscheiden soll."

(11) S. Barbara Burris: „The Fourth World Manifesto", NOTES FROM THE THIRD YEAR: WOMEN'S LIBERATION. New York 1971; abgedruckt in RADICAL FEMINISM, hg. von A. Koedt, E. Levine und A. Rapone, New York 1973. Dt.: „Manifest der Vierten Welt" in: FRAUENOFFENSIVE Journal No. 1, München 1974. s. Frantz Fanon: A DYING COLONIALISM. New York 1967, S. 35-67. In dem Kapitel "Algeria Unveiled" rechtfertigt Fanon die Tatsache, daß die algerische Frau auf das Haus beschränkt blieb: „Indem die algerische Frau sich selbst eine solche Beschränkung auferlegte und eine begrenzte Existenz wählte, vertiefte sie ihre Kampfbereitschaft und bereitete sich auf den Kampf vor". S. 66. (Nach der amerikanischen Ausgabe ins Deutsche übertragen, Anm. d. Übers.) Fanon sah augenscheinlich kein Problem darin, dies eine *Wahl* der Frauen zu nennen, obwohl er es den Franzosen sehr verübelte, wenn sie mit der gleichen heuchlerischen Rhetorik über die Lebensbedingungen der Algerier (der Männer) sprachen.

(12) S. Eleanor E. Maccoby: „Woman's Intellect", THE POTENTIAL OF WOMAN, hg. von Seymour M. Farber and Roger H. L. Wilson, New York 1963, bes. S. 33 und 37. s. auch THE DEVELOPMENT OF SEX DIFFERENCES, hg. von Eleanor E. Maccoby, Stanford, California 1966.

(13) Ein deutliches Beispiel für eine solche Organisation war die Gruppe Schweizer Frauen, die sich speziell deswegen zusammenschlossen, weil sie sich gegen das Recht der Frauen, in den Schweizer Parlamentswahlen zu stimmen, wenden wollten.

(14) S. Joel Kovel: WHITE RACISM: A PSYCHOHISTORY. New York 1971. s. auch David H. Krichbaum: „Masculinity and Racism: Breaking out of the Illusion", in: THE CHRISTIAN CENTURY XC, 10. Januar 1973, S. 43-46.

(15) S. Angela Davis: „Reflections on the Black Woman's Role in the Community of Slaves", THE BLACK SCHOLAR III, No. 4, 1971, S. 2-15. s. auch „Angela Davis on Black Women", MS. MAGAZINE I, August 1972, S. 55, 57, 59, 116.

(16) Pauli Murray: „The Liberation of Black Women", VOICES OF THE NEW FEMINISM, hg. von Mary Lou Thompson, Boston 1970, S. 87-102.

(17) Z. B. „A Letter from the Berrigans", in AMERICAN REPORT, 31. Dezember 1971, S. 5.

(18) S. Lionel Tiger: MEN IN GROUPS. New York 1969. In dieser und in späteren Schriften liefert Tiger nicht nur zahlreiche Beispiele für männliche Zusammenschlüsse, sondern vertritt auch die These, daß diese Tendenz wesensbedingt und unvermeidlich sei – eine These, die er allerdings nicht hinreichend beweist.

(19) S. Janice G. Raymond: „Nuns and Women's Liberation", in: ANDOVER NEWTON QUARTERLY XII, März 1972, S. 201-12. Die Autorin zeigt, daß die traditionell unechten Rollen, die den Frauen zugeteilt werden, besonders in religiösen Frauengemeinschaften zum Tragen kamen. Selbst die Rolle als Sexualobjekt wurde in das Ideal der Nonne mit aufgenommen. „Obwohl Jungfräulichkeit im Verhalten sicherlich im Gegensatz zu heiliger Prostitution steht, ist sie doch in einem psychologischen und kultischen Sinne damit identisch. Denn die Nonne wird an ihrem Einkleidungstage zur ‚Braut Christi', sie wird in den göttlichen Harem eingeführt und ist hinfort auserwählt, heiligen ‚Verkehr' mit dem Göttlichen zu haben." (S. 206) Dieselbe Autorin hat eine umfangreiche Studie geschrieben über die Situation religiöser katholischer Schwesternschaften im historisch-kulturellen Rahmen des Patriarchats. s. Raymond: „Nuns and Women's Liberation: A Study of the Effects of Patriarchy upon Roman Catholic Religious Communities of Women and an Alternative". Unveröffentlichte M.A. Arbeit, Andover Newton Theological School, Newton Centre, Massachusetts, 1971.

(20) S. die Schriften von Frauen, die aus dem Untertauchen in der radikalen Linken „hervorgingen", z. B. Ellen Willis, „Women and the Left", NOTES FROM THE SECOND YEAR: MAJOR WRITINGS OF THE RADICAL FEMINISTS. New York 1970, S. 55-56.

(21) S. Thomas S. Szasz: DIE FABRIKATION DES WAHNSINNS. Olten 1974. Org.: THE MANUFACTURE OF MADNESS. New York 1970. s. auch Erich Neumann: TIEFENPSYCHOLOGIE UND NEUE ETHIK. Zürich 1949.

(22) Augustinus: DE ORDINE, Liber secundus, caput IV, 12: „Quid sordidius, quid inanius, dedecoris, et turpitudinis plenius meretricibus lenonibus ceterisque hoc genus pestibus dici potest? Aufer meretri-

ces de rebus humanis, turbaueris omnia libidinibus constitue matronarum loco, labe ac dedecore dehonestaueris".
(23) Thomas von Aquin: OPUSCULA XVI, 14 übs. von Dominikanern und Benediktinern Deutschlands und Österreichs, hg. von der Albertus-Magnus-Akademie Walderberg bei Köln, Gemeinschaftsverlag 1957.
(24) S. Leo Kanowitz: WOMEN AND THE LAW: THE UNFINISHED REVOLUTION. Albuquerque 1969, S. 15-18.
(25) ebenda, S. 16.
(26) J. Sprenger und H. Institoris: MALLEUS MALEFICARUM. DER HEXENHAMMER. Zum ersten Male ins Deutsche übertragen und eingeleitet von J. W. R. Schmidt, Berlin 1906. Nachdruck 1974.
(27) ebenda.
(28) ebenda. s. auch Barbara Ehrenreich und Deirdre English: HEXEN, HEBAMMEN UND KRANKENSCHWESTERN, München 1975. Org.: WITCHES, MIDWIVES, AND NURSES: A HISTORY OF WOMEN HEALERS. New York 1973.
(29) Jules Michelet: SATANISM AND WITCHCRAFT: A STUDY IN MEDIEVAL SUPERSTITION. London 1958, bes. die Einleitung und S. 77-88.
(30) S. Margaret A. Murray: THE WITCH-CULT IN WESTERN EUROPE. New York 1971. (Erste Veröffentlichung 1921) s. auch Murray: THE GOD OF THE WITCHES. New York 1970. (Erste Veröffentlichung 1931) Der Begriff „Zauberei" (witchcraft), wie er hier gebraucht wird, bezieht sich auf die alte Religion. Murray unterscheidet streng zwischen ritueller (alte Religion) und praktischer Zauberei. Zu der letzteren gehören alle Zauber- und Bannsprüche, „ob sie nun von einer erklärten Hexe oder einem bewußten Christen benutzt werden, ob sie nun gut oder böse gemeint sind". (THE WITCH CULT, S. 11) Sybil Leek, eine zeitgenössische Hexe, schreibt: „Die Schwierigkeiten kommen von der Verwechselung von Zauberei (der alten Religion) und Schwarzer Magie, die sicher *keine* Religion, sondern eine heruntergekommene Kunst ist." DIARY OF A WITCH. New York 1968, S. 11.
(31) Henry Charles Lea: A HISTORY OF THE INQUISITION OF THE MIDDLE AGES. 3 Bde, New York 1888, III, S. 514.
(32) Szazs: DIE FABRIKATION DES WAHNSINNS, s. bes. Teil I. s. Phyllis Chesler: FRAUEN – DAS VERRÜCKTE GESCHLECHT. Reinbek 1974. Org.: WOMEN AND MADNESS. New York 1972.
(33) Barbara Roberts, M. D.: Psychosurgery: The ‚Final Solution' to the ‚Woman Problem'?" THE SECOND WAVE II, No. 1, 1972, S. 13. Roberts schreibt: „Alle diese großangelegten Untersuchungen haben gezeigt, daß die Frauen die hauptsächliche Zielgruppe sind. Dr. Lindstrom, ein prominenter kalifornischer Nervenchirurg, schrieb 1964, daß 72 % der Psychotiker und 80 % der Neurotiker, die operiert wurden, Frauen waren ... Und Dr. R. F. Heatherton vom Kingston Psychiatric Hospital in Ontario gab 1970 auf einer medizinischen Konferenz zu, daß die Krankenhausverwaltung Lobotomien an Männern nicht zuließ, weil die Öffentlichkeit in Kanada gegen Lobotomie eingenommen war, daß diese öffentliche Meinung das Krankenhaus jedoch nicht davon abhielt, Lobotomien an siebzehn Frauen vorzunehmen." (S. 14)
(34) Albert Camus: DER MENSCH IN DER REVOLTE. Reinbek 1953, S. 10.
(35) Mircea Eliade: DAS HEILIGE UND DAS PROFANE, Vom Wesen des Religiösen. Reinbek 1957, S. 126.

(36) Felix Morrow: Vorwort in Montague Summers, THE HISTORY OF WITCHCRAFT AND DEMONOLOGY. Secaucus, New Jersey 1971, S. XIII. Summers, ein katholischer Priester, war völlig davon überzeugt, daß die Maßnahmen der Kirche bei den Hexenverfolgungen gerechtfertigt waren. Es ist faszinierend, die Widmung seines Buches zu lesen, in der er eine außergewöhnliche Hingabe an die gesegnete Jungfrau Maria zum Ausdruck bringt, wohingegen er in seinem Abschnitt über die Foltern, denen angebliche Hexen unterworfen wurden, nichts Störendes an der Unmenschlichkeit der Kirche gegenüber konkret existierenden Frauen findet.

Kapitel Drei. Jenseits der Christolatrie. Eine Welt ohne Vorbilder.

(1) Paul Tillich: WESEN UND WANDEL DES GLAUBENS, Weltperspektiven Bd. 8 Frankfurt a/Main, Berlin 1961, S. 114.
(2) Henry Nicholson: JESUS IS DEAD. New York 1971, S. XI.
(3) S. Thomas J. J. Altizer: THE GOSPEL OF CHRISTIAN ATHEISM. Philadelphia 1966.
(4) Ich habe diesen Gedanken schon 1971 in dem Artikel „After the Death of God the Father" ausgesprochen. Auch Dr. Elizabeth Farians griff ihn in origineller Weise in ihrem Artikel auf, „The Coming of Woman: The Christa" in SEMINARIANS FOR MINISTERIAL RENEWAL, April 1971. Seitdem bin ich zu dem Schluß gekommen, daß der Gedanke der Wiederkehr der Frauen besser in einem weiteren Kontext als in dem der christlichen Symbolik verstanden werden kann.
(5) Leonard Swidler: „Jesu Begegnung mit Frauen: Jesus als Feminist", in: MENSCHENRECHTE FÜR DIE FRAU, hg. von Elisabeth Moltmann-Wendel, München 1974, S. 130-47.
(6) Margaret Mead: CULTURE AND COMMITMENT: A STUDY OF THE GENERATION GAP. New York 1970, S. 75.
(7) Paul M. Van Buren: THE SECULAR MEANING OF THE GOSPEL. New York 1966, S. 134.
(8) Thomas Szasz: DIE FABRIKATION DES WAHNSINNS.
(9) Nicholson: JESUS IS DEAD, S. 127.
(10) Thomas Szasz: DIE FABRIKATION DES WAHNSINNS.
(11) ebenda.
(12) Erich Neumann: TIEFENPSYCHOLOGIE UND NEUE ETHIK, S. 57.
(13) ebenda, S. 59.
(14) Über den Einfluß von Sanktionen, s. Ralf Dahrendorf: ESSAYS IN THE THEORY OF SOCIETY. Stanford 1968.
(15) Berger: A RUMOR OF ANGELS, S. 92.
(16) Tillich: SYSTEMATISCHE THEOLOGIE I, S. 155.
(17) Teile der jüngsten ökumenischen Diskussion werden von Titus Cranny, S.A. in IS MARY RELEVANT? dargestellt. New York 1970. Die Gedanken des Autors halten sich völlig im Rahmen des orthodoxen Katholizismus, aber das Buch enthält einige nützliche Materialien.
(18) Gespräch mit Emily Culpepper, Oktober 1972, die diesen Gedanken wiederholt von Sonntagsschullehrern und Geistlichen des Südens gehört hat.
(19) Gordon D. Kaufman: SYSTEMATIC THEOLOGY: A HISTORICIST PERSPECTIVE. New York 1968, S. 413.
(20) John Macquarrie: PRINIPLES OF CHRISTIAN THEOLOGY. New York 1966. S. 258.
(21) ebenda, S. 259.

(22) Karl Barth: KIRCHLICHE DOGMATIK I, 2, S. 187 ff.
(23) Dieser Gedanke wurde von Penelope Washboum entwickelt in dem Aufsatz „Differentiation and Difference: Reflections on Ethical Problems Raised by Women's Liberation", WOMEN AND RELIGION, 1972, S. 95-105.
(24) S. Janice Raymond: „Nuns and Women's Liberation".
(25) Thomas von Aquin: SUMMA THEOLOGICA III, 27, 2c.
(26) ebenda, II, 27, 2 ad 2.
(27) Papst Pius IX.; Bulle INEFFABILIUS DEUS, in Denzinger, ENCHIRIDION SYMBOLORUM, n. 1641.
(28) In Denzinger, n. 2333.
(29) DOGMATIC CONSTITUTION ON THE CHURCH (Lumen Gentium) n. 59 in: THE DOCUMENTS OF VATICAN II, hg. von Walter M. Abbott, S.J. New York 1966.
(30) C. G. Jung: PSYCHOLOGIE UND RELIGION, Terry Lectures 1937, gehalten an der Yale University. Zürich und Leipzig 1947, S. 116.
(31) ebenda, S. 137.
(32) C. G. Jung: ERINNERUNGEN, TRÄUME, GEDANKEN. Zürich und Stuttgart 1967, S. 334.
(33) ebenda, S. 205.
(34) Den Gedanken der aufsteigenden Frauen gibt es nicht nur in der christlichen Symbolik. Eine Frau hat einmal auf die Analogie zu den Geschichten über Hexen, die durch die Luft fliegen, hingewiesen. Gespräch mit Emily Culpepper, Boston, Dezember 1972.
(35) Gespräch mit Jean MacRae, Boston, Dezember 1972.
(36) Tillich: SYSTEMATISCHE THEOLOGIE I, S. 155.
(37) Nicolas Berdyaev: THE BEGINNING AND THE END, S. 246.
(38) Henry Adams: THE EDUCATION OF HENRY ADAMS, AN AUTOBIOGRAPHY. Boston and New York 1918, S. 388-89.
(39) Elizabeth Gould Davis: AM ANFANG WAR DIE FRAU. München 1977, S. 248/9.
(40) S. das Buch von E. O. James: THE CULT OF THE MOTHER GODDESS: AN ARCHAEOLOGICAL AND DOCUMENTARY STUDY. New York 1959.
(41) E. G. Davis, a.a.O., S. 250.
(42) Karen Horney: FEMININE PSYCHOLOGY, New York 1967, S. 136; dt.: PSYCHOLOGIE DER FRAU, München 1977.
(43) Beispiele dafür gibt Simone de Beauvoir. DAS ANDERE GESCHLECHT. Reinbek 1968. Kate Millett: SEXUS UND HERRSCHAFT. München 1973; org.: SEXUAL POLITICS. New York 1970; Eva Figes: PATRIARCHAL ATTITUDES. New York 1970. Eine kurzgefaßte und vernichtende Sammlung kann man in dem Essay finden: „Know Your Enemy: A Sampling of Sexist Quotes", SISTERHOOD IS POWERFUL. Hg. von Robin Morgan, New York 1970, S. 31-36.
(44) Erich Fromm: MÄRCHEN, MYTHEN, TRÄUME. Zürich 1957, S. 197.
(45) E. G. Davis, a.a.O., S. 73.
(46) ebenda, S. 76. Zu den Quellen, die Davis zur Unterstützung ihrer Beweisführung benutzt, gehören Studien von James Mellaart, U. Bahadir Alkim und Frederic-Marie Bergounioux. Diese Studien (alle nach 1965) unterstützen in gewisser Weise Gedanken, die früher von E. O. James in THE CULT OF THE MOTHER GODDESS vorgebracht wurden.
(47) S. de Beauvoir, DAS ANDERE GESCHLECHT; Davis, AM AN-

FANG WAR DIE FRAU; Daly, KIRCHE, FRAU UND SEXUS.

(48) Michelet, SATANISM AND WITCHCRAFT, S. X.

Kapitel Vier. Eine Umwertung der Werte: das Ende der phallischen Moral.

(1) Herbert Marcuse: „Marxism and the New Humanity: An Unfinished Revolution", MARXISM AND RADICAL RELIGION, hg. von John C. Raines und Thomas Dean, Philadelphia 1970, S. 7-9.

(2) Norman Brown: LOVE'S BODY. New York 1966, S. 132-33.

(3) Theodore Roszak: THE MAKING OF A COUNTER CULTURE, New York 1969, S. 86.

(4) Alice Rossi: „Sex Equality: The Beginning of Ideology", MASCULINE/FEMININE, hg. von Betty Roszak und Theodore Roszak, New York 1969, S. 173-86.

(5) S. Valerie Saiving Goldstein: „The Human Situation: A Feminine View-Point", JOURNAL OF RELIGION XL, April 1960, S. 100-12.

(6) Thomas von Aquin: SUMMA THEOLOGICA; Frage 92, Art. 1, ad 2. Für Thomas gehörte diese Unterlegenheit so sehr zur weiblichen Natur, daß für ihn die Frauen auch schon vor dem Sündenfall, den er als ein historisches Ereignis auffaßte, in einem Stand der Abhängigkeit gewesen waren.

(7) ebenda, II-II, Frage 47, Art. 2. Siehe Aristoteles, NIKOMACHISCHE ETHIK VI, 5.

(8) S. z. B. Thomas von Aquin: SUMMA THEOLOGICA II-II, Frage 50, Art. 2 c und ad 1. Für Thomas bleibt die Klugheit der Abhängigen hinter dem zurück, was die herrschende Klugheit genannt wird. Menschen in untergeordneter Stellung „richten sich dadurch aus, daß sie den Übergeordneten gehorchen".

(9) S. Tillich: SYSTEMATISCHE THEOLOGIE I, S. 89.

(10) Joseph Fletcher: MORAL OHNE NORMEN? Gütersloh 1967, S. 51. Fletcher geht noch weiter: „Sie ist nicht bloß theologische, sondern christologische Ethik ... Ohne die Lehre von der Menschwerdung hat die christliche Ethik nichts Besonderes mehr an sich." S. 143.

(11) ebenda, S. 143.

(12) ebenda, S. 91. Fletcher führt diesen Punkt noch weiter aus: „Genau wie in der Sorge für den Nächsten die Freundschaft einen Platz finden kann, obwohl sie nicht notwendig muß, hat sie auch Raum für die Sorge um das eigene Wohl, nur muß es hinter dem Wohl des Nächsten zurücktreten." S. 97.

(13) Ich habe schon darauf hingewiesen, daß sich in Henry Nicholsons Buch JESUS IS DEAD eine der einsichtsvollsten Kritiken an aufopferungsvoller Liebesmoral findet.

(14) Janice Raymond: „Beyond Male Morality", WOMEN AND RELIGION, 1972, S. 83-93.

(15) Linda Thurston: „On Male and Female Principle", THE SECOND WAVE I, Sommer 1971, S. 39.

(16) George Huntston Williams: „The Sacred Condominium", THE MORALITY OF ABORTION: LEGAL AND HISTORICAL PERSPECTIVES, hg. von John T. Noonan, Jr., Cambridge 1970, S. 164. Alle Aufsätze in diesem Buch sind von männlichen Autoren.

(17) S. Debbie Margolin und Ann Sheldon: „Rape", WOMEN: A JOURNAL OF LIBERATION III, No. 1, S. 18-23.

(18) Bernard Häring: „A Theological Evaluation", in: THE MORALITY OF ABORTION, hg. von Noonan, S. 141.

(19) Ralph Potter: „The Abortion Debate", THE RELIGIOUS SITUATION: 1968, hg. von Donald R. Cutler, Boston 1968, S. 157.

(20) Jean MacRae: „A Feminist View of Abortion", WOMEN AND RE-

LIGION, 1972, S. 107-117.

(21) John Noonan: „An Almost Absolute Value in History", in THE MORALITY OF ABORTION, hg. von Noonan, S. 1-59.

(22) S. Daniel Callahan: ABORTION: LAW, CHOICE, AND MORALITY. New York 1970, S. 67-75. Callahans Studie ist eine sehr nützliche Quelle. Der Autor gibt sich alle Mühe, objektiv zu sein. Seine „Objektivität" in bezug auf die Frauenrevolution erweist sich allerdings manchmal als Unverständnis. Die Mängel und die Vorzüge dieser Art „Objektivität" treten in einem neueren Artikel Callahans noch deutlicher zutage: Callahan, „Abortion: Thinking and Experiencing", in CHRISTIANITY AND CRISIS XXXII, 8. Januar 1973, S. 295-98. Hier wendet der Autor die bekannte Methode des „Ausbalancierens" angeblicher Extreme an, eine Methode, die ihn zu einigen sehr gefühllosen Äußerungen verleitet, z. B.: „Kein Beweis ist je dafür erbracht worden, daß Frauen, die durch Abtreibung von einer unerwünschten Schwangerschaft befreit worden sind, sich wesentlich freier fühlen als die, die es nicht sind." (S. 295) Vielleicht fühlen sich Menschen, die durch die Medizin von körperlichen Behinderungen befreit werden, auch nicht „wesentlich" freier als die, die es nicht werden; aber die Richtigkeit einer solchen Bemerkung ist wirklich schwer zu entdecken. Callahan macht sich Sorgen über eine „Rekonstruktion der Geschichte ... die zu einer schwer belasteten Mythologie männlicher Repression, zu religiöser Verfolgung oder puritanisch anmutendem Fanatismus führen könnte". (S. 297) Die vorbelasteten Wörter „Rekonstruktion" und „Mythologie" verraten etwas von dem Unverständnis des Autors gegenüber dem Feminismus.

(23) S. Lawrence Lader: ABORTION. Boston 1967, S. 23.

(24) Diese Verwechselung wird manchmal in Lawrence Laders Schriften deutlich, auch wenn diese sonst sehr hilfreich sind. In ABORTION II: MAKING THE REVOLUTION, Boston 1973, vermittelt Lader den Eindruck, daß er wirklich denkt, die Legalisierung der Abtreibung sei die letzte Stufe in der Frauenbefreiung.

(25) ebenda. In dem Buch wird an verschiedenen Stellen darauf Bezug genommen.

(26) Diese Erklärung wurde zur Veröffentlichung freigegeben in Verbindung mit einer Anordnung des Präsidenten, die die liberalisierte Abtreibungspraxis in Militärhospitälern rückgängig machte. 3. April 1971. Zitiert in MS I (November 1972), S. 109.

(27) Dr. Joseph Stanton, M.D.: Letter to the Editor, the Boston GLOBE, 9. März 1972.

(28) Regina Barshak: Letter to the Editor, the Boston GLOBE, 18. März 1972.

(29) S. Joyce Goldman: „The Women of Bangladesh", MS I (August 1972), S. 84.

(30) ebenda, S. 88.

(31) ebenda.

(32) Zitiert in THE PROVIDENCE SUNDAY JOURNAL, 16. Januar 1972, S. E-1.

(33) E. Ionesco, in NOUVELLE REVUE FRANCAISE, Juli 1956, zitiert in Herbert Marcuse: DER EINDIMENSIONALE MENSCH, Studien zur Ideologie der fortgeschrittenen Industriegesellschaft. Neuwied und Berlin, 2. Aufl. 1967, S. 99.

(34) Paul Mayer: „Jeremiah and Jesus", AMERICAN REPORT, 23. Oktober 1972, S. 2.

(35) Guenther Lewy: THE CATHOLIC CHURCH AND NAZI GERMA-

NY. New York 1964, S. 341.
(36) ebenda, S. 107.
(37) Wie berichtet und zitiert in NATIONAL CATHOLIC REPORTER, 6. Oktober 1972, S. 1.
(38) Gordon Zahn: „A Religious Pacifist Looks at Abortion", COMMONWEAL XCIV, 28. Mai 1971, S. 279-82.
(39) Informationen über die Einspannung der deutschen Protestanten für Hitlers Ziele und über Bonhoeffers Kampf dagegen finden sich in dem Buch BEGEGNUNGEN MIT DIETRICH BONHOEFFER, ein Almanach, hg. Wolf-Dieter Zimmermann, 3. Aufl., München 1965.
(40) Theodore Roszak: „The Hard and the Soft", in MASCULINE/FEMININE, S. 91-92.
(41) ebenda, S. 92.
(42) Paul Ramsey: THE JUST WAR. New York 1968, S. 215.
(43) ebenda, S. 213.
(44) ebenda, S. VII.
(45) Paul Ramsey: „Points in Deciding about Abortion", THE MORALITY OF ABORTION, S. 122.
(46) James M. Gustafson: „A Protestant Ethical Approach", THE MORALITY OF ABORTION, S. 122.
(47) Zitiert in AMERICAN REPORT, 6. November 1972, S. 4.
(48) Edmond Cahn: THE MORAL DECISION: RIGHT AND WRONG IN THE LIGHT OF AMERICAN LAW. Bloomington, Indiana 1966, S. 104.
(49) Paul Mayer: „Jeremiah and Jesus", AMERICAN REPORT, 23. Oktober 1972, S. 2.
(50) Die Unvollständigkeit des christlichen Trinitätssymbols wird in der Einseitigkeit der Bilder des Vaters und des Sohnes deutlich. Der Heilige Geist ist der Geist – das Feuer –, der Liebe und der Einigkeit genannt worden. In einer sexistischen Kultur ist dies in der Gesellschaft nicht realisierbar. Das Reden über den Heiligen Geist ist oft einseitig und heuchlerisch, und er wird allgemein nicht als der Geist der Liebe angesehen, der lieblosen Institutionen entgegentritt. Die Eigenschaften, die in der traditionellen Theologie mit dem Heiligen Geist in Verbindung gebracht werden, sind stereotyp „feminin", aber man spricht von „ihm" immer als von etwas Männlichem. Außerdem sagte man, daß die Jungfrau Maria „schwanger war von dem Heiligen Geist" (Matth. 1,18). Auf diese Weise beschränkt, wird das potentiell befreiende Symbol des Heiligen Geistes zu einem Unheiligen Geist pervertiert, der angerufen werden kann, um „die Gerechten" bei ihrer zerstörerischen und tödlichen Mission zu leiten. Emily Culpepper sprach von diesem Geist verzehrender „Liebe" als von „theologischem Napalm" (Gespräch in Boston, 1972).
(51) Anselma Dell'Ollio: „The Sexual Revolution Wasn't Our War", MS I, Frühjahr 1972, S. 109.
(52) Dana Densmore, „Independence from the Sexual Revolution", NOTES FROM THE THIRD YEAR: WOMEN'S LIBERATION. Dt.: „Befreiung von der sexuellen Revolution", in: FRAUENOFFENSIVE JOURNAL No. 1, München 1974.
(53) ebenda.
(54) Herbert Marcuse: DER EINDIMENSIONALE MENSCH, S. 98.
(55) Anne Koedt: „Lesbianism and Feminism", NOTES FROM THE THIRD YEAR: WOMEN'S LIBERATION, S. 85; auch in RADICAL FEMINISM, S. 248.
(56) ebenda, S. 248-49.
(57) ebenda, S. 253.

(58) Phyllis Chesler: FRAUEN – DAS VERRÜCKTE GESCHLECHT, S. 180.

(59) Radicalesbians: „The Woman Identified Woman", NOTES FROM THE THIRD YEAR: WOMEN'S LIBERATION, S. 82; dt.: „Frauen, die sich mit Frauen identifizieren", in: FRAUENOFFENSIVE JOURNAL No. 1

(60) S. Janice Raymond: „Beyond Male Morality", WOMEN AND RELIGION, 1972.

(61) Janice Raymond hat eine Untersuchung über Transsexualismus für das New England Regional Meeting of the American Academy of Religion (Mai 1972) angestellt, in der sie den Kern des Problems in der Sozialisation auf Geschlechterrollen hin sieht.

(62) Paul Tillich: LIEBE, MACHT, GERECHTIGKEIT. Tübingen 1955, S. 18.

(63) R. D. Laing: PHÄNOMENOLOGIE DER ERFAHRUNG, Frankfurt 1969, S. 153; org: THE POLITICS OF EXPERIENCE. New York 1968, S. 168.

(64) Paul Tillich: LIEBE, MACHT, GERECHTIGKEIT, S. 67.

(65) S. Aristoteles: NIKOMACHISCHE ETHIK, Buch 5, Kap. 10.

(66) Helmut Thielicke: SEX, ETHIK DER GESCHLECHTLICHKEIT. Tübingen 1966, S. 68.

(67) ebenda, S. 71.

(68) Gunnar Myrdal, Appendix 5, „A Parallel to the Negro Problems", AN AMERICAN DILEMMA. New York 1944, S. 1073.

(69) Jerome Frank: COURTS ON TRIAL: MYTH AND REALITY IN AMERICAN JUSTICE. New York 1971, S. 384-85.

(70) Henry Adams: MONT SAINT-MICHEL AND CHARTRES. New York 1963, S. 260.

(71) Eine klare und zutreffende Behandlung des Feminismus und Rechtswesens findet sich bei Elizabeth Farians: „Justice: The Hard Line", ANDOVER NEWTON QUARTERLY XII, März 1972, S. 191-200. Dr. Farians hat eine Reihe von sehr guten Artikeln geschrieben und sie unter dem Titel THE DOUBLE CROSS: WRITINGS ON WOMEN AND RELIGION zusammengefaßt. Sie hat auch eine SELECTED BIBLIOGRAPHY ON WOMEN AND RELIGION (1965 72) zusammengestellt. Sie sind bei der Ecumenical Task Force on Women and Religion der National Organization for Women erhältlich.

Kapitel Fünf. Die Bande der Freiheit. Schwesterschaft als Antikirche.

(1) Kate Millett: „On Angela Davis", MS I, August 1972, S. 105. Millett beschreibt ihre Begegnung mit dem Hauptverteidiger Howard Moore, der sich selbst „scherzend" einen Sexisten nannte, als er ihr die Hand schüttelte. Es wäre unmöglich, sich mit der gleichen selbstgefälligen Leutseligkeit einen Rassisten zu nennen. Die Autorin weist darauf hin, daß der Sexismus mit sich selbst zufrieden ist.

(2) Berichtet in MGH NEWS, Boston, Massachusetts General Hospital, November 1972, S. 1-2.

(3) L. J. Ludovici: THE FINAL INEQUALITY. New York 1971, S. 151-52. Ludovici sagt, daß die matriarchale Gesellschaft in schroffem Gegensatz zum Christentum stand, „der Religion, deren unversöhnliche Feindschaft gegen Frauen ihr bemerkenswertester und abscheulichster Charakterzug ist". (S. 151).

(4) ebenda, S. 152.

(5) Peter Berger: THE SACRED CANOPY, S. 4.

(6) Gespräch mit Jean MacRae, Boston, Mai 1972.

(7) Vergl. Freeman: „The Legal Basis of the Sexual Caste System",

VALPARAISO UNIVERSITY LAW REVIEW, Symposium Issue, 1971, S. 203-36.

(8) Viele Jahre lang sind Elizabeth Farians und Frances McGillicuddy unermüdlich für die Rechte der Frauen aktiv gewesen, besonders innerhalb der katholischen Kirche. Bernice McNeela arbeitete mit Dr. Farians als Zweite Vorsitzende des Joint Commitee of Organizations Concerned with the Status of Women in the Church zusammen.

(9) Ernst Troeltsch: DIE SOZIALLEHREN DER CHRISTLICHEN KIRCHEN UND GRUPPEN. Aalen 1961, Bd. I, S. 372.

(10) ebenda, S. 372.

(11) ebenda, S. 300.

(12) S. die Werke von Simone de Beauvoir, Kate Millett und Elizabeth Gould Davis, die schon zitiert worden sind.

(13) Emile Durkheim: THE ELEMENTARY FORMS OF RELIGIOUS LIFE. New York 1965, S. 101.

(14) ebenda.

(15) Berger: THE SACRED CANOPY, S. 27.

(16) Robin Morgan: MONSTER. New York 1972, S. 85.

(17) Berger: THE SACRED CANOPY, S. 27.

(18) Mircea Eliade: KOSMOS UND GESCHICHTE, Der Mythos der ewigen Wiederkehr, Reinbek 1966, S. 116-30. s. auch Eliade: DAS HEILIGE UND DAS PROFANE.

(19) Berger: THE SACRED CANOPY, S. 40.

(20) Friedrich Nietzsche: ZUR GENEALOGIE DER MORAL. München, Goldmann Klassiker, S. 48.

(21) S. Gordon Zahn: CHAPLAINS IN THE R.A.F.: A STUDY IN ROLE TENSION. Manchester, England 1969.

(22) Morgan: MONSTER, S. 84.

(23) Marcuse: DER EINDIMENSIONALE MENSCH. S. 27.

(24) ebenda, S. 25.

(25) ebenda, S. 24.

(26) Linda L. Barufaldi: Letter in RELIGIOUS EDUCATION LXVII, September-Oktober 1972, S. 334.

(27) Mary Rodda: Letter in RELIGIOUS EDUCATION LXVII, S. 335.

(28) Emily Culpepper: „Something of, by, and for Women" (unveröffentlichter Vortrag, der am Bostoner College gehalten wurde. 9. Februar 1972).

(29) Suzanne Langer schrieb über „fruchtbare Ideen", PHILOSOPHY IN A NEW KEY, S. 19.

(30) Abraham H. Maslow: TOWARD A PSYCHOLOGY OF BEING. Princeton, New Jersey 1962, S. 136.

(31) ebenda, S. 148.

(32) ebenda, S. 132.

(33) Murray, THE WITCH-CULT IN WESTERN EUROPE, S. 12.

(34) ebenda, S. 271-72.

(35) ebenda, S. 12.

(36) ebenda, S. 11.

(37) ebenda, S. 272-73. s. auch Murray, THE GOD OF THE WITCHES, S. 176 ff.

(38) Diese Worte werden in THE FIRST BIOGRAPHY OF JOAN OF ARC zitiert, Pittsburgh 1964, S. 81. Es ist interessant, daß die Autoren dieses Buches, die sicher nicht mit Murrays Interpretation übereinstimmten, Johannas Antwort folgendermaßen kommentierten: „Dann offenbarte sie eine geheime Übereinkunft". Was auch immer sich die Autoren dabei gedacht haben mochten, so regt der Kommentar doch zu der Spekulation an: Übereinkunft mit wem?

(39) Murray: THE WITCH-CULT IN WESTERN EUROPE, S. 273.
(40) Chesler: FRAUEN – DAS VERRÜCKTE GESCHLECHT, S. 26.
(41) ebenda, S. 25.
(42) ebenda, S. XX.
(43) Murray: THE WITCH-CULT IN WESTERN EUROPE, S. 13-14.
(44) Emile Durkheim: THE ELEMENTARY FORMS OF RELIGIOUS LIFE, S. 437.
(45) Morgan: MONSTER, S. 85.
(46) Langer: PHILOSOPHY IN A NEW KEY.
(47) Dieses Zögern oder diese Ablehnung hat eine Beziehung zu dem Phänomen, das Marcuse als „die Überführung moralischer Maßstäbe (und ihrer Inkraftsetzung) vom Establishment auf die Revolte gegen sie" bezeichnet hat. s. Herbert Marcuse: VERSUCH ÜBER DIE BEFREIUNG. Frankfurt a/Main 1969, S. 22.

Kapitel Sechs. Schwesterschaft als kosmischer Bund.

(1) S. Mircea Eliade: DAS HEILIGE UND DAS PROFANE, S. 13-39.
(2) Laing: THE POLITICS OF EXPERIENCE, S. 190.
(3) Chesler, a.a.O., S. 90.
(4) Jaspers und Bultmann: DIE FRAGE DER ENTMYTHOLOGISIERUNG, S. 16.
(5) Aus einer Aussage des New Yorker Hexenbundes, zitiert in SISTERHOOD IS POWERFUL, Hg. von Robin Morgan, New York 1970, S. 540.
(6) Eliade: KOSMOS UND GESCHICHTE, S. 113.
(7) ebenda, S. 131.
(8) Chesler, a.a.O., S. 289-91.
(9) Max Weber, GRUNDRISS DER SOZIALÖKONOMIE, Kap. IV Religionssoziologie, S. 346.
(10) ebenda, S. 280.
(11) Gespräch mit Pauli Murray, November 1972.
(12) S. Max Weber, a.a.O., S. 253.
(13) S. Talcott Parsons' Einleitung zu Max Webers: SOCIOLOGY OF RELIGION. Boston 1964, S. XXXIII.
(14) Weber, a.a.O., S. 267.
(15) ebenda, S. 335.
(16) S. Parsons' Einleitung, a.a.O., S. XXXIV.
(17) ebenda, S. XXXV-XXXVI.
(18) ebenda.
(19) Weber, a.a.O., S. 250.
(20) Diejenigen, die sich für die Katholische Pfingstbewegung einsetzen, beweisen gleichzeitig ihre unkritische Loyalität dem institutionellen Katholizismus gegenüber. Z. B. schrieben Kevin und Dorothy Ranaghan: „Sie (die Anhänger der katholischen Pfingstbewegung) teilen den Wunsch, gute Katholiken zu sein und in der Nachfolge und Liebe Christi zu wachsen." s. Ranaghan: CATHOLIC PENTECOSTALS. New York 1971, S. 142-43. Sowohl Frauen als auch Männer der katholischen Pfingstbewegung unterstützen den paulinischen Jargon von dem „Haupt" und der „Unterordnung" und verherrlichen das sexistische Syndrom. Einige Frauen der katholischen Pfingstbewegung der Rhode Island-Gruppe sollen gesagt haben, daß sie ihre Führungsrollen aufgeben würden, sobald die Männer „so weit" wären, sie zu übernehmen.
(21) Die folgenden Aussagen wurden einem Bericht des Commitee on Doctrine of the National Conference of Catholic Bishops entnommen, der den Bischöfen bei ihrer Zusammenkunft in Washington, D.C.

(14. November 1969) vorgelegt wurde. Der Bericht wurde von Bischof Alexander Zaleski aus Lansing, Michigan, dem Vorsitzenden des Komitees mit folgenden Worten eingeführt: „Sie (die Anhänger der katholischen Pfingstbewegung) scheinen bestimmten Andachtsformen immer mehr Zuneigung entgegenzubringen, wie z. B. der Verehrung der Realpräsenz und dem Rosenkranz. Das Commitee on Doctrine kommt zu dem Schluß, daß die Bewegung in diesem Punkt nicht behindert werden sollte, sondern daß man sie sich entwickeln läßt. Bestimmte Vorbehalte müssen jedoch zum Ausdruck gebracht werden. Wir müssen auf der Hut sein, damit sie die Fehler der klassischen Pfingstbewegung nicht begehen. Es muß erkannt werden, daß es in unserer Kultur eine Tendenz gibt, die religiöse Erfahrung an die Stelle des religiösen Dogmas zu setzen. Für die Praxis empfehlen wir, daß die Bischöfe umsichtige Priester dazu anregen, sich mit der Bewegung zu verbinden. Die katholische Pfingstbewegung würde ein solches Engagement und eine solche Führung willkommen heißen."

(22) Jürgen Moltmann: THEOLOGIE DER HOFFNUNG, S. 205.
(23) Linda Barufaldi und Emily Culpepper: „Pandora's Box", in WOMEN AND RELIGION, 1972, S. 51.
(24) Gespräch mit Janice Raymond, November 1972.
(25) S. Louis Cutrona, Jr.: „What Goes on Inside a Men's Liberation Rap Group", in: GLAMOUR, August 1971, S. 206 ff.
(26) Theodore Roszak, „The Hard and the Soft", MASCULINE/FEMININE, S. 103-04.
(27) Dieser Gedanke wird von Herbert Marcuse entwickelt in TRIEBSTRUKTUR UND GESELLSCHAFT. Ein philosophischer Beitrag zu Siegmund Freud, Frankfurt 1967, besonders in Kapitel 4. Kenneth Pitchford und andere revolutionäre Effeministen nehmen einen radikaleren Standpunkt ein und entwickeln eine weitgehende Kritik am Sexismus, einschließlich des Sexismus in der Befreiungsbewegung der Homosexuellen. s. „The Effeminist Manifesto", in: DOUBLE-F: A MAGAZINE OF EFFEMINISM, Winter/Frühjahr 1973.
(28) Zu dem Begriff einer schöpferischen Gerechtigkeit, s. Tillich: LIEBE, MACHT, GERECHTIGKEIT, S. 66-68.
(29) George Wald: „The Human Enterprise", in POPULATION, ENVIRONMENT, AND PEOPLE, hg. von Noel Hinrichs, New York 1971, S. 222.
(30) S. Elizabeth Farians: „Population, Environment, and Women" in POPULATION, ENVIRONMENT, AND PEOPLE, S. 97-103.
(31) Herbert Marcuse: VERSUCH ÜBER DIE BEFREIUNG, S. 21-22.
(32) ebenda, S. 22.
(33) ebenda, S. 23.
(34) ebenda, S. 24.
(35) ebenda, S. 45.

Kapitel Sieben. Die letzte Ursache. Die Ursache der Ursachen.

(1) Gespräch mit Linda Barufaldi, Boston, Dezember 1972.
(2) S. Aristoteles: PHYSICA II, 7, METAPHYSICA I. Einen mittelalterlichen Kommentar und Erklärungen findet man bei Thomas von Aquin: IN OCTO LIBROS PHYSICORUM ARISTOTELIS EXPOSITIO. Rom 1954, und IN DUODECEM LIBROS METAPHYSICORUM ARISTOTELIS EXPOSITIO, Rom 1950.
(3) S. Margaret Mead: CULTURE AND COMMITMENT, bes. S. 51-76.
(4) Diese Identifikation wird in der mittelalterlichen Synthese von Thomas von Aquin deutlich, s. seine SUMMA THEOLOGICA I, Frage 5,

Art. 1: „Das Gute und das Seiende sind zwar sachlich eins ... Das Gute aber bedeutet Vollkommenheit, Vollendung, die Gegenstand des Verlangens ist ..."

(5) ebenda, I Frage 45, Art. 1 und 2.

(6) ebenda, I Frage 9, Art. 1; Frage 44, Art. 4. Für Thomas ist Gott ein Handelnder, an dem in keiner Weise etwas geschieht, d. h. Gott handelt nicht, um etwas zu erlangen, sondern um das göttliche Gute mitzuteilen, das die letzte Ursache aller Dinge ist.

(7) Wolfhart Pannenberg: THEOLOGIE UND REICH GOTTES, S. 85.

(8) ebenda, S. 91.

(9) Das Problem ist natürlich nicht auf die Schriften Pannenbergs beschränkt. Moltmann schreibt: „Zukunftserkenntnis (wird) durch nichts anderes angetrieben als durch das Rätsel Jesu von Nazareth. Sie wird also Christuserkenntnis sein in der Nötigung zu erkennen, wer er ist und was in ihm angelegt und verborgen ist." (THEOLOGIE DER HOFFNUNG, S. 184-85).

(10) Henri Bergson: SCHÖPFERISCHE ENTWICKLUNG' Jena 1912, bes. S. 45-46.

(11) Alfred North Whitehead: SCIENCE AND THE MODERN WORLD. Cambridge 1953, S. 64.

(12) S. Victor Lowe: UNDERSTANDING WHITEHEAD. Baltimore 1962. Whitehead dachte, daß „im ganzen Universum eine Kombination von Gegensätzen herrsche, die der Grund des Dualismus ist" – aus „Objects and Subjects", THE PHILOSOPHICAL REVIEW XLI, Marz 1932, S. 146.

(13) S. Alfred North Whitehead: PROCESS AND REALITY: AN ESSAY IN COSMOLOGY. New York 1929, bes. S. 519-33.

(14) Alfred North Whitehead: MODES OF THOUGHT. New York 1938, S. 237.

(15) Charles Hartshorne: „Introduction: The Development of Process Philosophy", in PHILOSOPHERS OF PROCESS, hg. von Douglas Browning, New York 1965, S. XIX.

(16) Charles Hartshorne: THE LOGIC OF PERFECTION AND OTHER ESSAYS in NEOCLASSICAL METAPHYSICS. Lasalle, Illinois 1962, S. 206.

(17) Pierre Teilhard de Chardin: „Die große Entscheidung", in: DIE ZUKUNFT DES MENSCHEN, Werke Bd. 5, Walter-Verlag Freiburg i. Br.

(18) Ich habe schon auf das Werk von Andre Devaux hingewiesen, TEILHARD ET LA VOCATION DE LA FEMME und auf das Buch von Henri de Lubac, THE ETERNAL FEMININE: A STUDY ON THE TEXT OF TEILHARD DE CHARDIN.

(19) Teilhard de Chardin: „Die große Entscheidung", S. 67-68.

(20) ebenda, S. 75.

(21) Teilhard de Chardin: „Mein Universum", in: WISSENSCHAFT UND CHRISTUS, Werke Bd. 9, S. 84.

(22) Teilhard de Chardin: „Die Messe über die Welt", in: LOBGESANG DES ALLS. Freiburg 1971, S. 32.

(23) Teilhard de Chardin: „Gedanken über den Fortschritt", in: DIE ZUKUNFT DES MENSCHEN, Werke Bd. 5.

(24) Interview, berichtet von Charles Fager in NATIONAL CATHOLIC REPORTER, Dezember 1972, S. 15.

(25) Georg Wald: „The Human Enterprise", in POPULATION, ENVIRONMENT, AND PEOPLE, S. 220.